莫砺锋讲

唐诗课

The
Tang
Poetry

莫砺锋 著

江苏凤凰文艺出版社
JIANGSU PHOENIX LITERATURE AND
ART PUBLISHING LTD

图书在版编目(CIP)数据

莫砺锋讲唐诗课 / 莫砺锋著. —南京：江苏凤凰文艺出版社, 2019.6(2020.6 重印)
ISBN 978-7-5594-3569-9

Ⅰ.①莫… Ⅱ.①莫… Ⅲ.①唐诗—诗歌研究 Ⅳ.①I207.227.42

中国版本图书馆 CIP 数据核字(2019)第 064484 号

莫砺锋讲唐诗课
莫砺锋 著

策　　划	黄孝阳
责任编辑	唐　婧
装帧设计	张景春
责任印制	刘　巍
出版发行	江苏凤凰文艺出版社
	南京市中央路 165 号,邮编:210009
网　　址	http://www.jswenyi.com
印　　刷	苏州越洋印刷有限公司
开　　本	880 毫米×1230 毫米　1/32
印　　张	12.75
字　　数	295 千字
版　　次	2019 年 6 月第 1 版　2020 年 6 月第 4 次印刷
书　　号	ISBN 978-7-5594-3569-9
定　　价	58.00 元

(江苏文艺版图书凡印刷、装订错误可随时向承印厂调换)

清·王时敏 杜甫诗意图 秋山红树

寺下春江深不流,山腰官阁迥添愁。
含风翠壁孤云细,背日丹枫万木稠。

清·王时敏 杜甫诗意图 秋山枫菊

石出倒听枫叶下,
櫓摇背指菊花开。

青帝白舫益州来,
巫峡秋涛天地回。

明·仇英 浔阳送别图

浔阳江头夜送客,枫叶荻花秋瑟瑟。
主人下马客在船,举酒欲饮无管弦。

清·邹一桂 杜牧诗意图

远上寒山石径斜,白云深处有人家。

停车坐爱枫林晚,霜叶红于二月花。

清·王时敏 仿王维江山雪霁图

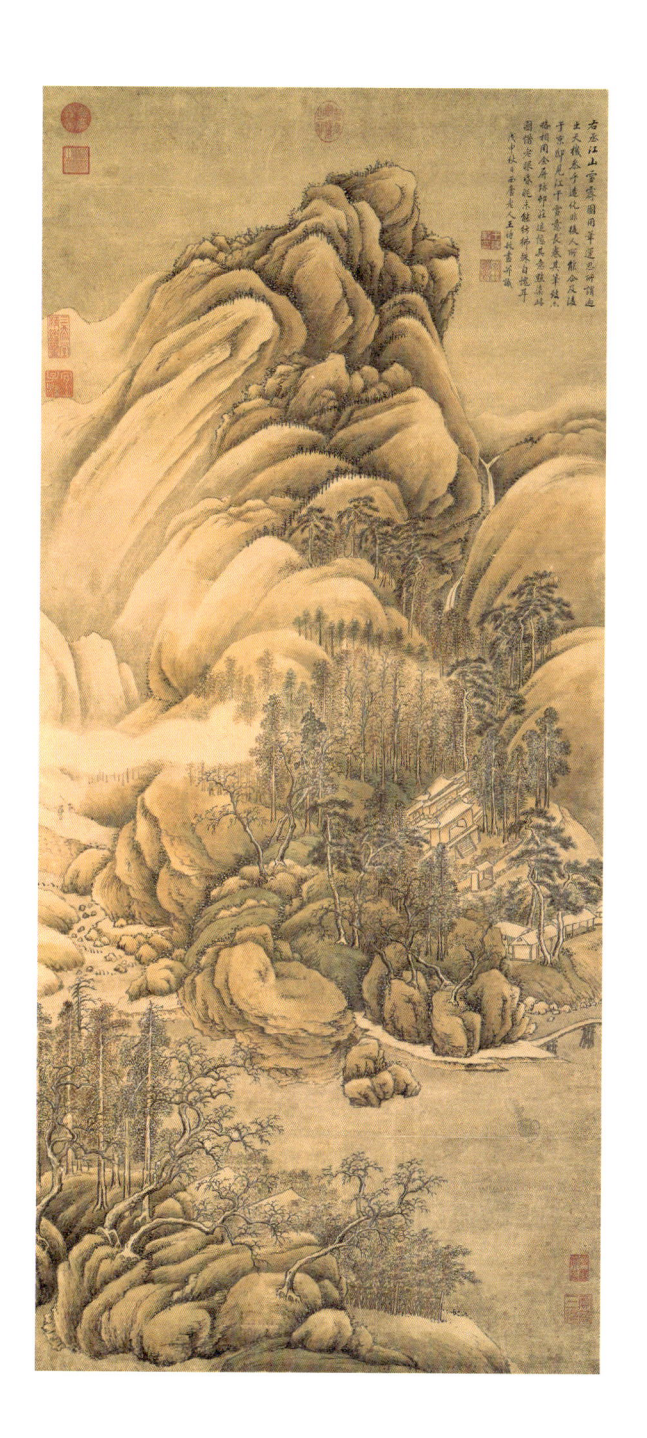

寒更传晓箭,清镜览衰颜。
隔牖风惊竹,开门雪满山。

清·王宸 山居秋暝诗意图

空山新雨后，天气晚来秋
明月松间照，清泉石上流

序

2018年,程千帆先生的《唐诗课》问世,受到读者的热烈欢迎。由于该书收入程先生与我合撰的一篇文章,江苏凤凰文艺出版社的老总闻风而动,委派编辑上门商洽,让我出版一本类似的书稿。从1979年考进程先生门下,直到2000年先生逝世,我立雪程门二十一载。我曾在南大的教室或程先生的书斋里亲聆先生讲课,也曾在先生指导下撰写论文或与他合写论文,我在学业上跨出的每一步都离不开先生的扶持和指点。程先生是一位优秀的学者,更是一位优秀的教师,他一生中最多的心血都倾注在教学中。程先生在其遗嘱中说:"千帆晚年讲学南京大学,甚慰平生。虽略有著作,微不足道。但所精心培养学生数人,极为优秀。"当年先生与师母陶芸老师写成遗嘱后让我以证人的身份在上面签名,我看到这一段话,大受震撼:先生竟然把培养学生看得比自己的学术研究更加重要!时至今日,"程门弟子"已成为海内瞩目的学术群体,它与煌煌十五卷的《程千帆全集》都是程先生人生业绩的重要标志。中华传统文化有一个重要特征,从孔子开始,优秀的学者与优秀的教师就是一身二任的。正是这种特征使中华传统文化薪尽火传,生生不息。程先生对此心领神会,身体力行。程先生对学生的教导,无论是精神引导还是方法传授,都包括学术与教学两个方面。我永远难忘毕业留校后初登讲台的那天,年逾七旬的程先生早早来到教室,端坐在下面听了整整两堂课,课后又语重心长地指点我如何讲得更从容、更生动。我也难忘当我接过程先生的班开讲"杜诗研究"这门课程后,听讲的学生越来越多以至于数次更换较大的教室,先生听说后特地召我前去,慰勉有加。我是个性格内向、拙于言辞的人,如今能比较从容地走上讲坛,完全是得益于程先生的身教与言教。正因如此,我接受出版社的约请编成本书,并不避重复而题作《莫砺锋讲唐诗课》,以展示本书与程先生《唐诗课》之间的渊源关系,并表示对先生的感激与怀念。

  程先生的《唐诗课》收入十一篇文章,除了开头两篇讲演稿外,其余九篇都是关于唐诗的专题论文。该书责编李俊先生说得很好:"我们给书取'唐诗课'这个名字,不是说书中这十一篇文章涵盖了唐诗方方面面的问题,我们其实是希望这本书像一个'示法'的读本,像一个'课本',教给大家一些方法,正所谓'授之鱼不如授之以渔'。"我当然不敢奢望自己的书稿能像《唐诗课》那样为读者"示法",我只是希望本书能对初读唐诗者略尽引导入门之责。本书分成四个部分:一是"诗人评说"四篇,卷首的一篇讲演稿介绍我心目中唐代大诗人的排行榜,其他三篇则是对李白、杜甫和白居易的简介和简评。二是"名篇细读"两篇,分析对象是《春江花月夜》和《秋兴八首》。三是"名篇小札"三十篇,是我阅读唐诗名篇的点滴心得。四是"问题探索"四篇,是我对唐诗中某些特殊问题的思考。2008年,我在《莫砺锋说唐诗》

的《后记》中说:"唐诗是一座气象万千的深山,我只是一个站在山口向游客指点进山路径的导游。"如今我的看法稍有变化:导游引导游客进山,除了指点路径之外,也要向游客介绍沿途景点,《莫砺锋讲唐诗课》就是我关于唐诗的一份新的导游词。导游最重要的资格是熟悉道路,了解沿途景点的分布状况,当然不可能精通关于该地区的地理学、地质学和历史学知识。同样,我虽然通读过存世的全部唐诗,李、杜等大家的别集且曾反复阅读,对唐诗这座大山的进山路径和景点方位较为熟悉,但对于那些涉及"唐诗学"的精深内容,我仍是一个初学者。本书的一、二两个部分基本属于导游词的性质,所涉内容多为常识,但粗疏之失仍在所难免。三、四两个部分是我阅读唐诗的零星感想和粗浅探索,有些看法纯属个人所见,郢书燕说的错误更是意料中事。从根本的意义来说,读诗本是一种高度个性化的行为,然而"嘤其鸣矣,求其友声",读诗者大多希望与别人交流心得,互相切磋,以获裨益。我把自己的粗浅想法编入本书,用意即在于此。天下之宝,当与天下共之。唐诗是列祖列宗留给我们的共同财富,我在阅读中稍有心得,现在不揣浅陋,试作芹献,衷心希望本书得到读者朋友的喜爱,更希望获得大家的商榷与指正。

目次

001　序

第一讲　诗人评说

003　谁是唐代最伟大的诗人
020　诗仙李白
041　诗圣杜甫
061　诗王白居易

第二讲　名篇细读

083　《春江花月夜》
094　《秋兴八首》

第三讲　名篇小札

135　作于大唐开国元年的唐诗名篇
141　关于沈佺期《独不见》的争论
149　高适《燕歌行》的主题
157　繁简各得其妙的三首《长干行》
164　歧说纷纭与截断众流
169　死生相隔的唱酬名篇
174　诗国中月亮对太阳的思念
181　本事对理解诗意的重要作用
185　四首《早朝大明宫》诗的优劣
192　从三首咏樱桃诗看杜甫的独特性
197　君子之交淡如水

202 关于《哀江头》的歧解

209 乱离时代的特殊视角

214 杜诗中的『佳人』实有其人吗?

219 余音绕梁的《江南逢李龟年》

227 言短意长的《听弹琴》诗

231 戎昱《咏史》诗中的议论

236 请称崔涂为『崔孤雁』

243 韩愈的《山石》好在何处?

250 嬉笑胜于怒骂的《华山女》

256 《八月十五夜赠张功曹》的奇特结构

262 小吏嘴脸的传神写照

266 见仁见智与以己度人

271 关于元稹《遣悲怀三首》的争论

279 元稹的《行宫》如何以简驭繁?

284 李贺诗中的铜人为何流泪?

291 德不孤,必有邻

295 谈谈李商隐《嫦娥》诗的主题

302 郑谷《淮上与友人别》诗的尾句

306 韩偓《惜花》诗是唐王朝的挽歌吗

第四讲 问题探索

315 论唐诗意象的密度

340 穿透夜幕的诗思

363 论后人对唐诗名篇的删改

384 《唐诗三百首》中有宋诗吗?

第一讲　诗人评说

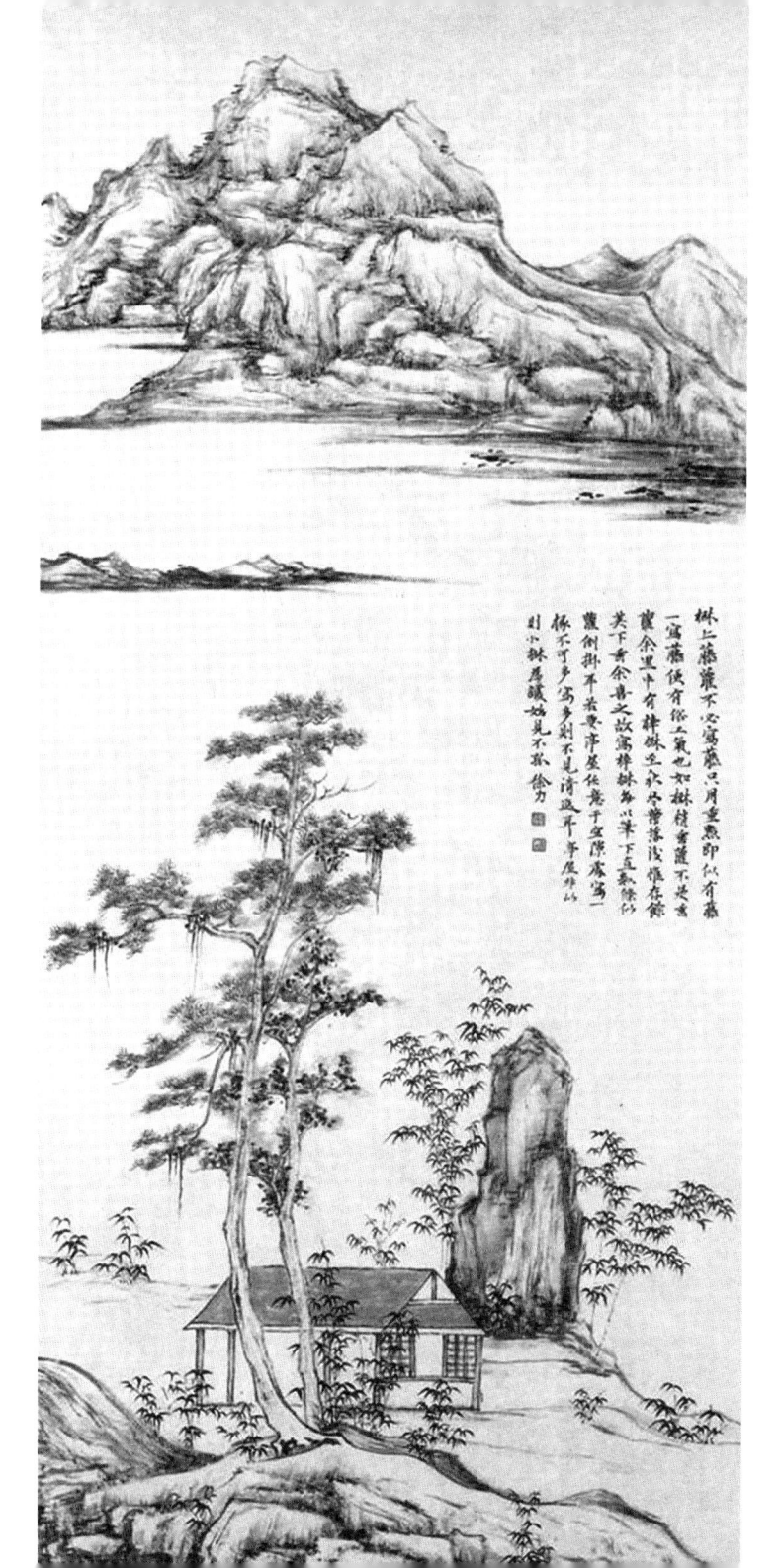

谁是唐代最伟大的诗人[①]

据说在江湖上有这样一句话,叫作"文无第一,武无第二"。我想第二句话可能大家比较容易理解,就是武林里的人物,他们是一定要争天下第一的,两个武林高手碰到一起,一定要争个你死我活。我们看金庸小说里的那些人物,已经成为一代宗师了,东邪西毒、北丐南帝,都那样的武术高超了,还要拼命地练,为什么呢?他一定要争天下第一。东邪跟西毒一辈子都在争,争到后来欧阳锋都发疯迷失自我了。假如两个诗人相遇,他们也许会较量诗艺。一方,假定是李白,另一方选一个比较差的诗人吧,在唐代诗人中,我们找一个比较差的出来,姑且是张打油。李白碰到张打油,两人来比赛一下诗艺。李白当然是才华横溢,假如叫李白咏雪,他就会说"燕山雪花大如席,片片吹落轩辕台",多好的诗句!但问题是,两个诗人比赛,它不像比武那样马上能分出高低来,所以这一方尽管是张打油,他也许并不服李白,你李白尽管说"燕山雪花大如席"好了,张打油照样可以咏雪,长吟"黄狗身上白,白狗身上肿"。说不定张打油心里还不服

[①] 2007年11月19日在安徽师范大学的演讲。

李白。只要看看现在的文学界，我们就可以知道，往往水平越差的作家、诗人，越是"牛气"，越是不服别人，连古人都不服的。好多年轻诗人不服陶渊明，不服李白，不服杜甫，谁都不服，因为他认定老子天下第一。所以我想，可能这是学文的跟学武的最大的不同之处。原因就是马克思说的，批判的武器不能代替武器的批判，武林中是武器的批判，马上见高低，一方当场把另一方的性命结果了，你还能不服吗？而文学，它是一种观念形态的东西，它是用文本比高低，再高明的文本也不至于致对方于死地。诗人即使要争高低，也不至于有拔刀相向的冲突。

话又说回来，这句"文无第一"，也不是完全准确的。文人也是要争高低的。我们看初唐四杰，王杨卢骆，杨炯排在第二，照我想，一个时代的文坛上有"四杰"，而你排在第二，已经很不错了，但是唐人的资料中间明确记载了杨炯对于他排在第二不满意，他说我是"愧在卢前，耻居王后"。当时有人评价说，杨炯这个人说的第一句话是谦虚，第二句话"耻居王后"才是真实的。这简直是颠倒黑白。

照我看来，在初唐四杰里面，杨炯是应该排在第四的，排在第二已经抬举他了。所以说，武林中人会说"文无第一，武无第二"，可能是认为文人争斗的情况不太严重，他们是争不出第一来的，其实文人也是要争的。而且，如果竞争的双方或者几方中间有一方掌握了特别大的权力、地位特别高的话，文人争斗的结果也会是很严重的，同样会发生性命危险。我们看隋代著名诗人薛道衡，薛道衡最有名的诗就是《昔昔盐》，《昔昔盐》里最有名的句子就是"暗牖悬蛛网，空梁落燕泥"。这两句诗真是名句，就是放到唐诗中去它都是名句。后来薛道衡被隋炀帝杀掉了，隋炀帝就说："现在你还能写'空梁落燕泥'吗？"就是把你的性命结果了，你就不能再压过我了。大家如果按照编年的顺序来读鲍照的诗文的话，会发现鲍照的作品越到后来越不行了，有人说他像江淹一样"江郎才尽"了，真的是"江郎才尽"吗？不是的！鲍照之所以这样是因为当时的皇帝宋孝武帝非常喜欢文学创作，而且自以为天下人都不如他写得好，鲍照就生活在那个时候，所以鲍照不敢写得好，他故意写些芜词累句，这样可以免祸。当然，幸亏这种情况在我们的文学史上不是很多，更幸亏唐代的帝王中很少有隋炀帝这样喜欢和臣下比赛写诗的，所以唐代的诗人一般还没有这样的危险。

现在言归正传，让我们看看究竟谁是唐代最伟大的诗人。是谁呢？唐代诗人有没有比赛过？比赛过！唐代经常举行为全国所瞩目的诗歌比赛——当然，科举考试不算在内。武则天时代，有一次在长安举行诗歌比赛，武则天带着一帮人坐在高台上面。大臣们写完诗就交卷上去，过了一阵，凡是落选的、写得不够好的，都被台上扔下来了，纸片像雪片一样飘落下来。大家都在下面找，这是张三的，那是李四的，找到了就赶快藏起来。为什么呢？你输掉了吗！最后只有两个人的没落下来，一个是沈佺期，一个是宋之问。过了一会，又一张纸片飘下来，大家拥上前去一看，是沈佺期的。沈佺期输掉了，宋之问得到了最后的胜利。在唐代，类似这样的诗歌大奖赛是经常举行的，如果你能获胜的话，是非常荣耀的。但是，这样的大奖赛评出来的获胜者会是唐代最伟大的诗人吗？这个可能性非常小，因为官方举办的竞赛往往是不够公平的。在武则天主办的比赛中是比不出最伟大的诗人来的。

那么，请问，我们怎么判断谁是唐代最好的诗人？首先要问由谁来判断。二十世纪中叶，在美国最流行的唐代诗人是寒山子，那时候寒山的诗被印在文化衫上，美国的青年人都穿着这样的文化衫。按照现在有些人的习惯，只要外国人说好就是好，那么寒山就是最伟大的唐代诗人。但是我想，判断谁是中国的某一个时期最伟大的诗人，这个话语权应该在中国人手里，绝对不可能在外国人手里。不要说美国人——他们从十八世纪以后才开始读我们的唐诗。就是日本人也一样。日本人读唐诗的历史和我们一样长，我们唐代的诗人刚写出作品来，当时的中国读者开始读，日本人也开始读了。因为那个时候有大量的日本人到中国来留学，像晁衡，晁衡到唐朝来留学，他和李白、王维都是朋友。那么王维一写诗他就看到了，他也是第一批读者，跟唐朝人同时开始读的。但是长期以来，日本人都认为最伟大的唐代诗人是白居易。我们要不要考虑日本人的意见？我觉得不需要。照我看来，日本人之所以最喜欢白居易，而不是李、杜，就在于他们的阅读水平和欣赏水平只能到白居易这个层次，再上去到了李、杜，他们就难以欣赏、难以理解了。所以我说，这些意见基本上不用理睬。判断唐诗的优劣是我们中国人的事，我们该怎样判断就怎样判断。

那么我们中国人自己怎么判断呢？我们先从历史上说起，历史上有没有李、杜以外的人选呢？当然有！首先就是王维。王维在很多唐人的心目中，地位是不亚于李白、杜甫的。他们三个人是同时代的,在最接近他们三个人的时代有一部非常重要的选本,就是《河岳英灵集》。在那个选本里面,杜甫的诗没有入选,李白的诗呢,选了十三首,而王维的诗选了十五首。到了后代,也有人持这种观点,比如清代的王渔洋,虽然不敢批评李、杜,但他心中是不以李、杜为然的,他心中最大的诗人就是王维。说王维是唐代第一诗人,虽然不大符合现代人的观点,但总算比较接近。还有一些人选,现在看来简直是匪夷所思,跟李、杜同时的有一个人叫吴筠,是当时的一个道士。他曾经推荐李白入朝。就是这个吴筠,曾经有人说过他是唐朝最伟大的诗人。这个材料是钱钟书先生先发现的,钱先生注意到,在《旧唐书》的吴筠传里,这样评价吴筠的诗歌:"虽李白之放荡,杜甫之壮丽,能兼之者,其为筠乎?"就是吴筠能把李、杜各自的优点兼而有之。所以钱钟书就讽刺说,按照《旧唐书》编者的观点,唐代最伟大的诗人就是这个吴筠。这肯定与我们的观点不符,现在恐怕没有人会去读吴筠的诗吧,因为他的诗从来没进入过任何选本。

此外还有谁呢?晚唐时有一个诗人叫薛能,这个人的名声比吴筠稍微大一点,他也曾经被说成是唐代最伟大的诗人。是谁说的呢?是他自己说的。薛能这个人,非常狂妄自大,他出生的年代比白居易、元稹稍晚一点,他评起诗人来,当代人是一个都不入眼,比他早一点的呢,元、白也都不入眼。他甚至说:"我生若在开元中,争遣名为李翰林?"要是我与李白同时的话,诗坛的名声怎么能归于李白呢!对杜甫呢,他没有这样说过,但也流露过类似的意思。他到四川去,看到了海棠花,他就说,海棠花这么美,要有非常好的诗才才能形容它。他说杜甫都不敢咏,我今天就来咏一首。凭良心说,薛能的这首海棠诗写得真是糟糕,简直玷污了海棠花。关于薛能这个诗人,我以前写过一篇文章,标题就叫《唐代最会吹牛的诗人——薛能》,后来觉得这个标题不像是学术论文。如果投到《文学遗产》去,他们肯定不会录用,于是就把标题改了一下,叫作《大家阴影下的焦虑》。薛能这个人,被笼罩在盛唐、中唐那些大诗人的阴影里面。他非常焦虑,但又超不过前人。怎么办呢,他就靠吹牛压倒前人,宣称我已经超过他们了。这个薛能,虽然自称超过李、杜,但我们不能说他最伟大。

刚才我们介绍了两个人选,第一个是吴筠,第二个是薛能,显然我们可以毫不犹豫地把他们给排除掉。那么我们选谁呢?我们还是回到传统看法上来。清代乾隆年间编了一本诗选,叫作《唐宋诗醇》。《唐宋诗醇》一共选了六位诗人,唐代部分选了四家,宋代部分选了两家。宋代部分选的是苏东坡和陆放翁,唐代部分选了哪四家呢?选了李白、杜甫、韩愈、白居易。在我看来,这基本就是唐代诗人的第一方阵。当然,我们可以稍微扩大一下第一方阵,扩大到六位的话,就要加上王维和李商隐。在我看来,第一方阵只能是六个人。那么这六个人中间我们又选谁呢,我们看看自从唐以来历代的诗话、评论,以及在选本中出现的频率,最后恐怕只能把票投给李白和杜甫。

下面我们就来看一看李、杜的情况。自从有了李白、杜甫以来,他们两个人的高低优劣就成了人们讨论不尽的话题。李白和杜甫到底是同样伟大呢,还是一个高一点,另一个低一点?历来就讨论个没完。我们首先会注意到人们一般都说"李杜",而不说"杜李"。当然也有例外,中唐的顾陶编了一本诗选,叫作《唐诗类选》,那本书里选了很多杜甫的诗,原书已经亡佚了,但是它的序言还保存在《全唐文》里面。顾陶在《唐诗类选》序中的说法很奇怪,人家都说"李杜",他偏说"杜李",他把李白、杜甫的次序颠倒过来了。我想这也是一种价值判断。但是一般说来,大家都是说"李杜"的。下面我们就顺着"李杜"的次序来看一看他们的情况。

李白比杜甫年长十一岁,可以算是同时代的人。他们一共见过两次,一次是天宝三载,一次是天宝四载,以后就再也没有见过面了。天宝三载李白离开长安,在洛阳碰到了杜甫,照闻一多的说法,这是文学史上一个了不起的事件,好像太阳在天空中碰到了月亮,两个人就开始交游了。他们曾经到王屋山去找一个叫华盖君的老道士,传说老道士有长生不老之术,两个人一起去访问他,到那里去学长生,但是千辛万苦跑到王屋山一看,这个老先生已经死掉了。学长生的人怎么自己死掉了呢?但是两个人还不觉悟,他们还是对长生充满了信心。那个时候杜甫也很浪漫,他们是诗人啊,杜甫写了送给李白的第一首诗:"秋来相顾尚飘蓬,未就丹砂愧葛洪。痛饮狂歌空度日,飞扬跋扈为谁雄?"两个人是一样的思想风貌,都对人生充满着理想。两个人一起游玩、一起写诗,相处得很愉快。但是后人对两人的关系议论纷纷,议论什么呢?就是说两个人对对方的态度不一样。杜甫对李白是一往情深,经常写诗怀念他,你看杜甫怀念李白的主要的诗,《天末怀李白》,还有两首《梦李白》,都是在秦州写的。那正是杜甫流落不偶、自顾不暇的时候,但他始终关心着李白。

而李白呢,跟杜甫分手后也写过一首诗怀念杜甫,说"思君若汶水,浩荡寄南征"。以后就没有了,此后一个字也没有谈到杜甫。这是怎么回事啊,是不是李白轻视杜甫啊?我想可能有两个原因,一个就是李白比较年长,李白遇到杜甫的时候,李白已经成名了,他已经到过长安,当过唐玄宗的御前诗人,已经是一个名人。而杜甫在诗坛上还没有什么名气,初出茅庐,年纪较轻,所以两人的地位有点不相称。第二,可能两个人的性格不一样,我一直觉得李白有一点像美国人的性格,他会以最快的速度和你交朋友,也以最快的速度把你忘掉,不像杜甫那么执着,那么沉郁。

李、杜二人的交往细节我们就不说了。我们要讨论的是,如果只把他们当作诗人看待的话,李、杜二人同在哪里,又异在哪里?首先,李白、杜甫在政治上都是失败的,两个人都在政治上自诩很高,都希望做一番惊天动地的大事业,安邦定国,但是一个都没有实现。两个人的人生遭遇也有很不一样的地方。李白好像一辈子没怎么受过穷,我们看李白的诗中也常写如何不顺利、理想得不到实现,但他很少说自己怎么穷困。杜甫则经常说到他怎么穷困。杜甫在长安的时候,是"朝扣富儿门,暮随肥马尘。残杯与冷炙,到处潜悲辛"。这里面可能有一些夸张,不至于每天都去吃人家的剩饭,但是确实很惨。李白不一样,李白一辈子都过得不错。见到杜甫以前,李白在长安,唐玄宗并没有在政治上重用他,但还是很重视他的诗才,所以唐代有很多传说,传说李白被召到长安后,发生了力士脱靴、贵妃捧砚等故事。这当然可能只是传说,但也是事出有因,不然怎么不传说是杜甫呢?所以李白并不穷困,比如唐玄宗赏赐给他的宫锦,他到临终前还没有穿完呢。杜甫就不同了,杜甫终生穷困,清人赵翼在《瓯北诗话》中感慨说,这个老天爷是怎么回事,赐给杜甫千秋万岁的名声,在他生前就不给他一点粮食和布匹。当然,也许有人会说,这正是上苍对杜甫的玉成,如果不这样就没有杜甫了,就没有我们的诗圣了。

正因为李、杜二人的生活是完全不一样的,所以相传他们的死亡方式都不一样。我们知道这两个人都是病死的,李白病死于安徽当涂,死在他族叔李阳冰家里。杜甫病死在湘江上的一叶扁舟中。从唐代开始就传说他们两个人有不同的死法。据说在当涂的采石矶,一个月夜,李白穿着宫锦袍,在长江上行舟,他看到江中有一轮明月,于是"入水捉月"就淹死了。这样一种死法,多么浪漫,多么富有诗意!分明是读者为他编造的。再来看看杜甫是怎么死的,唐代就开始传说他到湖南去投靠亲友,到了耒阳附近,夏天发大水,船不能走了,一连几天挨饿。然后耒阳姓聂的县令知道了,就派人送牛肉白酒给杜甫。传说杜甫饱吃了牛肉,一天晚上就突然去世了。这当然也是大众给他编出来的,大家觉得杜甫一生穷苦,又是一个现实主义诗人,就给他编造了一个非常现实的死法。所以关于李白、杜甫不同死亡方式的传说,其实就是一种解读,是李白、杜甫留在人们心目中的印象。当然,李白和杜甫的思想、他们的诗歌写作也都是不一样的。李白的思想非常开放,有点像庄子的思想,追求绝对的自由,要摆脱一切束缚。其实李白在现实生活中倒是非常现实的,但在诗歌中则表现得无拘无束。李白一生结过两次婚,他的两个妻子都是故宰相的孙女，一个姓许，一个姓宗，而且李白两次结婚都是当倒插门的上门女婿。所以，李白的婚姻还是有现实考虑的，因为唐代很重门第。当然，李白极端藐视功名富贵，人世间那些不正当的功名富贵，他都极端看不起，"功名富贵若长在，汉水亦应西北流"，汉水怎么会向西北流呢，汉水就是向东南流的，是永远不会变的，他的意思是功名富贵不会长久。

李白与杜甫的基本思想都深深地植根于儒家思想，但是李白有时候会表现出反叛的一面，所以他会说："我本楚狂人，凤歌笑孔丘！"杜甫就不同了，后人说杜甫一生都在儒家界内，他深深地眷恋儒家，他信奉以孔孟之道为中心的原始儒家学说。杜诗中有四十四次谈到"儒"字，他经常称自己为"老儒""儒生"，有时甚至称自己是"腐儒"。在这一点上，杜甫和李白不同。李、杜的不同在诗歌中有各种各样的表现，比如说用典。他们两人说到古人的时候，杜甫诗中诸葛亮出现的频率非常之高，杜甫非常尊敬诸葛亮，诸葛亮被认为是古代的一个儒臣，因为他鞠躬尽瘁，始终忠诚于蜀汉。但是李白写得更多的是鲁仲连、张良，是带有纵横家色彩的古人。这两个人的诗中各自写到了一种有名的鸟，李白写的是大鹏鸟，杜甫写的是凤凰。大鹏也好，凤凰也好，都不是自然界中真实存在的鸟，是虚构出来的。大鹏是道家的庄子创造出来的，是自由精神的载体，自由的象征，它靠着大风就从北海一直飞到南海。杜甫呢，经常咏凤凰，凤凰是儒家的祥瑞。杜诗中说"七龄思即壮，开口咏凤凰"，到了生命的最后一刻，他还说"君不见潇湘之山衡山高，山巅朱凤声嗷嗷。……下愍百鸟在罗网，黄雀最小犹难逃"。它不是哀鸣自身，它是哀鸣世上的百鸟都套在罗网里无法逃脱，也就是说百姓都在受苦，他不忍心。大鹏鸟是一种出世的象征，要离开这个世界，要自我解放。凤凰则是一种入世的象征，要拯救这个世界。

李白和杜甫在当时诗坛上的地位也不一样。李白生前已享有很高的名声，所以他临终之前把自己的诗稿托付给李阳冰，让李阳冰帮他整理。李阳冰在李白诗集的序言中说，自从李白的集子出来之后，"古今文集遏而不行"，就他一个人的诗流行，别人的都不流行了。杜甫呢，恰恰相反，杜甫跟当时的几个主要诗人如岑参、高适、王维、储光羲等都有交往，杜甫在他的诗中评价过、赞美过这些诗友的成就，可惜在那些诗人的诗中，我们没有看到过对杜甫的赞美。因此，杜甫临终时写的诗中说"百年歌自苦，不见有知音"。辛辛苦苦地写了一辈子的诗，但是没有知音，没有人对自己做过高度评价。

我们要想比较公正地评价一个作家、一部作品，要有耐心，要等时间来评判，时间是最公正的。到了中唐，李、杜两人都受到了重视。从中唐的诗坛来回顾盛唐的诗，王维的地位已经低落。中唐的元白诗派基本认为杜甫的诗要比李白更高。相反的一派，尤其是韩愈，认为李、杜同样伟大。元白批评李白什么呢？有两点。一是杜甫的诗写民生疾苦，这和元白写新乐府是一致的，而李白没有写这方面的诗歌。第二，他们认为李白不擅长写长篇的排律。反正到了中唐，李、杜在诗坛上的领先地位已经凸显出来，只有他俩还在争高低，其他诗人都已退出竞争。到了宋代，北宋人提出了"诗圣"的概念。"诗圣"这个名词是明代人提出来的，但这个概念是北宋人创建的。北宋诗人写诗时，他们的竞争对象是谁呢,他们要超越的对象就是唐代诗人。正因为北宋诗人有自成一家的气概,他们要创造风格独特的一代诗风,想要超越唐诗,当然要瞄准唐代最伟大的诗人,一定要超越唐代最伟大的诗人才能与唐人争高低。他们在唐代诗人中反复选择,最终认为,杜甫比李白更高一筹。

宋人在这方面的言论非常多,我想苏东坡说的话比较有代表性,因为苏东坡在当时影响最大、地位最高,他也最善于评论别人。苏东坡认为李、杜都是很伟大的,他认为李白、杜甫之前的前代诗歌都被两人超越了。当然,苏东坡后来认为陶渊明的诗歌成就最高,但他一开始是说李、杜两人最高。然后苏东坡又在这两个人中间有所褒贬,他对李白有一些批评,这批评正代表着北宋人的两种选择。一是人品问题,在苏东坡看来,李白的人品是有缺陷的。当然,这一点王安石说得更绝对,他为什么不喜欢李白呢,因为李白十首诗有八首、九首是写女人和酒的,所以不好!那么苏东坡是怎么说的呢?苏东坡也说李白有缺陷,说李白这个人在政治上是很糊涂的,在忠君爱国方面做得不够。他特别指出李白晚年加入永王李璘军队的问题。当时李白在庐山,永王李璘带着军队沿着长江东下,唐肃宗的中央政府命令他不准东下,因为肃宗已经登基了,永王李璘却借口他听从玄宗的命令到东方去打击叛军,而不听中央的号令。李白糊里糊涂地加入了永王的叛军,所以后来被判了刑,被长流夜郎,中途又遇赦东归。李白写的"朝辞白帝彩云间,千里江陵一日还。两岸猿声啼不住,轻舟已过万重山",这首诗不是他青年时代刚出四川时写的,而是走到白帝城遇到赦免时写的。遇到赦免得以东归,看到船行得这么快,就很高兴,诗中洋溢着轻松愉快的心情。苏东坡认为李白从永王军在人品上是重大的缺陷。反过来,苏东坡认为杜甫没有这样的缺陷,杜甫一生都忠君爱国。在唐代,在宋代,忠君爱国是全社会毫无例外、无可置疑的道德准则,古人不可能说忠君不好,不可能对忠君有所怀疑,因为这就是当时的道德标准,所以东坡也是这样,他认为杜甫好就好在他始终忠君爱国。当然,忠君和爱国其实是两个概念,如果连在一起则只是古人的观念,这在古人看来是不矛盾的,是两位一体的,因此王安石就认为杜甫最好的诗是关心天下苍生的。王安石在诗中说"宁令吾庐独破受冻死,不忍天下赤子寒飕飗",这是杜甫在《茅屋为秋风所破歌》中所表达的情怀。这就是宋人在人品上选择杜甫的原因。

另外,从艺术的角度看,宋人又是怎么样把杜甫确立为典范的呢?我想在评判诗歌艺术高低方面,苏东坡是最有发言权的。苏东坡是何等人物啊?他的朋友黄庭坚说,有些年轻人写了一首诗或一篇文章,想让东坡判断一下好坏,东坡用鼻子一嗅就知道了。他根本不用看,用鼻子一嗅,就知道好还是不好。这个比《聊斋》里的"司文郎"还要高明,那个和尚要判断一篇文章的好坏,就把这文章烧了,用水泡了喝上一口,好文章喝起来味道比较好,不好的文章一喝就要呕吐。那个办法太麻烦了,苏东坡的办法更简单,他用鼻子一嗅就知道了。所以,让东坡来判断艺术水平的高低那是最准确的,因为他是内行。那么东坡是怎样判断李、杜的诗歌艺术的呢?他说李白的诗歌当然很好,但有一个缺点,就是有时候比较率意、随便。东坡还指出李白的诗集传到北宋，其中混进了一些伪作，有一些别人写的诗混在里头，他说就是因为李白的诗不够精练，随意挥洒，所以容易与别人的诗混淆。他认为杜甫的诗就不同了，难道有人敢去伪造杜甫的诗？那是不可能的，杜诗太经典了，它千锤百炼，别人的诗没法混进去。他由此判断在艺术上面杜甫还是高于李白。应该说，苏东坡的判断基本就是整个北宋诗坛的判断。所以，到了北宋，李、杜两个人的地位开始有了一些区别，杜甫要高一些，李白要低一些。

上面说的都是古人的看法，我们没必要遵循它。自五四以后，尤其是1949年以来，我们的学术界、教育界，再来讲文学史，再来讲唐诗的话，很少采取古人的说法。我们很少说杜甫比李白好，而一般认为李白、杜甫是同样伟大的。我个人觉得在这方面表述得最好的应该是郭沫若。1962年，在纪念杜甫诞生1250周年的时候，那年有个国际组织叫作世界和平理事会，号召全世界人民纪念四个文化名人，其中有一个就是杜甫。所以那年北京召开了一个非常隆重的纪念杜甫诞生1250周年的大会，郭沫若是当时的中国文联主席，他在那个大会上作了一个讲话，讲得非常好。那篇讲话的标题叫"中国诗歌史上的双子星座"，就是说李白跟杜甫是中国诗歌史上的一对双子星，双星！我想这里也许没有天文系的同学，双星的两颗星都是恒星，不是一颗恒星一颗行星，是两颗恒星围绕着它们共同的重心运转，就是你也绕着我转、我也绕着你转，两颗星星的地位是平等的。郭沫若说李白和杜甫就是这么一对双子星，他们两人的地位是完全一样的，我觉得这个比喻非常好。我一向觉得在全国古迹中对联写得最好的地方有两处,一处是杜甫草堂,还有一处是武侯祠。在杜甫草堂里,我最欣赏的一副对联是谁写的呢,就是郭沫若写的,写得真好,他说"世上疮痍诗中圣哲,民间疾苦笔底波澜"。这是他对杜甫的评价,应该是说到点子上了,又非常精练。我想这应该是比较典型地代表了当代人对李白、杜甫身份的一个评判。作为当代人的我们该怎么看待李白、杜甫的高低优劣呢?在我看来,我们只需关注李白和杜甫给我们带来的阅读感觉如何。我觉得明朝的王世贞说得很好,他说,我们读李白和杜甫的诗,假如读得很少,只读十首以内,那么比较容易接受的是李白。他的原话是"十首以前,少陵稍难入",意思就是杜甫的诗比较难于进入。但是如果你读得比较多,读到一百首以上,那么"青莲较易倦",李白容易使你产生厌倦,而杜甫不会使你产生这种厌倦。作家汪曾祺也有类似的看法。

另外一个方面,就是我们怎么来理解这个问题:为什么杜甫的地位后来越来越高呢?我想这只能从他们两人对后代诗歌史所起的实际影响来看。一言以蔽之,李白不容易学,而杜甫比较容易学。李白是靠天才来作诗的,天才怎么学啊?天才是没有办法学的!所以李白尽管当时名声那么大,身后的名声也一直很高,但是我们看整个唐诗发展的过程,从盛唐一直到唐末,有几个人学李白,或者说能学得成功?很少看见!我们一定要举例子的话,那也许会注意到一些不著名的诗人。大家知道他吗?李赤!肯定不是很有名的诗人。中唐诗人李赤有几首诗,到北宋时混进了李白的诗集里,苏东坡一看到这几首诗就拍手大笑,说:"假货!假货!"这些诗是对李白诗的拙劣模仿,但确实有点像。还有一个中唐诗人,也有点像李白,他叫张碧,字大碧,李白、李太白,张碧、张大碧,名与字有点像。但是张碧的诗也不是很像李白。杜甫就不是这样了,历代有很多人从学习杜诗吸取营养,然后自成一家。中唐两大诗派,元稹、白居易学杜甫乐府诗的精神,反映民生疾苦,他们学得非常好;韩愈和孟郊学杜甫的雄劲笔力,善于描写健峭的气象、雄奇的景物,也学得非常好!到了晚唐,学得最好的是李商隐。李商隐的七言律诗,特别是非爱情题材的七言律诗,学杜甫真是学得到家了。他的《安定城楼》,"贾生年少虚垂涕,王粲春来更远游。永忆江湖归白发,欲回天地入扁舟",真是像杜甫,意境浑融,语言精练。到了北宋,杜甫被称为江西诗派"一祖三宗"的"一祖",认为他是"祖",这样的情况在李白的影响史中没有发生过。因为杜甫容易学习,影响巨大,所以后人对杜甫的评价就越来越高。

说了这么多,最后回到这个问题上来:谁是唐代最伟大的诗人?我们检索历史,发现后人曾经举出过这个诗人,或是那个诗人,到最后大家一致认为是李、杜。在李、杜两人中间,从北宋开始又有很多人认为是杜甫,李白要稍微差一点。到了现代,我们一般都认为李、杜同样伟大。那么,我个人怎么看?我想说李白、杜甫都是唐代最伟大的诗人!如果只给我一张选票,那么我首先选杜甫。作为一个读者,我觉得杜甫就在我们身边,而李白好像在云端,有点高高在上的意味。安史之乱时唐朝的人民经受了那么多苦难,但是在李白的诗中是怎么表现的呢?就是"俯视洛阳川,茫茫走胡兵",我从天上看洛阳川啊,胡人的军队在那里茫茫地走,然后才说"流血涂野草,豺狼尽冠缨"。这首诗是

《古风》五十九首中的一首,它的前半部分说我跟着仙人一起飞上青天,我从云端里往下看,看到地上的老百姓都在受苦,这分明是居高临下的态度。而杜甫一直就在人民中间,他在安史之乱时就夹在难民群中一起逃难,跟老百姓一起接受颠沛流离的生活,所以他就在我们身边,离我们更近。但是抛开感情立场,把李、杜作为两个古代的诗人来看,我认为他们是同样伟大的。我希望大家不要强迫我一定要在李白和杜甫中间选一个,这是一种两难的选择!我觉得他们两人都是唐代最伟大的诗人!没有李白,唐诗就缺了重要的一块;当然,没有杜甫,唐诗也缺了重要的一块!李、杜两个人是互补的,李、杜互补才构成了唐诗的最高峰。

诗仙李白

一、诗国天空中的耀眼彗星

李白其人，是中国古典诗歌史上的一个谜。他像一颗彗星突然划过诗国的长空，光彩夺目，不可逼视。他像一个从天而降的谪仙人，萍踪飘忽，踪迹难寻。李白写诗多为情绪化的宣泄，想落天外，似真似幻，迷离恍惚。所以李白的生平留下了许多疑问，比如说李白的身世如何？他的出生地是哪里？他的婚姻情况如何？他一生进过几次长安？他何时将一双儿女安置在东鲁？他流放夜郎是半途遇赦吗？凡此种种，几乎每个问题都使学者聚讼纷纭，莫衷一是。本书只能把学界认同程度较高的说法介绍给读者。

综合各种史料和历代学者的考证，李白的身世大概如下：其先世在隋末因罪流放到中亚的条支都督府，武后长安元年（公元701年），李白出生在碎叶城。那个地方当时属于大唐帝国的安西都护府管辖，是个多民族杂居的地方，现在名叫托克马克，在吉尔吉斯斯坦境内。李白五岁那年，其父带着全家返回内地，在绵州昌隆县（今四川江油）居住。李白的父亲不知叫什么名字，史书上称他为"李客",就是姓李的客人,可见李家是流寓之人。蜀中并不是李白真正的故乡,但是李白五岁就到了江油,二十四岁才离开,江油被称为"李白故里",还是当之无愧的。

显然,李白的家庭既不是官宦世族,也不是耕读之家。有人认为他父亲是个富商,从李白青年时富有钱财来看,不失为合理的推测。正因如此,李白没有像杜甫那样接受儒家思想的严格教育,他在《赠张相镐》中自称其学习过程是"五岁诵六甲,十岁观百家","六甲"就是古人计数所用的六十甲子之类的知识,"百家"是诸子百家的各类杂书。李白当然也熟读儒家经典,但是他涉猎的范围相当广泛,其知识结构和思想渊源比较复杂。他不但深信道教,还受到了西域胡族文化的影响。李白在蜀中生活了二十来年,除了读书学习之外,也广交朋友,并游览了蜀中山川。峨眉山、青城山等蜀中名山,都留下了李白的游踪,也留下了李白的诗篇。蜀中乃多民族杂居之地,民风勇武,李白也沾染了南蛮文化及豪侠习气。二十四岁那年,李白仗剑出蜀,经三峡而东下,从此离开蜀地,再也没有回去过。

李白出蜀以后,就在吴楚等地漫游,《上安州裴长史书》中自述:"南穷苍梧,东涉溟海。"李白的漫游,一方面游览名山大川和通都大邑,另一方面则广事交游,结交名流。他生活豪纵,挥金如土,尤喜接济落魄的士人,也主动结识地方长官。大约三年以后,李白来到安陆,隐于寿山。安陆是古代云梦泽的所在地,李白早从乡人司马相如的《子虚赋》中闻知其名,遂来寻访。不久,李白入赘当地的豪门许家,其妻是高宗朝宰相许圉师的孙女。婚后的李白仍然四处漫游,但基本定居于安陆,正如《秋于敬亭送从侄耑游庐山序》中的自述:"酒隐安陆,蹉跎十年。"开元十八年(公元730年)前后,李白前往长安,一住数年。他曾在终南山隐居,并前往玄宗之妹玉真公主的别馆访问。他也曾在长安结识名士贺知章、崔宗之,以及一些达官贵人。但是李白的长安之行并没有引起朝廷的注意,于是又往四方漫游。其间曾一度在嵩山隐居,与道士元丹丘结为好友。

开元末年,许氏夫人去世,留下一对儿女:女名平阳,子名伯禽。李白原是以赘婿的身份在许家生活,丧妻之后,不宜再居许家,于是携带儿女移家东鲁。由于儿女幼小,李白又常年飘荡在外,为了有人照料孩子,他曾与一位姓刘的女子以及一位不知姓氏的女子先后同居,生活颇为潦倒。到了天宝元年(公元742年),由于玉真公主等人的荐举,玄宗终于下诏征李白入京。诏书送抵南陵(今山东曲阜城南),李白扬眉吐气,放声大笑,作《南陵别儿童入京》以表欢欣:"仰天大笑出门去,我辈岂是蓬蒿人!"

李白终于如愿入朝了!他终于有机会实现曾在《代寿山答孟少府移文书》中表示的"奋其智能,愿为辅弼,使寰区大定,海县清一"的宏伟理想了!可惜事与愿违。李白入京之初,确实受到唐玄宗极为隆重的接待,一时声华煊赫,荣耀无比。然而玄宗诏李白入朝,不过是想借其诗才来点缀升平,他并不想在政治上对李白委以重任。李白入朝后担任翰林供奉,只是一个文学侍从之臣,除了偶尔起草国书之外,他的任务就是替玄宗写诗。有一次宫中演奏音乐,玄宗为了记其盛况夸耀后世,立命召李白前来,当场以《宫中行乐词》为题作五言律诗十首。还有一次,宫中牡丹盛开,玄宗和杨贵妃一起赏花,命李龟年率梨园弟子唱歌。

刚要开唱,玄宗忽然说:"赏名花,对妃子,焉用旧乐辞焉!"于是立召李白前来写新歌词,李白酒醉刚醒,就挥翰写了传诵一时的《清平调》三首。假如换了一个贪图富贵的平庸诗人,能得到皇帝如此的恩宠,能成为皇帝赏识的御用诗人,肯定会心满意足,自庆三生有幸。然而李白却深深地失望了。他的理想是登辅弼之位,行治国平天下之事,岂是当一个御用诗人而已!所以时隔不久,李白就从奉诏入朝之初的兴奋得意中清醒过来了。他开始冷眼观察盛世外表下的种种黑暗现状,他开始以沉湎酒乡来掩盖内心的失望和牢骚。在《古风五十九首》之二十四中,他揭露长安城中宦官及斗鸡之徒嚣张奢侈之丑态:"路逢斗鸡者,冠盖何辉赫!"在《古风五十九首》之十五中,他悲叹贤才被弃的社会悲剧:"珠玉买歌笑,糟糠养贤才。"杜甫在《饮中八仙歌》中描写李白在长安的醉态是:"李白斗酒诗百篇,长安市上酒家眠。天子呼来不上船,自称臣是酒中仙。"如此狂傲不驯,分明是满腹牢骚的外露。李阳冰的《草堂集序》则说李白在长安"浪迹纵酒,以自昏秽",又说"朝列赋谪仙之歌凡数百首,多言公之不得意",连朝中列官都明白李白的"不得意",何况李白本人?

盖世高才容易受到众人的嫉妒,目中无人的狂傲举止更会受到小人的忌恨,李白很快成为朝中权贵的眼中钉。翰林学士张垍妒忌李白的过人才华,宦官首领高力士记恨李白让他脱靴的耻辱,纷纷向玄宗进谗言。李白的好友任华在《杂言寄李白》中说:"权臣妒盛名,群犬多吠声。"可见当时谗毁李白的小人,也不知有多少。李白再也无法在朝廷里待下去了,天宝三载(公元744年)春天,李白上书玄宗,请求还山。玄宗对李白的狂傲也不耐烦了，就赐给李白一些钱财，准其归山。李白怀着失意和牢骚离开长安，他的政治理想破灭了。他在《书情赠蔡舍人雄》中说："白璧竟何辜，青蝇遂成冤。"对于李白的政治生涯来说，长安三年当然是一个悲剧。但是对于诗坛和诗史而言，李白被放还山真是一件天大的好事。李白离开了朝廷，重新回到民间，从此他不需要浪费其绝代才华来写《清平调》之类的无聊颂诗了，他转而歌咏壮阔的人生和壮丽的河山。从此李白不需要再与虚情假意的权贵们作无聊的应酬了，他转而结交杜甫、高适等诗人，并与桃花潭边的村民汪伦、五松山下的农妇荀媪无拘无束地交往。一句话，李白离开了狭小的宫廷，回到了广阔的民间。那才是李白施展绝代才华的宽广天地！

李白在各地游历多时，又回到汴州，入赘宗家，其妻是武周朝宰相宗楚客的孙女。婚后李白与宗氏夫人的感情很好，但毕竟是入赘贵门，诸多不便，所以他仍然经常出游，他的一双儿女也仍然寄养在东鲁。天宝十四载（公元755年）十一月，安史之乱爆发。叛军势如破竹，很快打到洛阳一带。此时李白正在汴州，就携带宗氏仓皇逃难。他先是西奔入秦，次年春天又转向东南，逃往江南。李白的《扶风豪士歌》中展现了兵荒马乱的景象："洛阳三月飞胡沙，洛阳城中人怨嗟。天津流水波赤血，白骨相撑如乱麻。我亦东奔向吴国，浮云四塞道路赊。"逃到江南以后，李白又流寓多地，最后来到庐山，暂隐于屏风叠。至德元载（公元756年）年底，永王李璘率舟师顺江东下，路过庐山时派人上山礼聘李白。李白正为报国无路而忧虑，就视此为建功立业的好机会，即刻下山，兴高采烈地登舟而去。没想到李璘虽是奉玄宗之命率军平叛的,但此时其兄肃宗早已登基,且下令李璘归觐于蜀。李璘拒不从命,肃宗便视为叛逆,调动军队围歼之。李璘的军队刚走到丹阳(今江苏镇江)一带,遇到朝廷所遣军队的阻击,军无斗志,一触即溃。天真的李白本图建立奇功,没想到反而落了个附逆的罪名,他匆匆逃到彭泽,随即自首,被拘于寻阳狱中。虽然得到崔涣、宋若思等大员的援救,李白仍受到长流夜郎(今贵州正安)的严重处罚。乾元元年(公元758年)春天,李白在寻阳辞别匆匆赶来的宗氏夫人,启程前往夜郎。次年三月,李白刚走过三峡,适遇朝廷大赦,他即刻顺流东下,作《早发白帝城》:"朝辞白帝彩云间,千里江陵一日还。两岸猿声啼不住,轻舟已过万重山!"

回到江南以后,李白暂居宣城。他虽然屡经挫折,但壮志未灭。上元二年(公元761年),听说大将李光弼出镇临淮,李白还想前往从军,行至半途因病折回。其后李白贫病交加,乃往当涂投靠正任当涂令的族叔李阳冰。临终前,李白将自己的手稿托付给李阳冰,请他编集。宝应元年(公元762年)十一月,李白卒于当涂。一颗光芒照人的彗星从长空中永远消逝了。正如杜甫《梦李白》中所云:"千秋万岁名,寂寞身后事!"李白身后颇为凄凉,因家贫,只得暂葬龙山东麓。直到四十五年以后,李白故人范伦之子范传正出任当地长官,访得李白的两个孙女,得知李白的遗愿,便将其墓迁往李白生前喜爱的"谢家青山"。此外,在距此不远的采石矶畔,也留下一座李白的衣冠冢,当是后人因民间有李白醉后入江捉月而死的传闻而修建的。从此,青山之麓的李白墓和采石江边的李白衣冠冢,都成为后人凭吊李白的历史遗址。青山永存，江水不竭，李白将与他热爱的壮丽山川一道永世长存。

二、意气风发的进取精神

李白其人，自许极高。在政治上，他以辅弼之材自居，动辄自比张良、诸葛亮、谢安。在文化上，他以斯文宗主自居，时时自比孔子。即使他想隐居了，也曾在《代寿山答孟少府移文书》中自诩是"巢由以来，一人而已"。在李白看来，建功立业像探囊取物一般容易，名垂青史是他必然的宿命。所以他终生保持着旺盛的进取精神，从未因遭受挫折而消退雄心。从青年时代的仗剑出蜀，到残暮之年的投军自效，李白始终是意气风发的雄豪之士，叹老嗟卑的习气是与李白绝缘的。

李白最大的人生理想是什么？他自己说得很清楚："奋其智能，愿为辅弼，使寰区大定，海县清一。"这与杜甫的"致君尧舜上，再使风俗淳"基本一致，正是封建时代的读书人共同的人生理想：安邦定国、治国平天下。在唐代，读书人要想进入仕途，最通常的道路便是参加科举。但是李白自负于个人的才华，不愿意走循规蹈矩的科举之路。他希望顷刻之间就能实现其政治理想，用范传正《唐左拾遗翰林学士李公新墓碑》中的话说，便是"常欲一鸣惊人，一飞冲天。其渐陆迁乔，皆不能也"。不应科举而想入仕，李白采取了两种方法，一是干谒求名，二是隐居求名。早在蜀中的时候，李白就曾求见苏颋。苏颋是朝中名臣，当时正任益州长史。李白自述求见苏颋的过程是"于路中投刺"，也就是在路上向苏颋递上名片，显然这是主动上前以事干谒。苏颋对李白大为赞赏,说他"天才英丽,下笔不休"。李白对此事非常得意,后来把苏颋的话写进《与安州裴长史书》中,还说"四海明识,具知此谈",这清楚地说明李白干谒名人贵人的目的,就是显扬自己的名声。李白三十四岁那年,在襄阳晋谒荆州长史韩朝宗,写了著名的《与韩荆州书》,开头便说:"白闻天下谈士相聚而言曰:'生不用封万户侯,但愿一识韩荆州。'何令人之景慕,一至于此耶!"由此在汉语中增添了"识荆"这个词汇,成为后人结识他人的专用词语。《与韩荆州书》中还自称"遍干诸侯""历抵卿相",可见李白并不讳言自己曾广事干谒,在他看来,这是实现理想的一条途径,是光明正大的行为。

　　李白采取的另一种方法是隐居求名。李白在蜀中就开始了隐逸生活,他曾与一个叫"东岩子"的人一起隐居于岷山之阳,当时的广汉太守还曾闻名前往求见。出蜀以后,李白更是有意识地隐居求名。他在《代寿山答孟少府移文书》中自称"逸人",径直以隐士自居。但就在同一封书信中,他又声称要"奋其智能,愿为辅弼"。在他看来,隐居与做官不但并无矛盾,而且前者正是后者的必要准备。于是李白曾与元丹丘一起隐居在嵩山,又曾与韩准、孔巢父等六人隐居在山东的徂徕山,号称"竹溪六逸"。但是他从未真正甘心在山林里清心寡欲地当一辈子隐士,他只是希望像东晋的谢安那样暂隐东山,一旦朝廷有事,就出山入朝,建功立业。李白在诗歌中反复咏及谢安,绝非偶然。他在《送裴十八图南归嵩山》中说:"谢公终一起,相与济苍生。"隐居得名,然后出山,就是李白理想中的隐居模式。像李白那样一心想着要使寰区大定、海县清一的人,像李白那样热血沸腾、生命

027

力格外旺盛的人,怎么可能做一个终老林泉、忘怀世事的隐士呢?

李白为自己设计的人生道路在当时有可能付诸实施吗?回答是肯定的。无论在政治上还是文化上,唐代都是一个相当多元化的时代。科举制度虽已确立,但朝廷用人不拘一格。唐太宗贞观年间,一介布衣马周代中郎将常何上条奏事,深得太宗赏识,当即召见,从此步入仕途,次年就任监察御史,后来官至中书令。天宝末年,布衣张镐因杨国忠推荐,释褐拜左拾遗,后来官至宰相。而李白投书求谒的韩朝宗也曾推荐崔宗之、严协律等人,都顺利地进入了仕途。所以李白广事干谒,绝非徒劳之举。至于隐居求名,也是当时进入仕途的一条捷径。"终南捷径"这个成语的产生时间,就在李白出生前后。当时有名卢藏用者,初举进士,不调,就隐居终南山。他表面上隐居在山中,眼睛却始终盯着朝廷的动静,人称"随驾隐士"。不久卢藏用应诏入朝,从此在官场里度过一生。据刘肃《大唐新语》记载,卢藏用曾对道士司马承祯说终南山中"大有佳处",司马讽刺他说:"以仆所观,乃仕宦捷径耳。""终南捷径"这个成语,后人常用来讽刺心怀魏阙的假隐士。但在唐代,它并没有多大的讽刺意义。其实讽刺卢藏用的司马承祯本人也是个出入朝廷的显赫道士,据李白《大鹏赋序》所云,李白刚出蜀时就在江陵见过司马承祯,司马还赞扬他有"仙风道骨",说不定李白曾从司马那里听说过"终南捷径"的故事并从中得到启发。

那么,上述两类行为会不会影响李白的清誉呢?不会,因为李白的目标不是入仕所带来的荣华富贵,而是要实现其宏伟的人生理想。正因如此,李白才会不厌其烦地广事干谒。也正因如此,李白才会不断地转移隐居的地点。李白入仕的道路如此曲折,入朝后的遭遇又如此令他失望,但他的雄心壮志并没有随之消减。即使被玄宗放还归山以后,李白仍然孜孜不倦地寻找着建立功业的机会。安史之乱爆发后,眼看着河山破碎,人民遭殃,李白心头燃起了从军平叛的希望之火。永王李璘起军时曾广征名士,当时萧颖士、孔巢父等人皆逃避不应,宗氏夫人也规劝李白不要应聘,但李白仍然应聘入幕,原因就是他好不容易盼来了一个立功报国的机会,岂肯轻易放过?与其说这反映出李白在政治上不够敏感,不如说体现了他有异常强烈的进取精神。李白入幕后作《在水军宴赠幕府诸侍御》说:"卷身编蓬下,冥机四十年。宁知草间人,腰下有龙泉?浮云在一决,誓欲清幽燕。愿与四座公,静谈金匮篇。齐心戴朝恩,不惜微躯捐。所冀旄头灭,功成追鲁连!"他是多么希望亲赴平叛前线,建立鲁仲连那样的不朽功绩啊!

  李白的进取精神还体现在敢于直面黑暗的现实,非但不逃避,反而勇起抗争。天宝六载(公元747年),也就是李白离开长安三年以后,大唐帝国的政治生活中发生了严重的事件,口蜜腹剑的奸相李林甫为了维持其权位,一方面诱导唐玄宗沉溺享乐,另一方面不择手段地排斥贤良。北海太守李邕和刑部尚书裴敦复,都是有正义感的官员,公称士林领袖。李林甫为了打击士气,就用杀鸡儆猴的手法,对李邕和裴敦复痛下毒手。李邕和裴敦复惨遭杖毙,这个事件在当时的影响非常大,它摧残了整个士大夫阶层的士气,一时朝议噤若寒蝉。李白却在《答王十二寒夜独酌有怀》中发出了公开的抗议:"君不见李北海,英风豪气今何在?君不见裴尚书,土坟三尺蒿棘居。少年早欲五湖去,见此弥将钟鼎疏。"这是李白与黑暗政治拒绝合作的公开宣言。按理说,这样的诗很容易写得低沉压抑,因为诗人心中非常苦闷。但是李白毕竟是李白,即使在这首诗中,他依然豪气如虹,激情似火。他以无比轻蔑的语气批判黑暗势力,表示决不与他们同流合污。他以无比自豪的气概宣布自己的理想,决心远离污浊的尘世,回归纯朴清静的自然。本来是退出政治的内心独白,却写成了声讨黑暗势力的檄文。本来是痛苦心情的宣泄,却变成了豪迈情怀的颂歌。全诗激情喷涌,具有排山倒海的气势,淋漓尽致地展示了一个高傲不屈、坚定不移的诗人形象。显然,这样的诗带给读者的绝不是消沉、萎靡,而是激昂、奋发,因为批判社会、抨击黑暗本是进取精神的一种体现。

李白的人生道路并不一帆风顺,而是充满着坎坷和挫折,但他从不灰心丧气,从不妄自菲薄。"天生我材必有用!"李白就是怀着这样的坚定信念走完人生道路的。人生在世,难免会遇到坎坷和挫折,意志不够坚定的人往往因此而失去信念。李白则不然。李白写过三首《行路难》,其二中悲叹"大道如青天,我独不得出!"可见其境遇是多么不顺利。然而他的完整想法则见于其一:"行路难,行路难!多歧路,今安在?长风破浪会有时,直挂云帆济沧海。"由此看来,李白诗歌的意义不止于鼓励读者努力奋斗,争取建功立业,还在于即使人生道路多般不顺,也要保持人生的信念。换句话说,我们在任何境遇下都不应丧失志气和希望,在人生的任何阶段都应该保持意气风发、勇往直前的精神状态。在这个意义上,李白的诗歌是永远激励我们前进的"励志诗"。

三、平交王侯的人格尊严

李白天性狂傲,在任何权贵面前也决不低下高贵的头颅。据《唐才子传》记载,李白曾醉中骑驴误入华阴县的县衙,县宰喝问来者何人,李白具供状说:"曾令龙巾拭吐,御手调羹,贵妃捧砚,力士脱靴。"这四句话有实有虚,李阳冰《草堂集序》中明言玄宗初见李白,曾"以七宝床赐食,御手调羹以饭之"。即使稍有夸饰,亦离事实不远。中唐人段成式的《酉阳杂俎》则记载说:"李白名播海内,玄宗于便殿召见。神气高朗,轩轩然若霞举,上不觉亡万乘之尊,因命纳履。白遂展足与高力士,曰:'去靴!'力士失势,遽为脱之。"即使是出于当时的传闻,也是事出有因。至于"龙巾拭吐",则是"御手调羹"引起的合理联想。"贵妃捧砚"虽不大可能,但李白确曾应召当场作诗歌咏杨贵妃之美貌,贵妃站在一旁观看他挥毫落笔,也是情理中事。上述行为生动地体现了李白不向权贵低头的狂傲性格。让高力士这个太监脱靴,今人或许以为没什么大不了。其实不然。要知道高力士不是一般的太监,他鞍前马后地跟随玄宗几十年,深受宠信。当李白入朝时,高力士已实封冠军大将军、渤海郡公,权倾一时,炙手可热。李白为什么有胆量让高力士脱靴?原来他天性狂放,平交王侯是他的固有姿态。他在《少年行》中声称:"府县尽为门下客,王侯皆是平交人。"他还在《答王十二寒夜独酌有怀》中斥骂那些佞幸小人说:"董龙更是何鸡狗!"高力士太监一个,在李白眼中不过是个奴才而已。在皇帝面前让奴才脱一次靴,又有何妨!

李白平交王侯的底气来自哪里?就来自他对权贵与富贵的无比蔑视。李白虽然在政治上勇于进取,但他与那些名利之徒有着根本的区别,就是目的不同。试以卢藏用为例。卢藏用进入仕途后,先是依附权贵太平公主,差点被唐玄宗杀掉。后来又弄权贪赃,声名狼藉。可见卢藏用走终南捷径的道路,不但手段不正,其目的也不可告人。李白则不然。李白进入仕途的目的不是富贵荣华,而是施展政治抱负。他曾再三表白这番心思,在《代寿山答孟少府移文书》中,李白表示其理想是:"事君之道成,荣亲之义毕,然后与陶朱、留侯,浮五湖,戏沧州,不足为难矣。"可见李白出山之前就制定了功成身退,隐遁江湖的人生规划,功名富贵并不是他的终极目标。李白入翰林供奉后作《翰林读书言怀呈集贤诸学士》说:"功成谢人间,从此一投钓。"可见他进入朝廷后并未受到荣华富贵的蛊惑。李白对鲁仲连、张良等历史人物再三表示敬意,正是着眼于他们功成身退的表现。

正因如此,在世人眼中最有价值的东西,在李白看来却是一钱不值。李白既蔑视富贵,也蔑视权贵。富贵与权贵本是互相依存的一对怪胎,李白对它们投以无比轻蔑的目光。李白年轻时就有挥金如土的豪爽举动,这当然与他家庭富裕有关,但更重要的是他视金钱如粪土的价值观。他还在《将进酒》中声称:"天生我材必有用,千金散尽还复来。"李白又不是商人,怎么可能"千金散尽还复来"?事实上李白并没有陶朱公那样的致富天赋,他不过是表示对财富的轻蔑罢了。李白又在《江上吟》中郑重宣布自己关于人生价值的看法:"功名富贵若长在,汉水亦应西北流！"蔑视富贵的人一定能傲视权贵，孟子把这个道理说得非常清楚："说大人则藐之，勿视其巍巍然。……在彼者，皆我所不为也。在我者，皆古之制也。我何畏彼哉！"李白堪称孟子所倡导的大丈夫精神的身体力行者。帝王将相所以骄横可畏，无非因为他们掌握着财富和权力，李白既已视富贵荣华如粪土，又有什么必要在权贵面前卑躬屈膝？无怪他谒见地方长官以求荐举只行长揖之礼，也无怪他能在《梦游天姥吟留别》中公然宣称："安能摧眉折腰事权贵，使我不得开心颜！"

李白虽然傲上，但决不倨下。由于人生经历的不同，李白没有写过像杜甫的《三吏》《三别》那样关注民生疾苦的名篇。但当他在江南丹阳偶然看到纤夫冒着酷暑拖船过坝的艰辛时，即在《丁都护歌》中写下了"心摧泪如雨"和"掩泪悲千古"的沉痛诗句。安史之乱爆发后，李白也关心兵荒马乱、生灵涂炭的现实，在《古风》中描写过"俯视洛阳川，茫茫走胡兵。流血涂野草，豺狼尽冠缨"的人间惨状。更重要的是，李白对劳苦大众抱有亲切的态度，与他们平等地交往。宣城有个善于酿酒的老翁死了，李白作《哭宣城善酿纪叟》："纪叟黄泉里，还应酿老春。夜台无晓日，沽酒与何人？"铜官冶（今安徽铜陵）五松山下一个农妇用一盘菰米饭款待李白，李白作《宿五松山下荀媪家》以示谢："跪进雕胡饭，月光明素盘。令人惭漂母，三谢不能餐。"泾县村民汪伦与前来游览的李白结为好友，李白临走前写了千古名篇《赠汪伦》："李白乘舟将欲行，忽闻岸上踏歌声。桃花潭水深千尺，不及汪伦送我情。"在中国古典诗歌史上，除了纪叟、荀媪和汪伦以外，还有几个平头百姓的姓名被写进过诗歌？几乎没有。这是李白的独特之处。要知道,当李白写这些诗的时候,他可是曾在金銮殿上当着皇帝、贵妃之面挥毫泼墨的大诗人啊。

　　李白虽曾荣任翰林供奉,但前后不足三年,他的一生主要是以一介布衣的身份参加社会活动的。他在《与韩荆州书》中自称"陇西布衣",唐玄宗接见他时也说"卿是布衣",李白在《赠崔司户昆季》中回忆自己待诏翰林的经历还说"布衣侍丹墀",可见"布衣"就是李白的公开身份。然而这是一个多么狂傲的布衣!清初的遗民中有所谓"海内四大布衣"之说,李白真是历史上最著名的"大布衣"。他蔑视权贵,平交王侯,在《玉壶吟》中宣称"揄扬九重万乘主,谑浪赤墀青琐贤",竟然要与皇帝、大臣平起平坐,随意谈笑。李白即使向人投书求荐,也不肯牺牲尊严。韩朝宗以奖掖识拔后进有名于时,李白作《与韩荆州书》以自荐云:"而君侯何惜阶前盈尺之地,不使白扬眉吐气、激昂青云耶?"词气昂扬,何尝有半点低首下心的可怜状?李白的狂傲,其本质是一种放大的自尊,是布衣之士为维护自身人格尊严采取的自卫手段。李白在作品里宣示自身的人格尊严,具有广泛的社会意义和深远的历史意义。中国古代社会里,一向注重群体价值,而缺少对个体价值的尊重。君君臣臣的封建制度和等级观念抹杀了思考个体尊严的可能性,更不用说提倡和维护它了。平交王侯的李白堪称维护平民人格尊严的典范。后人为什么爱读李白那些豪气干云的诗篇?李白使高力士脱靴的传说为什么流传千古?其深层的原因是大家从心底里敬佩李白的嶙峋傲骨。

四、冲决羁绊的自由意志

李白的思想无拘无束,自由自在,绝不局限于某家某派。有人说李白反儒,其实李白是尊崇儒家的,因为他那治国平天下的理想正是儒学的核心内容。对于儒学的祖师孔子,李白十分敬佩,将他看作自己的人生楷模。他在《书怀赠南陵常赞府》中说:"君看我才能,何似鲁仲尼?大圣犹不遇,小儒安足悲?"认为自己的才能颇似孔子,并认为孔子的遭遇可以给怀才不遇的自己带来安慰。他在《古风》中谈到自己的文学事业时说:"我志在删述,垂辉映千春。希圣如有立,绝笔于获麟。"也是用孔子整理经典的事迹来激励自己,希望能像孔子那样以不朽著作来映照千秋。当然,即使是这样的诗句,把自己与孔子相提并论,在旁人看来就不免狂妄。何况李白还有更为大胆的表示,他在《庐山谣寄卢侍御虚舟》中声称:"我本楚狂人,凤歌笑孔丘。"在孔子已被尊为文宣王的时代,这样的句子是惊世骇俗的。李白对儒家的真实态度是尊崇但不迷信,他作《嘲鲁儒》嘲讽那些但知章句之学的儒生:"鲁叟谈五经,白发死章句。问以经济策,茫如坠烟雾。"在《行行且游猎篇》中,他甚至认为:"儒生不及游侠人,白首下帷复何益?"

李白对道家的崇尚不逊于儒家。道家睥睨万物、高蹈尘外的超越态度,以及批判礼法、摆脱传统的解放精神都非常符合李白的性格,所以李白自幼熟读老、庄之书,诗中常见檃栝《庄子》之语。李白与道教也结缘很深,据其《大鹏赋序》所云,他年轻时得见著名道士司马承祯,听到对方称自己"有仙风道骨",李白深为得意。他还曾在齐州请道士高如贵为自己亲授道箓,从此列名道籍,成为一名正式的道士。李白对道教的炼丹、服药等追求长生的手段也深信不疑,他热衷于学道求仙,甚至在《下途归石门旧居》中幻想白日飞升:"何当脱屣谢时去,壶中别有日月天",也曾在《登峨眉山》中希冀此梦:"倘逢骑羊子,携手凌白日!"

除了儒、道之外,李白对纵横家、神仙家、佛教等思想也都有所汲取。这说明李白决不盲从任何权威,他追求自由的思想和独立的意志,他的思想来源极其复杂。此外,李白热切地希望立功报国,他的爱国之心与屈原一脉相承。他热爱自由,故向往神仙家遗世独立、超越时空局限的理想境界。他豪荡不羁,故认同破坏既有秩序、蔑视现世权威的游侠精神。清人龚自珍在《最录李白集》中说:"庄、屈实二,不可以并。并之以为心,自白始。儒、仙、侠实三,不可以合。合之以为气,又自白始也。"这几句话说得非常准确。可以说,在整个中国古代,像李白那样思想解放、精神自由的诗人是绝无仅有的。李白的诗歌热情洋溢,风格豪放,像滔滔黄河般倾泻奔流,正是其精神世界的自然表露。与杜甫经常歌咏凤凰不同,李白常常自比大鹏鸟,例如《上李邕》中说:"大鹏一日同风起,扶摇直上九万里。假令风歇时下来,犹能簸却沧溟水。"大鹏鸟本是《庄子》中自由精神的象征,李白就是诗国中独来独往的大鹏鸟。

李白的生活形态非常复杂,他展现在世人面前的自我形象也具有多面性。李白是一心报国的志士,也是唾弃富贵的隐士。李白是豪情万丈的侠客,也是风流倜傥的文士。《南陵别儿童入京》中的李白振臂高呼:"仰天大笑出门去,我辈岂是蓬蒿人!"

《山中问答》中的李白却微笑不语:"问余何事栖碧山,笑而不答心自闲。桃花流水杳然去,别有天地非人间。"《侠客行》中的李白豪气冲天:"十步杀一人,千里不留行。"《山中与幽人对酌》中的李白则心静如水:"我醉欲眠卿且去,明朝有意抱琴来。"李白的生活总是不安定的,他很少长期定居在某个地方。李白既无官职在身,又不事产业,他有什么必要抛妻别子,独自漂泊呢?原来他有一颗躁动不安的心灵,他无法使自己安静下来,他只能永无休止地四处漫游,上下求索。李白是永远在天地之间四处流浪的一个漂泊者。

李白的一生,几乎大半时间都在漫游之中。李白热爱祖国的大好河山和自然风物,他以敏锐的审美眼光对这些美好事物予以热情的歌颂。所以李白的漫游总是伴随着吟咏,凡是他游览过的名山大川,都成为其诗歌中的优美意象。李白不以山水诗人著称,但他的山水诗成就并不亚于王维、孟浩然。一来李白游踪广泛,他又特别钟情于壮丽奇伟的名山大川,所以李白的山水诗意境更加开阔,风格更加雄伟;二来李白胸襟阔大,情感热烈,他用满腔热情去拥抱山川风物,他的山水诗的抒情意味格外浓烈。李白笔下的自然景物几乎都染上了他个人的情感色彩,是其他诗人的山水诗所少有的。滔滔奔流的黄河,是李白最喜欢的一个自然意象。《将进酒》云:"君不见黄河之水天上来,奔流到海不复回。"《赠裴十四》则云:"黄河落天走东海,万里写入胸怀间。"这是在说黄河,还是诗人勇往直前、气吞斗牛的气概?青天上的一轮明月,也是李白格外喜爱的物象。他常将月亮写成动态的意象,比如《关山月》:"明月出天山,苍茫云海间。长风几万里,吹度玉门关。"又如《把酒问月》:"人攀明月不可得,月行却与人相随。"这分明是李白的情感特征影响了笔下的明月意象,故使本来偏于阴柔美的月亮带上了几分阳刚的气质。

李白写了许多山水名篇,它们神思飞扬,词采壮丽,那一幅幅烟云明灭、变幻莫测的神奇山水是诗人用惊人的想象力展现出来的。与其说这是人间的真山实水,倒不如说它们是李白心中的理想境界。例如《蜀道难》,这首长诗的主题引得千古的读者议论纷纷,至今没有公认的解说。原因就是李白在这首诗里投射了太多的个人情绪,他不是客观地描写山水。否则的话,一首山水诗怎么会这样扑朔迷离?为何山水诗要运用许多夸张、想象的手法,甚至穿插进许多神话场景?所以《蜀道难》中展现的不仅是千里蜀道的壮美山川,而且是李白悲壮历落的主观情志。"蜀道之难难于上青天,使人听此凋朱颜!""蜀道之难难于上青天,侧身西望长咨嗟!"这哪是普通的山水诗所能具有的强烈情绪!又如《梦游天姥吟留别》,诗中描绘的景物似真似幻,恍惚迷离,自然间何处有如此景象?神仙群现,熊虎毕至,这到底是在天上还是在人间?此诗的末尾说:"安能摧眉折腰事权贵,使我不得开心颜!"这又哪是一般的诗人面对青山绿水时会产生的满腹牢骚!像《蜀道难》和《梦游天姥吟留别》这样的山水诗,不但展现出了神奇壮伟的景色,而且倾泻着诗人的情思,展现着诗人的胸怀,把奇伟雄壮的山川风物和超凡脱俗的精神气概融为一体。这是王维、孟浩然的山水诗中从未有过的奇特境界,这是李白对山水诗的莫大贡献。李白虽然遍访名山大川,仍嫌游踪不广。既然现实世界的空间有限,李白就腾身青云,神游天外。对李白来说,游山也好,求仙也好,都是摆脱尘俗纠缠的有效手段,都是对自由境界的不懈追求。虽然李白的游踪遍布神州大地的名山大川,但就其本质而言,那是一种上下求索的精神漫游。

李白的一生,潇洒倜傥,无拘无束,飘飘然有神仙之慨。他在长安初识贺知章,后者就称之为"天上谪仙人"。李白还有两个广为人知的称号,一是诗仙,二是酒仙。"诗仙"容易理解,李白锦心绣口,出口成章,诗风又飘逸奔放、潇洒绝俗,非仙而何?那么"酒仙"呢?必要条件当然是豪饮。更重要的是,李白的饮酒是一种包含精神追求的文化活动,并且常与写诗紧密结合。正像杜甫所说"李白斗酒诗百篇",饮酒使李白热血沸腾,心潮汹涌,处于一种亢奋、昂扬的精神状态,那正是他写诗的最佳时机。酒醉激发了李白的批判意识和反抗精神,使他增添了控诉黑暗现实的勇气,也助长了抒写磊落胸怀的豪情。正是在酣醉的状态下,李白伸出脚去让高力士脱靴。也正是在酣醉的状态下,李白奋笔直书,痛骂"董龙更是何鸡狗"。醉后的李白思绪激荡,灵感如潮,妙趣横生。要不是把酒对月,李白怎会在《把酒问月》中想入非非地诘问"白兔捣药秋复春,嫦娥孤栖与谁邻"?要不是酩酊大醉,李白怎能在《宣州谢朓楼饯别校书叔云》中声称"俱怀逸兴壮思飞,欲上青天揽明月"?尼采说古希腊的酒神专管音乐艺术,日神才掌管诗歌。李白的例子说明中国古代的酒神与诗神是两位一体,不可分离的。我们为什么要读李白的饮酒诗?当然不是要像他一样终日酣醉,而是要从中获取强烈的精神感染和深刻的思想启迪。因为那些诗歌创造了超凡脱俗的神奇境界,蕴含着上天入地的探索精神,多读此类诗歌,可以鼓舞我们的人生意志,提升我们的人生境界,可以使我们在日常行为中保持意气风发而消除萎靡不振,在人生境界上追求崇高雄伟而唾弃卑微庸俗,在思想意识上坚持自由解放而拒绝作茧自缚,这是李白留给我们的巨大精神财富。请读他的《将进酒》,这可是千古最妙的祝酒辞:"君不见黄河之水天上来,奔流到海不复回。君不见高堂明镜悲白发,朝如青丝暮成雪。人生得意须尽欢,莫使金樽空对月!"

诗圣杜甫

一、动荡时代中的苦难人生

杜甫生于唐玄宗延和元年(公元712年),卒于唐代宗大历五年(公元770年)。跟李白不一样,杜甫出生在一个以儒学为传统的家庭里,他在《进雕赋表》中追述他的家庭传统:"自先君恕、预以降,奉儒守官,未坠素业矣。"杜恕是杜甫的十四代祖先,杜预是十三代祖先,从他们开始,杜甫家族的祖先世世代代都遵守儒学传统,都是官宦人家。杜预是杜甫家族史上著名的历史人物,他是西晋的名臣,文武双全。他还是研究儒学经典的一个专家,他撰写的《春秋左氏经传集解》是关于《左传》的经典著作,所以他是一个对儒学有重大贡献的历史人物。杜甫说这是我们杜家的光荣传统,我不能放弃这个传统。杜甫的祖父杜审言代表着家族的第二个传统,就是诗歌的传统。杜审言是武则天时代的著名诗人,在当时的诗坛上与宋之问等人齐名。杜审言对唐代律诗格律的确立做出过重要的贡献。杜甫对祖父的诗歌成就感到非常自豪,他说:"吾祖诗冠古。"(《赠蜀僧闾丘师兄》)青年时代的杜甫过着无忧无虑的生活,他读万卷书,也行万里路,曾漫游吴越，也曾放荡齐赵。虽然他二十四岁时曾应试落第，但这个挫折并未影响其情绪，他仍乐观潇洒，对人生充满信心。他期盼着攀登绝顶、俯视群山的一天："会当凌绝顶，一览众山小！"（《望岳》）

古话说："艰难困苦，玉汝于成。"仿佛是老天有意要用苦难来磨炼杜甫，天宝五载（公元746年），也就是唐玄宗已经册立杨贵妃且日益昏愦荒淫，李林甫已经排斥异己独揽朝政的时候，杜甫来到长安。也仿佛是命运的有意安排，在那个以诗赋取士的时代，杜甫偏偏屡次落第。天宝六载（公元747年），杜甫参加了制科考试。"制科"就是非常科的科举。可是宰相李林甫为了排挤贤才，竟然授意让当年的考生全部落榜，还向唐玄宗上表祝贺，说是"野无遗贤"，意思是已经没有贤才留在民间了。杜甫非常失望，无奈之下，他曾多次向达官贵人献诗，又向朝廷献赋，希望得到赏识，但都像泥牛入海，毫无消息。其父杜闲去世以后，杜甫的生活日益困顿，有的年头甚至要靠政府供应的低价米才能维持生计。后来他干脆把妻儿都送到外地寄养，孤身一人留在长安城里寻找机会。直到天宝十四载（公元755年）十月，才被任为河西县尉。杜甫不愿为五斗米而折腰，改任右卫率府兵曹参军，是个从八品下的小官，职务是管理府内卫士名单账目和驴马等物。杜甫得官后即往奉先县探看寄养在那里的妻儿，此时安禄山造反的渔阳鼙鼓已经动地而来了！

安史叛军不久就攻陷洛阳，逼近潼关。杜甫带着家人混杂在难民群中仓皇逃难。天宝十五载（公元756年），杜甫把家人安顿在鄜州的羌村，只身前往灵武，去投奔刚在那里登基的唐肃宗。中途被叛军俘获,押往沦陷的长安。次年春,杜甫冒着生命危险逃出长安,穿过官军与叛军对峙的战场,逃归朝廷临时所在地凤翔。朝廷念其忠诚,任命他为左拾遗。当年年底,杜甫随朝廷返回长安。因性格忠鲠,直言进谏,杜甫触怒了肃宗,在凤翔时已被疏远,回到长安后又贬为华州司功参军。乾元元年(公元758年)关中大饥荒,杜甫的薄俸不足养家活口,刚好对朝廷政治也深深地失望了,就弃官不做,携带家人逃往秦州(今甘肃天水),三个月后又南逃至成都,从此在"成都草堂"里一住就是五年。成都虽然远离战火纷飞的中原,但地近边陲,游牧民族骚扰不断,地方军阀的叛乱、割据也时有发生。杜甫在草堂里也住不安稳,宝应元年(公元762年)成都兵乱,杜甫避乱而流寓绵州(今四川绵阳)、梓州(今四川三台),第二年又往阆州,然后返回成都。到了永泰元年(公元765年),对杜甫照顾颇周的地方军政长官严武去世,杜甫随即携家出蜀。他好不容易在成都郊外经营了一座草堂,却总共居住了不到四年,又要重新登上漂泊之途,难怪他不胜感慨地说:"五载客蜀郡,一年居梓州。如何关塞阻,转作潇湘游?"(《去蜀》)

离蜀以后,杜甫先是乘舟沿岷江南下,经嘉州(今四川乐山)稍作盘桓,然后沿长江东下,经戎州(今四川宜宾)、渝州(今重庆市)等地,至云安(今重庆云阳)因病留滞半年,于永泰二年(公元766年)到达夔州(今重庆奉节)。大历三年(公元768年),杜甫离开夔州,出峡东下。抵达江陵(今湖北江陵)后逗留了半年,又移居公安(今湖北公安),岁末到达岳阳(今湖北岳阳)。次年,杜甫过洞庭湖,沿湘江南下,先至潭州(今湖南长沙),复往衡州(今湖南衡阳），全家一直生活在一叶扁舟之中。大历五年（公元770年）夏，杜甫欲往郴州（今湖南郴州）投靠亲戚，舟至耒阳（今湖南耒阳）遇阻于江水暴涨，一连五日没有食物，后得耒阳令送来酒肉，才免于饿死。因阻水无法南行，乃掉转船头北归。那年冬天，杜甫病倒在湘江上的一叶孤舟中，弥留之际写绝笔诗《风疾舟中伏枕书怀三十六韵奉呈湖南亲友》，对疮痍满目的人间表示了最后的哀痛："战血流依旧，军声动至今！"因家贫无力归葬，杜甫的灵柩旅殡于岳阳，四十余年后才由其孙杜嗣业归葬故乡偃师的首阳山下。"千秋万岁名，寂寞身后事！"这两句诗本是杜甫对李白命运的不平之鸣，竟然成为李、杜二人共同命运的确切写照！

　　介绍了杜甫的生平以后，必须看看他所处的时代。任何文化巨人都是时代的产物，杜甫也不例外。时代背景对杜甫的影响体现在两个方面。先看第一个方面，杜甫的一生，适逢从开元盛世到安史之乱的大转折时代，就是大唐帝国由盛转衰的关键时代。唐玄宗统治的前期，也就是开元年间，一共二十九年。那时的唐玄宗励精图治，又有姚崇、宋璟等贤臣的辅弼，政治清明，国家富强，史称开元盛世。唐玄宗统治的后期，也就是天宝年间，一共十五年。从开元末年开始，唐玄宗逐渐萌发了骄侈淫逸之心，贪图享受，不理国事。李林甫、杨国忠等奸臣乘机弄权，政治日趋黑暗，国势逐渐衰弱，终于酿成安史之乱的大祸。直到八年之后，安史之乱才算基本平定，但是大唐帝国从此就一蹶不振了。这两个时期总长约五十年，就是从公元713年到763年，而杜甫的生活年代是从公元712年到770年，两者基本一致。也就是说，杜甫的一生，正是大唐帝国由盛转衰的大变动时期。他目睹了天宝年间政治黑暗、民不聊生的社会现实，又亲身遭遇了安史之乱。杜甫最早从盛唐诗人的浪漫群体中游离出来，开始冷静地观察社会，写出了《兵车行》《丽人行》。杜甫又亲身经历了安史之乱造成的兵荒马乱、生灵涂炭的大动乱，写出了《三吏》《三别》。可以说，正因杜甫经历了开元盛世，看到过人民安居乐业的景象，他才对儒家的政治理想深信不疑，并始终希望实现这个理想。正因杜甫经历了安史之乱前后的动荡社会，他才对封建社会种种不合理的弊端看得更为清楚，才能写出具有强烈批判精神的写实诗歌。优秀的诗人都是社会的晴雨表，他们能比常人更敏锐地感受到时代的脉搏。时代的疾风骤雨在杜甫心头引起了巨大的情感波澜，杜诗中充满了哀伤愤怨、激昂慷慨。杜诗沉郁顿挫的风格特征，其内在本质正是内心抑扬起伏的情感波澜。古语说：艰难困苦，玉汝于成。用这句话来解释杜甫与其时代的关系，是再确切不过了。

再看第二个方面。杜甫的一生，在诗歌史上适逢从盛唐到中唐的转折时代。人们公认天宝末年是唐诗的转折点，其前为盛唐，其后为中唐。清人叶燮和今人闻一多等甚至认为天宝末年也是整个古典诗歌史的一个分水岭。天宝末年杜甫四十五岁，几乎就是他三十年诗歌创作生涯的中点。杜甫上与李白等人同属盛唐诗人群体，下为元白等中唐诗人的先驱。从汉魏六朝到盛唐，诗歌创作的实绩已有丰富的积累，从题材内容到艺术形式，都达到了百花齐放的繁盛局面。杜甫在此时崛起于诗坛，以集大成的姿态对前代诗人留下的遗产进行全面的继承，并予以发扬光大。举一个例子：七言律诗的形式在杜甫之前已基本定形，但一来平仄常有失粘之病，二来题材多局限于应制之类，正是杜甫从格律的精严化与题材的丰富化两个角度对七律进行了改进，才使它达到了与五律等诗体同样高的水准。当然，更重要的是杜甫在题材内容上为唐诗开辟了新的发展方向。盛唐诗人各有题材特点，如王、孟多咏山水田园，高、岑多写边塞生活。李白主要是抒写其内心情思，对社会生活的反映不够全面。杜甫则不然，他几乎全面继承了前代诗歌所有的题材走向，从朝政国事到百姓生计，从山川云物到草木虫鱼，几乎涵盖了包括社会与自然的整个外部世界。杜诗中的外部世界与诗人的内心情思结合无间，所以被后人评为"地负海涵"。如果说盛唐诗歌以描写具有浪漫色彩的理想境界为主，那么杜甫的诗开始转向以反映社会现实为主，风格上也从高华飘逸转向朴实深沉。所以从整个唐诗发展史的角度来看，杜甫正是由盛唐转向中唐的关键人物。宋人颂扬杜甫是诗史上的集大成者，集大成的意义既在于总结前代，也在于开启后代。

所以说，杜甫所处的时代在社会学和文学两个维度上都是大转折的关键时刻，是一个呼唤伟大诗人的时代，杜甫就是应运而生的伟大诗人。

二、忧国忧民的伟大情怀

唐代是一个思想相当解放的时代，儒、道、佛三家思想都受到朝廷的重视和支持，思想界呈现百花齐放的繁纷局面。盛唐诗人的思想既复杂，又活跃，王维信佛，李白好道，都是明显的例子。杜甫则与众不同。杜甫在青年时代一度醉心于道教,对仙丹灵芝及长生仙界颇感兴趣,那只是世界观尚未确立时的浪漫幻想。杜甫壮年以后对佛教产生了好感,是由于频遭挫折心生苦闷,想从佛教得到一点慰藉,并非真想遁入空门。杜诗中有一个有趣的例子:"重闻西方止观经,老身古寺风泠泠。妻儿待米且归去,他日杖藜来细听。"(《别李秘书始兴寺所居》)他在寺庙里听到高僧讲经,讲得很好,但他表示先要回家解决妻儿的吃饭问题,等以后有空再来听讲。佛家主张割断凡间的情感,对人间的挚爱是杜甫皈依佛门不可逾越的障碍。所以就其主要思想倾向而言,清人刘熙载的论断非常准确:"少陵一生却只在儒家界内。"

杜甫出生在一个以儒学为传统的家庭里,从小接受了严格的儒家思想的教育,终生服膺儒学。杜甫诗中出现过四十四个"儒"字(有一处是"侏儒"应予剔除),其中有一半是他的自称。杜甫经常自称"儒生""老儒",甚至"腐儒"。杜甫偶然也发发牢骚,说什么"纨袴不饿死,儒冠多误身"(《奉赠韦左丞丈二十二韵》),甚至说:"儒术于我何有哉,孔丘盗跖俱尘埃!"(《醉时歌》)但那只是在极端悲愤的情境中的牢骚话而已。事实上杜甫对儒家思想的遵循已达到孔子所说的"造次必于是,颠沛必于是"的程度,就是仓促匆忙时也不离开,颠沛流离时也不离开,真是终生不渝,死而后已。杜甫喜欢以儒家的祥瑞凤凰自比,他"七龄思即壮,开口咏凤凰"(《壮游》),直到临终前一年,还写了一首《朱凤行》以见志。杜甫念念不忘的那个凤凰,正是诗人自己的化身。

儒家关注的对象是人生与社会，他们的人生态度必然是积极入世的。孔子奔走列国，栖栖惶惶，为的是实现其天下大同的政治理想。孟子游说诸侯，力辟杨墨，为的是实现以仁义为核心的政治主张。他们对自己的事业充满了信心，而且怀有一种崇高的使命感。在儒家思想哺育下成长起来的杜甫也是这样。杜甫对于人生抱有坚定的信念，他把安邦定国视为自己的使命。青年时代的杜甫早已胸怀大志："会当凌绝顶，一览众山小！"但当时他对自己的人生道路还没有作深沉的思考，他的壮志还缺乏具体、确定的内涵。待到长安十年，杜甫一面体验着人生的艰辛，一面观察着人民的疾苦，终于确立了坚如磐石的人生信念。三十九岁那年，杜甫首次自述其志向："致君尧舜上，再使风俗淳。"（《奉赠韦左丞丈二十二韵》）五年之后，杜甫再述其志："许身一何愚，窃比稷与契！"（《自京赴奉先县咏怀五百字》）前者着眼于君主，后者关注的重点转到自身。写前一首诗的时候，杜甫还是一介布衣。写后一首诗的时候，杜甫刚刚得到一个从八品下的微职。然而他的口气是如此狂傲！他的志向是如此高远！什么叫"致君尧舜上"？有人以为那就是忠君意识的体现，这个说法需要稍作辨析。杜甫当然是忠君的，宋人苏轼甚至说他"一饭未尝忘君"。苏轼的说法并不是无中生有，杜诗《槐叶冷淘》就是一个证据。杜甫晚年流落夔州，初次品尝到当地的一种凉面"槐叶冷淘"，于是兴致勃勃地作诗描写一番，最后忽然念及远在长安的君主："君王纳凉晚，此味亦时须！"这不是"一饭未尝忘君"又是什么？然而杜甫的这种想法只是偶一为之，他的忠君意识最主要的表现就是"致君尧舜上"，是希望君主变得像尧、舜一样贤明。在封建社会中,实行仁政的首要条件是君主贤明,否则一切都是空谈。尧、舜是儒家推崇的古代明君,是儒家用自己的政治观念塑造出来的理想人物。杜甫希望皇帝效法尧、舜,其实质就是希望他们实行仁政。这是杜甫实现远大政治抱负的必要步骤。

什么叫"许身一何愚,窃比稷与契"?意思是我对自己的期许是不是有点笨啊,我私下把自己比作历史上的两个人物,一个是稷,还有一个是契。稷与契是谁?稷,《左传》里面有记载,又称之为后稷,他从小就喜欢种庄稼,后来成为舜的大臣,主管天下农业,相当于现在的农业部长。契则是协助大禹治水的大臣,相当于现在的水利部长。杜甫自比稷、契,是不是自诩太高?明末清初的王嗣奭解释得很好,他说:"人多疑自许稷契之语,不知稷契元无他奇,只是己饥己溺之念而已。"什么叫作"己饥己溺"?《孟子·离娄下》说:"禹思天下有溺者,由己溺之也。稷思天下有饥者,由己饥之也。"这是对于天下对于全社会的责任感。这是一种伟大的胸怀,一种高尚的政治情操,所以王嗣奭说杜甫己饥己溺,这一点都不奇怪,它是一种信念,一种人格精神。其实在盛唐时期,大唐帝国已经出现过唐太宗的贞观之治,在唐玄宗前期又出现了开元之治,士人说要做稷和契,只是一个普通的政治观念。《贞观政要》记载说,唐太宗的时候,魏徵就说过,最好的政治就是"君为尧舜,臣为稷契"。君主要以尧舜为榜样,臣子要以稷契为榜样。所以"致君尧舜上"也好,"窃比稷与契"也好,在杜甫所生活的那个年代里,并不是不切实际的空谈,而是表白他的政治理想。当然,由于杜甫一生中根本没有得到实现抱负的机会,所以他的人生信念都处于虚拟的状态。正因如此,后人讥评杜甫"好论天下大事,高而不切"。也有人认为杜甫的人生信念"迂阔"。其实,凡是理想,总与现实有一定的距离。理想越是远大、崇高,它与现实的距离也就越大。即以孟子而言,他游说诸侯,人们也认为他"迂阔于事"。魏徵劝唐太宗行仁政,也被人攻击为"书生未识时务"。"迂阔"一词,又何足为杜甫之病!人之立志,贵在高远。假如所立之志非常卑庸,与社会现实没多少差距,"迂阔"的缺点倒是避免了,但那样的人生信念又有什么价值可言!然而稷也好,契也好,他们身居高位,本来就承担着国家的重任,他们有这样的责任感是理所当然的。杜甫则不同,他只是一介微臣,甚至是一介布衣,按照"不在其位,不谋其政"的常理来说,杜甫本来是不必怀有此种责任感的。然而杜甫竟然自许稷、契,竟然以"己饥己溺之念"为人生目标,这真是崇高、伟大的人生信念!

　　正因为杜甫心怀天下,所以他对于国家的隐忧看得特别清楚,对社会的弊病诊断得特别准确。儒家一向认为社会最大的祸患不是贫穷,而是贫富不均。对于贫富不均,儒家一向是谴责的,历代诗人也一向是谴责的,从古到今,凡是有正义感的诗人都谴责这个现象,杜甫以后的白居易,一直到清代的吴嘉纪,都写过类似的作品。但是古往今来,没有哪首诗像杜甫这两句诗那样惊心动魄,那就是"朱门酒肉臭,路有冻死骨"。直到今天,只要我们说到贫富不均的话题,首先想到的便是这两句杜诗。正因如此,后人推崇杜甫,主要着眼点便是杜甫忧国忧民的情怀。有一个鲜明的例子。北宋后期,有两位大诗人不约而同地写了题杜甫画像的诗。王安石是新党的领袖,黄庭坚属于旧党,他们的政治观点完全不同,但是对于杜甫的看法却是完全一致。王安石写了一首《杜甫画像》,高度评价杜甫的伟大胸怀:"宁令吾庐独破受冻死,不妨四海赤子寒飕飗。"并且表示崇敬的心情:"所以见公像,再拜涕泗流。"黄庭坚写了一首《老杜浣花溪图引》,也是题杜甫画像的诗,这幅像画的是杜甫在成都草堂醉中骑驴的状态,诗中说:"中原未得平安报,醉里眉攒万国愁。"说杜甫即使喝得酩酊大醉的时候,眉间依然凝聚着忧国忧民的表情。后面又说"常使诗人拜画图",意思是后代的诗人常常膜拜杜甫的画像。从这两首诗可以看出,对于杜甫具有忧国忧民的伟大情怀,千古读者已达成共识。

三、仁爱精神的诗语表述

现存杜诗共 1458 首,内容非常丰富,从山川云物到草木虫鱼,从国家政治到百姓生计,用古人的话说,就是"地负海涵"。但是杜诗的核心精神,或者说杜诗最耀眼的闪光点,就是儒家仁爱精神在日常生活中的表现。杜甫用一双仁爱的眼睛来观察社会,也用仁爱的精神来描写人生。要是让我用一句话来概括杜诗在思想内容上的特征,那就是仁爱精神的诗语表达。杜诗的深刻意义,杜诗的强烈感染力,其原因都在这里。

在儒学的发展史上,曾出现过两个高潮,它们分别在汉代和宋代,所以儒学的两大流派分别被称为"汉学"与"宋学"。儒学史上的唐代夹在这两个高潮之间,实际上处于一个低潮阶段。唐代的儒学前不如汉人,后不如宋人。那么儒学的发展在唐代停顿了吗？唐代有没有值得注意的儒学代表人物？当然是有的，其中之一就是杜甫。钱穆在《中国史学发微》中称杜甫为唐代的"醇儒"，非常准确。那么在何种意义上，我们能够说杜甫对唐代的儒学发展起了很大的作用呢？杜甫不是儒学经典的注疏者，他对儒学的服膺主要体现于实践，他身体力行地将儒学原理付诸行为，从而在儒学发展史上做出了独特的贡献。不但如此，杜甫还用他一生的实践、行为，用他的整个生命，来丰富、充实了儒学的内涵。从本质上说，儒学原是一种实践哲学，它非常重视人的行为。所谓的百姓日用人伦，是儒学最为关心的核心内容。孔子也好，孟子也好，当他们年富力强的时候并不忙着著书立说，他们栖栖惶惶，奔走天下，要从实践的角度推行他们的仁爱之道。等到最后觉得"道之不行，已知之矣"，道是暂时行不通了，年纪也大了，才静下心来著书立说，把他们的思想用著述的形式传给后人。从本质上看，儒学最强调的是实践，强调人们生前的行为，强调在实际生活中的建树。从这个意义上说，我们说杜甫正是最好地体现儒家精神、发扬儒家精神的一个历史人物。

儒学千头万绪，其核心内容就是仁爱思想，主张在天下推行以仁爱之心为出发点的仁政。众所周知，儒家的仁爱精神跟西方的博爱精神是貌同神异的。一般说来，西方的博爱精神，最初的来源就是宗教。儒家的仁爱之心则与神灵无关。儒家强调"仁义理智根于心"，一切的爱心都是从人们的内心自然生发出来的。孟子有一个很好的阐释，他说："老吾老以及人之老，幼吾幼以及人之幼。"这是一种由近及远、由亲及疏的自然的情感流动。由这样的程序生发出来的仁爱之心，它更自然，更符合人的本性,也更切实可行。它既不是好高骛远的空想,也不是违背人性的矫情。它不是强制性的道德规范,更不是对天国入场券的预付。杜甫对儒家的这个核心精神心领神会,他的诗篇,他的行为,时时刻刻都在阐释这种理念。杜甫感情深厚诚笃,被后人誉为"情圣"。他深深地爱着他的妻子、儿女和弟妹,一生中始终与妻儿不离不弃,相依为命。他与杨氏夫人伉俪情深,白头偕老。当他被叛军扣押在长安时,曾对着月亮怀念远在鄜州的妻子:"何时倚虚幌,双照泪痕干?"(《月夜》)当他与家人隔绝时,就格外思念幼小的孩子:"世乱怜渠小,家贫仰母慈。"(《遣兴》)杜甫对友人情同兄弟,时时写诗怀念。他四十八岁那年流寓秦州,全家生计濒于绝境,却在短短三个月内写了三首思念李白的名篇,其中如《天末怀李白》云:"凉风起天末,君子意如何?鸿雁几时到,江湖秋水多。文章憎命达,魑魅喜人过。应共冤魂语,投诗赠汨罗。"至性至情,感人肺腑。杜甫还将仁爱之心推广到素不相识的天下苍生。当杜甫到奉先县去探亲的时候,突然发现自己的幼子已因挨饿而夭折了。他当然悲痛万分,但是与此同时,他马上又想到了普天下还有很多比他更困苦的人:"抚迹犹酸辛,平人固骚屑。默思失业徒,因念远戍卒。"(《自京赴奉先县咏怀五百字》)"失业徒"就是失去田地的农民,"远戍卒"指在远方戍边的战士,他们遭受的痛苦比我更加剧烈。于是杜甫就把关爱之心从家庭扩展到整个民族,整个社会。在一个秋风秋雨之夜,他的茅屋被大风刮破了,雨水漏下来了,床上都潮湿了,杜甫彻夜不得安眠,此时此刻,他想到的是"安得广厦千万间,大庇天下寒士俱欢颜,风雨不动安如山!呜呼,何时眼前突兀见此屋,吾庐独破受冻死亦足!"(《茅屋为秋风所破歌》)可以说,这是历史上最早提出的"安居房"概念。杜甫甚至庄严许愿:只要有千万间"安居房"突然出现,即使自己独自受冻而死也心甘情愿!杜甫的思考过程,他的感情流向,也是由近及远,由亲及疏,这分明是"老吾老以及人之老,幼吾幼以及人之幼"的儒家精神的具体阐发。

儒家仁爱之心的最高体现形式是实行仁政,孟子说:"尧舜之道,不以仁政,不能平治天下。"孟子还指出仁政的最低限度是让人民"仰足以事父母,俯足以畜妻子,乐岁终身饱,凶年免于死亡"(《梁惠王上》)杜甫对此完全赞同,他用诗歌表示了同样的希望:"牛尽耕,蚕亦成,不劳烈士泪滂沱,男谷女丝行复歌。"(《蚕谷行》)他满心希望朝廷薄赋轻徭,让人民休养生息:"借问悬车守,何如俭德临?"(《提封》)他谴责急征暴敛,指出苛政是逼迫人民铤而走险的根本原因:"不过行俭德,盗贼本王臣!"(《有感五首》之三)在国家统一不受损害的前提下,杜甫坚决主张息兵罢战。唐帝国发动对南诏的战争,屡战屡败,甚至全军覆没,杜甫作《兵车行》揭露朝廷的穷兵黩武,以及无辜百姓埋骨荒外的悲惨命运:"君不见青海头,古来白骨无人收。新鬼烦冤旧鬼哭,天阴雨湿声啾啾!"杜甫不但爱自己的同胞,他还把仁爱之心扩展到更大的范围,甚至包括其他民族的人。在盛唐时期,经常发生边境战争,以唐帝国为一方,以少数民族建立的其他政权为另一方之间经常发生战事。这些战争的性质多种多样,有时是唐帝国防御外族的侵扰,也有时是唐帝国为了开边拓土而主动进攻他国。杜甫虽然坚决主张保卫国家不受侵扰,但同时也主张反击不必过度,他说:"挽弓当挽强,用箭当用长。射人先射马,擒贼先擒王。杀人亦有限,立国自有疆。苟能制侵陵,岂在多杀伤!"(《前出塞九首》之六)这是富有人道精神的战争观,也是对儒家仁爱思想的发扬光大。

  杜甫对儒家的仁爱精神还有更重要的独特贡献。孔、孟等早期儒家提出的仁爱之心,其思考对象是人类,《论语》中记载:"樊迟问仁,子曰:'爱人。'"孟子则举例说明人们的仁爱之心的来源:"今人乍见孺子将入于井,皆有怵惕恻隐之心。"这是人心中本来就有的同情心,是恻隐之心。但是孟子所说的这种恻隐之心、仁爱之心,它的关注对象是人,没有包括其他生命。杜甫却把它从人延伸到其他生命。杜甫对于动物,对于植物,对于世界上的一切生物,都有一份关爱之心,他用更加广博的仁爱精神去拥抱整个世界。杜诗写到天地间的一切生灵都出以充满爱抚的笔触:"筑场怜穴蚁,拾穗许村童。"(《暂住白帝复还东屯》)"盘飧老夫食,分减及溪鱼。"(《秋野五首》之一)在杜甫心目中,天地间的动物、植物都与人一样,应该沐浴在仁爱的氛围中。杜甫在成都草堂的周围种了许多树,其中有四棵小松,他避乱梓州时非常惦念它们:"尚念四小松,蔓草易拘缠。霜骨不甚长,永为邻里怜。"(《寄题江外草堂》)等到他返回草堂重见小松,竟然像见到久别的儿女:"四松初移时,大抵三尺强。别来忽三岁,离立如人长。"(《四松》)杜甫尤其关心那些处境欠佳的动植物:"白鱼困密网,黄鸟喧佳音。物微限通塞,恻隐仁者心。"(《过津口》)古人本有"数罟不入洿池"的习惯,"数罟"就是密网,因为网眼太密的渔网会把小鱼都打上来。如今杜甫看到江上竟然张着密密的渔网,大小鱼儿都困在网里,顿时产生了恻隐之心。有人认为杜诗中写到动物、植物,往往有比兴寄托的意味,这话不错。比如杜甫喜咏雄鹰和骏马,在它们身上寄托着诗人的雄心和豪气。又如在成都写的《病橘》《病柏》《枯棕》《枯楠》,分别咏害病的橘树和柏树,枯萎的棕树和楠树,杜甫为什么专挑病树、枯树来写?后代的注家都认为这是比喻,这是用树木来比喻在苛捐杂税的压制下奄奄一息的老百姓,这话不错,这四首诗确实有比喻意义在里面。但是杜甫写植物、写动物的诗不全是这样,他有的时候就是关爱弱小生命的自身。比如《舟前小鹅儿》,这是杜甫在梓州写的,他坐在船里,船在河里走,对面游过来一群幼鹅,幼小的鹅是乳黄色的,杜甫觉得它们真可爱:"鹅儿黄似酒,对酒爱新鹅。"后面又说:"客散层城暮,狐狸奈若何。"他对幼小的动物有一种关爱之心,关心它们的安全,希望它们好好地活着,健康成长。这首诗中并没有以鹅喻人之意,充溢在字里行间的只是对弱小生命的由衷爱怜和关切。杜甫关爱一切生命的情怀是对儒家仁爱思想的重要发展,比如《题桃树》:"小径升堂旧不斜,五株桃树亦从遮。高秋总馈贫人食,来岁还舒满眼花。帘户每宜通乳燕,儿童莫信打慈鸦。寡妻群盗非今日,天下车书正一家。"诗中把桃树写得深通人性、有情有义,对乳燕、慈鸦也流露出一片爱心,清人杨伦评论说:"此诗于小中见大,直具'民胞物与'之怀,可作张子《西铭》读,然却无理学气。"把仁爱之心从人推广到普通的生物,本来是儒学内在的一种发展方向。到了宋代,理学家张载提出了一个有名的命题:"民吾同胞,物吾与也。"这句话被后人压缩成"民胞物与"四个字,意思是人们都是同胞兄弟,生物都是人类的朋友。这种精神在理论上要等到宋人才阐发出来,但是在文学上,唐人杜甫早就用他的美丽诗篇生动地予以弘扬了。这是杜甫对于儒学思想的一大贡献。

四、诗史与诗圣

杜诗被后人尊为"诗史",杜甫被后人尊为"诗圣",这是历史授予杜甫的两顶桂冠。

何谓"诗史"？这个概念始见于晚唐孟启的《本事诗·高逸第三》:"杜逢禄山之难,流离陇蜀,毕陈于诗,推见至隐,殆无遗事,故当时号为'诗史'。"顾名思义,"诗史"就是用诗歌写成的历史。当然,杜诗的功能并不是客观地记录历史,它是对历史的价值评判,是历史的暴风骤雨在人们心头留下的情感波澜的深刻抒写。清人浦起龙《读杜心解》中说得好:"少陵之诗,一人之性情,而三朝之事会寄焉者也。"大唐帝国在玄宗、肃宗、代宗三朝发生了由盛转衰的剧变,它对人们的精神面貌产生了怎样的严重影响？安史之乱在唐朝人民的心头留下了何等深重的创伤？这些内容在史书中是读不到的,即使有所涉及也是不够真切的。例如安史之乱使唐帝国的人口急剧减少,《资治通鉴》中有详细的记载:天宝十三载(公元754年),大唐帝国的总人口是5288万,到了广德二年(公元764年),这个数字下降为1690万。短短十年间,全国的总人口竟然减少了三分之二！史书中虽然记载了详细的人口数,但是它们只是两个冷冰冰的数据,没有细节,没有过程,没有告诉我们那么多的百姓是如何死于非命的。杜甫晚年所作的《白马》,其中说:"丧乱死多门,呜呼泪如霰！"在太平年代，人们的死亡方式是比较单一的，或是寿终正寝，或是染病身亡。但是在兵荒马乱的时代，人们以各种意想不到的方式走向死亡。这是多么沉痛的句子！安史之乱时百姓遭受的苦难到底有多深，他们是死于铁骑的蹂躏，还是死于逃难的折磨，或是死于兵火之后的饥荒？只有"三吏""三别"以及《彭衙行》《哀王孙》等杜诗才给出了深刻的解答。

从这个意义上说，一部杜诗，在客观上就是新、旧《唐书》的必要补充，在主观上就是杜甫留给后人的历史警示录。历史是我们的集体记忆，是民族的精神血脉，是集体价值观的记载和传承，它必然会对中华民族的现在和将来产生深远的影响。杜诗在记录历史事实时渗入了深沉的思考和深厚的情感，它不但让后人了解历史，而且启发后人感知历史、思考历史，进而从历史中汲取经验和教训，从而更好地前进。就这一点来说，杜诗与孔子的《春秋》具有同样重要的意义，我们应该高度评价杜诗的"诗史"价值。

何谓"诗圣"？这个名称始见于明人费宏的《题蜀江图》："杜从夔府称诗圣。"至明末，誓不降清的王嗣奭夜梦杜甫，乃作《梦杜少陵作》，深情地说："青莲号诗仙，我翁号诗圣。"顾名思义，"诗圣"就是诗国中的圣人，与此类似的概念其实早在北宋就已提出来了。秦观引用孟子的话"孔子，圣之时者也。孔子之谓集大成"，然后说："杜氏、韩氏，亦集诗文之大成者欤！"（《韩愈论》）可见在秦观心目中，杜甫就是诗国中的圣人，不过没有拈出"诗圣"二字而已。秦观此说实为当时人的共识，苏轼就曾多次表述此意。宋人推崇杜甫，是沿着两个价值判断的维度而进行的：一是审美判断,也即诗歌造诣的维度;二是道德判断,也即人格意义的维度,宋人在这个维度上对杜甫的推尊具有更深远的历史意义。南宋评论历史人物极为苛严的理学宗师朱熹将杜甫与诸葛亮、颜真卿、韩愈、范仲淹一起誉为"五君子"。"五君子"中除了杜甫以外的四位人物,都在政治方面有所建树,或是功业彪炳的政治家,或是为国捐躯的烈士。惟独杜甫根本算不上一个政治家。杜甫一生在政治上的建树,几乎没有什么值得提起的事迹,除了在肃宗的朝廷里偶然仗义直言,从此被朝廷疏远以外,他始终是默默无闻的小官员,很多时候还是飘泊江湖的一介布衣。杜甫在政治上根本没有得到过施展抱负的机会,他要报效祖国,他坚决反对叛乱,但是历史没有给他提供表演的舞台。终生不遇的杜甫为什么也得到了朱熹的高度赞扬?为什么在朱熹看来,杜甫可以在从诸葛亮到范仲淹的这份君子名单中占有一席之地?朱熹说得很清楚:"此五君子,其所遭不同,所立亦异,然求其心,则皆所谓光明正大,疏畅洞达,磊磊落落而不可掩者也。"(《王梅溪文集序》)原来"五君子"的共同点在于他们都有一颗伟大的心灵,他们都是光明正大、磊磊落落的人,都是在人格上具有楷模意义的人。由此可见,宋人高度认可杜甫的人格意义,高度评价杜甫忧国忧民的思想境界,认为杜甫在道德上已经达到超凡入圣的崇高境界。

那么,由宋人和明人共同奉献给杜甫的"诗圣"桂冠,在整个中国历史上是否具有普遍的意义呢?或者说,它对现代的中国人是否具有引领、启迪的作用呢?答案是肯定的。中华民族的先民非常重视个体的道德修养,这是儒家思想的精髓之一。儒家认为,一个高度发达的文明社会,它的基础就是文明的个体,是具有道德自觉的个体。杜甫以一介布衣的身份展示了儒家所崇仰的人格风范,这一点有特别重要的意义。从前的圣人在普通人心目中都是神圣乃至有几分神秘的,都是高不可攀、敬而远之的。杜甫用其实践使圣人的概念从神坛回归人间,从而消除了长期蒙在圣人身上的神秘光环,也拉近了圣人与普通人之间的心理距离。杜甫以一介布衣的身份跻身于圣贤的行列,这为普通人努力进德修身并朝着崇高的人格境界前进,提供了可以仿效并逐步靠近的典范。

布衣身份的杜甫成为公认的圣贤,其实质就是对平凡人生的巨大超越。在物质生活的层面上,杜甫流落饥寒,穷愁潦倒,终生处于极为低下的水平。然而他在人格精神上达到了崇高的境界,他以忧国忧民的伟大胸怀超越了叹穷嗟卑的个人小天地,他以宏伟远大的精神追求超越了捉襟见肘的物质环境,从而将充满苦难的人生提升到诗意盎然的境界。一部杜诗,展示了崇高的人格境界,蕴涵着充沛的精神力量。后人阅读杜诗,在获得巨大审美享受的同时,也获得了深刻的精神启迪。这种精神启迪不同于理论性的德育教材,它的教益是伴随着审美感动而来的,它像"润物细无声"的春雨一样沁入读者的心肺,悄无声息,却沦肌浃髓。在杜甫身后,无数后人从阅读杜诗入手走近杜甫,感受其伟大心灵的脉动,接受其高尚情操的熏陶。自从有杜诗以来,读者就将它视为人生的教科书,视为照亮人生道路的一盏明灯。正如闻一多所说,杜甫是我们"四千年文化中最庄严、最瑰丽、最永久的一道光彩"!

诗王白居易

白居易的诗歌雅俗共赏，在他生前就获得了巨大的名声，其影响甚至深入到社会底层与大唐的邻国。到了晚唐，张为在《诗人主客图》中称白居易为"广大教化主"，正是着眼于其影响之大。到了近代，人们称颂白居易为"诗王"。白诗作品多达3000首，如按内容分类，可分成"感伤诗""讽喻诗"与"闲适诗"三大类，下面从这三个角度对白居易进行评说。

一、身世坎坷的多情才子

白居易身世坎坷。他的祖父白锽是明经出身，曾长期在河南一带做低级的地方官，所以后来把家安在郑州的新郑县。白居易的父亲白季庚也是明经出身，做过萧山县尉、宋州司户参军等小官。公元772年，白居易出生于新郑。由于父亲常年在外地做官，经常调动，居无定所，幼年的白居易就随着母亲住在新郑县，是在他的外祖母和母亲的教导下成长起来的。当时虽然安史之乱早已平定，但是由此造成的藩镇割据却绵延不断，此起彼伏，局部地区甚至烽烟时起。而朝廷里宦官专权、朋党恶斗的政局则使得朝政黑暗，国势衰弱。在这样的局势下，百姓生活痛苦不堪。即使是出身于小官僚家庭的白居易,也在青少年时代过着动荡不安且相当贫困的生活。白居易在二十八岁写了一首有名的七言律诗,后来被选进《唐诗三百首》,那首诗有一个很长的标题,其中说:"自河南经乱,关内阻饥,兄弟离散,各在一处。"战乱和饥荒,就是白居易青少年时代的特征。饱经离乱的经历使白居易对社会下层的真实情形有较深的了解,对民间疾苦有较深的同情,这种阅历是那些长于富贵之家的纨绔子弟所缺乏的,是成就一个伟大诗人的重要条件。

为什么说白居易是多情才子呢?因为白居易的朋友就是这么说的。白居易二十九年那年考中进士,三十一岁通过了"科目试",三十五岁又考中了制科,他凭着自己的刻苦读书"三登科第",从此进入仕途,被任命为盩厔县的县尉。他在盩厔的两年间虽然没有什么重要的政绩,但是写出了千古流传的《长恨歌》。原来盩厔距离马嵬坡很近,当地流传着许多关于杨贵妃的故事。一次,他在当地结识的朋友王质夫向白居易敬酒,劝他写一首歌行来咏唐玄宗与杨贵妃的故事,王质夫说这么好的题材,一定要一位大诗人才能写好。他说白居易是"深于诗,多于情者",一定能胜任这个任务。"深于诗"是毫无疑问的,因为白居易在十多岁时就写出了"野火烧不尽,春风吹又生"的千古名句。"多于情"又怎样讲呢?白居易结婚很晚,直到三十七岁才与杨氏夫人结婚,主要原因便是他早年曾爱上一位名叫湘灵的姑娘,但是两人门第不同,限于当时的礼教和习俗,不能正式成婚,所以拖延耽误了自己的婚事。湘灵其人,我们对她的生平知道得很少,但是她的身影曾多次在白居易的诗歌中闪现。白居易有几首诗是直接点明她的名字的,比如《寄湘灵》《冬至夜怀湘灵》等。综合各种材料,我们大概可以知道湘灵是居住在徐州符离的一位姑娘。白居易幼年时期曾跟随父亲在符离生活过一段时间,湘灵可能是与白家相邻的一个寻常百姓家的姑娘,她成了白居易的初恋情人。我们能从白居易的诗歌中感受到他对湘灵的真挚爱情。请看《感情》一诗:"中庭晒服玩,忽见故乡履。昔赠我者谁,东邻婵娟子。因思赠时语,特用结终始。永愿如履綦,双行复双止。……人只履犹双,何曾得相似?可嗟复可惜,锦表绣为里。况经梅雨来,色黯花草死。"这首诗一向不受重视,其实它是一首情深意长的爱情诗,非常可贵。请大家注意,这首诗作于四十六岁,此时白居易已经人到中年,已经经历过险恶的宦海风波,也早已结婚生子。但是他在晾晒衣服时偶然看到一双旧鞋,却依然情难自已。诗中的"东邻婵娟子"就是家住符离的湘灵姑娘。大家知道,亲手缝制一双鞋子赠给情郎,本是民间女子表示爱情的一种习惯行为。湘灵本是个小家碧玉,她为了对白居易表示爱情,就亲手缝制了这双鞋子。可惜的是命运使他们劳燕分飞,如今鞋子虽然还是成双成对,两个情人却各奔东西,形单影只。"人只履犹双"这句诗,字面上平平淡淡,其实浸透着失恋者的辛酸泪水。请大家注意,人到中年的白居易对青年时代的旧情人如此念念不忘,一个早已进入仕途而且早已结婚的人,却把一双旧鞋始终携带在身边,这不是"多于情"又是什么呢?

正因如此,白居易是最有资格写好杨贵妃故事的诗人,他果然不负众望,写出了传诵千古的《长恨歌》。当然,白居易更好的感伤诗是《琵琶行》,那也是需要"多于情者"才能写成的好诗。

《琵琶行》中描写的那个身怀绝技的琵琶女姓甚名谁？白居易并没有告诉我们。但是有人说她名叫裴兴奴。元代剧作家马致远写了一个有名的杂剧，题为《江州司马青衫泪》，内容的梗概是：白居易在长安为官时与擅长琵琶的歌妓裴兴奴相爱，后来经历一番悲欢离合。裴兴奴，唐代确有其人，她是一位胡女，而且的确是一位琵琶高手。但是裴兴奴与白居易恋爱的事情则纯属虚构，这是古代的"戏说"，不足为据。其实《琵琶行》中说得清清楚楚，那位在浔阳江头夜弹琵琶的女子与白居易素昧平生，所以白居易才会有"同是天涯沦落人，相逢何必曾相识"的慨叹。而且正因为《琵琶行》的主题是"同是天涯沦落人，相逢何必曾相识"，它才能感动千古的读者。要是所写的是一个才子佳人悲欢离合的老套故事，它的意义就要大打折扣了。

《琵琶行》究竟好在哪里？它的内容其实很简单，谪居江州的白居易江边送客，邂逅一位长安歌女，并请她弹奏一曲琵琶，这件事情并无重大的意义，也没有曲折离奇的情节，它怎么会引出一首千古绝唱呢？或者说，《琵琶行》的成功之奥秘究竟在于何处呢？我们首先会想到的原因是其高超的艺术技巧。无论是叙事，抒情，还是描写，《琵琶行》都达到了炉火纯青的化境。《琵琶行》在叙事上层层深入，环环相扣，引人入胜。《琵琶行》全诗沉浸在一种浓郁的伤感的抒情氛围之中。即使是小序中的那段文字，也富有抒情意味，读来感人肺腑。《琵琶行》中最出色的描写当然是琵琶声。众所周知，音乐之妙，本是难于诉诸文字的，因为它们毕竟是两种完全不同的艺术门类。简而言之，诗歌是诉诸视觉的，是有相当具体的物象的；而音乐则是诉诸听觉的，是相当抽象的。用诗歌来吟咏音乐，当然具有相当的难度。《琵琶行》中对琵琶声的描写，简直出神入化，使人仿佛亲临其境，亲闻其声。我相信凡是读过《琵琶行》的读者都永远不会忘记这一段奇妙入神的句子："大弦嘈嘈如急雨，小弦切切如私语。嘈嘈切切错杂弹，大珠小珠落玉盘。间关莺语花底滑，幽咽泉流冰下难。冰泉冷涩弦凝绝，凝绝不通声暂歇。别有幽愁暗恨生，此时无声胜有声。银瓶乍破水浆迸，铁骑突出刀枪鸣。曲终收拨当心画，四弦一声如裂帛。"什么叫"绘声绘色"？《琵琶行》中的描写就是绘声绘色！

尽管《琵琶行》的艺术成就如此之高，我还是认为它之所以会感动千古读者的奥秘并不在此。高超的艺术水准会使读者由衷钦佩，但不能使读者深受感动。感动读者的惟一因素只能是作品中蕴含的情感。那么，《琵琶行》使我们深受感动的究竟是什么情感呢？简单地说，就是"同是天涯沦落人，相逢何必曾相识"！琵琶女是一个长安故娼，她年少时曾名动京师，生活中充满了欢笑。待到人老珠黄，嫁为商人妇，只能独守空船。两种生活状态之间存在巨大的落差，从而在她的心理上产生了巨大的失落感。白居易则是一位才高志大的士大夫，他曾在朝廷里担任翰林学士的重要职务，如今却被贬到偏远的江州当一个司马的闲差，他的心里也充满着失意和漂泊的情愫。琵琶女只是一个供人娱乐的歌妓，白居易却是身为朝廷命官的士大夫，两人的身份本来是天差地别的。可是"异质同构"的命运使他们偶然相逢，也使他们之间产生了真诚的同情与共鸣。当琵琶女最后用琵琶声诉说心事，弹奏出"凄凄不似向前声"的时候，为什么"座中泣下谁最多,江州司马青衫湿"?原因就在这里。同情是一切善良的人们都能具备的本性,共鸣则是有着相似经历的人们都能产生的情感,社会地位的高下,文化修养的高低,贫富贵贱,都不会从根本上阻止人与人之间的这种情感交流。一千二百年前的白居易与琵琶女之间就产生了这样的情感交流,这种情感与男女之爱没有关系,与功利目的更是毫不沾边,所以它纯洁、真挚、感人。我坚信,《琵琶行》最感动我们的就是这种同情心,全诗最有意义的警句就是:"同是天涯沦落人,相逢何必曾相识!"亲爱的读者朋友,即使你漂泊到天涯海角,即使你感到举目无亲,只要你怀着善良的情怀,你就一定会在陌生的人群中发现共鸣,得到同情。让我们永远牢记"同是天涯沦落人,相逢何必曾相识"的动人诗句吧!这种美好的情怀会给陌生的环境增添一丝亮色,会给孤独的心灵带来一缕暖意,我们真该为了这两句美好的诗句而对白居易说一声谢谢!

二、刚直敢言与民生疾苦

三十七岁那年,白居易被任命为左拾遗,那是他政治生涯的真正起点。"左拾遗"的官品是从八品上,是一个低品级的官职。不过其职责倒是相当重要的:"言国家遗事,拾而论之",也就是凡是国家大事或朝廷措施有什么遗漏的地方,左拾遗都应予以指出。在白居易以前的唐代大诗人中,陈子昂曾任右拾遗,杜甫曾任左拾遗,他们都曾经诚心诚意地对朝政拾遗补阙,没有辜负"拾遗"的名称,白居易在《初授拾遗》这首诗里表示要以杜甫与陈子昂为榜样。刚当上京官的白居易踌躇满志,政治热情空前高涨,他决心知无不言,言无不尽,要根除对国家有害的种种弊政。首先,白居易对当时骄横不法的权豪重臣进行了毫不留情的尖锐抨击,在短短的三年时间里,他先后上书弹劾多位节度使贪暴不法的行为,这些节度使大多拥兵自重,在所领方镇对百姓横征暴敛,对朝廷或拒交贡赋,或以贿赂等手段邀宠,甚至勾结朝臣或宦官来干扰朝政,成为中唐时代国家政治肌体上的一颗颗毒瘤。白居易对这些权臣深恶痛绝,奋不顾身地上书揭露他们的种种不法行为,反对朝廷对他们姑息养奸,即使为此得罪皇帝也在所不顾。例如荆南节度使裴均,是唐宪宗的心腹大臣。白居易曾上书反对任命他为尚书左仆射、判度支,也就是事实上的宰相,后来又专门上书揭露其狼子野心。其次,白居易坚决反对宦官擅权。中唐政治最大的弊病就是宦官专权,宦官头子掌握着左右神策军,连皇帝自身的命运都被控制在他们掌中,更不用说朝政了。在这种政治氛围中,白居易敢于无所忌讳地接连抨击俱文珍、吐突承璀等大宦官,体现了忠心报国、不顾自身安危的高尚品质。对于这些位高权重的大宦官,白居易不但在朝廷里上书抨击其弄权误国,而且在诗歌中无情地揭露其暴虐害民的罪行。白居易有一首诗题作《宿紫阁山北村》,揭露吐突承璀指挥的神策军抢夺平民财物的暴行。第三,白居易的目光不仅盯着高高在上的不法权臣,也注视着社会下层的民生疾苦。对于朝廷里那些虐民害物的苛政恶法,白居易没有保持沉默。当时有一项政策叫"和籴法",这条法令的基本内容是朝廷在丰收年头粮价低贱时加价买粮,到灾年歉收粮价飞涨时则减价卖粮,以此来平抑粮价。但是日久弊生,到了中唐贞元以后,这项措施已经变得面目全非:官府不论年成如何,按户口分配定额,强行贱价征购农民手中的粮食,使农民不堪其害。白居易愤然上书,揭露了当前"和籴法"的实质是:"号为和籴,其实害人!"白居易的这道奏状是在元和三年(公元808年)上奏的,过了三年,朝廷总算下诏京兆府减免当年折籴粮二十五万石。虽说白居易没有能力彻底根除这项弊政,但他的仁政爱民思想是难能可贵的。元和四年(公元809年),白居易针对当时贫民因欠官租而被囚在狱,至死不见天日的惨状,上书陈情。白居易愤怒地指出:"自古罪人,未闻此苦。行路见者,皆为伤痛!"因此他请求朝廷降旨予以释放,清除此类冤狱。白居易的《歌舞》一诗中所说的"岂知阌乡狱,中有冻死囚",可以与此奏状对读。总之,白居易身为谏官,确实做到了忠于职守。从三十七岁到四十岁的三年多时间,是白居易在政治上奋发有为的时期。他不顾自己官位低下的实际处境,也不顾勇于进言可能带来的不测之祸,积极地为朝廷献计献策。他的一系列奏状,系统地体现了儒家以民为本的政治思想,也充分展现了儒家杀身成仁的政治风范。在当时的社会条件下,这种思想是最能体现人类理性和人道主义精神的思想。即使不当谏官了,白居易仍然关心朝政,敢于直言进谏。元和十年(公元815年)六月三日凌晨,主张讨伐割据藩镇的宰相武元衡被某些心怀不轨的节度使派出的刺客在上朝的途中刺死,他的颅骨也被割下来带走了,刺客竟然逃之夭夭,这真是朝廷的奇耻大辱。当时担任太子左赞善大夫的白居易怒不可遏,迅速作出反应,在事发当天的中午就上书言事,要求朝廷迅速捉拿刺客,查明幕后主使,予以严惩。白居易的奏状递上后,两天之内就传遍了整个长安城,可见朝野都很重视这道奏状。可是朝中的宦官和权臣们却大为不乐,他们原来就对白居易心怀不满,对白居易这次越级言事更是十分恼火,便寻找罪名把他贬到江州任司马。这是白居易仗义执言付出的严重代价。白居易用他的实际行为表明他对儒家思想不但由衷信从,而且付诸实践。儒家思想的最大特色就是不事空言,而见诸日用人伦。白居易的行为正是儒家风范的具体体现。

白居易在朝中勇于言事,他在诗歌写作上也有类似的表现,那就是大量写作以美刺为目的的讽喻诗。白居易的讽喻诗共有172首,这些作品基本上都写于在朝为官的十年期间,其中以《新乐府》50首和《秦中吟》10首为代表作。虽然世人最看重的白居易诗歌也许是《长恨歌》和《琵琶行》,但白居易本人却根本不同意这种看法。白居易在写给元稹的信中说得很清楚:"今仆之诗,人之所爱,悉不过杂律诗与《长恨歌》已下耳。时之所重,仆之所轻。"由于白居易写这封《与元九书》时还没有写《琵琶行》,所以信里只说到了《长恨歌》。就是说他本人对自己诗歌的评价与世人不同。那么白居易自己最看重的是什么作品呢?首先是"意激而言质"的讽喻诗,只要看白居易自己所编的诗集中,从卷一到卷四都是讽喻诗,就可以明白这一点。那么,白居易为什么这样重视讽喻诗呢?白居易讽喻诗的价值到底如何呢?简单地说,白居易写作讽喻诗,其主要价值取向在于政治,而不在于文学;在于社会功效,而不在于个人抒情。正因如此,白居易大张旗鼓地揭示了著名的诗歌纲领:"文章合为时而著,歌诗合为事而作。"文章就是文学,歌诗就是诗歌,"为时"就是为了时代,"为事"就是要以具体的事实为写作对象。有些后人批评白居易的观点抹杀了诗歌的个人抒情性质,其实白居易的这两句话是针对其讽喻诗而说的,并不包括感伤诗、闲适诗等其他作品。换句话说,白居易并不是不理解诗歌的个人抒情功能,能写出"吊影分为千里雁,辞根散作九秋蓬"的白居易,能写出"同是天涯沦落人,相逢何必曾相识"的白居易,难道还不是抒情高手!只是白居易写作讽喻诗之时,他格外强调这类作品的社会意义和政治功能罢了。值得注意的是,白居易写作讽喻诗,不但在时间上与他大量写作谏书相重合,而且两者的内容也是互相呼应的。白居易认为讽喻诗的内容是"可以救济人病,裨补时阙,而难于指言者",也就是有关民生疾苦,可以裨补朝政,却很难落实为具体的进谏对象的内容,就写进讽喻诗。所以,在白居易看来,他的讽喻诗与谏书具有相同的本质,都是为了反映舆情,揭露弊政,从而警诫朝廷,改善朝政。两者的区别仅仅在于:谏书是直接的抨击,而讽喻诗则是间接的讽刺。白居易的讽喻诗无情地揭露了中唐社会的种种弊端,反映了人民的悲惨生活和不幸遭遇,批判了统治者荒淫无耻、不恤民情的真实嘴脸。这样的诗歌表达的是人民的心声,这样的诗人是人民的代言人。相传白居易的诗风通俗易懂,连不识字的老奶奶都一听就懂。风格通俗的基础是内容的切近民众,只有与广大人民的实际生活息息相关的诗歌才会得到他们的理解和欣赏。那么,白居易的讽喻诗到底涉及了哪些社会内容呢?

首先,白居易悲悯地注视着社会的各个角落,观察到民间疾苦的方方面面,从而毫发无隐地揭示了中唐普通百姓极其悲惨的生活状态。《杜陵叟》记录了一个世世代代居住在杜陵的老农民的愤怒控诉:他年复一年地辛勤耕种着一顷有余的薄地,可是今年的年成实在不好。三月里正当麦子抽穗的季节,却遭逢大旱,麦苗枯死。九月里稻子还没成熟,却严霜早降,颜色还没变黄的稻穗就干枯了。夏收、秋收都几乎是颗粒无收,可是官吏们依旧逼着农民交纳租税。农民被逼得没办法,只好抵押自家的桑树,又出卖自家的土地,换得一些钱财来交租。官府这样做,简直就是剥夺我穿在身上的衣服,抢夺我将要进嘴的口粮啊!官吏们这般残害百姓,他们简直就是豺狼,何必要长着铁钩般的爪子和锯子般的牙齿,真的来吃人肉!在所有谴责苛政的古典诗歌中,这首《杜陵叟》的语气是最为激烈的。孔子早就说过"苛政猛于虎"的名言,但是白居易的"虐人害物即豺狼,何必钩爪锯牙食人肉"等句子却更为尖锐、犀利。更加值得重视的是,此诗中还对皇帝的假仁假义作了一针见血的揭露,这在当时需要多大的勇气啊!

如果说《杜陵叟》所批判的急敛暴征还算是封建社会中合法的剥削的话,那么《卖炭翁》所揭露的"宫市"就是无法无天的公然抢劫了。请看那个烧炭老翁的悲惨遭遇:老翁长年在终南山里伐木烧炭,满脸尘灰,十指乌黑,不知经历了多少艰辛。他没有别的谋生手段,全靠卖炭得钱来维持生计。木炭当然是天气严寒时才需要的东西,可怜这位穿着单薄衣裳的老翁,为了让他的木炭卖个较好的价钱,竟然一心盼望着天气严寒!"可怜身上衣正单,心忧炭贱愿天寒!"这两句诗,真的是一字一泪!总算天如人愿,夜降大雪,老翁赶着牛车,运着千余斤重的木炭来到长安市场。可是两个太监骑着马走来了,他们不由分说就抢过牛车,赶往宫中。《卖炭翁》的题下自注说:"苦宫市也。"其批判矛头直指这项弊政恶法,也直指宦官和他们身后的皇帝本人。请问这样的诗歌,与那些直言无忌地揭露时弊的谏书又有什么不同?要说有什么不同的话,那就是谏书是给皇帝看的,最多只能起到一点讽谏作用。而诗歌不但写给皇帝看,也是写给广大读者看的,诗人代表不幸人民对苛政所作的控诉,字字血泪,永远感动着千古读者。

白居易的讽喻诗义正词严,疾恶如仇,真正起到了反映民情、干预政治的良好作用,这是文学社会功能的最好体现。从《诗经》、汉乐府到杜诗,中国古典诗歌有一个非常优秀的传统,就是直面社会现实、揭露民生疾苦,白居易继承了这个传统,而且有所发扬光大。在这个意义上,白居易的讽喻诗不但堪称唐诗中的精品,而且是整个古典诗歌中不可多得的精华部分。描写风花雪月的诗歌当然也是有其价值的,但是就整个文坛来说,绝对不能只有风花雪月而缺少对民生疾苦的关注。在这个意义上,白居易的讽喻诗至今仍有深远的教育意义。

三、乐天知命故不忧

中国古代的读书人,都要面临一个人生最重要的问题,那就是选择出仕,还是退隐?早在先秦时代,士人们就对"出"还是"处"的问题有了深入的思考。所谓"出",就是出去做官;所谓"处",就是居家不仕。所以"出处"问题也就是关于出仕和退隐的思考。也就是说,摆在古代读书人面前的人生道路只有两条,一条是出仕,另一条就是退隐,除此之外别无他途,这是他们面临着的两难选择。莎士比亚戏剧中的丹麦王子哈姆雷特说:"生,还是死?这是个问题。"换了中国古代的读书人,就应该问自己:"出仕,还是退隐?这是个问题。"那么,对于古今士人谁都无法逃避的这个"千古一问",白居易给出的又是怎样的答案呢?白居易的答案是两个字:"中隐。"

《中隐》是白居易五十八岁时写的一首诗,那年他正在洛阳任太子宾客分司。诗中说,像东方朔那样隐居在朝廷或闹市中,未免过于喧嚣。而像传统的隐士那样生活在山林里,则又未免过于冷落。既然如此,不如采取"中隐"的方式,就是虽然做官,但不在朝廷里做大官,而是像自己那样,在洛阳任一个闲职。这种"中隐"的方式,既像是出仕,又像是退隐;既不是忙忙碌碌,也不是无所事事。在这首诗的后面,白居易还进一步说明了"中隐"的种种好处,比如既有充足的俸禄,又无繁忙的公事,所以不但可以免于饥寒,而且可以悠闲度日。这样的做法是否属于投机取巧?这样的人生态度是否有点庸俗?首先我们应该注意到,白居易写《中隐》时,已经人到暮年,难免会产生比较消极的思想。事实上白居易的消极思想早在贬为江州司马时就产生了。他在武元衡遇刺的第一时间向朝廷上书,完全是出于正义感和责任感,却反而受到诬陷、打击,不但无人为他伸张正义,而且有人落井下石,这给白居易的心灵造成了难以痊愈的创伤。正巧此时白居易已经人到中年,他觉得人生短促,就算自己能活到七十岁,也只剩下二十六年的余生了,又何必再自讨苦吃?从此他的政治热情逐步消减,"中隐"的思想在他心中逐渐占据了上风。其次,白居易选择"中隐"的生活方式,主要是为了回避政治风波引起的不测之祸,他也确实达到了目的,"甘露事变"就是一个明显的例子。"甘露事变"发生的那年,白居易六十四岁,正在洛阳,任"太子少傅分司东都"的闲职。事变发生后,白居易在第一时间就在诗歌中有所反应,这首诗的标题就叫《九年十一月二十一日感事而作》,"九年"就是大和九年,"十一月二十一日"就是"甘露之变"发生的日期。全诗如下:"祸福茫茫不可期,大都早退似先知。当君白首同归日,是我青山独往时。顾索素琴应不暇,忆牵黄犬定难追。麒麟作脯龙为醢,何似泥中曳尾龟?"这首诗的意思并不难懂,一、二两句是说人们的灾祸和幸福都是很渺茫的,是无法预料的。尽管如此,但是大凡及早从官场急流勇退的人,似乎有先见之明,因为他们由此而避免了祸患。三、四两句把自己与"甘露之变"中罹难的朝官进行对比,"白首同归"是一个典故,指西晋的潘岳与石崇两人同归于尽,白诗所说的"君"指当时被害的所谓"甘露四相",也就是李训、贾餗、舒元舆和王涯四人,意思是当你们在朝中同归于尽的时候,我正独自前往青山。这两句诗绝没有幸灾乐祸之意,因为白居易本人一向坚决反对宦官专权,他虽然与"甘露之变"没有直接的关系,但在感情上肯定是站在朝官一边的,他怎么会对朝官遇害幸灾乐祸!所以,这两句诗中确实有庆幸之意,但那只是对自己因急流勇退而免遭灾难的庆幸,至于对那些遇害的朝官,白居易是满怀同情的。白居易的这种人生态度,是不是人们经常说到的"明哲保身"? 当然是的。在现代人看来,"明哲保身"是一种消极的人生态度,它还曾经受到十分严厉的批判。其实在古代,"明哲保身"并不是一个贬义词。这个词源于《诗·大雅·烝民》:"既明且哲,以保其身。"按照孔颖达的解释,"明哲保身"绝不是同流合污,"明哲保身"的人并不缺乏正确的价值判断,他们完全能够明辨是非善恶的区别,只是选择了远离祸患的安全处境来保全自己而已。当然,"明哲保身"不是积极有为的人生态度,但是在一个政治生态极其恶劣的现实环境里,除了少数特别刚烈的英雄人物之外,一般的人很难做到以死抗争,此时"明哲保身"也是一种可取的人生智慧。

白居易字乐天,"居易"的名取自《礼记》的《中庸》篇:"君子居易以俟命。"意思是君子自处于平安的境地以听天任命。"乐天"这个字则是源于经典《周易》中"乐天知命故不忧"的句子,意思是乐于顺应天命,所以没有忧虑。白居易的人生中确实体现出了乐天知命的态度,那么,我们又该如何评价这种人生态度呢?我们先从后人对白居易的评论说起。白居易知足常乐的思想,曾受到朱熹的严厉批评。朱熹说:"乐天,人多说其清高,其实爱官职。诗中凡及富贵处,皆说得口津津地涎出。"(《朱子语类》卷一四〇)朱熹认为,白居易是假清高,他嘴上说淡泊名利,心里却想着高官厚禄。所以白居易在诗歌里一说到富贵,就连口水都淌下来了。朱熹对白居易的批评是否准确,是否公正呢?应该说不够公正。白居易在朝任职时曾经多次奋不顾身地上书言事,甚至不惜得罪执政的宰相乃至皇帝本人,连身家性命都在所不顾了,哪里还说得上爱什么官职!那么,朱熹的话是否纯属无中生有的肆意诬蔑呢?倒也未必。因为白居易的诗歌中确实经常说到官职,不但说到官职,还进而说到与官职有关的俸禄与品服，不过并没有达到"口津津地涎出"的程度。清人赵翼在他的《瓯北诗话》中专设两条，一条专论白居易诗歌中记载俸禄收入的内容，另一条专论白居易诗歌中记载官品服色的内容。第一条中，赵翼举了白诗中的八个例子，分别记载了白居易在当校书郎、盩厔县尉、京兆户曹参军、江州司马、太子宾客分司、刑部侍郎、太子少傅七个职位上的俸禄收入，以及以刑部尚书的身份退休后的"半俸"的金额。对我们来说，值得注意的不是这些具体的金额，而是白居易在说到这些俸禄时的态度，比如他在盩厔县当县尉时写的《观刈麦》一诗中说："吏禄三百石，岁晏有余粮。念此私自愧，终日不能忘。"这是白居易面对农民终年劳苦仍然食不果腹的窘境，从而对自己坐享官禄而感到惭愧。随着官位的升迁，白居易的俸禄也越来越高。等到他当上平生最高的官职太子少傅时，俸禄也达到了最高的等级："月俸百千官二品，朝廷雇我作闲人。"（《从同州刺史改授太子少傅分司》）白居易对这样高的俸禄本身是心满意足的。白居易的此类诗句，是否就是"口津津地涎出"呢？我觉得不是。就像现代的公务员领取国家规定的工资一样，这是合法的收入。一位官员没有贪污受贿，除了薪俸之外没有其他的收入，他在诗中说说自己的薪俸收入又有什么关系呢？现在人们对公布官员收入的呼声越来越高，白居易简直是古代官员主动向社会大众申报个人收入的模范，我看不但不应受到指责，反倒应该得到表扬才对。

那么，知足常乐的白居易的实际生活到底是否快乐呢？或者说他的人生是否美满幸福呢？明代的袁宗道曾称白居易是"世间第一有福人"，说白居易的物质生活过得很好，但那只是中唐时代一位高级官员的实际生活水平。白居易既不是像陶渊明那样躬耕乡里的隐士，也不是像杜甫那样的乱世飘泊者，他官至二品，七十一岁才真正退休，他当然能享受相当优裕的物质生活。我觉得重要的不是白居易的实际生活过得怎么样，而是他对物质生活持什么态度。应该说，白居易是一个实实在在的普通人，他对于物质享受既不拒绝，也不刻意追求。他在江州司马任上，可算是失意透顶，但是他在给元稹的信中自称在江州的生活有"三泰"，第一"泰"是合家团聚，"得同寒暖饥饱"；第二"泰"是江州物产丰富，自己的俸禄足够养家，"身衣口食，且免求人"；第三"泰"就是盖了一座庐山草堂，"可以终老"。全家团聚，且能温饱，这对于一个官员来说只是最基本的生活水准，白居易却自称其中有"三泰"，这显然是知足常乐的生活态度的具体表现了。白居易的知足思想是怎么产生的？后人往往把它归结为中庸思想的影响，或是佛教和道家思想的影响，具体的情况比较复杂，我在这里只想对这种思想做一个通俗的解释，我认为白居易的知足常乐其实是经过"比上不足，比下有余"，尤其是"比下有余"的思维方式而得出的结果。白居易曾经以古人为相比对象，当然，他是专门把自己的处境与那些在某些方面遭遇不幸的古人相比，他自称："富于黔娄，寿于颜渊，饱于伯夷，乐于荣启期，健于卫叔宝。"(《醉吟先生传》))第一比是"富于黔娄"。黔娄是春秋时代著名的隐士，家里一贫如洗，死后用一条布被覆盖遗体，"覆头则足见，覆足则头见。"就是盖住头则双脚露了出来，盖住脚则头会露出来。相比之下，白居易当然富裕多了。第二比是"寿于颜渊"。颜渊就是颜回，他三十二岁就夭折了，是著名的短寿之人，白居易的寿命当然要长得多了。第三比是"饱于伯夷"。伯夷不食周粟而饿死在首阳山，白居易当然要比他饱得多。第四比是"乐于荣启期"。荣启期自称有人生三乐：是人，是男人，活到九十。除了第三乐即长寿以外，其余的二乐真是太一般了。所以白居易认为自己要比荣启期更快乐。第五比是"健于卫叔宝"，这是"五比"中最有意思的一比。卫叔宝是个弱不禁风的美男子，只活了二十七岁，时人说他是被人"看杀"的，所以白居易认为自己比卫玠更健康。请注意，白居易尽找那些不幸之人的弱点来与自己做对比，比如卫叔宝这个对象其实有两个特点，一是病弱，二是貌美。假如白居易与卫叔宝比相貌，当然是必败无疑。但是白居易不跟他比相貌而只比健康，于是大获全胜。比来比去，白居易总比别人优越，总比别人幸运，所以他怎么会不知足呢？这种比下有余的思维模式，使得白居易无往而不胜，所以无往而不乐。正因如此，白居易在洛阳的晚年生活是相当愉快的，他在《秋日与张宾客、舒著作同游龙门，醉中狂歌，凡二百三十八字》中说："丈夫一生有二志，兼济独善难得并。不能救疗生民病，即须先濯尘土缨。况吾头白眼已暗，终日戚促何所成。不如展眉开口笑，龙门醉卧香山行。"在兼济天下方面已经无可作为的前提下，白居易只能以独善其身为人生目标。况且已至衰暮之年，与其终日悲戚，不如愉快度日。白居易的这种人生态度，当然有点消极。如果是着眼于国家或民族的前途，我们不能小富即安，而应该不断前进。即使是对待个人的事业，我们也应该奋发图强，力争上游。但是如果是对待个人的生活水平，尤其是物质生活，则白居易知足常乐的观点还是有一定参考价值的。

因为无论在什么方面,我们普通人永远处于"比上不足,比下有余"的处境,只有"比下有余"的生活态度才能让我们获得安宁、愉快的心境。假如你老是关注"比上不足",你的眼睛老是盯着比你更幸运、更成功的人,你将会永远处于焦躁、烦恼之中。只有"比下有余"的态度才能让我们保持安宁、愉快的心境。这是白居易的闲适诗给读者留下的最大启迪。

第二讲 名篇细读

《春江花月夜》

张若虚的《春江花月夜》,现代读者谁人不知,谁人不晓?它是公认的唐诗名篇,但事实上这首诗曾经长期不被重视,作者也其名不彰,以至于我们对张若虚的生平只能做一个极其简单的介绍。张若虚,生卒年不详,扬州人。文辞俊秀,与贺知章、包融、张旭齐名,号称"吴中四士"。曾官兖州兵曹,此外的生平事迹无从考知。近人胡小石先生曾撰《张若虚事迹考略》,也十分简略,因为文献不足。所以早在明代,高棅在《唐诗品汇》中已将他列入"有姓氏,无字里世次可考"之列。正像南朝的钟嵘在《诗品》中评鲍照所云:"嗟其才秀人微,故取湮当代。"张若虚的文集,在《旧唐书》的《经籍志》和《新唐书》的《艺文志》中都没有著录,可见早已散佚。在收录唐诗较多的《文苑英华》《唐文粹》等总集中也不见张若虚的作品。幸亏南、北宋之交的郭茂倩所编的《乐府诗集》中收录了其《春江花月夜》,这篇杰出的诗歌才得以保存下来。清人编纂《全唐诗》,只收集到张若虚的两首诗作,一首就是《春江花月夜》,另一首则是平常无奇的《代答闺梦还》。张若虚在现代成了无人不知的唐代著名诗人,全靠《春江花月夜》这一首作品。正如近人王闿运所说:"孤篇横绝,竟为大家"!

《春江花月夜》原是乐府旧题。据《乐府诗集》的记载,它原属"清商辞曲"之"吴声歌曲",最早写作此题的是陈后主,但其作品已佚。现存早于张若虚作《春江花月夜》的有三人:隋代的隋炀帝和诸葛颖、初唐的张子容,作品共五首,皆为五言四句或五言六句的短篇。张若虚的《春江花月夜》则是长篇的七言歌行(共三十六句),在体制上具有很大的创新意义。从内容来看,陈后主所写的《春江花月夜》虽已不存,但《乐府诗集》的解题中称其为"尤艳丽者",可以推知与其《玉树后庭花》等属于同样的风格倾向,仍然是所谓的"宫体"。但是后人的拟作则逐渐偏离了宫体的倾向,例如隋炀帝的两首:"暮江平不动,春花满正开。流波将月去,潮水带星来。""夜露含花气,春潭漾月辉。汉水逢游女,湘川值两妃。"虽然还有一些南朝乐府的风格倾向,但毕竟辞句清丽,与南朝的"宫体"逐渐分道扬镳。到了张若虚的《春江花月夜》,则不过沿用乐府旧题这个旧瓶子,装在里面的全是新酒了。闻一多先生认为张若虚"向前替宫体诗赎清了百年的罪",程千帆先生更准确地指出张若虚已经与宫体诗彻底划清了界限,除了题目相同之外,他的《春江花月夜》已经和陈后主的原作不可同日而语了。

《春江花月夜》全诗共三十六句,如从押韵的情况来看,每四句组成一个小节,都押同一个韵,共分九小节,每一节都像一首独立的七言绝句,然后串连成一个整体。但从内容来看,则可分成五大段,它们的句数分别为八句、八句、四句、八句、八句。第一段入手擒题,总写在明月之夜春江潮涨,以及江边的花林芳甸等美景。第二段写诗人在江边望月所产生的遐思冥想。第三段总写在如此情景中思妇与游子的两地相思。第四段单写思妇对游子的思念。第五段单写游子的思家之念。全诗由景入情,由客观景物转到人间离情,但始终不离开题面中的五个元素。正如明人王世懋、钟惺、谭元春等人所指出的,全诗都围绕着"春""江""花""月""夜"五个字做文章,扣题很紧。如果更细致地品读,则可发现全诗的核心主题只有一个,那就是"月"。清人王尧衢对此诗做过一个统计:"春字四见,江字十二见,花字只二见,月字十五见,夜字亦只二见。"其实即使是没有出现"月"字的一些诗句,又何尝不是描绘月亮来着?例如"空里流霜不觉飞,汀上白沙看不见。""玉户帘中卷不去,捣衣砧上拂还来。"这两联简直就是运用"禁体物语"的方法来咏月的杰作,也就是句中虽不见月字,却又字字都在写月,是典型的"烘云托月"。《春江花月夜》对月光的描写,已达到出神入化的程度。比如写月亮在流水上泛起的光彩是"滟滟随波千万里",写月光给人带来的寒冷感是"空里流霜不觉飞",写月光缓慢的移动是"可怜楼上月徘徊",都使读者身临其境。此外,举凡人们望月时常会产生的联想,诸如碧空银月是否亘古如斯,明月是无情还是有情,离别的情人在月夜为何会格外相思,也都得到了充分的表达。可以说,从总体上说,《春江花月夜》通篇都围绕着一个"月"字,是唐诗中最早出现的咏月名篇,是一首月亮的颂歌。下文试将全诗分成五段进行解读。

春江潮水连海平,海上明月共潮生。滟滟随波千万里,何处春江无月明?江流宛转绕芳甸,月照花林皆似霰。空里流霜不觉飞,汀上白沙看不见。

这一段是全诗的开端,勾勒出一个充满诗情画意的美丽境界。春天多雨,江水迅涨,东流的江水遇到从大海西上的潮汐,互相鼓荡,浩渺无边。一个"平"字,言简意赅地写出了江水与海水连成一片的奇特景象,表面上平淡无奇,其实一字有千钧之力。伴随着奔腾而来的潮水,一轮明月也从东天冉冉升起。地球上的潮汐本是海水受到月球的引力而产生的自然现象,诗人未必明白这个科学原理,但是他用细致的观察得出了相似的结论。谁说诗歌与科学没有相通之处?更值得注意的是,"海上明月共潮生"的写法,使潮水与明月都充满了生气,仿佛是两个有生命的物体,全句也呈动态之美。从第三句起,诗人的目光随着逐渐西行的月亮溯江而上,发现千万里的江水都沐浴在月光之中。江面上泛起潋潋的波光,江边上则是春花烂漫的芳甸。在月光的笼罩下,繁花似锦的树林蒙着一层洁白的细雪,这是春天的月夜才得一见的奇特之景。"空里流霜不觉飞"一句实有双关的含义:月光洁白晶莹,月光给人带来一丝寒意。妙在诗人并不说月光如霜,而是直说"空里流霜",从而把诗人在月光中久久站立的感觉真切地传递给读者,读之浑如身临其境。末句"汀上白沙看不见",意指整个江岸都沉浸在月光之中,并与月光融成一片。这八句诗从江海写到花树,一切都沐浴在皎洁的月光中,最后只见月光。由大至小,由远及近,笔墨随着诗人的目光逐渐凝聚,最后集中到月光自身,好像画龙点睛。

> 江天一色无纤尘,皎皎空中孤月轮。江畔何人初见月?江月何年初照人?人生代代无穷已,江月年年只相似。不知江月待何人,但见长江送流水。

第二段承接上文展开联想。澄澈清明、幽静寂寥的境界,最有利于人们的遐思冥想。诗人久久地凝望着月亮,不由得神思飞扬。闻一多先生说得好:"更迥绝的宇宙意识!一个更深沉,更寥廓,更宁静的境界!在神奇的永恒前面,作者只有错愕,没有憧憬,没有悲伤。"他又说:"对每一个问题,他得到的仿佛是一个更神秘的更渊默的微笑,他更迷惘了,然而也更满足了。"的确,诗人面对着神奇美丽的大自然,不由得对宇宙的奥秘和人生的哲理进行一系列的追问。他最想探索的是月与人的关系:是谁最早在江畔看月?江月从何年开始照耀世上之人?正如闻一多先生所说,这样的问题当然是没有答案的,于是诗人更加迷惘了,也更加满足了。迷惘不是糊涂,而是对宇宙奥秘的理解和钦佩。诗人理解人生短促而宇宙永恒的道理,但他并没有陷入悲观、绝望。他明白个人的生命虽然是短促的,但代代相继的生命却是永无穷已的,所以人类的存在仍是绵延长久的,他们仍能年复一年地与江月相伴。这样,诗人就跳出了生命短促所引起的悲伤主题的束缚,从而获得了满足。他甚至开始展望遥远的将来:江上明月是在等待何人呢?这样,诗人就把眼前的感受延伸到未来,也就是融入了天长地久的时间长河,末句所写的长江流水,正是孔子产生"逝者如斯夫"之叹的自然环境啊。

> 白云一片去悠悠,青枫浦上不胜愁。谁家今夜扁舟子,何处相思明月楼?

《春江花月夜》共有两大主题,前十六句写诗人江畔望月之情景,后十六句写游子思妇的月夜相思,夹在中间的这四句则是一个转折。凡长诗的转折,必须承上启下,又必须转变自然。《红楼梦》第七十八回写贾宝玉奉贾政之命写作《姽嫿词》,前面用数句描写女将军林四娘之美貌,后面应转入主题即咏林之英武善战,宝玉先拟一句说"丁香结子芙蓉绦",贾政认为此句又是写美女之装束,下句断难突然转至武事,没想到宝玉吟出"不系明珠系宝刀"的下句,众人拍案叫绝。为什么?就因为大开大阖,却转折得非常自然。张若虚也有同样的本领。上段的末句说"但见长江送流水",此段以"白云一片去悠悠"接之,同样是目随景移,同样是思绪远扬,况且浮云飘泊无定,正如游子之萍踪难觅,诗人自然而然地联想到相隔天涯的游子与思妇,今夜对此明月,当是怎样的两地相思?于是顺理成章地转折到游子思妇月夜相思的第二主题,末句"何处相思明月楼",下启第四段的首句"可怜楼上月徘徊",转接无痕,章法妙不可言。

> 可怜楼上月徘徊,应照离人妆镜台。玉户帘中卷不去,捣衣砧上拂还来。此时相望不相闻,愿逐月华流照君。鸿雁长飞光不度,鱼龙潜跃水成文。

这是第四段,写思妇对游子的思念,全部情景都在高楼明月的环境中逐步展开。自从曹子建写出"明月照高楼,流光正徘徊"的名句之后,诗人皆喜用"徘徊"二字形容月在天上似静似动的状态。此处也是如此,但又不是简单的沿袭。"可怜"二句,把月亮写得情意宛然,它在楼头徘徊不去,当是出于怜悯思妇之故。月亮把清辉洒向闺房,照亮了窗前的妆镜台。可惜思妇无心梳妆,看到镜台反而触景伤情。古人认为"女为悦己者容",如今良人远离,思妇又有什么心思坐在镜台前梳妆打扮!于是她决意驱走这恼人的月光,她卷起珠帘想把帘上的月光随帘敛藏,她一遍遍地拂拭捣衣的砧石想拂去石上的月光,可惜月光如水,拂而不去,驱而复来。失望之余,她只好望月怀远,思念远方的游子。她希望随着普照大地的月光飞向远方,照亮远在天边的游子。可惜这只是痴想而已。那么就给游子寄封书信来倾诉内心的幽情蜜意吧,可是又能让谁去千里传书呢?相传鱼雁都能传书,可是在这个月夜,鸿雁也难以飞越那广漠无边的月光,鱼龙则在水底潜跃而在水面上激起阵阵波纹。一句话,鱼雁也无法为她传书啊。写到这里,思妇的相思之苦已难以复加,诗人也就戛然停笔。此时无声胜有声,就让思妇的一片素心与天上的明月相伴吧。

昨夜闲潭梦落花,可怜春半不还家。江水流春去欲尽,江潭落月复西斜。斜月沉沉藏海雾,碣石潇湘无限路。不知乘月几人归,落月摇情满江树。

这是全诗的最后一段,转写游子的月夜情思。游子远在异乡,思家心切,昨夜曾在梦中回到家乡,看到潭水里漂满了落花。及至梦醒,方想到春天又已过半,而自己尚在天涯漂泊。此时他漫步江边,看到江水东流,仿佛春天也将随着江水消逝。他又举头望月,看到江潭上空的那轮月亮已向西倾斜。春光将尽,良夜将逝,人生的少壮时节又能维持多久?于是游子满腹惆怅,他眼睁睁地看着月亮在西天越落越低,终于消失在沉沉的海雾之中。从北方的碣石,到南方的潇湘,天各一方,路远无限,自己何时才能飞越这千山万水,返回家乡,与楼头望月的思妇相聚?在如此广漠的大地上,今夜又能有几个幸运的游子能乘着月色返回家乡?他找不到答案,他陷入了迷惘,他的离情迷离恍惚,无处着落,最后伴着残月的余辉洒落在江边的树林……如果说第四段中的思妇之离情是抱怨山长水阔,主要的着眼点在于空间的维度,那么此段中游子之离情既恨山川之阻隔,又怨春光和良宵之容易消逝,其着眼点兼及时、空两个维度。换句话说,游子在月夜的思绪比思妇更加深沉、广阔,诗歌的意蕴也更加丰富、深刻。所以从章法来看,第四、第五两段既是密切照应的:一写思妇,一写游子,两两对应,铢锱相称。它们之间又有一种递进关系,思索的范围越来越广阔,情感的程度越来越深刻。然而这一切都是在月夜相思的生动情景中自然展开的,从字面上看,每句都紧扣春江花月的具体环境,每个细节都是现实生活的真实内容,情景交融,浑然无痕。正如闻一多先生所说:"在这种诗面前,一切的赞叹是饶舌,几乎是渎亵。"我们除了发自肺腑地顶礼膜拜之外,还能说什么呢?

虽然如此,我们还是要勉为其难地对《春江花月夜》做一些总体的评说。先从两位现代学者对它的评论说起。闻一多说："这里一番神秘而又亲切的,如梦境的晤谈,有的是强烈的宇宙意识,被宇宙意识升华过的纯洁的爱情,又由爱情辐射出来的同情心,这是诗中的诗,顶峰上的顶峰。"李泽厚说："其实,这诗是有憧憬和悲伤的。但它是一种少年时代的憧憬和悲伤,一种'独上高楼,望断天涯路'的憧憬和悲伤。所以,尽管悲伤,仍感轻快,虽然叹息,总是轻盈。它上与魏晋时代人命如草的沉重哀歌,下与杜甫式的饱经苦难的现实悲痛,都决然不同。它显示的是,少年时代在初次人生展望中所感到的那种轻烟般的莫名惆怅和哀愁。春花春月,流水悠悠,面对无穷宇宙,深切感受到的是自己青春的短促和生命的有限。它是走向成熟期的青少年时代对人生、宇宙的初醒觉的'自我意识':对广大世界、自然美景和自身存在的深切感受和珍视,对自身存在的有限性的无可奈何的感伤、惆怅和留恋。人在十六七或十七八岁,在似成熟而未成熟,将跨进独立的生活程途的时刻,不也常常经历过这种对宇宙无限、人生有限的觉醒式的淡淡哀伤吗?它实际并没有真正沉重的现实内容,它的美学风格和给人的审美感受,是尽管口说感伤却'少年不识愁滋味',依然是一语百媚、轻快甜蜜的,永恒的江山,无垠的风月给这些诗人们的,是一种少年式的人生哲理和夹着感伤、怅惘的激励和欢愉。……闻一多形容为'神秘''迷惘''宇宙意识'等等,其实就是说这种审美心理和艺术意境。"闻一多是诗人,他对《春江花月夜》的评价非常精到,但语焉不详,尚需稍作推绎。李泽厚是哲学家,他的评语堪称提纲挈领,但说《春江花月夜》显示的是"少年时代在初次人生展望中所感到的那种轻烟般的莫名惆怅和哀愁",则稍嫌武断。其实《春江花月夜》虽然没有达到像阮籍、嵇康的忧患意识或杜甫的忧世情怀那样的思想高度,但那种对人生与宇宙之关系的深刻体会,以及对离愁别恨的真切感受,都不具有少年人的年龄特征,而应该出于成熟的青壮年时代。当然,由于诗人身处盛唐前期,在整个社会正走向欣欣向荣的时代,诗人也像与之齐名的贺知章、张旭等人一样,沉浸在积极向上的浪漫主义氛围中。诗人面对着美丽的江山风月,他在精神上的所有不满或遗憾都源于自然而非社会。所以诗中有惆怅而无悲哀,有迷惘而无痛苦。诗人的全部思考和感受都与万物的自然属性有关,诗人的所有追问都指向宇宙的奥秘,例如"江畔何人初见月,江月何年初照人";即使涉及人生,也无关社会内容,例如"谁家今夜扁舟子,何处相思明月楼"。由于诗中的所有细节都被置于春江花月夜的美丽环境中,诗中的所有物体都蒙上了一层月光的薄纱,所以全诗的格调确实是轻盈、美好的。《春江花月夜》中的离情别恨虽然悱恻感人,但是并没有达到痛苦难忍的程度。比张若虚稍晚的李白、杜甫都写过男女月夜相思的名篇,前者写思妇是"但见泪痕湿,不知心恨谁",后者写离子说"何时倚虚幌,双照泪痕干",但《春江花月夜》全诗不见一个"泪"字。相反,诗中的思妇和游子都对重逢心存希望,思妇说"愿逐月华流照君",游子也问"不知乘月几人归"。更不用说全诗展示的物体都具有光明、美好的性质,从而汇成一个清丽、幽静、邈远的意境。它如梦如幻,迷离惝恍,值得人们流连忘返。从总体上说,《春江花月夜》是美丽自然的一曲颂歌,也是美好人生的一曲赞歌,这便是无数读者为之倾倒的主要原因。

一颗洁白无瑕的珍珠,即使长期埋没在泥土中,也不会减损其熠熠光辉。《春江花月夜》就是这样的一颗珍珠,它曾经长期受到冷落,但一旦被人发现,就越来越受到人们的喜爱,它是现代读者公认的唐诗名篇。

《秋兴八首》

《秋兴八首》是杜诗中非常引人注目,同时也引起较多争议的一组诗。最好的参考资料就是叶嘉莹教授编纂的《杜甫〈秋兴八首〉集说》,这本书有四十万字,材料非常丰富。当然还有遗漏,但是重要的资料都收进去了。后人关于《秋兴八首》的评说如此之多,可见人们对这组诗的重视程度。

《秋兴八首》是杜甫晚年的作品,是他在夔州时写的。我们先看《秋兴八首》的写作背景。首先从题目入手,什么叫"秋兴"?钱注引了南朝诗人殷仲文的诗《南州桓公九井作诗》,诗里说:"独有清秋日,能使高兴尽。"殷仲文的意思是说,只有到了天高气爽的秋天,人的兴致才会很高。钱谦益认为这可以注"秋兴"二字。我觉得这个注不够好,因为杜甫《秋兴》里写的"兴"不是高兴,不是兴高采烈的"兴",而是另外一种含义。仇注引潘岳的《秋兴赋》,"秋兴"二字正是《秋兴赋》和《秋兴八首》的共同标题,这个注文就更加准确。潘岳的《秋兴赋》写的是一种很高的兴致吗?不是的,它写的恰恰是秋天悲哀的心情。潘岳《秋兴赋》中说"嗟秋日之可哀兮",可见潘岳认为秋天是使人悲伤的季节,他在《秋兴赋》中所抒发的也是悲哀的感情。这显然不是一种很高的兴致，不是"高兴"。那么这个"兴"是什么意思呢？就是"感兴"的意思，就是看到外界的景物以后，所激起的内心的一种情感，从而要表达，要倾诉。所以"秋兴"的"兴"是"感兴"的"兴"而不是"兴致"的"兴"。我说仇兆鳌注得对，有一个旁证，我们可以看看杜甫本人是怎么说的。杜甫有一首诗是《寄彭州高三十五使君适虢州岑二十七长史参三十韵》，是公元759年写的，也就是在写《秋兴八首》的七年以前写的。杜甫在这首诗里写到了"秋"与"兴"，他说："故人何寂寞，今我独凄凉。"朋友都在远方，杳无音讯，我一个人备感凄凉。"老去才难尽，秋来兴甚长。"到了秋天，我的"兴"很长。这个"兴"是高兴、兴致吗？不是的，是感兴。是写诗的冲动、写诗的欲望非常强烈。以杜证杜，我觉得仇兆鳌的说法比较对。

这组诗写于大历元年，公元766年，这一年杜甫五十五岁。杜甫只活到五十九岁，就是说，四年以后他就去世了，这时候他已经人到暮年，已经走到生命的最后关头了。这时杜甫的处境很不好。在这以前，他在成都度过了一段还算安稳的生活，但是随着严武的去世，随着蜀中开始动乱，那一段生活也结束了。他离开成都，孤舟东下，甚至没有一个固定的方向。他一开始是想到吴越来，想到长江下游来。但实际上到了洞庭湖后又转向湘江，沿着湘江向南走了一段，又转向北上，简直不知道要到哪儿去。在此期间，他在夔州耽搁了二十一个月，住了将近两年，然后再东下。这分明是居无定所，分明是飘泊四方。而且这时杜甫身体不好，有很多疾病，如风痹症、消渴症，等等。还有一件对他刺激很大的事情是，这个时候唐帝国的形势很不好，唐军收复长安之后杜甫一度怀有希望，以为唐帝国可以走向中兴，但此时他的希望完全破灭了。朝廷政治黑暗，许多地方有军阀割据，吐蕃入侵和回纥骚扰也连续不断，杜甫一点都看不到国家、民族有什么前途。对杜甫更直接的刺激可能是，他的朋友、他的熟人、对他有帮助的那些人，这时候都去世了。在大历元年，就是杜甫写《秋兴八首》这一年，王维已经死了五年了；李白死了四年了；房琯死了三年了；苏源明、郑虔死了两年了；严武、高适死了一年了。就在这个时候，杜甫写了《八哀诗》，哀悼他一生所崇敬的八个优秀人物。《秋兴八首》就是在这种情境中写的。

杜甫的夔州诗有四百多首，一向是后人评价的焦点，比如在宋代就有两种针锋相对的意见：黄庭坚认为夔州诗是杜甫一生的创作高潮，朱熹恰恰相反，认为夔州诗与杜甫以前的诗相比是一个退步。他们的着眼点都在于艺术水准，我们可以暂时撇开这一点，首先从诗歌内容、诗歌题材上来做些考察。夔州诗四百三十多首，一方面延续了杜甫以前所写过的所有题材，反映国家大事的、记录民生疾苦的、写个人遭遇的、写山川风景的都有，以前写过的那些题材在夔州诗中继续存在。但与此同时，夔州诗中也出现了一些非常新的题材，在杜甫以前的诗中没有或者比较少的题材，那就是回忆和怀旧。回忆肯定是一个人年纪大了才会有、也才应该有的一种行为。梁启超有一篇名文叫《少年中国说》，这篇文章处处把少年人跟老年人对比，有一点说得非常好，就是：少年人喜欢展望未来，老年人喜欢回忆往事。为什么？因为少年人有未来，他的人生之途刚开始，他对前途充满希望。而老年人已经接近人生的终点，他没有什么前途了，他还能做的就是回忆往事。说老年人喜欢回忆往事，其实有一个最好的例证，可惜梁启超没有举，那就是杜甫的夔州诗。夔州诗有四百三十多首，其中最引人注目的新题材就是回忆。

我们来看一看杜甫是怎样回忆的。首先，他回忆自己的生平。我们在这个时期的杜诗中读到了《壮游》和《昔游》，它们都是杜甫回顾平生的名篇。可以说，假如没有这两首诗，我们对于杜甫青少年时代的生活状况几乎一无所知。比如他少年时代曾经到吴越来旅游，曾经到过浙江的天姥山，曾经到南京来参观过几个寺庙，等等，都是在这两首诗里回忆的。《壮游》和《昔游》中更多的回忆是十年长安，向朝廷献赋，虽然受到重视但是没有结果，以及后来遭遇"安史之乱"，直到晚年一事无成，包括他整个的人生。这是回忆个人的生平，可以说是第一个层次的回忆。第二个层次是回忆他的友人，包括文学界的朋友、政界的同道，最好的作品是《八哀诗》，由个人的回忆扩展到他的整个交游圈子。更深一层的回忆是反思整个国家的近代历史，主要是"安史之乱"前后的一段历史，这方面最好的代表作就是《忆昔行》，诗中回忆开元时期唐帝国怎么强盛、怎么富裕，而"安史之乱"以后又怎么萧瑟、怎么衰落，类似的诗还有《诸将五首》。仅仅回忆近代史还嫌不够，杜甫又开始回忆古代历史，最著名的就是《咏怀古迹五首》，他的思绪一直追溯到古代，回忆屈原、宋玉、王昭君等历史人物。总而言之，晚年杜甫全方位地展开了回忆：《壮游》《昔游》，这是回忆平生的；《八哀诗》是回忆朋友的；《诸将五首》是回忆近代史的；《咏怀古迹五首》是回忆古代史的。除此之外，杜甫还有一种综合性的回忆，一种没有确定目标的回忆，那就是

《秋兴八首》。《秋兴八首》的回忆对象不像上面所举的那些诗那么明确,但是它的内容更加广阔,思绪更加深沉。这是我们读《秋兴八首》之前应该注意的写作背景。

现在开始读《秋兴八首》。第一首:"玉露凋伤枫树林,巫山巫峡气萧森。"钱谦益说:"首章,秋兴之发端也。"这个"秋兴",秋天的感兴,是从什么地方开始的呢?是从秋天的景物开始的。对于第一句,金圣叹分析说:"露也,而曰玉露。树林也,而曰枫树林。"本来就是普普通通的露水,非要说是"玉露"。本来只是普通的树林,非要说是"枫树林"。这是为什么呢?金圣叹进而分析说:"止一凋伤之境,白便写得白之至,红便写得红之至,此秋之所以有兴也。"这个分析很有意思,金圣叹认为:第一句暗含着非常鲜艳的色彩,露不是一般的露,而是玉白色的露珠,树林也不是一般的树林,而是鲜红如火的枫树林。金圣叹的话使人联想到法国巴黎的一个地名,叫枫丹白露,翻译这个地名的人多半读过《秋兴》。杜甫为什么要写红得鲜艳的枫树林?为什么要写白得耀眼的露珠?我觉得这不是偶然的,他是有意识地这样写的。我们把它与其他作品做一些对比。钱谦益看到第一句里的枫树,马上联想到宋玉的《招魂》,说:"宋玉以枫树之茂盛伤心,此以枫树之凋丧起兴也。"《招魂》写的是春景:"湛湛江水兮上有枫,目极千里兮伤春心。魂兮归来哀江南"。江南的春天,枫树长得非常茂盛,但是宋玉恰恰在这春色中觉得非常伤心。我们再看一些类似的写法,首先是杜诗。有一首杜诗叫《滕王亭子》,有一句是"清江锦石伤心丽",清澈的山溪水底有颜色斑斓的五彩石子。石子美丽到什么程度呢?"伤心丽",美丽得使人伤心。再看李白的《菩萨蛮》,说"寒山一带伤心碧",一带寒山,绿得伤心。为什么锦石的"丽"跟山色的"碧"要用"伤心"来形容？我想可能是当一个人心情不好的时候,触目惊心的不是灰暗的景物,而恰恰是颜色特别鲜艳的景物,因为外界的鲜艳色彩跟内心的伤心欲绝正好构成反衬。当然,《秋兴八首》的第一句并没有非常明显地把这一层意思写出来,他是含在字里行间的,他仅仅说"玉露凋伤枫树林"。至于"红是红,白是白",这是金圣叹读出来的,金圣叹的读法确是一种细读。

第二句由树木转到江山,"巫山巫峡气萧森"。我曾经于八十年代路过三峡,非常窄的一道江面,两边矗立着一两千米高的绝壁,江水在绝壁之间奔腾而过。到了秋天,如果天气阴晦,那真是"气萧森"。所谓"气萧森",就是一个阴暗的、封闭的环境,它无法跟外部交通,整个的自我封闭着,压抑着,作者的心境也是如此,不开朗,不能发散。

再读三、四两句:"江间波浪兼天涌,塞上风云接地阴。"第三句先从江面写起。三峡的江水终年奔腾不息,因为长江有很多支流,到了这里,突然束为一个很窄的江道,江水从瞿塘峡这个很窄的江道奔腾而过。加上秋天风大,江面上涌起很大的波浪。"江间波浪兼天涌",本来在峡谷中很深的水面,波浪竟然涌到天上去了。注意,这是从下往上。那么从上往下呢？是"塞上风云接地阴"。杜甫经常把远离长安,远离京城的地方称为边塞、关塞。他在秦州的时候就喜欢用"塞"字,在夔州也是。"塞上"就是山上、城上。白帝山上云层压得很低,一直压到地面上。江面的波浪一直涌到天上,天上的云层又一直压到地上,于是完全封闭,阴晦萧瑟,这就是"气萧森"。整个的境界,巫山巫峡,跟诗人此时的心境完全一样,是封闭的,阴森的,低沉的。

下面读第五句:"丛菊两开他日泪",先要解释一下"他日"这个词,在古汉语中,"他日"这个词有两个意思,用得比较多的就是将来的某一天。但是在杜甫这首诗里,它却是另一个意思,指过去的某一天。这个用法比较少见,我们先看看它的出处,《左传·宣公四年》记载,有一个楚国人叫子公,他留下一个很有名的成语叫"食指大动",他自称食指一动就有好东西吃,他说:"他日我如此,必尝异味。"就是他过去只要食指一动,每次都尝到异味。这个"他日"当然不是说的将来,而是说过去的某一天。那么杜甫有没有这种用法呢?杜甫也有,我们还来以杜证杜,杜甫的《赠王二十四侍御四十韵》:"粗饭依他日,穷愁怪此辰。"这个"他日"也是指过去的某一天。就是我的日子依然像过去一样地穷苦,还是粗茶淡饭。《秋兴》中的这个"他日",指的也是过去。"丛菊两开他日泪",说的是他在夔州已经度过两个秋天了,两次看到菊花,每次都因为看到菊花而伤心流泪。

第六句是"孤舟一系故园心",杜甫在夔州是暂时栖身,他虽然也有房子住,但是他心里一直想着继续东下,所以说孤舟一直系在江边。船系在江边,最终想到哪里去呢?当然是想回到故园去。所以系在江边的客舟实际上是系住了他对故乡的思念。"故园心"三字,钱谦益认为是《秋兴八首》的关键,我们先看一下"故园心"的指向是什么。杜甫有两处家园,一处在洛阳,一处在长安,洛阳的一处其实在巩县,那里有一座笔架山,是一个黄土的山,下面有一个窑洞,据说杜甫就诞生在那个窑洞里。这是杜甫的出生地，有他的田园。他的另外一处家园在长安，在长安的杜陵，又称少陵。杜甫一生很少提在巩县的那个家园，他自己起的号叫"少陵野老""杜陵布衣"，他始终关注的是长安杜陵的故园。所以他在第一首里说的"故园"和第三首里说的"故国"其实是同一个地方，就是长安。当然他在第一首里更着重的是他的故乡。他时时刻刻想念着故园，一心想回到那里去。

最后两句是："寒衣处处催刀尺，白帝城高急暮砧。"在苍茫的暮色中，从高高的白帝城里传来了急促的捣衣声。这两句话，前代的注家大多没有很详细的注释，因为他们觉得这是其义自明的。可是到了今人来讲它的时候，就经常出问题了，我们看看问题出在哪里。山东大学中文系的《杜诗选注》引了一种旧注，说"寒衣处处催刀尺"是指的"裁新衣"，"白帝城高急暮砧"指的是"捣旧衣"。它认为这两句话是互不相干的，一句是说做新衣服，一句是说捣旧衣服，就是说只有旧衣服才需要捣。这个理解是错误的。古人用纨素一类织物做衣料，质地较硬，需要先放在石头上反复舂捣，使它变得柔软，才能裁剪缝纫。古诗中经常说到"捣衣"，都是指制作新衣，没见过专指捣旧衣的。这两句诗其实是倒置的因果关系，杜甫一听到砧声，就觉得"寒衣处处催刀尺"，百姓都很寒冷，这个时候必须做寒衣了。所以尾联其实是写江边的声响：在暮色苍茫中，从高高的白帝城传来急促的捣衣声。整首诗从江边的枫树林写起，一直写到暮色中的捣衣声，从色彩、声响两方面为"秋兴"的环境做了一个铺垫，他的"兴"是从何处感发的呢？就从这满眼的秋色，满耳的秋声中来。

下面读第二首。"夔府孤城落日斜"，"夔府"就是夔州，这样写是为了平仄。本来可以写夔州的,但"州"是平声字,这里要用仄声字,所以改成"夔府"。那么"夔府孤城"是不是没有根据,随意地把夔州叫成"夔府"了呢？也不是的,夔州原来设过府,在贞观年间曾经设过提督府,所以可称"夔府","夔府"就是夔州的古地名。太阳快沉下去了,落日的余晖照着一座孤城。"每依北斗望京华",诗人一直站在江边,太阳落下去了,然后星星出现了。繁星满天,杜甫向北眺望京城。夔州离开长安几千里路,当然是望不见的,他只能朝着长安的那个方向,那个方向是北方,他就朝着北斗星的方向眺望。这一句有异文,"每依北斗望京华",有的本子作"每依南斗望京华",钱谦益的本子跟金圣叹的《杜诗解》都作"南斗"。如果作"南斗",此句又是什么意思呢？那就是说:我背靠着南斗,来眺望北边的京城。在判断古代作品的异文时,当两个文本在版本上都有根据,仅凭版本无法确定孰是孰非,我们就要看它好还是不好,宁可取一个较好的文本。我觉得这里是"北斗"比"南斗"好。钱谦益他们所以把"北斗"改为"南斗",大概是把这个"依"理解为依靠,杜甫正在南方。我觉得这个"依"字是"依照"的意思,杜甫的眼光朝哪个方向来望长安呢？他依照北斗星的方向。"北斗"隐含着这样一层意思,把北斗七星的最后两颗星,也就是天璇和天枢,连成一条直线,就会一直指向北极星。在茫茫的夜空中怎么找北极星？直接去找是找不到的,那就先找北斗星,北斗星很容易找,大熊星座嘛,很显眼。找到以后,把最后两颗星连起来,大概是五倍距离的地方,就是北极星。而北极星是中国古代政治学说中间代表皇帝、代表朝廷的星辰。孔子在《论语》中说过:"譬如北辰,居其所而众星拱之。"因为地球绕着地轴运转,而地轴是朝着北极星的,所以无论何时,北极星的方向永远不变。杜甫在南方眺望长安,象征着皇帝和朝廷的北极星当然是他的思绪朝着的方向,所以北斗星就会牵引他的目光。所以这句诗中的"北斗"虽然一作"南斗",但是我觉得作"北斗"在文义上更好,用古人的术语来说,就是"义胜"。

第二联是:"听猿实下三声泪,奉使虚随八月槎。"这一联中最值得关注的是一个"实"跟一个"虚",是不是为了要对仗,就在上句用一个"实"字,下句用一个"虚"字呢?"听猿实下三声泪"的"实"字曾经受到过后人批评,有人说这个"实"字用得呆板,他们理解成杜甫说他实实在在听到了猿声、流下了眼泪,所以批评"实"用得呆板。其实在杜甫写这句之前,早已存在一个有关三峡的历史文本——"猿鸣三声泪沾裳",见于郦道元的《水经注》。实际上它不是郦道元自己写的,而是引了盛弘之的《荆州记》,就是经常出现在中学语文课本上的描写三峡风景的那一段文字。课本上一般署名为北魏的郦道元。可见三峡一带自古流传着这样的民谣:"猿鸣三声泪沾裳。"人们路经三峡,心中充满对旅途艰险的恐惧,再听到猿猴的哀鸣,就情不自禁地流泪了。因为猿猴的叫声,据说是非常凄厉的。这个文本是众所周知的,杜甫当然非常熟悉,杜诗的意思就是:自古传说在巫峡边会听到猿声,会流泪,我现在确确实实置身在这个环境里,我真的听到了猿鸣,也真的流泪了。应该说,这个"实"字是不可缺少的,它用得非常好,它把眼前的实景与记录古代传说的一个历史文本联系起来,诗句的内涵就更加深沉了。

"奉使虚随八月槎"也与古代的传说有关。首先是在晋代张华的《博物志》里记载过：有一个人住在黄河边上，每年八月，总会看到一个木筏漂过去。他忽发奇想：木筏漂到哪里去了呢？来年八月，他备好干粮、行李，爬到那个木筏上，竟然漂到银河里去了。古人认为黄河的源头直通银河。说他漂到一个地方，白天黑夜都分不清楚，始终是昏昏然的。他看到河边上有一个女子在那里织布，对岸有一个男子在放牛。他就向他们打听：这是什么地方啊？那个放牛郎就说：你回到成都去问严君平吧。严君平是汉代一个精通天文、卜卦的人。此人回到成都，果然去问严君平。严君平说：某年某月某日，我看到一颗客星到了牛郎星和织女星的中间，那个客星就是你。此人这才知道原来他乘着木筏漂到银河里去了。这是张华《博物志》里记载的一个美丽的传说。到了后来，在另外一本书《荆楚岁时记》中，又把这个传说跟汉代通西域的张骞联系起来了，说那个人就是张骞。张骞奉了汉代皇帝的命令去寻找河源，结果乘着木筏走到银河里面去了。杜甫是把两个典故合起来用，但是他为什么要用一个"虚"字呢？要回答这个问题，我们先从陈寅恪的一个观点说起。陈先生说：诗歌中的典故有两种，一种叫古典，一种叫今典。古典就是历史的文本，典故的本来意义。今典就是诗人写作时所针对的现实对象。这句杜诗中的今典就是：杜甫虽然离开了朝廷，但是他毕竟有一个官职，他曾经是严武的幕府，后来严武还推荐他当了检校工部员外郎。杜甫本人不是朝廷委派的独当一面的使者，但他是使臣严武的幕僚，所以也算是奉使在外。后来情况有变，首先严武死了，然后他本人的职务也落空了，所以他说：我本来是奉使随着一个木筏漂到这遥远的江边来的,现在却不能再随着木筏漂回去,所以是"虚随八月槎"。这个"虚"字包含着深沉的人生感慨,不是为了与上句的"实"字对仗而凑合着用的。这里牵涉到典故的意义的问题。胡适之在"五四"时代写的《文学改良刍议》,提倡"八不主义"。"八不"的其中之一就是"不用典故"。典故何罪之有?在传统的诗词中,典故是万万不可缺少的。你要把典故完全驱除出去,那么古典诗词差不多有三分之一或者四分之一就无法存在了。好的典故并不是作者想要炫耀学问,也不是要故作深沉。用了典故以后,表面上虽然还是写一件事情、一个细节,但是它负载着这个典故本身所包蕴的历史文化内涵。典故是一个历史文化的载体,它是经过千百年的群体接受才积淀下来的。凡是约定俗成的典故,都是深入人心的。如果典故用得恰到好处,文本除了字面上的意义以外,还有字面以外的意义。原来积淀在这个典故内部,但是并没出现在文本中的那些意义,都会渗入文本,从而使文本变得更加深沉,更加厚重。试看"奉使虚随八月槎"这句杜诗,虽然只有七个字,但是杜甫的一段人生经历,他与严武比较相得,还得到了平生官阶最高的检校工部员外郎的职务,以及严武死后,他孤苦无依地漂泊在江边,无法回到长安,这些丰富的人生经历以及情感内蕴都淋漓尽致地体现在这句诗里。我们很难想象,假如不用典故,他怎能在七个字中表达如此丰富的意义?所以,典故是合理的,好的典故是事半功倍的一种手段。古人哪有那么傻,竟然把一个不合理的东西奉为宝贝长达一两千年,非要等到胡适之出来为他们指点迷津?杜甫、韩愈、李商隐、苏轼、黄庭坚、辛弃疾都是灵心慧性的才士,他们的诗词中充满着典故,难道都是在犯傻不成?

"奉使虚随八月槎"一句把诗人的思绪引向长安。因为《博物志》里的那个无名氏也好,《荆楚岁时记》里的张骞也好,他们都是乘着木筏漂去又漂回的,这个木筏年年漂去,到了一定的时候又漂回来。但杜甫现在是"虚随八月槎",他没能再随着木筏漂回出发点,所以他的思绪就指向长安了。既然想到长安,他就想起自己的官员身份来了,于是他说"画省香炉违伏枕","画省"指尚书省,这是朝廷里的一个重要部门。唐宋时代凡是在诗文中间说到政府部门,往往喜欢用汉代的典故。"画省"是指汉代的尚书省里画着很多壁画,画的是一些贤人和列女的形象,所以尚书省就叫作"画省"。"画省香炉违伏枕"写的是汉代尚书省里应有的景象,尚书省的官员值夜班,宫女点了香炉给官员熏衣服。所以杜甫想象如今的尚书省里也是香烟缭绕。杜甫此时仍带着检校工部员外郎的官衔,工部是属于尚书省的,可是他正漂流在外,并不能到尚书省去值夜,所以说"违","违"是离开的意思,远离京城。什么原因呢?我生病了。"伏枕"就是卧病,当然这是一种委婉的说法,其实并不是因为生病,而是因为他早就被朝廷放逐了。

下句"山楼粉堞隐悲笳"又把思绪拉回到眼前。既然是"违伏枕",既然远离了尚书省,诗人在一念之间又回到眼前了。眼前看到了什么景色呢?"山楼"就是建在山上的城楼,"堞"是城上的矮墙。"堞"涂成白色,所以叫"粉堞"。在苍茫的暮色中,悲笳阵阵,诗人隐隐看到城楼上的"粉堞"。"粉堞"与末句的"芦荻花"可以对照着读,"粉堞"是白色的,芦花也是白色的,在暮色苍茫乃至夜色浓重之后,只有白色的景物才能看得见,其他颜色的物体都已隐没在黑暗中了。时值暮夜,诗人特地点出的两个景物都是白色的,观察之细,描写之精,绝不是轻易下笔的。

"请看石上藤萝月,已映洲前芦荻花。"诗人在江边久久地眺望着,从夕阳西下一直看到满天星斗,再看到月上中天。"石上藤萝月"就是指山顶上的月亮,夔州地处江南,水气弥漫,山上的石头爬满了藤蔓,从山上露出来的月光已经照到江边的芦花了。芦荻在秋天开花,古人诗文中出现"芦荻花",都是形容秋意。宋代张炎有一句词:"折芦花赠远,零落一身秋。"折一根芦花赠给远方的朋友,我的身世也像芦花一样,已进入肃杀的秋天。这是非常萧飒的一种景象。这句杜诗也是如此,月光照到什么地方了呢?照到江边的芦荻花上了。在月光下面,芦花呈一片惨白。请大家注意,第二首是写杜甫在江边眺望江景、思绪飞扬的过程,从黄昏一直写到深夜。

下面读第三首。第一联很简单,"千家山郭静朝晖",时间又到了清晨,当然是到了第二天的清晨。太阳又出来了,山城一片静悄悄。"日日江楼坐翠微",说我天天坐在半山腰的江楼,在那里眺望景色。"翠微"指山腰,整个白帝城都建在山腰上。

第二联比较复杂:"信宿渔人还泛泛,清秋燕子故飞飞。""信"是两夜,尤其指过两夜。《诗经·周颂·有客》:"有客宿宿,有客信信。"《毛传》说:"再宿曰信。"所以《郑笺》解释"有客宿宿,有客信信"说,第一句是过了两夜,第二句是过了四夜。杜诗中的"信宿",就是指两夜。杜甫接连两个晚上在这儿眺望,看到江上的渔人还在那里泛舟捕鱼。"清秋燕子故飞飞","故"是"还"的意思,依旧的意思。就是燕子还在江面上飞。为什么说"燕子故飞飞"呢?就是说到了"清秋",燕子应该飞到南方去了,它怎么还在这里飞?当然,从客观上说,夔州地处南方,比长安、洛阳的纬度要低很多,气候要温暖一些,燕子南飞的季节也比北方晚。杜甫是北方人,看到深秋仍有燕子,觉得很奇怪。这两句杜诗,我们读过后明显地感觉到一种厌烦的情绪。诗人在江边看景,怎么看来看去老是这个景色?江面上的渔舟老在这里漂,天空中的燕子老在这里飞,一成不变,使人腻烦。这是为什么呢?这两句表达了一种特殊的心理状态,杜甫是故意这样写的。王嗣奭《杜臆》解释这两句,说:"渔舟之泛,燕子之飞,此人情物情之各适。而以愁人观之,反觉可厌。"就是渔民当然要在江上打鱼,燕子当然要在江面上飞,这是人情和物情最合适的状态,事物本该如此。那么为什么杜甫觉得烦闷,乃至烦躁呢?王嗣奭说:杜甫是因为自己心里烦闷,自己心里忧愁,所以觉得这样的景色很讨厌。作为佐证,我们举一首杜诗来以杜证杜。杜甫的夔州诗中有一首叫作《闷》,有这两句:"卷帘唯白水,隐几亦青山。"就是卷起帘子,就看到一道白水。凭几坐着朝窗外眺望,就看到一座青山。"隐几"这个词要稍微解释一下。《庄子》说:"南郭子綦隐几而坐,仰天而嘘,嗒焉似丧其耦。""隐几"是什么状态呢?古人席地而坐,坐久了会累,古人为了解决这个问题,就发明了几,几是一个矮桌子状的家具,放在前面,坐在地上的人把手支在几上,这样才能坐得长久。这两句杜诗引起了宋代诗话家的评论,蔡絛在他的《西清诗话》里说:满眼看去,不是白水,就是青山,这么好的景色就在你书房的窗外,要换了我,简直快活死了,怎么还会闷啊。他忘掉了杜甫当时处于一种什么样的心境,杜甫这首诗的标题就叫《闷》,他心里烦闷,所以看到一切景物都觉得讨厌。他心情不好,但是今天看到白水、青山,明天也看到白水、青山,怎能不烦闷呢?《秋兴》中的两句也是一样的,渔人泛舟,燕子飞翔,本来秋天常见的景色,也算得上是美景,可惜杜甫心里烦闷,就觉得讨厌,于是用了"还"跟"故"这两个字。这两个字虽然是虚词,但是很好地衬托了他此时的心境。

"匡衡抗疏功名薄,刘向传经心事违。"一联中用了两个汉朝人的典故。北宋的王安石写诗,要是上句用一个汉朝人的典故,下句一定也用汉朝人的典故,他认为这样的对仗才算精工,当时的人都赞赏不已。其实杜甫早就如此了。匡衡是汉朝的一个经学家,他曾经向朝廷上书言事,说得很好,受到朝廷的重视,从而升官,所以杜甫认为匡衡是一个由于上书而得到朝廷重视的人。刘向也是汉代的著名学者。汉代有很多学者都是只通一经,刘向居然通五经,学问特别大,汉朝给他的官职也比较特别,叫"内府五经秘书"。杜甫用这两个典故,是什么意思呢?他说"匡衡抗疏功名薄",事实上匡衡的功名不薄,他抗疏以后升官了,做了光禄大夫,杜甫是反用这个典故,他说我虽然也像匡衡一样抗疏,向朝廷直言进谏,但是并没有得到匡衡那样的结果,我反而被朝廷疏远了,功名反而更薄了。"刘向传经心事违"也是一样,杜甫出身于一个有儒学传统的家庭,他的十三代祖先杜预是研究《左传》的名家,他自己也精研儒学,所以他说我本来想像刘向一样地研究、传授儒家经典,可是这个愿望没能实现,"心事违"

就是没有实现志向。所以这两个典故都是反用的。杜甫说自己功不成,名不就,平生的理想一个也没有实现。

最后一联是"同学少年多不贱,五陵衣马自轻肥。"自己功名未成,理想没有实现,作为对比,就想起了同学。杜甫诗中多次说到他的同学,在《咏怀五百字》中有"取笑同学翁",可能他年轻时的一些同学,后来功名顺利,事业发达。而杜甫本人却非常的不顺利。他说"同学少年多不贱",不是说他们现在还是少年,是说昔日的少年同学,他们后来在仕途上非常发达,官高必定禄厚,所以"五陵衣马自轻肥。"身居高位的人当然是衣马轻肥,就是"乘肥马,衣轻裘",骑肥的马,穿轻的衣服。我们要注意"五陵衣马自轻肥"中的"自"字,它大有深意。从字面上看,当然是说"同学少年"的"衣马轻肥"是应该的,他们地位高,应该享受优裕的物质生活。但是其中暗含的一层意思是什么呢?《论语》记载,孔子的学生子路说:"愿车马,衣轻裘,与朋友共。敝之而无憾。"杜甫说"五陵衣马自轻肥",就是说他的那些同学,虽然官高禄厚,但只管自己享受"衣马轻肥",不像子路一样跟朋友分享。所以杜甫在句中插进一个"自"字。当然这只是杜诗的言外之意,但我们阅读的时候不妨有这样的联想。道不同不相为谋,其实杜甫已经选择了与"同学少年"完全不同的人生道路,他当然会与"衣马轻肥"的生活渐行渐远。

读完前面三首,对于《秋兴八首》这一组诗来说,这里是一个停顿。为什么是一个停顿呢?从第一首到第三首,它们的顺序是按时间推进的,写的是诗人在深秋的夔州江边眺景所经历的时间过程。从第一首的白天写到第二首的傍晚、半夜,再写到第三首的清晨,完整的一天一夜过去了。杜甫一直站在江边上眺望。杜甫是经常失眠的,他满腹忧愁,睡眠不好。他半夜三更的总是醒在那里,还在那里写诗,在那里看星斗,看月亮。这里写了完整的一天一夜,他一直在那里眺望着江景,一直在那里思考、回忆。那么,从第一首到第三首,既然整个白天跟整个夜晚都包含在里面了,如果他继续写下去的话,就不可能再依照时间顺序了,否则的话就要重复了。所以从第四首开始,它的结构就改为空间结构。后五首的结构是,诗人的思绪在夔州江边和长安两地之间不停地转换、反复,一会说夔州,一会说长安,一会儿又说夔州,完全变成了空间的次序。

《秋兴八首》的前三首都是立足于夔州,诗人站在瞿唐峡边眺望长安,思念长安。第四首一开始直接从长安写起:"闻道长安似弈棋,百年世事不胜悲。"棋局是翻覆不定、胜败多变的,本来是胜的形势,一着不慎满盘皆输,马上就转胜为败了,败了以后也可以反败为胜,变化莫测。说局势像下棋一样,就是极度的不稳定,多变化。这个多变的局势有什么具体表现呢?王嗣奭《杜臆》中的解释是:"长安一破于禄山,再乱于朱泚,三陷于吐蕃,如弈棋之迭为胜负。"长安本是唐帝国的首都,它先被安禄山打破,沦陷了,接着收了回来。然后朱泚又把它打乱了,后来吐蕃又把它攻陷了。王嗣奭说的史实有点错误,三件史实的次序有点乱,我稍微纠正一下。朱泚之乱在公元783年,这时杜甫已经去世了,那是杜甫身后的事。而吐蕃攻陷长安发生在公元763年,这是杜甫生前的事情,也是在他写作《秋兴》以前的事。杜甫在写《秋兴》以前,已经看到长安两次被攻陷过,一会被安禄山的东胡攻陷,一会被西边的吐蕃攻陷。在杜甫看来,长安作为国家的首都,居然被从不同方向来的敌人攻陷,真像棋局一样翻覆不定。"闻道"两字,金圣叹说:"'闻道',妙!不忍直言之也,亦不敢遽信之也。"他说这两字用得好,为什么呢?他推测杜甫的心理是"不忍直言之也",不忍心直截了当地说长安反复沦陷,就故意用了"闻道"的话,我听说曾经发生过这样的事。他不愿相信,也不敢相信如此匪夷所思的事情居然发生了。在事实前加上"闻道"两个字,语气就变得非常委婉。

"百年世事不胜悲","胜"在这里念平声。"不胜悲"就是经不起这个悲伤,非常悲伤。对"百年世事"我们也要细读一下。仇注说:"百年,谓开国至今。"他没有作具体的计算,我们来计算一下。唐朝于公元618年开国,到杜甫写这首诗的公元766年,算下来应该是148年,从约数来讲也可说是百年。但是更准确地说,应该从唐太宗以后算起,因为唐太宗的贞观时期,杜甫不可能认为是"百年世事不胜悲"的。杜甫对唐太宗的贞观之治是非常仰慕推崇的,这时没有什么值得悲伤的事情。太宗以后,唐代的政治就多变、动荡了,包括武则天时代和唐玄宗时代。所以应该从太宗以后,也就是从公元649年算起,到公元766年,一共是117年,刚好超过百年,所以杜甫说一百年来朝廷的政治使人觉得很悲伤。

既然从长安写起,下面就写长安的形势:"王侯第宅皆新主,文武衣冠异昔时。"长安的多变体现在什么地方呢?杜甫觉得,主要体现在人的变化,以及附属于他们的住宅的变化。身居高位的人不停地在变,一会儿是这些人当王侯将相,一会儿是那些人当王侯将相,长安城里的豪华住宅经常更换主人。朝廷里的文官也好,武官也好,都不再是以前的老面孔了。这两句的旨意是什么呢?当然,从史实来看十分明确,就是说国家的每一次动荡,朝廷政治的每一次变化,都会带来统治阶级内部人员的变化,原来身居高位的人倾覆了,甚至被杀了,原来身居低位的人升迁了,等等。问题是杜甫对之采取什么态度?他认为这是非常不好的,这是国家动乱的象征,他认为朝廷应该稳定,它的统治阶层也应该相对稳定。也许今天会有人说这不是很好吗?不停地变化,穷人翻身,当家作主,原来身居高位的人被拉下马来。但是在古代,一个国家的政治局势不停地变化,绝对不是一件好事情,这说明国家不稳定。一个稳定的国家,各个阶层应该是各安其位的。杜甫最不满的具体对象是什么呢?就是"安史之乱"后有一批宦官占据了高位,掌握了国家的重要权力。宦官甚至掌握了军权,像李辅国、鱼朝恩等人都亲掌军权。不但如此,就在杜甫写这首诗之前不久,宦官头子鱼朝恩,是斗大的字不识几升的一个人物,居然到太学里升座讲经,让儒生坐在下面听。太学是国家最高的学术机构、教育机构,居然让一个宦官头子去讲经,在杜甫看来简直是乱了套了,斯文扫地了。国家的行政权力,包括军权,都落入了不该掌权的人的手中,国家政治文化的解释权也被不该掌握它的人掌握了,杜甫觉得这是国家动乱的象征,他对此非常不满。这个态度在杜诗中反复表示过,例如《洗兵马》,这是杜甫当年在长安时写的诗。诗中说:"攀龙附凤势莫当,天下尽化为侯王。"那些原来地位低贱的人通过不正当的手段纷纷爬上了高位。杜甫晚年写的《锦树行》里又说:"五陵豪贵反颠倒,乡里小儿狐白裘。"从富贵与贫贱互相置换的角度指出社会阶层的颠倒。那么杜甫心目中间正当的政治秩序是什么样的呢?就是《行次昭陵》里写的"朝廷半老儒",他肯定的是这种状态,他觉得朝廷里应该由那些德高望重的儒生出身的老成之人占据高位,这对国家是有利的。他不满的是《送陵州路使君赴任》里写的"高官皆武臣"。武人执政,军人占据高位,杜甫对此非常不满。所以我们读"王侯第宅皆新主,文武衣冠异昔时",不能认为杜甫说的仅仅是住宅、衣冠等物质层面的东西,其实他表达的是对国家政治局面稳定还是不稳定的焦虑感。

说过人事上的变迁以后,接下来就写长安的军事形势:"直北关山金鼓振,征西车马羽书驰。""直北"就是正北,杜甫此时在夔州,正北的方向就是长安,是国家的首都地区,居然"金鼓振",充满了战声,这当然是很不正常的。"征西车马羽书驰"的"驰"字有异文,钱谦益注本作"迟",《全唐诗》也作"迟"。仇兆鳌、浦起龙、杨伦的本子都作"驰"。我觉得作"驰"较好。"驰"就是拼命地奔跑,很急。因为西征的军队就是抵御吐蕃、回纥的军队,前线在长安的西边,所以传递军事情报的羽书不停地在长安和前线之间奔跑,非常忙乱。这也是说长安局势的不稳定,本来是国家的核心地区,现在很不稳定,战火纷飞。

前面六句都写长安,最后两句就回到眼前,回到夔州。诗人现在是处于什么情况呢?他站在深秋的长江边上,"鱼龙寂寞秋江冷",秋天的江水变冷了,古人认为秋天江里的动物全都沉下江底,变得非常寂寞。用外物来衬托诗人心境的寂寞,于是"故国平居有所思"。在寂寥的心境中,我非常想念我的故国。这里的"平居"两字要解释一下,有些选本,比如说山东大学中文系编的《杜甫诗选》,注解中说"平居"就是"平时居处",平常居住的地方。其实"平居"在古代就是平时的意思,跟居住没有关系。这两个字最早的出处是《战国策·齐策》:"夫差平居而谋王,强大而喜先天下。"不是说夫差在平时居住的地方怎样,而是说夫差平时就想取得霸权,所以"平居"就是平时,这句诗就是说我平时经常想念我的故国。

第四首写杜甫对长安的思考和怀念,想到长安自然会联想到皇帝,第五首就从皇帝写起。"蓬莱宫阙对南山","蓬莱宫"就是大明宫,是很重要的一座宫殿,是皇帝上朝接见大臣的地方。《唐会要》记载,龙朔二年大明宫改名蓬莱宫,一座宫殿有两个名称。"南山"就是终南山,蓬莱宫正好对着终南山。"承露金茎霄汉间","承露金茎"指的是汉武帝时在长安设立的承露铜盘。汉宫里的铜人铜盘到唐代已经不存在了,李贺的《金铜仙人辞汉歌》中写到,汉代的承露铜盘早被魏文帝派人拆下搬到许昌去了,已经不在长安了。后来铜人铜盘还被熔化制成兵器,所以"承露金茎"到唐代已经没有了。那么为什么杜甫还在写这个东西呢?原来他是用汉代的典故来形容唐代宫殿的壮丽。唐人写本朝的事情,比如本朝的宫殿,本朝的官职,最喜欢用汉代的典故。这里就是用汉代的宫殿来描写唐代宫殿的壮丽,当然,句中也隐含着对唐玄宗喜好神仙的讽刺,因为汉武帝正是以迷信著称的。

三四两句开始写皇帝周围的情况,诗人的视野渐渐地缩小了。"西望瑶池降王母,东来紫气满函关。"上句写的是杨贵妃,在古代小说《穆天子传》里，记载周穆王到处漫游，一直走到西方的昆仑山，会见了西王母，西王母在瑶池为他举行酒宴。唐朝人非常喜欢用这个典故来指唐玄宗和杨贵妃，把杨贵妃说成是西王母，或者简称"王母"，这在王维的诗中也出现过。杜甫回想当年唐玄宗宠爱杨贵妃，到骊山上的华清池寻欢作乐，就像传说中的瑶池宴饮一样。下面一句是说整个京城充满了祥瑞之气，"紫气满函关"本来是道家神化老子的一种传说，当然司马迁在《史记》中有记载，说老子出函谷关的时候，紫气东来，函谷关的关令尹喜一看就知道有圣人要来了。唐朝尊崇道教，唐朝的王室认为道教的始祖老子是他们的祖先，老子姓李，他们也姓李。为什么要攀上一个李耳呢？因为李家的祖先李暠是西凉的胡族，不是汉族血统，为了文饰自己，皇族一定要找一个在历史上有重大影响的人物做祖先，于是就攀上了老子。所以唐朝尊崇道教，至少官方的态度是这样，唐朝的各种宗教间，道教的地位最高。在唐玄宗统治期间，各地不断地献祥瑞，献了以后可以得到封赏。上有所好，下必甚焉。仇兆鳌注就指出"明皇好道"，钱谦益注则说："天宝元年……有灵宝符在函谷关尹喜宅旁"，有人报告说函谷关的尹喜故宅旁出现了灵宝符。杜甫说"东来紫气满函关"，表面上是颂扬之辞，字面很壮丽，说祥瑞之气充溢着长安一带，骨子里当然是讽刺，既是对从前长安的繁盛局面的追忆，字里行间又隐含着讽刺之意。因为那些祥瑞本是虚伪的，对国家政治毫无益处，是一些乌烟瘴气的事物。

通过对皇帝周围的祥瑞气氛、热闹场面的渲染，下面就推出皇帝本身了："云移雉尾开宫扇，日绕龙鳞识圣颜。"据《唐会要》

卷二四记载,在唐玄宗开元年间,重定朝仪,增加了一条内容,就是:"上将出,扇合。坐定乃去扇。"当皇帝上朝时,两个宫女各持一把用雉尾做成的大羽扇,两边交叉着挡住皇帝,使下面的大臣看不见皇帝。皇帝坐好后,羽扇向两边移开来,唐玄宗才露出来。杜诗不是夸张,不是形容,是实有其事,文献记载当时的朝廷礼仪就是这样规定的。这个礼仪有什么意义呢?皇帝自己走出来就行了,为什么还要演戏一样地拿两把扇子遮住,坐好了才移开扇子?所有的统治者,特别是独裁政权的统治者,他一定要把自己神秘化,神秘化才能使人产生敬畏之心,产生畏惧之感。"云移雉尾开宫扇"就是这种神秘化的一个生动场面。扇子一移开,唐玄宗就露出来了,于是就"日绕龙鳞识圣颜",臣子们只觉得一片日光照着皇帝,龙袍金光闪闪,大家就看到唐玄宗的圣颜了。诗人在这儿有没有讽刺?我们不能肯定,但诗句的客观效果有讽刺的意思,字面上则写得非常庄重、典雅、华丽,符合皇家的气象。

再下来思绪又回到夔州,"一卧沧江惊岁晚,几回青琐点朝班。"前面写了当年亲眼看到的朝廷里庄严华丽的场面,如今的我却卧病在长江边上,非常吃惊地发现又是一年将尽了。当然"岁晚"也可指年老了,青春的岁月已经过去了。回想过去"几回青锁点朝班","青琐"是皇宫的宫门,那时候皇宫的宫门不是漆成红色,而是漆成绿色。"琐"是一种连环的花纹,铸在铜门上的花纹。当年我曾经多少次地走进宫门去点名上朝啊!言下不胜感叹。古代上朝时有专门的官员点名,又得按照一定的次序,所以叫"点朝班"。这两句所写的思绪都是在长江边,在夔州发生的。"几回"两个字,前人的解释各有不同,钱谦益认为"几回青琐"是指"追数其近侍奉迎",就是回忆自己当年去上朝的一段经历。王嗣奭说是:"惊年岁之衰晚,虽幸入青琐,而点朝班者能有几回哉?"就是说我现在已经老了,即使能够再回去上朝,又能有几次呢?他认为说的是现在不能再回去上朝了。山东大学的选本也是一样,说"几回"实际上是"没有一回",现在不能再去上朝。相比之下,我认为还是钱谦益的解释比较好,因为此诗前面六句都是写当年他在长安所见的上朝时庄严肃穆的景象,现在虽然身处江湖,但是回首过去,就想起自己曾经多次上朝的经历。这样解读,有思绪曲折、语气回环的优点,文气也很通顺。如果最后两句都是说现在处境很糟,不能再去上朝,就语气直截,缺少回味。遇到这种后人有多种解释的文本,如果各种解释从意思与史实上都能讲通,无法评判是非,只能取一种最好的解读法。当然这就会有见仁见智的问题,各人的感觉可能不一样,甚至同一个人每次读也会有不同的感觉,这无伤大雅,不必强求一律。

第六首写皇帝出游的地方,以及出游时的豪华热闹场面。这一首首的写法又有变化。从第四首到第八首,后面五首的写法都是先回忆长安,然后把思绪拉回夔州,最后都归结到自己如今在夔州的情状。如果五首都这样写,就嫌单调,而杜甫写组诗时会尽力破除单调,体现变化。关于这一点,程千帆先生曾写过一篇文章《古典诗歌描写与结构中的一与多》。他举了很多例子,说明古人写组诗时总是力求有变化,杜甫表现得特别明显。杜甫的组诗如果内容不变的话,其中定有一首的结构是与众不同的。我们读第六首的时候就发现它的章法有变化。第六首实际也是先写长安,但是第一句却从瞿唐峡口写起,然后再写曲江头。一句中嵌进两个地名,一个是诗人身处的瞿唐峡口,一个是长安郊外的曲江。这两个相距万里的地名怎么能组合在一起,它们在逻辑上的联系是什么呢?第二句就交代其原因:"万里风烟接素秋",这两个地方虽然相距万里之遥,但到了秋天,都是一片风烟,而风烟是弥漫一气、无远不届的,这就把两个地方连接起来了。第二句是交待第一句的原因,这里的句法非常巧妙,浦起龙说:"瞿唐曲江,相悬万里,次句钩锁有力。"前句把两个相隔万里的地名放在一句中,第二句用"万里风烟"把它们连接起来,连接得非常有力。浦起龙紧接着又说"趁便嵌入秋字",因为这是"秋兴",所以诗人顺便嵌入一个"秋"字,紧紧地抓住季节的特征,突出一个"秋"字。王嗣奭的《杜臆》也有类似的说法,不过没有从句法上讲,他说:"风烟相接,同一萧森也。"一个是瞿唐峡,本来就是冷清的地方,一个是曲江,本来应是热闹繁华的地方,但如今都是一派萧瑟的秋景。是相同的氛围把两个地方融为一体,构思非常巧妙。

三、四两句开始具体描写长安,尤其是唐玄宗游览过的地方。先看第三句:"花萼夹城通御气。""花萼"指的是花萼宫,唐朝的一个宫殿。为什么叫花萼宫呢?这是用《诗·小雅·常棣》中的诗句:"常棣之华,鄂不韡韡。"后人常用"花萼"来比喻兄弟相亲,就像花瓣总是生长在花萼上一样。唐玄宗登基后专门建了一座"花萼宫",让他的五个兄弟一起住在里面。他还做了一张大床和一床大被子,让五个兄弟晚上睡在一张床上,同盖一条被子,表示兄弟友爱。为什么要这样做呢?在唐玄宗以前,从来没有哪个皇帝这样做过。这可能是因为唐玄宗排行老三,唐朝人都叫他"三郎"。他为了表示自己对大哥、二哥及其他兄弟很友好,他的皇位并不是越位抢夺来的。按照封建伦理,应该是由皇长子继承皇位,然后还有老二,而唐玄宗身为老三却继承了皇位,为了掩饰这一点,就建了花萼宫。花萼宫当然是唐玄宗经常去的地方,钱谦益说:安禄山造反的消息传来,唐玄宗"登花萼楼,四顾凄怆",他觉得很悲哀,孤立无援。叛军打来了,没有良将带兵去抵挡,虽有兄弟也帮不上忙。所以花萼宫是与玄宗有特殊关系的宫殿,跟其他皇帝关系不大。夹城就是夹道,古代皇帝为了神秘化自己,同时也是为了保卫自己,从秦始皇就开始修夹道,用两面墙把道路夹在中间,只让皇帝通行,外人看不见。唐代的夹城从花萼宫一直通到郊外的曲江,因为皇帝经常要去那些地方游玩。"通御气"是针对第一句的曲江说的,是从花萼宫通到曲江,唐玄宗在夹城里走,所以帝王之气也就通过去了。

再看第四句:"芙蓉小苑入边愁。"现在西安南郊有一个假古董的芙蓉苑,唐代在曲江那儿确实有一个芙蓉苑,当时是游览胜地,也是玄宗经常去游玩的地方。"边愁"就是边疆地区受到外族侵略时引起的不安和忧愁。芙蓉苑本来在"曲江头",就在长安郊外,怎么会"入边愁"呢?这说明长安局势极不稳定。

三、四两句的对仗非常工整,但这种对仗不是我们刚学写诗时那种呆板的对仗,这一联的意思是跳荡的,内在的意脉是流动的。《文心雕龙》的《章句》篇专门分析文章的结构,里面有两句话是:"外文绮交,内义脉注。"就是一篇作品外表上看非常美丽,好像交错着的各种花纹,但是内在的意思却像脉络一样一气贯注。刘勰那时还没有律诗,但是移用这句话来评价写得好的律诗,评杜甫《秋兴八首》这样的律诗,这句话太贴切了。《秋兴八首》,尤其是第六首,第二联和第三联字面上对得非常工整,真的是"外文绮交",美丽的花纹交错出现,非常匀称,非常平衡。但是你细看内在的意脉,却是一气贯注的,丝毫没有被工整的对仗截断。对仗太工整是容易截断意脉的,但是杜诗在对仗非常工稳的同时,意脉也非常贯通。具体到这首诗来说,意脉贯通体现在什么地方呢?就是在这么繁华的地方,这样的歌舞升平,结果却导致了边愁。正因为玄宗贪图享乐,骄奢淫逸,结果就导致了动乱,导致了国家的危机,导致外族军队打到长安来。这几句的意思是一气直下的,以因果关系为内核的意脉是畅通无阻的。

长安从来就是歌舞繁华之地,杜甫也曾经目睹过,所以末联就说:"回首可怜歌舞地,秦中自古帝王州。"长安自古就是帝王州,言下之意就是现在快要不是了,现在已经动荡不安,甚至被外族攻陷了。与前面几首相比,第六首在结构上的独特之处就在于,按照前面几首的结构,瞿唐峡本应在尾联出现,但是这首诗在第一联就出现了,后面六句反倒全部都是写长安。由此可见杜甫对组诗章法的良苦用心。

第六首的内容是写长安附近皇帝游览过的地方,第七首开始写长安一般的名胜,主要是昆明池。"昆明池水汉时功,武帝旌旗在眼中。"这又是用汉代的典故来写唐代的事情,昆明池是汉武帝时代开挖的。汉武帝要南征,南方多水,一定要有水军,于是在长安附近开挖此湖,专门用来训练水军。这个大湖一直留存下来,现在当然已经完全干涸了,但是唐代还在。因为是汉武帝时开凿的,所以在杜甫看来仿佛当年武帝的旌旗还在眼前飘扬。

接下来是具体的描写:"织女机丝虚夜月,石鲸鳞甲动秋风。"指的是昆明池岸边的一些景物,湖边用玉石雕刻的织女啊、鲸鱼啊,等等,这些东西在唐代还在不在,是杜甫亲眼看到的还是从《西京杂记》之类的典籍中读到的,这个就不清楚了,没有很明确的证据。反正诗里说汉朝留下来的景物依然存在,但是已经非常凄凉,你看,前一句写夜晚,后一句写秋天,非常凄凉,非常萧瑟,不再像武帝时代那样繁盛。

"波漂菰米沉云黑,露冷莲房坠粉红。"写的也是深秋季节昆明池凄凉的景色。菰米就是茭白,秋天结实,就是菰米。昆明池边上长满了菰米,像云一样,黑压压的一大片。在冰冷的露水中,红色的荷花也凋零了,花瓣纷纷坠落下来。大家注意,这首诗的景色不像上面两首那么华美、繁盛,而是有一种凄凉的气氛,这也是一组诗内部的一、多关系的体现,不过它不是体现在结构上,而是体现在氛围上。由此可见,杜甫对组诗的章法是何等的用心良苦!

"关塞极天唯鸟道,江湖满地一渔翁。"末联又回到夔州江边,回到杜甫眼前的真实环境。杜甫说:"我在这里眺望长安,满眼都是崇山峻岭,根本无路可行,只有鸟儿才能飞过去。我本人就是漂泊在无边无际的江湖中的一个渔翁。"末句用广阔的水面来衬托渔翁本身的渺小和寂寞,杜甫很喜欢这样写。比如《天池》:"九秋惊雁序,万里狎渔翁。"

从字面上看，后面五首诗所写的长安都是非常繁盛、华丽的，唯独第七首写的是比较萧瑟、凄凉的景象。《秋兴八首》，一般人都认为它是一个完整的整体，所以王嗣奭在《杜臆》中说这八首诗只是一篇文章，是一个整体。王夫之在《唐诗评选》卷四中甚至说："八首如正变，七音旋相为功，而自成一章，或为割裂，则神体尽失矣。选诗者之贼不小。"这八首诗自成一章，不能割裂开来，如果单选几首，割裂开来，神气就受到损害了。所以王夫之骂道："选诗者的'贼'不小！"但是就有人愿意做贼，一个是明人高棅，他在《唐诗正声》中间选了《秋兴八首》中的四首，然后李攀龙的《唐诗选》中也选了其中的四首。最值得注意的是明人钟惺，钟惺《唐诗归》对《秋兴八首》只选了一首，选了哪一首呢？就是第七首，这是什么原因呢？第七首并不是八首中写得最好的，但是钟惺单独选第七首，这就体现了选家的眼光，或者体现了选家在风格上的嗜好。原因就是，第七首最接近竟陵派的诗风，竟陵派喜欢这种萧飒、孤峭的风格倾向，所以钟惺对第七首情有独钟。

最后读第八首。"昆吾御宿自逶迤，紫阁峰阴入渼陂。""昆吾"和"御宿"是两个地名，都是汉代上林苑中的地名，这两个地名到唐代还在。这两句写杜甫当年在长安郊外游览的过程，他沿着一条弯弯曲曲的小道走过了昆吾、御宿，一直走到"渼陂"。"渼陂"是长安郊外的名胜之地，杜甫当年曾到那里去游览过。"渼陂"的景色最能勾起杜甫回忆的是一片平静的水面，整座紫阁峰倒映在水中。"紫阁峰"是终南山的一座山峰。杜甫的记忆会让读者有身临其境的感觉，因为一片平静的水面，水中浸着山峰的倒影,这种美景确是令人难忘的。

第二联写长安郊外丰富的物产。"香稻啄余鹦鹉粒,碧梧栖老凤凰枝。"这两句可能是《秋兴八首》中受到非议最多的句子。较有代表性的有两个说法:明人王世贞在《艺苑卮言》中批评这两句诗,说是"藻绘太过,肌肤太肥,造语牵率而情不接"。就是修饰得太厉害了,太华丽了,太丰满了,句子也造得牵强、轻率,不合语法,句中的感情也断裂了。新诗人臧克家在《学诗断想》中指责这两句诗"把字句推敲到不合常规的程度"。那么这两句诗到底写得如何?为什么王世贞和臧克家都说不好?首先,这是倒装句,古人早就说过了,吴景旭《历代诗话》卷三八说:"此为倒装句法。""重在稻与梧,不在鹦鹉、凤凰。"古人已经指出,所以倒装,是为了要强调前面的那个物体,就是"稻"跟"梧桐",而不是后面的"鹦鹉"跟"凤凰"。那么倒装的效果怎么样?为了有助于理解这两句诗,有必要看一看杜甫其他的倒装句。"香稻啄余鹦鹉粒"的"香"字有异文,异文作"红",按照更细致的对仗法,应该是"红"更好,因为下句是"碧梧","红稻"对"碧梧"。那样的话,这两句诗的倒装就把两个颜色的字眼放到句首去了,突出了句首的两个颜色字。杜诗中还有类似的例子,比如《陪郑广文游何将军山林》:"绿垂风折笋,红绽雨肥梅。"还有《放船》:"青惜峰峦过,黄知橘柚来。"都是把一个颜色字放在一个句子的开头,也都是倒装句法。先看第一例:"绿垂风折笋,红绽雨肥梅。"如果按照正常的语序,应该这样写:"风折笋垂绿,雨肥梅绽红。"就是风把笋吹断了,然后垂下来一片绿色。雨水很足,梅子结得很肥大,饱满的梅子绽开成一片鲜红。倒装是为了强调、突出放到句首的那个因素,在这里就是两种颜色。杜甫强调他到何将军山林去赏景的时候,一眼就看到了非常鲜艳的色彩,两个大色块映入眼帘,一个是绿的,另一个是红的。非常鲜艳,非常耀眼,所以他先要把这种感觉写出来。也就是说,杜甫先看到两个色块,仔细一看,原来是折断的笋,原来是饱满的梅子。再看第二例,这个例子更有说服力。杜诗中有两首《放船》,这一首不是在夔州写的,而是在阆州写的,写的是阆水。四川的河流都有很大的落差,水流都很湍急,如果乘着船在河里走,简直是一泻千里,就像李白说的"轻舟已过万重山"。《放船》里说:"青惜峰峦过,黄知橘柚来。"前一句的意思是相当清楚的,就是说船太快了,青青的山峰一闪就过去了,还没来得及细看,诗人觉得很惋惜。后一句写前方的视野中间刚冒出的景象,船在飞快地朝前走,前方的视野中出现了一片金黄色的东西,远远的看不清楚是什么,但诗人知道那是一片橘林。秋天橘树挂果了,一片金黄色直冲船头而来。所以,"青惜峰峦过,黄知橘柚来"写的是诗人在一艘飞快的船中观景所得到的观感。这种观感在他心上产生的最鲜明的印象,也是最能吸引诗人的印象,就是颜色,就是鲜明的色块,那些色块一会儿是青的,一会儿又变成黄的,从眼前一闪而过。这两句诗产生了很好的艺术效果,读者闭目一想,就仿佛随着诗人一起经历了急流放船的过程。

现在回过头来读"香稻啄余鹦鹉粒"这一联,情况是差不多的,诗人强调的是长安郊外物产之丰美,稻是"香稻",树是碧绿的梧桐树。这个"香稻"还不是一般的"香稻",而是鹦鹉啄余的香稻,鹦鹉可是一种很珍奇的鸟。那个梧桐也不是一般的梧桐,而是凤凰曾经栖过的梧桐,凤凰是一种吉祥的鸟。也就是说,杜甫要想赞美的并不是鹦鹉和凤凰,而是香稻和碧梧,鹦鹉和凤凰在句中充当定语,当然是后置的定语。既然如此,他当然要采用倒装句法了。所以后人对这两句诗的批评,比如臧克家说的"句法上推敲到不合常规的程度",又如王世贞说的"藻绘太过,肌肤太肥",都有点过火,其实这两句杜诗是一种相当常见的倒装句法,不过比较引人注目而已。

五、六两句回忆当年游览的经过。"佳人拾翠春相问",他当年在渼陂看到了美丽的女子在那里"拾翠",就是捡翡翠鸟掉下的美丽羽毛,也可能是拾翠绿的香草。"仙侣同舟晚更移",他自己跟一些很有才华的人一起坐船游览,一直玩到晚上还不回家。作为参照,可以读《渼陂行》,那是杜甫当年在长安写的:"岑参兄弟皆好奇,携我远来游渼陂。"杜甫跟岑参兄弟同游渼陂,岑参那样的杰出诗人当然可称"仙侣"。"仙侣同舟晚更移"这句诗暗含典故,《后汉书》记载:郭泰是东汉太学生的领袖,他离开洛阳的时候,有数千人去送他,大家都留在岸上。只有李膺亲自登船送他过河,李膺是当时士大夫的领袖。其他送行的人在岸上看着李膺与郭泰站在船头,船慢慢地远去,"望之若神仙焉"。李、郭两人都是当时的领袖人物,是万人仰慕的品学兼优之士,"仙侣同舟晚更移"就暗含着这层意思,我们也是非常杰出的人物,我与岑参同舟游览,也深得众人的仰慕。当然,这未免有点夸张,其实杜甫当年在长安还没有很高的声望,不会有很多人来仰慕他,他正落拓潦倒着呢。还有,这两句的意思是与前面两句密切结合的。三、四句说渼陂一带物产丰美,五、六句说在渼陂一带游览的人都是佳人和仙侣,美丽的环境与靓丽的游人相得益彰。杜甫从物产、人物两个角度来赞美渼陂,堪称全面、周到的描写。

回忆了当年的游览经历以后,诗人不禁想起自己的身世来,他说:"彩笔昔曾干气象,白头吟望苦低垂。"杜甫在长安时最得意的事就是曾以文章引起皇帝的注意。"气象"就是云霄,皇帝当然高居云端。然而如今我又老又穷又有病,在江边上一边吟诗,一边眺望。"吟望"这个词,王嗣奭说得很对,就是"且吟且望"。此时的杜甫再没有什么话可说了,该回忆的也都回忆过了,于是他垂下了头发苍白的头颅。这一首诗就结束了,整组诗也就结束了。

把八首诗逐字逐句地读过之后,再把它作为一个整体来考察。王夫之也好,王嗣奭也好,都认为《秋兴八首》是一组诗,是一个完整的整体,不能割裂开来,他们为什么要这样说?至少有两点理由。第一,它有一个完整的主题,有一个统一的集中的主题,八首诗都围绕着这个主题。这个主题是什么呢?王嗣奭说:"'故园心'三字是八首之纲",杜甫在第一首中说"孤舟一系故园心","故园心"就是对故园的思念。钱谦益说这个纲不在第一首的"故园心",而在第二首的"每依北斗望京华"。由于杜甫的故园和故国是重合的,他的故园在长安,他的故国当然也在长安,两者是一个地方,所以王嗣奭、钱谦益的观点其实并不矛盾,而且可以合二为一。总之,对长安的思念就是《秋兴八首》的纲,诗人的万千思绪都围绕着思念长安这个主题。这就说明《秋兴八首》是一组浑然一体的组诗,它不像别的组诗,比如阮籍的《咏怀诗》八十二首、陶渊明的《饮酒》诗二十首,它们不是作为一个整体来创作的,甚至是后人编集的时候才凑合在一起的,所以主题多样,甚至貌合神离。

第二,八首诗有整体的构思。第一到第三首有共同的内在脉络,每一首都从夔州江边写起,然后思及长安。从第四到第八首也有共同的内在脉络,不过换了一种顺序,每首诗一开头就直接把思绪引向长安,最后才返回夔州。后面五首所思念的具体对象是不一样的,第四首说长安,第五首说皇帝,第六首说皇帝游览的地方,第七首说长安一般的景物,第八首说自己当年游览的经历。每一首都回忆不同的内容,但都与长安有关。换一个角度来分析,前三首与后五首分别以时间和空间为次序。前面三首写时间的推移,从白天到傍晚、深夜,再到第二天清晨。时间推移了一整天,一个完整的循环已经结束,不能再从时间着手写了,于是后面五首转以空间为序,让思绪在长安和夔州两地之间来回跳动。从时间结构变为空间结构,井然有序,一丝不乱。

无论从主题,还是从结构来看,八首诗都是经过整体构思的,是深思熟虑,一气呵成的,而不是写好第一首然后构思第二首,最后正巧写了八首,也完全有可能写成《秋兴七首》。他是动笔之前已经成竹在胸,就写八首。所以说《秋兴八首》是一个完整的整体,不能把它割裂开来选录其中的某几首。如果编一个唐诗选本或杜诗选本,要么就选八首,要么就一首也不选,不能把它割裂开来。目前影响较大的两种杜诗选本,即山东大学中文系的《杜甫诗选》,聂石樵、邓魁英先生的《杜甫诗选》,都是八首全选的。这说明把《秋兴八首》看作一个不可割裂的整体,已经成为学界的共识。

最后,应该怎样评价《秋兴八首》？前面说到,有人不喜欢"香稻啄余鹦鹉粒,碧梧栖老凤凰枝"这一联诗,认为语言太华丽了,字句太雕琢了,反而影响了它的艺术感染力。其实对于整组《秋兴八首》,也有人持这种观点,认为整组诗都是字面上太华丽了,内在的意蕴反而不足。首先是冯至先生,冯至在他的《杜甫传》里对《秋兴八首》特别不满,认为《秋兴八首》是杜甫后期诗不如早期诗的一个标志。萧涤非先生的《杜甫研究》,对《秋兴八首》的评价也不高,认为这组诗不是杜甫水平最高的诗。他们的着眼点都在于这一组诗字面上太华丽,跟其他杜诗不一样。关于这个问题,还应重新进行思考。后代有三本著作可以成为重要的参考读物。一本是孟元老的《东京梦华录》,孟元老是南宋人,他的《东京梦华录》是对北宋首都汴京的回忆,此时汴京已经沦陷了,孟元老在书中反复回忆当年汴京如何繁华,如何富丽。第二本是周密的《武林旧事》,周密是南宋的遗民,他写书时南宋已经灭亡。《武林旧事》是周密对于南宋首都临安繁盛状况的回忆。第三本书是张岱的《陶庵梦忆》,张岱是明末清初人,入清以后,他成为明朝的遗民。他回忆的是他在明代所见的种种繁盛局面,以及自己很富裕、很安定的生活。这三本书的性质是相同的,都是在一个国家灭亡以后,作为遗民的作家对于故国盛况的回忆。我们读这三本书的时候,会产生一种深刻的感受,与我们读杜甫《秋兴八首》的感受十分相似。舒芜先生最早指出这一点,我受他的启发去读了这三本书,很同意他的观点。

原因何在呢？请看《四库全书总目提要》对《武林旧事》的评价。《四库提要》说:"湖山歌舞,靡丽纷华,著其盛,正著其所以衰。"周密所以要反复回忆杭州当年的繁盛景象,西湖多么美丽,西湖上如何歌舞纷纷,等等,正是为了反衬宋亡以后杭州的衰落。《四库提要》又说:"遗老故臣,恻恻兴亡之隐,实曲寄于言外。"通过对于故国首都繁华的回忆,周密作为一个遗民,他对于故国的思念,他的兴亡之感,就寄托在文本中间了。

再看王士禛对于《秋兴八首》的评价,他说:"其有感于长安者,但极言其盛,而所感自寓于中。"《秋兴八首》为什么要反复描写当年长安的繁盛呢?写长安的宫殿多么富丽,气氛多么热闹,长安周围的景色多么优美,物产多么丰富,杜甫本人当年的游览经历又多么愉快,为什么要反复地写这些内容呢?为什么要这样"极言其盛"呢?是因为"所感正寓于中",其中蕴含着沧桑变化在诗人心中引起的万千感慨。一个国家的繁盛局面已经消失了,盛世已经过去了,唐帝国已经衰落了,杜甫本人也已经远离长安,已经衰老而且多病,在肃杀的秋天,站在冷落的江边。国家命运的由盛转衰,自身生活的巨大落差,使得诗人思绪万千,百感交集。所以当我们读《秋兴八首》的时候,不能光注意它字面上的华丽,字面愈是华丽,里面所蕴含着的悲凉之感就愈是深刻,字面上的华丽正是为了反衬那种深刻的悲哀。这才是《秋兴八首》真正的价值。如果我们同意这种价值判断的话,那么从字面华丽这个因素来否定《秋兴八首》的价值,显然是不可取的。

前面说过,杜甫在夔州的写作出现了一个新的主题倾向,就是回忆。回忆自己的生平,回忆当年的交游,也回忆整个帝国走过的一段历史,乃至回忆整个民族的历史。这种种的回忆散见在各首诗里,《壮游》《昔游》回忆自己的平生,《八哀诗》回忆朋友,《诸将五首》回忆帝国走过的一段历史,《咏怀古迹五首》回忆古人,只有《秋兴八首》这一组诗,它是一个立体性的整体的回忆。我们很难说《秋兴八首》回忆的是什么,回忆的是个人经历吗?是,但不仅仅是。回忆的是唐帝国的一段近代史吗?是,也不完全是。《秋兴八首》里也用了很多典故,说到了很多古人,所以它也回忆了整个的历史,它是全局性的整体性的回忆,是已到迟暮之年的杜甫对于平生,对于他所经历过的一切事物的整体性的回忆。它的边界是模糊的,也可说是没有边界的,这是《秋兴八首》最重要的特征。所以在杜甫写于夔州的所有的回忆主题的诗中,《秋兴八首》的内容是最深广的,它引起的感触也是漫无边际的。可以说,《秋兴八首》是杜甫晚期最重要的代表作,它的成就是不容忽视的。

第三讲 名篇小札

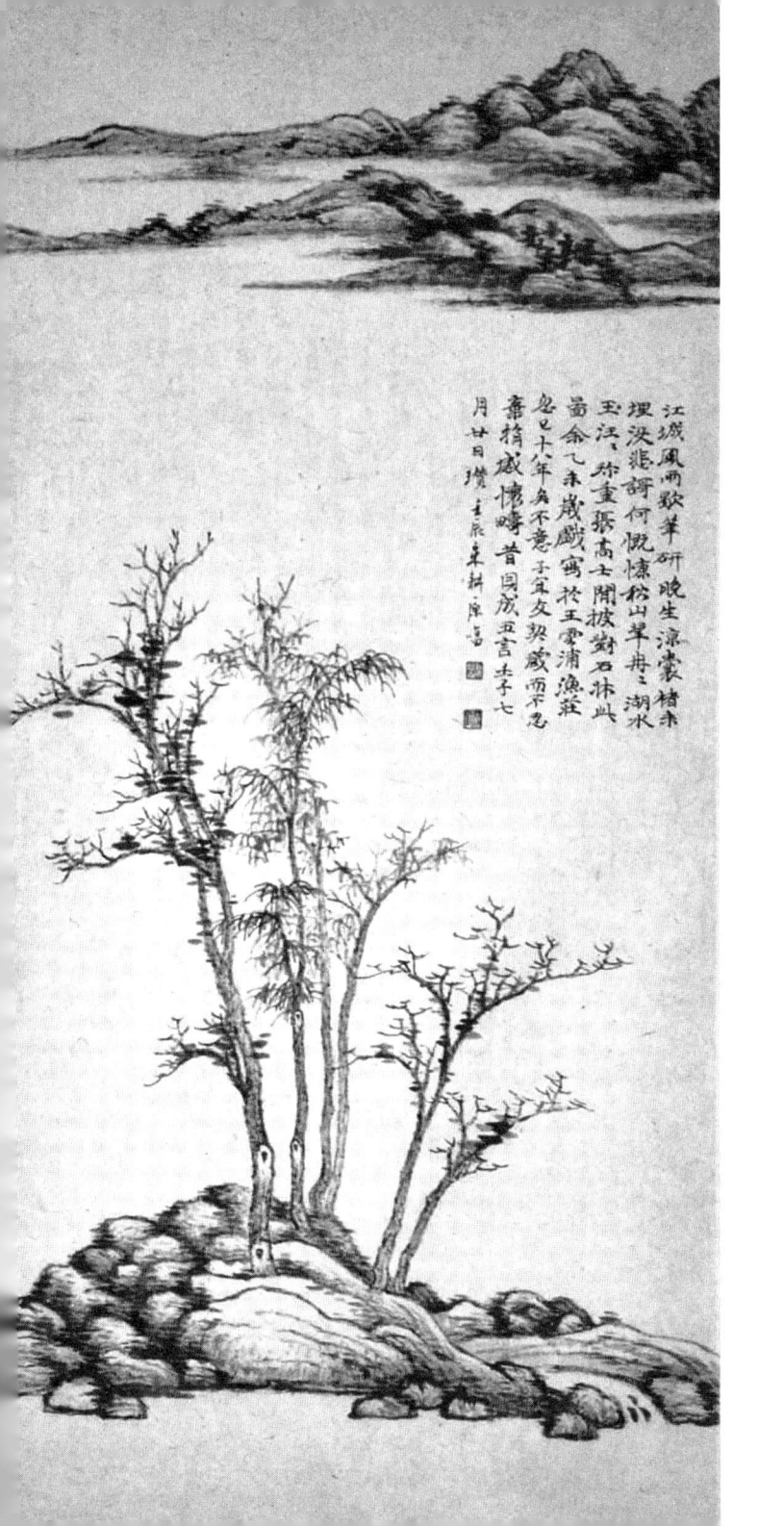

作于大唐开国元年的唐诗名篇

隋义宁二年(公元618年)五月,李渊在长安称帝,改元武德,唐帝国建立。当年十一月,魏徵自请安辑山东,乘传前往黎阳招降李密旧部。魏徵东出潼关时作《述怀》诗(一题《出关》):

中原初逐鹿,投笔事戎轩。纵横计不就,慷慨志犹存。杖策谒天子,驱马出关门。请缨系南粤,凭轼下东藩。郁纡陟高岫,出没望平原。古木鸣寒鸟,空山啼夜猿。既伤千里目,还惊九折魂。岂不惮艰险,深怀国士恩。季布无二诺,侯嬴重一言。人生感意气,功名谁复论?

此时上距唐朝开国只有半年,此诗无疑是写作年代最早的唐诗名篇。清人徐增评曰:"此唐发始一篇古诗,笔力遒劲,词采英毅,领袖一代诗人。"(《而庵说唐诗》卷一)"发始"二字,非常准确。

魏徵是彪炳青史的初唐名臣,并不以文学著称,但此诗确为引领风骚的一代名篇。全诗风骨遒劲,气格刚健,正如明人叶羲昂所评:"此已具盛唐之骨,离却陈、隋滞靡。"(《唐诗直解》卷一)

明人陆时雍亦曰："是初唐一等格力。"(《唐诗镜》卷一)为什么此诗能在当时的诗坛上独领风骚？原来自从南朝以来，诗风萎靡已经积重难返。不要说齐、梁宫体了，即使与宫体无关的其他诗人，作品也以咏物、宴饮为主要题材，除了鲍照、庾信等人的少数佳作外，罕有抒写人生感慨的性情之作。到了唐初，由于文学风尚的强大惯性，以唐太宗李世民为首的诗坛上仍然沿袭前朝旧习。李世民作为一代英主，诗风却甚为绮靡。作品仍以咏物、宴饮为最多，像《咏芳兰》《赋帘》《春日玄武门宴群臣》《置酒坐飞阁》等诗，置之齐梁诗中，也难辨淄渑。李世民戎马半生，笔下当然会有涉及军旅题材之诗，但那些作品大多沿袭前代的乐府旧题，如其《拟饮马长城窟行》，与陆机、王褒乃至隋炀帝的同题作品大同小异，既缺少真切的亲身经历，又没有独特的个人感慨。在李世民的军旅诗中，与其亲身经历相关的首推《入潼关》："崤函称地险，襟带壮两京。霜峰直临道，冰河曲绕城。古木参差影，寒猿断续声。冠盖往来合，风尘朝夕惊。高谈先马渡，伪晓预鸡鸣。弃繻怀远志，封泥负壮情。向有真人气，安知名不名。"此诗当作于隋义宁元年(公元617年)十二月，李世民徇东都还师进入潼关时，其创作时间比魏徵的《述怀》早一年。此诗前六句写潼关的地理、地貌及景色，尚称词采壮伟。可是后八句却用典故杂凑，语意不振，难称佳作。更严重的是李世民东征西讨、戎马倥偬的人生经历，在诗中几乎无迹可睹。魏徵的《述怀》则直叙生平，直抒胸臆，是一首名副其实的咏怀诗。此诗发端开门见山，用"中原初逐鹿，投笔事戎轩"二句，写隋末天下大乱的局势，以及诗人弃文从武的经历，叙事简要，为下文抒写胸怀做了很好的铺垫。若与《旧唐书·魏徵传》中关于"少孤贫,落拓有大志。……见天下渐乱,尤属意纵横之说"的记载对读,可见此诗确有自传性质。"纵横计不就,慷慨志犹存"二句,乃由诗人先投李密,曾献奇谋而未被采纳,后随密降唐的一段人生经历浓缩而成,并以抒情包举叙事,笔墨洗练。从"杖策谒天子"句起,叙事、抒感渐趋细密,且伴以真切生动的描写。魏徵入唐后久不见知,乃自请安辑山东。朝廷授以秘书丞,驱传至黎阳,以招降李密旧部。"请缨"二句揭示此行身负平定天下的重任,义正词严。"郁纡"以下四句细写道途艰辛之状,表面上都是说自然景象,其实也暗示兵燹连年、人烟稀少的社会现状。"既伤"以下八句,转为直抒胸怀。诗人为何不惮艰险、千里奔波?原因是"深怀国士恩"。魏徵遗书李密旧部徐世勣云:"生于扰攘之时,感知己之遇。"他日后奉太宗之命安辑河北时对副使曰:"主上既以国士见待,安可不以国士报之乎?"古代烈士豫让不惜牺牲生命为智伯报仇,声称:"智伯国士遇我,我故国士报之。"魏徵对此深表认同。守信义,重然诺,这就是魏徵心中的道义标准。在这个前提下,他以尾联揭示全诗主旨:"人生感意气,功名谁复论!"应该指出,当魏徵写《述怀》诗时,他的人生事业才刚刚开始。魏徵作为一代名臣的主要事迹是日后奋不顾身地面折廷争,从而为贞观盛世的建构做出卓越贡献,故其殁后,太宗叹曰:"以人为镜,可以明得失。……今魏徵殂逝,遂亡一镜矣!"但是魏徵一生志业的精神根基,已由"人生感意气,功名谁复论"之语表露无遗。可以说,《述怀》一诗清晰地展示了魏徵的精神风貌,从而与南朝以来"彩丽竞繁,刚健不闻"的诗风划清界限,并以刚健雄壮的风格倾向在初唐诗坛上独树一帜。

即使仅从艺术成就而言,《述怀》诗也是初唐诗坛上的一首杰作。沈德潜评曰:"气骨高古,变从前纤靡之习。盛唐风格,发源于此。"(《重订唐诗别裁集》卷一)诚非虚誉。试从以下三端简论之。一是辞采兼有壮丽与质朴的特点,从而与齐梁以来一味雕饰辞藻的绮靡诗风划清界限。比如对仗的运用就是恰到好处,全诗十联,除首尾两联外,中间的八联中七联皆对,且相当工整,但"岂不惮艰险,深怀国士恩"一联却未用对仗,可见此诗中对仗手段的运用是服从诗意需要的,这就与齐梁诗的强求俪偶有所不同。二是典故的运用恰到好处。试以此诗与上引唐太宗之《入潼关》相比。《入潼关》诗中共用四典:"伪晓预鸡鸣"句用孟尝君门客学鸡鸣催开关门故事,"弃繻怀远志"句用终军过关弃繻故事,"封泥"句用王元"请以一丸泥为大王东封函谷关"之语,末二句则暗用老子出关时关令尹喜见其气而知真人当过故事,四典皆与"过关"相关,但原典皆指函谷关,用来咏潼关颇似杂凑,像老子过关之典就离题甚远,而"伪晓"之句尤其比拟不伦。魏诗共用五典,皆能紧扣自身境遇或情怀,并不凑合"出关"的题旨。比如"投笔事戎轩"句用班超投笔从戎的故事,以示"大丈夫无它志略,犹当效傅介子、张骞立功异域,以取封侯,安能久事笔砚间乎"之志,与自身志向切合无间。又如"请缨"二句分用终军"愿受长缨,必羁南越王而致之阙下"之典,以及郦食其凭轼而下齐城七十座之典,以咏自身请命安辑山东之事,十分确切。后来魏徵果然成功招降李密旧部徐世勣(徐归唐后赐姓李氏,终成一代名将),"凭轼下东藩"之志如愿实现。再如"季布"二句分用"楚人谚曰：'得黄金百斤，不如得季布一诺'"之语典及侯嬴为报答信陵君国士之遇而以自杀殉之之事典，从而强调自己重然诺、感意气的精神本质，且与"深怀国士恩"的上句以及"人生感意气"的下句桴鼓相应，可见其用典之精确、妥帖。三是声律和谐而不失刚健，恰到好处地配合了诗情的抑扬起伏。清人翁方纲评曰："对句一连五句，皆第二字仄，第四字平；又一连五句，皆第二字平，第四字仄。而却崚嶒之极，又谐和之极。读此一首，则上而六朝，下而三唐，正变源流，无法不备矣。"（《五言诗平仄举隅》）这是一个极其细致的观察。从南朝沈约等人的"回忌声病，约句准篇"到唐代近体诗格律的建立，初唐诗正处于一个过渡阶段。就声律与排偶二者而言，魏诗也属于五言诗尚未明确分化成古体与今体的一种混沌状态。但此诗毕竟已经注意到在句中平仄交替，且在全篇中安排不同的平仄句式，这说明诗人对南朝新体诗的艺术成就并未像后来的陈子昂那样一笔抹杀，从而为唐诗的格律化有所贡献。可惜魏徵作诗太少，未能发挥足够的影响。但无论如何，《述怀》诗的艺术水准是不可低估的。

魏徵一生的志业与贡献，不在文学而在政治。但是魏徵亲撰的《隋书·文学传论》表明他对文学有深刻的认识，他充分理解文学的重要性："然而文学之用，其大矣哉！上所以敷德教于下，下所以达情志于上，大则经纬天地，作训垂范；次则风谣歌颂，匡主和民。或离谗放逐之臣，途穷后门之士，道坎坷而未遇，志抑郁而不申，愤激委约之中，飞文魏阙之下，奋迅泥滓，自致青云，振沉溺于一朝，流风声于千载，往往而有。是以凡百君子，莫不用心焉。"隋祚短促，唐朝在文化上直接南北朝，故初唐时文风尚未统一。魏徵对南北文风之异同看得十分清晰:"江左宫商发越,贵于清绮;河朔词义贞刚,重乎气质。气质则理胜其词,清绮则文过其意。理深者便于时用,文华者宜于咏歌,此其南北词人得失之大较也。若能掇彼清音,简兹累句,各去所短,合其两长,则文质彬彬,尽善尽美矣。"如上所述,《述怀》一诗虽未达到"尽善尽美",但堪称初唐诗坛上"文质彬彬"的典范之作。在大唐帝国的开国元年就出现了《述怀》这样的杰作,标志着一部唐诗的良好开篇。

关于沈佺期《独不见》的争论

凡是古典文学的名篇,都经过后人的反复讨论。当我们阅读古典名作时,前人的议论是帮助我们准确解读的重要参考,不宜掉以轻心。例如初唐诗人沈佺期的《独不见》载于《唐诗三百首》,可谓家喻户晓的名篇。关于此诗曾发生过许多争议,对我们解读此诗很有启发。

先看关于此诗写作背景的议论。此诗题作《独不见》,初读者也许会觉得这个标题有点古怪。原来"独不见"是乐府古题,宋人郭茂倩的《乐府诗集》卷七五中就有此题,题下共有七首作品,最早的一首出于梁代柳恽之手,内容是宫怨,诗的最后两句是"奉帚长信宫,谁知独不见",诗题即来源于此。郭书引《乐府解题》曰:"'独不见',伤思而不得见也。"这个题解也与柳恽的诗相吻合。列于柳恽诗后的同题作品分别出于沈佺期、王训、杨巨源、李白、戴叔伦、胡曾等六人(按:王训为南朝梁代人,理应列于沈佺期之前),其中李、胡二首的内容与沈佺期相同,都是咏征人妇,其他四首则写宫怨。当然,宫怨也好,征人妇也好,都可归入"伤思而不得见也"的主题范围,所以《乐府诗集》的归类仍是合理的。但是,"独不见"并不是这首沈诗最初的标题。现存收录此诗的最早文献是敦煌残卷《珠英学士集》，题作"古意"。《珠英学士集》是崔融所编，崔融与沈佺期同时，其《珠英学士集》即集武后时参编《三教珠英》的学士李峤、沈佺期等人之诗作而成。所以《珠英学士集》所载的沈诗肯定最接近作品的原貌，也就是说这首沈诗的原题应作"古意"。在北宋初期编成的《文苑英华》卷二〇五中，此诗也题作"古意"。此外，在五代韦縠所编的《才调集》卷三中，此诗题作"古意呈乔补阙知之"。明代正德年间王廷相刻本《沈佺期诗集》也作此题。"古意"与"古意呈乔补阙知之"可称同一个标题的两种形式，即简本和繁本。当然，也不排除"呈乔补阙知之"本是该诗的题下注，几经传抄，便与诗题合二为一了。从文献学的角度来看，"古意"应该是此诗的原题，而"独不见"很可能是郭茂倩编《乐府诗集》时所改之题（沈诗中有"谁为含愁独不见"之句，与柳恽之《独不见》有传承关系）。郭茂倩是北宋后期人，《乐府诗集》的年代不但晚于《珠英学士集》，也晚于《才调集》和《文苑英华》，虽然《独不见》的标题后来居上，成为这首沈诗最广为人知的题目，但它不是沈佺期自己起的诗题。

由于此诗一题《古意呈乔补阙知之》，它便与另一位初唐诗人乔知之发生了关系，从而引起了后人对此诗写作意图的推测。清人毛奇龄说："沈詹事《古意》，《文苑英华》与本集题下皆有'赠补阙乔知之'六字。因詹事仕则天朝，适乔知之作补阙，其妾为武承嗣夺去，补阙剧思之，故作此，以慰其决绝之意。言比之征夫戍妇，无如何也。故结云'谁谓'，言不料其至此也。后补阙竟以此事致死，此行文一大关系者。自选本删题下六字，遂昧此意久矣。"（《西河诗话》）这种说法符合事实吗？

乔知之与沈佺期同时,《全唐诗》中存诗一卷。乔知之的婢妾被武则天的侄儿武承嗣夺走是历史事实,最早记载于《朝野佥载》卷二:"周补阙乔知之有婢碧玉,姝艳能歌舞,有文华,知之时幸,为之不婚。伪魏王武承嗣暂借教姬人妆梳,纳之,更不放还知之。知之乃作《绿珠怨》以寄之,其词曰,'石家金谷重新声,明珠十斛买娉婷。此日可怜偏自许,此时歌舞得人情。君家闺阁不曾观,好将歌舞借人看。意气雄豪非分理,骄矜势力横相干。辞君去君终不忍,徒劳掩袂伤铅粉。百年离恨在高楼,一代容颜为君尽。'碧玉读诗,饮泪不食,三日,投井死。承嗣捞出尸,于裙带上得诗,大怒,乃讽罗织人告之。遂斩知之于南市,破家籍没。"此事在新、旧《唐书》与《资治通鉴》中都有记载,惟《旧唐书》中记婢女之名为"窈娘"。这个故事堪称哀感顽艳。按当时的社会习俗,士大夫绝对不能娶地位低微的婢女或歌妓为正妻。中唐诗人元稹追咏青年时代的艳遇云:"一梦何足云,良时自婚娶。"(《梦游春七十韵》)就可窥见此中消息。乔知之对碧玉真心爱怜,又无法娶她为妻,竟因此而"不婚",可算是一个情痴情种了。可惜碧玉的美貌为武承嗣所垂涎,而武承嗣又是一个炙手可热、无法无天的权贵,于是酿成了一段凄美绝伦的爱情悲剧。乔知之的《绿珠怨》咏的是晋代石崇的爱妾绿珠遭权贵孙秀抢夺并跳楼自杀的故事,没想到竟成诗谶:碧玉投井自杀,乔本人也被武承嗣迫害处死,正像当年绿珠自杀而石崇被孙秀害死一样。乔知之称不上是著名诗人,但这首《绿珠怨》却传诵甚广,毕竟是渗入了自己的真情实感,所以真切感人。南宋的洪迈把此诗拆成三首七绝,编进《万首唐人绝句》,更促进了它的流传。

乔知之与碧玉的遭遇在当时是人所共知的,作为乔知之朋友的沈佺期当然也不例外。但是说沈诗《古意》就是因此事而作,却没有充足的理由。乔知之在新、旧《唐书》中均有传,他在武后时任左补阙,垂拱二年(公元686年)左豹韬卫将军刘敬同出师北征同罗、仆固,乔知之受敕摄侍御史护其军,这在陈子昂的《燕然军人画像铭》中有明确记载。沈佺期的《古意》当即作于此时,故称乔为"补阙"。待到此役毕后,乔知之回朝并迁左司郎中。碧玉被夺事发生于载初元年(公元690年),也即天授元年(是年九月改元天授),这在《本事诗》中有明确记载:"时载初元年三月也。四月下狱,八月死。"《本事诗》中称乔知之为"左司郎中",也很准确。乔知之被杀一事,《唐历》和《新唐书·则天皇后纪》都系于天授元年,当无舛误。惟《资治通鉴》系于神功元年(公元697年),陶敏、傅璇琮著《唐五代文学编年史·初盛唐卷》中已辨其误。所以当沈佺期作《古意》以赠乔知之并称他为"补阙"时,碧玉被夺之事尚未发生,沈佺期不能未卜先知。也就是说,毛奇龄对《古意》作意的解释不能成立。所谓的"言比之征夫成妇,无如何也"的诗意释读,更是十分勉强,这正是论诗刻意求奇的毛奇龄的又一怪论。

那么,沈佺期为何把这首《古意》赠送给乔知之呢?我推测有两个原因,一是乔知之作诗爱写有关怨妇或男女相思的题材,在今存的十八首乔诗中,就有好几首与此类题材有关,例如《长信宫中树》《弃妾篇》《定情篇》等。更值得注意的是一首《和李侍郎古意》:"妾家巫山隔汉川,君度南庭向胡苑。高楼迢递想金天,河汉昭回更怆然。……"还有一首《从军行》(一题《秋闺》):

"南庭结白露,北风扫黄叶。此时鸿雁来,惊鸣催思妾。曲房理针线,平砧捣文练。鸳绮裁易成,龙乡信难见。窈窕九重闺,寂寞十年啼。纱窗白云宿,罗幌月光栖。云月隐微微,夜上流黄机。玉霜冻珠履,金吹薄罗衣。汉家已得地,君去将何事?宛转结蚕书,寂寥无雁使。生平荷恩信,本为荣华进。况复落红颜,蝉声催绿鬓。"从诗题到诗意,再到字句,都与沈佺期的《古意》如出一辙。因此,当沈佺期写出以征人妇为主题的《古意》后,就把乔知之引为诗道同好而赠诗予之。二是乔知之曾有随军北征的经历,沈诗既写征人、思妇之事,便将它题赠给即将出征的乔知之。或者沈诗就是为送乔出征而作,也未可知。沈诗称乔知之为"补阙",而"补阙"的官职为垂拱元年所设,乔知之以左补阙的身份从军北征则在垂拱二年,陶敏先生在《沈佺期宋之问集校注》中将此诗系于垂拱二年"前后",虽不够坚确,但相当合理。

然后来看关于《古意》意旨的讨论。《古意》全诗如下:

卢家少妇郁金堂,海燕双栖玳瑁梁。
九月寒砧催木叶,十年征戍忆辽阳。
白狼河北音书断,丹凤城南秋夜长。
谁为含愁独不见,更教明月照流黄。

此诗有多处异文,例如首句一作"卢家少妇郁金香",沈德潜说,"《乐府》:'卢家兰室桂为梁,中有郁金苏合香。'应是'郁金香',别本作'堂'者非。"(《唐诗别裁集》卷一二)其实"郁金"乃一种香料,古代富贵人家用之和泥涂壁以取其香气,"郁金堂"即富丽华贵之堂屋,这与次句的"玳瑁梁"互相呼应,如作"郁金香",则与次句文气不接。第三句中的"木叶"一作"下叶",末句的"更教"一作"使妾",孰优孰劣,都曾引起争议,限于篇幅,暂不置论。值得注意的是后人对于此诗与乐府诗关系的讨论。清人方东树说:"此诗只首句是作旨本义,安身立命正脉。盖本为荡妇室思之作,而以卢家少妇实之,则令人迷,如《古诗》以西北高楼杞梁妻实歌曲一样笔意。本以燕之双栖兴少妇独居,却以'郁金堂''玳瑁梁'等字攒成异彩,五色并驰,令人目眩,此得齐梁之秘而加神妙者。"(《昭昧詹言》卷一五)方氏所说的《古诗》指《古诗十九首》之五,其中有"西北有高楼,上与浮云齐"以及"谁能为此曲,无乃杞梁妻"等句。这种"笔意"就是在普泛性质的叙写中嵌进一个有名有姓的真实人物(包括传说中的人物),从而化虚为实。"卢家少妇"即传说中的"莫愁",梁武帝《河中之水歌》咏莫愁故事云:"十五嫁为卢家妇,十六生儿字阿侯。卢家兰室桂为梁,中有郁金苏合香。"显然,沈诗中的"卢家少妇"并不真指"莫愁",而只是代指一位家境富足的少妇,这正是传统的乐府写法。尾联的字句也与乐府有关,"独不见"三字见于齐梁乐府诗,"流黄"也见于古乐府《相逢行》之"中妇织流黄"。清人潘德舆说此诗"纯是乐府"(《养一斋诗话》卷八),确有几分道理。正如王夫之所说:"以乐景写哀,以哀景写乐,一倍增其哀乐。"(《姜斋诗话》卷上)此诗首联用浓墨重彩描写少妇居室之华丽,正为反衬其心情之孤寂哀伤,这与用"海燕双栖"来反衬人单影只是同样的道理。从首联到颔联,场景从室内移向室外之寒砧木叶,情思则从眼前移向远方,细针密线而不见痕迹。颈联单承第四句,分写远征之戍人与居家之思妇。王夫之评其章法曰"从起入颔,羚羊挂角;从颔入腹,独茧抽丝"(《唐诗评选》卷四),堪称的评。尾联写少妇之愁无人得知,只有月光映照织机,明人胡应麟批评说"结语几成蛇足"(《诗薮·内编》卷五)。其实正如清人吴乔所云,此乃"完上文寄衣之意"(《围炉诗话》卷二),也即与"九月寒砧催木叶"之句互相呼应。因为"寒砧"者,捣衣之声也。"流黄"者,制作寒衣之织物也。在萧瑟的秋风中,长夜不眠的思妇正为远戍的征人赶制寒衣,这是何等生动的一幅思妇怀远图!

从体裁来看,《古意》既是一首乐府诗,又是一首七言律诗,《唐诗三百首》将它归入"七律·乐府"类,非常妥当。《古意》既是七律,后人便从七律发展史的角度对它有所评论,并涉及所谓"唐人七律第一"的争论。据明人杨慎云,何景明、薛蕙认为《古意》是唐人七律之"第一"(《升庵诗话》卷十)。早在何景明之前,南宋的严羽曾将崔颢的《黄鹤楼》誉为唐人七律第一(见《沧浪诗话·诗评》)。在何景明之后,胡应麟又将杜甫的《登高》誉为唐人七律第一(见《诗薮·内编》卷五)。清人潘德舆在上述三说中赞同胡应麟说,即认为沈、崔二诗都比不上老杜的《登高》(详见《养一斋诗话》卷八)。如果不考虑三篇作品所产生的时代,当然是胡应麟和潘德舆的观点更为公允。但是事实上沈佺期、崔颢和杜甫分别属于七言律诗发展史中的三个阶段,所以不宜进行简单的类比。我们知道,七言律诗这种诗体滥觞于六朝,定形于初唐。赵昌平先生曾仔细考察初唐七律的发展过程,得出了"七律成熟于中宗景龙年间"的结论(详见其《初唐七律的成熟及其风格溯源》)。"景龙"共四年(公元707—710年),沈佺期《古意》

写于垂拱二年(公元686年),即在景龙之前二十余年。崔颢《黄鹤楼》大约作于开元十年(公元722年),比景龙晚十余年。而杜甫《登高》则作于大历二年(公元767年),比景龙晚五十余年。赵昌平说七律成熟于景龙年间,其实此时成熟的仅是七律的体制,即平仄、对仗等形式。七律在艺术上的真正成熟是到杜甫手中才最后完成的。所以说,当沈佺期写《古意》的时候,七律这种诗体还远未成熟。让《古意》与《黄鹤楼》《登高》在同样的标准下登台赛艺,显然不够公平。而且《古意》除了六、七两句的第五字以外,全诗平仄合律。在对仗方面,颈联相当工整,颔联的后五字虽非工对,但也可算是宽泛意义上的成对。至于意脉,则全诗一气流转,全无七言律诗常见的板滞之病。再加上音调抑扬顿挫又流转自如,字句色泽丰润而沉着稳妥,其艺术水准在初唐的一百多首七言律诗中堪称鹤立鸡群。所以我完全同意友人孙琴安先生对《古意》的论断:此诗虽然说不上"唐人七律第一",但"可谓初唐七律第一"(《唐七律诗精评》)。

高适《燕歌行》的主题

《燕歌行》是高适的代表作,也是脍炙人口的盛唐边塞诗名篇。但是关于此诗的主题,后人的解读颇有出入。明人唐汝询认为这是泛咏征戍之苦:"此述征戍之苦也。……既苦征战,则思古之李牧为将,守备为本,亦庶几哉!"(《唐诗解》)清人陈沆则认为与张守珪有关:"张守珪为瓜州刺史,完修故城,版筑方立,虏奄至,众失色,守珪置酒城上,会饮作乐,虏疑有备,引去,守珪因纵兵击败之,故有'战士军前半死生,美人帐下犹歌舞'之句,然其时守珪尚未建节。此诗作于开元二十六年(公元738年)建节之时,或追咏其事,抑或刺其末年富贵骄逸,不恤士卒之词,均未可定。要之观其题序,断非无病之呻也。"(《诗比兴笺》)近人岑仲勉先生则肯定这是讽刺张守珪的:"此刺张守珪也。……二十六年,击奚,讳败为胜,诗所由云'孤城落日斗兵稀,身当恩遇常轻敌,力尽关山未解围'也。"(《读〈全唐诗〉札记》)蔡义江先生又认为此诗所刺者不是张守珪,而是安禄山(见其《〈燕歌行〉非刺张守珪辨》一文)。王步高先生的解读与上述意见截然相反:"此诗乃是对戍边将士不畏艰难、英勇卫国的颂歌。"(《唐诗三百首汇评》)

那么，高适《燕歌行》的主题到底是什么？为什么后人的解读会有如此大的分歧呢？

高适《燕歌行》题下有序云："开元二十六年，客有从元戎出塞而还者，作《燕歌行》以示适。感征戍之事，因而和焉。"（据刘开扬《高适诗集编年笺注》）序中的"元戎"二字，在《河岳英灵集》中作"御史张公"，在《又玄集》《才调集》《唐文粹》《文苑英华》诸书中则作"御史大夫张公"。"张公"指张守珪，开元二十三年拜辅国大将军、右羽林大将军兼御史大夫。据《旧唐书·张守珪传》载，张守珪镇守边疆，颇有战功："初以战功授平乐府别驾，从郭虔瓘于北庭镇，遣守珪率众救援，在路逢贼甚众，守珪身先士卒，与之苦战，斩首千馀级，生擒贼率颉斤一人。开元初，突厥又寇北庭，虔瓘令守珪间道入京奏事，守珪因上书陈利害，请引兵自蒲昌、轮台翼而击之。及贼败，守珪以功特加游击将军，再转幽州良社府果毅。守珪仪形瑰壮，善骑射，性慷慨，有节义。"但是他后来又有谎报军功、行贿钦差等不法行为："守珪裨将赵堪、白真陁罗等假以守珪之命，逼平卢军使乌知义令率骑邀叛奚馀众于湟水之北，将践其禾稼。知义初犹固辞，白真陁罗又诈称诏命以迫之，知义不得已而行。及逢贼，初胜后败，守珪隐其败状而妄奏克获之功。事颇泄，上令谒者牛仙童往按之。守珪厚赂仙童，遂附会其事，但归罪于白真陁罗，逼令自缢而死。二十七年，仙童事露伏法，守珪以旧功减罪，左迁括州刺史，到官无几，疽发背而卒。"从《旧唐书》本传以及达奚珣所撰的《张守珪墓志》来看，张守珪乃是一位久历沙场、屡建奇功的大将，其戍守之地则从西北的北庭直到东北的幽州。从整体来看，长年守边的张守珪是功大于过的。而且在史料中看不到他曾有"不恤士卒"的行为,反倒有"身先士卒"的记载。

《燕歌行》序中所云的"客",后人有指高式颜(王运熙先生说)、畅当(彭兰先生说)、王悔(戴伟华先生说)等不同说法,史料欠缺,难以定论。这位"客"所写的《燕歌行》则早已亡佚,其所写内容亦不得而知。但揆以情理,当与从张守珪出征东北的经历有关。既然高适此诗是对"客"所写的《燕歌行》的唱和,两首《燕歌行》的内容当相距不远。从高适《燕歌行》的内容来看,确有不少地方可与张守珪的事迹相联系,比如"汉家烟尘在东北,汉将辞家破残贼。男儿本自重横行,天子非常赐颜色"几句,便可与《张守珪墓志》中"圣主嘉其忠勇,展劳旋之礼待之,乃御层楼,张广乐,侯王在列,夷狄以差,廷拜兼御史大夫,加辅国大将军、南阳郡开国公。仍赐珍玩、缯彩等,畴茂勋也。二十七年,重命偏师,更诛残旧"一段对读。后人所以解此诗为刺张守珪,原因便在于此。但尽管如此,我们仍不能认为整首诗都是专咏张守珪事迹的。主要理由有下面两点:

首先,高适此诗的内容非常丰富,不可能专指一人而言,也不会是专咏某次战事,而是泛咏当时的边塞战争。诗中写到的地名很多,像"榆关""碣石"都在今山海关一带,当时属安东都护府所辖,正是张守珪出征契丹所经之地。但是"瀚海"一般指西北方的沙漠,"狼山"则位于今内蒙古五原县和杭锦后旗一带,距离幽州甚远,也不是出征契丹要经过的地方。当然也可以理解为诗人用这些地名泛指荒寒边地,但毕竟不够妥当。诗中所写的战争情形,特别是重笔渲染的孤城重围、士卒死伤殆尽的惨烈情景,在张守珪镇守幽州的数年间并未发生过。至于说出征将士与家中思妇之相望相思,当然纯属虚构,毋庸多言。所以笔者认为,高适确实是受到亲从张守珪出征的"客"所作《燕歌行》的激发,从而心生感触,才写了这首《燕歌行》,但并不是专咏张守珪的事迹,更不是专为讽刺张守珪而作。诗序中所谓"感征戍之事",其实包含着更为丰富的内容。高适其人,慷慨有大志,常思前往边塞以立奇功。据周勋初先生《高适年谱》所记,高适早在开元十八年(公元 730 年)就曾北游燕赵且投笔从戎。以后数年间高适往来东北边陲,对边疆的形势及军士之苦辛均有相当深切的了解。这些在他的诗中都有所反映:"层阴涨溟海,杀气穷幽都。"(《同群公出猎海上》)"汉家能用武,开拓穷异域。戍卒厌糟糠,降胡饱衣食。"(《蓟门行》)所以高适并不是久居书斋,必待闻"客"之语方得知边塞情形的文士,而是亲历边塞生涯的军人。当他在长安遇到那位"客"且见到其《燕歌行》时,心中的记忆便被唤醒。所以《燕歌行》是在更为广阔的时空背景中"感征戍之事"的作品,其中既包括了"客"所作原唱的内容即张守珪出征东北之事,也包括了高适自己几年前在边塞的所见所闻,还包括了当时唐帝国边塞战争的一般情形。因此,一定要说此诗是针对某次战事,或进而说是刺张守珪"不恤士卒",恐怕有失于拘泥。

第二,高适的《燕歌行》虽然具有鲜明的时代气息,但它毕竟是一首乐府诗,而且是用乐府旧题所写的拟乐府。一般说来,拟乐府的主题都与其古题有关。在郭茂倩的《乐府诗集》中,《燕歌行》属于"相和歌辞"一类,共收历代作品十三首(曹丕的第二首录有"晋乐所奏"和"本辞"两种文本,字句大同小异,应视为一首)。郭书引《乐府解题》曰:"晋乐奏魏文帝'秋风''别日'二曲,言时序迁换,行役不归,妇人怨旷无所诉也。"又引《广题》曰:"燕,地名也。言良人从役于燕,而为此曲。"检《乐府诗集》所录的所有《燕歌行》,唐前诗人所作者共十首,无一例外都是写良人从役、妇人怨旷的主题,而且都是从思妇的角度来着笔的。年代最早,水平也最高的当推曹丕所作的第一首:"秋风萧瑟天气凉,草木摇落露为霜。群燕辞归雁南翔,念君客游思断肠。慊慊思归恋故乡,何为淹留寄他方。贱妾茕茕守空房,忧来思君不敢忘,不觉泪下沾衣裳。援琴鸣弦发清商,短歌微吟不能长。明月皎皎照我床,星汉西流夜未央。牵牛织女遥相望,尔独何辜限河梁。"(文字从《文选》所录者,于义较长)所以,"言时序迁换,行役不归,妇人怨旷无所诉也"就是乐府《燕歌行》的传统主题。至于为何用"燕"这个地名来命名?可能是由于曹魏时代的边塞战争大多发生在东北一带,曹操就曾亲自率师前往辽西征讨乌桓,途经幽燕,故而曹丕将此诗题作《燕歌行》。当然,"燕"只是代指北部边塞而已。唐人所作的《燕歌行》共三首,其中的两首在主题上有重大变化,就是加强了对"征人行役"的描写,而"妇人怨旷"的内容反而无影无踪。其中贾至的一首走得最远,全诗三十二句,诗中回顾了东北边塞的历史,批判隋代穷兵黩武反而丧师辱国,歌颂唐朝威加海内、边境安宁。既以歌功颂德为主题,当然不可能写到"妇人怨旷"。陶翰的一首则着重写从征将领有功无赏的经历及牢骚,主题接近王维的《老将行》,全诗也未涉及"妇人怨旷"。贾、陶二诗完全改变了古题《燕歌行》的原有性质,未免背离传统太甚。用唐人吴兢的话说,就是"不睹于本章,便断题取义"(《乐府古题要解》)。只有高适的这首《燕歌行》才是既有传承又有革新的拟古乐府佳作:

> 汉家烟尘在东北,汉将辞家破残贼。
> 男儿本自重横行,天子非常赐颜色。
> 摐金伐鼓下榆关,旌旗逶迤碣石间。
> 校尉羽书飞瀚海,单于猎火照狼山。
> 山川萧条极边土,胡骑凭凌杂风雨。
> 战士军前半死生,美人帐下犹歌舞。
> 大漠穷秋塞草腓,孤城落日斗兵稀。
> 身当恩遇常轻敌,力尽关山未解围。
> 铁衣远戍辛勤久,玉箸应啼别离后。
> 少妇城南欲断肠,征人蓟北空回首。
> 边风飘摇那可度,绝域苍茫更何有。
> 杀气三时作阵云,寒声一夜传刁斗。
> 相看白刃血纷纷,死节从来岂顾勋。
> 君不见沙场征战苦,至今犹忆李将军。

纵观全诗,"良人从役于燕"与"时序迁换,行役不归,妇人怨旷无所诉"的主题得到了相当畅尽的描写,但这只是全诗内容的一个部分。诗中写得更加淋漓酣畅的是边塞战争的全过程:边地开战,大将出征,战争激烈,形势多变,唐军或胜或败,战士或死或伤。值得称道的是诗中对军中生活的细节性描写,例如"战士军前半死生,美人帐下犹歌舞"两句,堪称写军中苦乐不均的千古名句。唐时军中常有女乐,这在岑参诗中有非常详细的描写(例如《玉门关盖将军歌》《田使君美人如莲花舞北旋歌》等)。不难想见,在等级制度甚为严格的古代军队里,在"帐下"表演的歌舞只有高级将领才有资格欣赏,一般的战士是无缘得见的。更加值得注意的是对战士心理活动的生动刻画,他们既有一心报国、不计功名且勇于牺牲的崇高胸怀,也有因久戍不归、有家难回而产生的哀怨心情。惟独如此,诗中所咏的战士形象才有血有肉,才真实可亲。"铁衣远戍"以下四句,堪称对《燕歌行》传统主题的浓缩。四句诗两两相对,分写征人与思妇,是对仅从思妇一面着笔的传统写法的提升。可以说,在盛唐的边塞诗中,高适《燕歌行》在刻画战士心理方面是最为成功的。

综上所述,高适《燕歌行》的内容非常丰富,它不是专门叙述某次边塞战争,也不是专门针对某位将领,而是糅合了无数边塞战争的实际情况,具有普泛意义的一首边塞诗。

同理,《燕歌行》的主题也非常复杂,它既有歌颂的成分,也有讽刺的倾向,它是高适对边塞战争复杂态度的鲜明体现。《燕歌行》的结尾画龙点睛,鲜明地揭示了全诗的主题:"君不见沙场征战苦,至今犹忆李将军!""李将军"到底指李广还是李牧,表面上都可解通,故清人沈德潜云:"李广爱惜士卒,故云。或云李牧,亦可。"(《唐诗别裁集》)据《史记》记载,李广与李牧都有爱惜士卒的事迹,而且都能震慑匈奴,但是李广与匈奴连年接战,而李牧为赵国守边却很少出战,最后一战而大获全胜,"其后十余岁,匈奴不敢近赵边城"。高适既然同情将士的"沙场征战苦",

应以怀念李牧更为合理。所以,高适既肯定具有自卫性质的边塞战争,又同情出征将士的辛苦,从而希望出现李牧那样的良将来镇守边塞,完成"不战而屈人之兵"的任务,这就是《燕歌行》的真正主题。

繁简各得其妙的三首《长干行》

《唐诗三百首》中选入了三首《长干行》,一首是李白所作,另两首是崔颢所作。李白的《长干行》是长达三十句的五言古诗,崔颢的两首都是五言绝句。同样的题目而繁简相差甚远,但又都是千古绝唱,值得做一番对读。

《长干行》本是乐府古题,郭茂倩编《乐府诗集》卷七二《杂曲歌辞》中收录了一首,题作《长干曲》。此诗仅四句:"逆浪故相邀,菱舟不怕摇。妾家扬子住,便弄广陵潮。"后署"古辞",当是南朝民歌。"长干"是南京城南的一条里巷名,早在晋人左思的《吴都赋》里便有"长干延属,飞甍舛互"之句,可见那是人口繁密的市井。《舆地纪胜》云:"长干是秣陵县东里巷名。江东谓山陇之间曰'干',金陵五里有山冈,其间平地,民庶杂居,有大长干、小长干、东长干,并是地名。"由于长干里靠着秦淮河,北通长江,居民依水而居,故多以舟楫贩运为业者,上引古辞专咏荡舟,便是当地民间生活的反映,也成为后人拟作《长干曲》(亦称《长干行》)的一个传统。

李白集本有两首《长干行》,崔颢集中原有四首《长干行》,蘅塘退士从李诗中选取其一,又从崔诗中选取其二,真是目光如炬。因为李集中的第二首《长干行》其实是唐人张潮所作,学界今已考定,详见佟培基《全唐诗重出误收诗考》。况且其艺术水准也与第一首相去甚远,即使出于李白之手也不应入选。崔颢的四首《长干行》其实可分为两组,第一、二首为一组,即《唐诗三百首》中所选者。第三、四首为另一组,原文如下:"下渚多风浪,莲舟渐觉稀。哪能不相待,独自逆潮归。""三江潮水急,五湖风浪涌。由来花性轻,莫畏莲舟重。"基本上是对古辞《长干曲》的模拟,与前两首写民间男女恋情的内容不同,写得也不太出色。由此可知高水平的选家具备披沙拣金的本领,他们真是读者的大功臣!

我们先读李白的《长干行》:

> 妾发初覆额,折花门前剧。郎骑竹马来,绕床弄青梅。同居长干里,两小无嫌猜。十四为君妇,羞颜未尝开。低头向暗壁,千唤不一回。十五始展眉,愿同尘与灰。常存抱柱信,岂上望夫台。十六君远行,瞿塘滟滪堆。五月不可触,猿声天上哀。门前迟行迹,一一生绿苔。苔深不能扫,落叶秋风早。八月蝴蝶黄,双飞西园草。感此伤妾心,坐愁红颜老。早晚下三巴,预将书报家。相迎不道远,直至长风沙。

全诗中只有"常存抱柱信,岂上望夫台"二句用了典故,一是尾生与女子相约于蓝桥,女子未来而大水忽至,尾生守约,抱柱不去,遂为淹死;二是思妇登山望夫,日久化为石头。虽然见于典籍,但都是流传万口的民间传说,用来叙述民间男女爱情非常妥当。其余的句子都浅近易懂,直如口语。但这是何等生动的精彩语言啊!才写到第六句,已经创造了两个成语:"青梅竹马"和"两小无猜"。千百年来,只要说到小儿女之间的感情,谁能避开这两个成语?它们不但复现在诗客骚人的笔下,也回响在田夫村妇的口头,这才是生机勃勃的活语言,这才是元气淋漓的绝妙好词。要是与南朝宫体诗或五代花间词中那些模仿小儿女口吻的忸怩作态的句子相比,真可借用金圣叹的话说是"金屎之别"。

李白的《长干行》赢得了千年以后西方读者的热烈欢迎。美国现代派诗人庞德亲自将它译成英文,尽管译文中有不少问题,比如把"妾发初覆额"译成小女孩的头发被剪成平平的"刘海",又如把"竹马"译成竹制的高跷,但仍然成为经典的英译唐诗,并被选进多种英文诗选,有的西方读者甚至误以为它就是一首用英语写成的诗歌。《长干行》所以会受到西方读者的欢迎,当是由于它的特殊性质:它既是叙事诗,又是爱情诗,于是合乎西方人读诗的口味。但这也透露出《长干行》在唐诗中的独特性:它相当完整地叙述了发生在长干里的一个爱情故事,这正是李白努力学习民间乐府所取得的成就。《长干行》全诗都以女子的口吻自述其爱情经历,情节和人物的描写惟妙惟肖,心理活动的表白则细入毫芒。可以说,叙事完整、描写细致是这首《长干行》的最大优点。

崔颢《长干行》二首:

君家何处住?妾住在横塘。

停船暂借问,或恐是同乡。

家临九江水,来去九江侧。
同是长干人,生小不相识。

两首诗全由对话构成,前者出于女子之口,后者则显然是一位男子。非常有趣的是,诗中对两个人物不着一字,却使读者不但如闻其声,而且如见其人。"君家何处住"一句,可见两人是素昧平生,萍水相逢。在古代社会,男女之间一般是"非礼勿言"的。这位年轻女子却主动与陌生男子搭话,不但相问,而且自报家门说"妾住在横塘",这未免有点唐突。所以三、四句自我解释,说只怕彼此是同乡,故停下船来相问一声。明人钟惺评此诗说:"急口遥问语,觉一字未添。"(《唐诗归》)的确,从"停船"一句来看,当是两艘船对面相擦而过,女子匆忙停下船来相问,所以只有寥寥数语。问题是当女子问出第一句后,对方还没来得及回答,更没有反问她家住何处,她却急着自报家门。这是为什么?近人俞陛云评曰:"既问君家,更言妾处,何情文周至乃尔。是否同乡,干卿底事,乃停舟相问,情网遂凭虚而下矣。"(《诗境浅说》)是啊,偶然见到一个陌生男子,便开口问他是否同乡,有什么必要?然而这一切又是多么合情合理,千载之下的读者都会发出会心微笑,因为女子的满腔情思已表露无遗。要说诗歌有"不着一字,尽得风流"的境界,此诗便是最好的典范。

第二首也写得绘声绘色,男子的回答全从"同乡"这层意思说起。"横塘"是地名,位于长干里附近。"九江"泛指长江下游的众多支流,这里当即指秦淮河而言。从稍大的地域概念来看,家住横塘的女子与家在秦淮河边的男子都可算是长干人。只是他们不像李白诗中那对青梅竹马的小儿女,虽是同乡而迄未相识(很可能双方都是浮家泛宅、以船为家的人,常年在外漂流,所以没有相识的机会)。如果说女子的话体现出勇敢、爽朗的个性,那么男子的回答则表现出他老实、诚恳的人品。男子的回答虽然诚实简单,却并不是冷淡的礼节性话语。细味"同是长干人,生小不相识"两句,难道没有"相逢恨晚"的情意在内?不过没有明言而已。

如果说李白的《长干行》以详细、完整为特点,那么崔颢的两首同名作正好相反,它们以简练、含蓄而见长。李诗对人物的描写着重在形貌与动作,"妾发初覆额,折花门前剧""郎骑竹马来,绕床弄青梅",写小儿女的憨态可掬,生动真切。"低头向暗壁,千唤不一回",写新嫁娘的娇柔羞涩,如在目前。有些细节虽与人物无关,也赢得了历代论者的交口称赞。例如"八月蝴蝶黄,双飞西园草",明人杨慎曰:"蝴蝶或白或黑,或五彩皆具,惟黄色一种,至秋乃多,盖感金气也。李白诗,'八月蝴蝶黄',深中物理。"(《升庵诗话》)所谓"深中物理",其实就是观察仔细,故描写真切。更值得称赞的是,这两句诗全是女子眼中所见之景,惟其落寞孤寂,才会如此细心地观看园中秋景,而蝴蝶双飞之景更加衬托出己身的形单影只,正如王国维所云:"一切景语皆情语也"(《人间词话删稿》)。惟其描写细致真切,此诗的叙事才会如此成功。诚如近人王文濡所评:"依次叙来,一线贯串,儿女情怀,历历如绘。"(《唐诗评注读书本》)崔诗恰好相反,它只写对话,而对人物的形貌、动作均付阙如。然而正如清人王夫之所评,此诗"墨气所射,四表无穷,无字处皆其意也"(《姜斋诗话》)。什么叫"无字处皆其意也"?大概是指崔诗虽然对人物的形貌、动作(包括心理活动)一字未及,但一切尽在不言之中,也就是已经用烘云托月的手法表现出来了。确实,读了崔诗的第一首,那女子的动作(如用竹篙撑住船只)及心理活动(她定是对男子产生了好感),难道不是可睹可感?读了崔诗的第二首,那位男子的朴实之状,难道不是如在目前?两首崔诗一共只有八句,但是言约意丰,一个优美的爱情故事已经展开在读者面前。那对一见钟情的男女日后的关系如何进一步发展,他们最后是否结成眷属,诗人都没交代。但又何必再作交代!既然已经两情相悦,以后的一切便是情理中事。崔颢截取这个爱情故事的一个片段,而且只写其中的一段对话,而把其余的一切都留给读者去联想。我相信,所有的读者都会展开丰富的联想,把它补足为一个动人的爱情故事,从而获得参与创造的阅读快感。清人纪昀评李白《长干行》云:"儿女子情事,直从胸臆间流出,萦纡回折,一往情深。"(《唐宋诗醇》)这个评语移用来评崔颢的《长干行》,也相当准确。

总之,李白与崔颢的《长干行》题目相同,内容相近,但它们一为古诗,一为绝句,诗体的差异使它们一繁一简,从而形成两种截然不同的写法。因为古诗没有篇幅限制,李白的五古就有长达百句以上者,例如《经乱离后天恩流夜郎忆旧游书怀赠江夏韦太守良宰》竟长达一百五十六句。李白的《长干行》也有三十句,所以能够相当详细地叙述故事。崔颢的诗是绝句,一首才寥寥四句,两首相加也只有八句,诗人只能选取某个片段来画龙点睛。由于篇幅的限制,两首崔诗全都是直录口语,这就从根本上消除了书面语言的因素,从而最大限度地保存了民间口语的活泼生动。从维护原生态的民歌风调的角度来说,崔诗比李诗有过之而无不及。当然,从整体的艺术效果来看,李白和崔颢的《长干行》繁简各得其妙,都是唐诗中描写民间爱情的千古绝唱。陆机《文赋》云:"若夫丰约之裁,俯仰之形,因宜适变,曲有微情。"刘勰《文心雕龙·熔裁》则云:"精论要语,极略之体;游心窜句,极繁之体;谓繁与略,随分所好。"的确,文章之繁简并无一定之规,只要运用得当,则繁简皆宜,李白与崔颢的《长干行》便是一对典型的例证。

歧说纷纭与截断众流

——读李白《远别离》札记

李白《远别离》："远别离，古有皇英之二女。乃在洞庭之南，潇湘之浦。海水直下万里深，谁人不言此离苦。日惨惨兮云冥冥，猩猩啼烟兮鬼啸雨，我纵言之将何补？皇穹窃恐不照余之忠诚，云凭凭兮欲吼怒。尧舜当之亦禅禹。君失臣兮龙为鱼，权归臣兮鼠变虎。或言尧幽囚，舜野死，九疑联绵皆相似，重瞳孤坟竟何是？帝子泣兮绿云间，随风波兮去无还。恸哭兮远望，见苍梧之深山。苍梧山崩湘水绝，竹上之泪乃可灭！"此诗言辞闪烁，语意恍惚，以至于明人朱谏在《李诗辨疑》中斥为"鬼辈假托之辞"。多数论者认为此诗寓意深刻，"有言在此而意在彼者"（沈德潜《说诗晬语》卷下）。但是此诗的寓意究竟是什么？则歧说纷纭，莫衷一是。归纳众说，主要有以下三种观点：

第一种初见于元人萧士赟《分类补注李太白诗》："此篇前辈咸以为上元间李辅国、张皇后矫制迁上皇于西内时，太白有感而作，余曰非也。此诗大意谓无借人国柄，借人国柄则失其权，失其权则虽圣哲不能保其社稷妻子，其祸有必至之势。诗之作，其在天宝之末乎。按唐史……自是国权卒归于林甫、国忠，兵权卒归于禄山、舒翰。太白熟观时事，欲言则惧祸及己，不得已而形之诗,聊以致其爱君忧国之志。所谓英皇之事,特借之以隐喻耳。曰'日'、曰'皇穹',比其君也。曰'云',比其臣也。'日惨惨兮云冥冥',喻君昏于上,而权臣障蔽于下也。'猩猩啼烟兮鬼啸雨',极小人之形容而政乱之甚也。'尧舜当之亦禅禹'而下,乃太白所欲言之事,权归臣下,祸必致此。诗意切直著明,流出胸臆,非识时忧世之士,存怀君忠国之心者,其孰能兴于此哉!"明人胡震亨《李诗通》认为此诗"著人君失权之戒",清人《唐宋诗醇》云:"此忧天宝之将乱,欲抒其忠诚而不可得也。日者君象,云盛则蔽其明。'啼烟、啸雨',阴晦之象甚矣。小人之势至于如此,政事尚可问乎?白以见疏之人,欲言何补,而忠诚不懈如此,此立言之本指。"皆承萧说。

第二种见清人陈沆《诗比兴笺》:"此篇或以为肃宗时李辅国矫制迁上皇于西内而作,或以为明皇内任林甫、外宠禄山而作,皆未详绎篇首英皇二女之兴,篇末帝子湘竹之泪托兴何指也。本此以绎全诗,其西京初陷、马嵬赐死时作乎!'海水直下万里深,谁人不言此离苦',言天上人间永诀也。'我纵'以下,乃追痛祸乱之原,方其伏而未发,忠臣义士,结舌吞声,人人知之而不敢言。一旦祸起不测,天地易位,'六军不发无奈何,宛转蛾眉马前死','君失权兮龙为鱼,权归臣兮鼠变虎'之谓也。'或云'以下乃仓皇西幸,传闻不一之辞,故有'幽囚''野死'之议。'帝子'以下,乃又反复流连以哀痛之。始以一女子而擅天下之权,其卒以万乘而不能庇其所爱,霓裳鼛鼓之惊,斜谷淋铃之曲,徒为万世炯戒焉。痛何如哉!'苍梧山崩湘水绝,竹上之泪乃可灭''天长地久终有尽,此恨绵绵无绝期'也。故《长恨歌》千言,不及《远别离》一曲。"

第三种初见于明人王世懋《艺圃撷馀》:"细绎之,始得作者意,其太白晚年之作邪?先是肃宗即位灵武,玄宗不得已称上皇,迎归大内,又为李辅国劫而幽之。太白忧愤而作此诗。因今度古,将谓尧、舜事亦有可疑。曰'尧舜禅禹',罪肃宗也。曰'龙鱼''鼠虎',诛辅国也。故隐其词,托兴英、皇,而以《远别离》名篇。风人之体善刺,欲言之无罪耳。然'幽囚、野死',则已露本相矣。"清人沈德潜《说诗晬语》《唐诗别裁集》、翁方纲《石洲诗话》皆取此说。

三种观点都认为此诗乃借古代的传说来讥刺当代时事,而且都与唐玄宗相关,但针对的具体对象则不同。第一种认定是唐玄宗天宝末年权归臣下、朝政昏乱;第二种认定是马嵬事变时玄宗赐死杨妃;第三种则认定是玄宗晚年受到李辅国等人的迫害。到底孰是孰非?《远别离》一诗运用了许多古代传说,有的见于史籍,比如"尧幽囚,舜野死",《史记》张守节《正义》转引《竹书纪年》:"昔尧德衰,为舜所囚也。……舜囚尧,复偃塞丹朱,使不与父相见也。"《国语·鲁语上》:"舜勤民事而野死。"韦昭注曰:"野死,谓征有苗,死于苍梧之野。"有的见于神话,比如"乃在洞庭之南,潇湘之浦。"《水经注·湘水》:"大舜之涉方也,二妃从征,溺于湘江。神游洞庭之渊,出入潇湘之浦。"这些远古传说之事,莫不茫昧荒忽,难于征信。况且李诗中故意用"日惨惨兮云冥冥,猩猩啼烟兮鬼啸雨"之类的句子渲染出凄迷恍惚的神鬼世界,以此掩饰其真实意旨,诚如翁方纲所评:"《远别离》一篇极尽迷离,不独以玄、肃父子事难显言,盖诗家变幻至此,若一说煞,反无归处也。惟其极尽迷离,乃即其归著处。"所以我们无法从诗歌本身得出确切的解说。如仅从本文来看,则第二种稍嫌勉强,其余二种解说皆有一定的道理,尤以第三种最为可信。因为"龙为鱼""尧幽囚"等句,与唐玄宗晚年的悲惨遭遇相当吻合。玄宗虽名居太上皇之尊,实际上深受肃宗及李辅国、张良娣等人的迫害,从南内(兴庆宫)迁往西内(太极宫),其亲信高力士等均遭驱逐,已与幽囚毫无二致。况且全诗中反复渲染的悲惨情调,若是解释成诗人闻知玄宗晚年凄凉境遇后的心情,也十分妥帖。然而事实并非如此,又是何故?

今人詹锳先生在《李白全集校注汇释集评》卷三中指出:"天宝间,玄宗倦于朝政,'欲高居无为,悉以政事委林甫。'(见《新唐书·高力士传》及《资治通鉴》卷二一五)太白深忧国之将乱,虽欲抒其忠诚而不可得,故借古题以讽时弊,意在著明人君失权之戒。本篇见于《河岳英灵集》,当作于天宝十二载之前。"这真是截断众流、一言九鼎的论断!殷璠的《河岳英灵集》选诗的起讫年代是"起甲寅,终癸巳",也即从开元二年(公元714年)至天宝十二载(公元753年),现存各本《河岳英灵集》的殷璠叙及《文镜秘府论》南卷《定位》所引者皆作如此。既然《河岳英灵集》卷上李白诗中已有《远别离》一首,则此诗定作于天宝十二载之前,此时安史之乱尚未爆发,李白不可能对马嵬事变与玄宗受迫害等事未卜先知。也就是说,惟一符合此诗作年的解说就是萧士赟提出的第一种。由此可见,考订古诗的作年对了解说诗意是何等重要!

从《远别离》及其准确阐释可以看出,李白在天宝年间就对大唐王朝由盛转衰的趋势洞若观火,他对历史演变的惊人预见与杜甫不相上下。李白在天宝初年入朝任翰林供奉,曾亲睹李林甫专横弄权、安禄山入朝受宠等政治丑态。其后他虽在江湖,但对朝中政治仍然十分关心。对于"国权卒归于林甫、国忠,兵权卒归于禄山、哥舒"等时事,李白皆了然于胸。就是在这种情境中,李白愤然挥笔写下了《远别离》,对唐玄宗及整个大唐王朝提出了当头棒喝,用即将降临的惨重灾难对他们提出警诫。"尧幽囚,舜野死",这简直是对唐玄宗悲惨下场的准确预言。优秀的诗人都是时代的晴雨表,此诗即为明证。

死生相隔的唱酬名篇

唐肃宗上元二年(公元761年)正月七日,高适在蜀州作《人日寄杜二拾遗》:"人日题诗寄草堂,遥怜故人思故乡。柳条弄色不忍见,梅花满枝空断肠。身在南蕃无所预,心怀百忧复千虑。今年人日空相忆,明年人日知何处?一卧东山三十春,岂知书剑老风尘。龙钟还忝二千石,愧尔东西南北人。"唐代宗大历五年(公元770年),流寓潭州的杜甫作《追酬故高蜀州人日见寄并序》:"自蒙蜀州人日作,不意清诗久零落。今晨散帙眼忽开,迸泪幽吟事如昨。呜呼壮士多慷慨,合沓高名动寥廓。叹我悽悽求友篇,感君郁郁匡时略。锦里春光空烂漫,瑶墀侍臣已冥寞。潇湘水国傍鼋鼍,鄂杜秋天失雕鹗。东西南北更堪论,白首扁舟病独存。遥拱北辰缠寇盗,欲倾东海洗乾坤。边塞西蕃最充斥,衣冠南渡多崩奔。鼓瑟至今悲帝子,曳裾何处觅王门。文章曹植波澜阔,服食刘安德业尊。长笛邻家乱愁思,昭州词翰与招魂。"两位大诗人的唱和,不仅时隔九年,而且一存一亡,堪称死生相隔的唱酬名篇。

杜诗序言中交代了写作缘由:"开文书帙中,检所遗忘。因得故高常侍适往居在成都时,高任蜀州刺史,人日相忆见寄诗。

泪洒行间,读终篇末。自柱诗已十馀年,莫记存没,又六七年矣。老病怀旧,生意可知。今海内忘形故人,独汉中王瑀与昭州敬使君超先在。爱而不见,情见乎辞。大历五年正月二十一日,却追酬高公此作,因寄王及敬弟。"所谓"已十馀年""又六七年",均为约略之词。高、杜的生平行迹都比较清楚,这两首唱酬诗的写作背景如下:唐肃宗乾元二年(公元759年)五月,高适出任彭州(今四川彭县)刺史,六月到任。杜甫在秦州(今甘肃天水)闻知后,曾寄诗与之(《寄彭州高三十五使君适虢州岑二十七长史参三十韵》)。是年冬,杜甫来到成都,寓居城西之草堂寺。高适听说后,即寄诗问候,杜甫作诗相酬。次年即上元元年(公元760年)初秋,杜甫曾寄诗向高适求助:"百年已过半,秋至转饥寒。为问彭州牧,何时救急难?"(《因崔五侍御寄高彭州一绝》)九月,高适转任蜀州(今四川崇庆)刺史,杜甫曾前往相晤。上元二年(公元761年)正月七日,高适作《人日寄杜二拾遗》。是年冬,高适亲往草堂访问杜甫。蜀州距离成都不过百里,杜甫曾屡次赴蜀州访问高适,高适则时时接济杜甫,交往甚密。宝应二年(公元763年)二月,高适就任剑南西川节度使,因与吐蕃作战失利,于次年即广德二年(公元764年)正月被召回长安。此期杜甫在梓州(今四川三台)、阆州(今四川阆中)等地避乱,未能前往成都依之。当他得知高适被召回京后,曾作《奉寄高常侍》云:"今日朝廷须汲黯,中原将帅忆廉颇。天涯春色催迟暮,别泪遥添锦水波!"永泰元年(公元765年)正月,高适卒于长安。噩耗传开时,杜甫正在忠州(今重庆忠县),乃作《闻高常侍亡》以哭之:"致君丹槛折,哭友白云长。独步诗名在,只令故旧伤!"由此可知,在杜甫入蜀以后的十来年间,他与高适这位故友相交甚笃。后人或云:"高在时,公颇不满之,死后却追思流涕者,公既笃于友朋,不肯自居于薄。"(唐元竑《杜诗攟》)未免求深而近曲。高适虽然没有像严武那样无微不至地照顾杜甫,但多半是机遇所致。只要看二人来往唱和之篇章,惺惺相惜之意渗透在字里行间,不容歪曲。

人日即正月初七,隋人薛道衡《人日思归》云:"入春才七日,离家已二年。"逢佳节而思乡,乃人之常情。高适和杜甫都是中原人氏,都是客居蜀地,"遥怜故人思故乡"一句,实乃同病相怜。异乡逢春,纵然春色可人,亦会徒增感慨。况且正是海内多事之秋,愁眼看春,愁当几何?杜甫作于上元元年(公元760年)的《和裴迪登蜀州东亭送客逢早梅相忆见寄》云:"幸不折来伤岁暮,若为看去乱乡愁。"作于广德二年(公元764年)的《登楼》则云:"花近高楼伤客心,万方多难此登临。"几可视为对高诗"柳条弄色不忍见,梅花满枝空断肠"两句的注脚。"身在南蕃"以下六句写的是谁?唐汝询认为是高适自己:"因言我虽作蕃于蜀,无与于政,忧虑颇多,以帝不纳匡正之言,邦国多难,官无常职,今之所居,盖不谋其明岁矣。我向有高尚之志,卒老风尘。"(《唐诗解》)仇兆鳌则认为是杜甫:"下六怜故人。梅柳,人日之景。南蕃,蜀在西南。忧虑,长安经乱。卧东山,以谢安比杜。"(《杜诗详注》)徐增则认为分指二人:"'一卧东山三十春',言子美遇主之晚。'岂知书剑老风尘',言我亦不得大用,而书剑老于风尘。"(《而庵说唐诗》)歧解纷纭,正因诗人有意略去二人境遇之差异而突出其相同者。高适身为地方长官,但时时调动,堪称"流宦";杜甫则是名副其实的"流寓"之人,二人皆有异乡漂泊之感。高适因遭李辅国之谮而出为远州刺史,杜甫则早就离开朝廷,二人都已无法参与朝廷政治,只能对江河日下的国势心怀忧虑。高适早年客居梁宋,年近五十方得入仕;杜甫的仕历更像昙花一现,久在草野,如今风尘遍地,二人都是书剑飘零,渐入老境。所以这六句应是高适自抒怀抱,但处处映衬杜甫,主客双绾,堪称投赠诗的绝妙结构。末二句分写主客:高适比杜甫年长十余岁,此时已老态龙钟,却仍安享太守禄秩,故自称愧对四处飘泊的杜甫。孔子曾自称"东西南北之人也"(见《礼记·檀弓》),高适用此语称呼杜甫,既切合其真实经历,又尊重其身份,措辞十分得体。此诗是高适晚年的精心之作,故徐增评曰:"法老气苍,学者须细心效之。"(《而庵说唐诗》卷六)

杜甫酬诗先用四句点明追酬之缘由:自蒙高适赠诗以来,自己居无定处,行李散乱,友人的诗束也随而沉埋书帙。今晨忽然入眼,洒泪读之,往事历历在目,近如昨日。接下去的八句感叹往事:高适"喜言王霸大略,务功名,尚节义,时逢多难,以安危为己任"(《旧唐书》本传),杜诗用"壮士多慷慨"咏之,一语中的。下句说高适"名动寥廓",亦非虚语。杜甫曾多次赠诗高适,"嘤其鸣矣,求其友声"(《诗·小雅·伐木》),意甚虔笃,故曰"悽悽"。高适素怀辅君济时之略,未得伸展,故曰"郁郁"。高适赠诗是在成都附近所写,且曾亲往草堂访问杜甫,故杜甫对往事的美好回忆皆与"锦里春光"相关,这与杜甫追怀严武的诗中写到"锦江春色逐人来"(《诸将五首》之五)是同样的道理。如今自身去蜀,故人早亡,故云"空烂漫"也。高适曾任刑部侍郎、左散骑常侍,乃天子近臣,故杜甫以"瑶墀侍臣"称之,且叹惜其已逝世。"潇湘"句指自己漂泊湖南,"鄠杜"句指高适卒于长安。两句分写双方,不但一存一亡,而且词意相去甚远:"潇湘"在东南,"鄠杜"则在西北;"水国"乃卑湿之地,"秋天"乃高爽之境;"傍鼋鼍"指自身漂泊江湖直与水族为伍,"失雕鹗"谓高适奋击如猛禽而遽殒长空(杜甫《奉简高三十五使君》云"鹰隼出风尘"),两句之间张力极大,句法矫健不凡。下两句针对高诗末句大发感叹:当年高适称我为"东西南北人",如今更与谁人论说?只剩下老病之身转徙于江湖之间。于是诗人神思飞扬,分写四方:遥拱北辰,乃心王室,然而寇盗进犯,势若纠缠。东望沧海,欲挽海水以洗乾坤,可惜徒属空想。西塞则蕃人连年侵扰,肆意纵横。南方则因中原多故,衣冠纷纷奔逃而至。总之四海沸腾,竟无一方宁土!那么诗人能到何处觅得栖身之所呢?深深的孤独之感使他格外思念远方的友人:既善文辞又好道术的汉中王李瑀,以及昭州刺史敬超先。然而全诗主题毕竟是追和高诗,于是末联又重及高适:昔时向秀闻笛声而怀故友,乃作《思旧赋》。敬昭州亦长于词翰者,请你吟诗作赋,为招高适之魂!

如上所述,高、杜二诗皆是情真意挚,体现了尔汝无间的亲密友谊。写法皆是绾合双方,或互相映衬,堪称唱酬诗的一对典范之作。更可贵的是二诗的写作竟然时隔十载,而且相隔生死。高适的原唱在其集中编于编年诗的卷末,杜甫作此诗后不到一年即离世,二诗虽非高、杜的绝笔之作,但都作于垂老之际。古人最重"生死之交",高适和杜甫的这两首唱酬诗,堪称超越生死之隔的友谊颂歌。千载之下对照读之,仍然感人肺腑。

诗国中月亮对太阳的思念
——杜甫在秦州所写的怀李白诗

唐玄宗天宝三载(公元744年)初夏,李白和杜甫在洛阳初次会面。一千一百八十四年以后,闻一多激动万分地评说此事:"我们四千年的历史里,除了孔子见老子,没有比这两人的会面,更重大,更神圣,更可纪念的。我们再逼紧我们的想象,比如说,青天里太阳和月亮走碰了头,那么,尘世上不知要焚起多少香案,不知有多少人要望天遥拜,说是皇天的祥瑞。"(《杜甫》)可惜两位名垂千古的大诗人的相聚非常短促,次年秋天,两人在鲁郡相别,从此天涯永隔。十四年以后,也就是唐肃宗乾元二年(公元759年)的七月,杜甫流落到秦州,在那里停留了三个月。此时的杜甫在生活上濒于绝境,他拖家带口,衣食无着,被迫重操卖药的旧业。但就在这短短的三个月中,杜甫一连写了四首怀念李白的诗,其中的三首——《梦李白二首》和《天末怀李白》都被清人选进《唐诗三百首》,竟占了全书作品总数的百分之一,其首要原因当然是它们情文并茂,正如清人仇兆鳌评前两首所云:"千古交情,惟此为至。然非公至性,不能有此至情。非公至文,亦不能写此至性。"(《杜诗详注》)其次,也因为它们是杜甫思念李白的诗作,思念者与被思念者是千年诗史上最伟大的两位诗人,借用闻一多的话说,这是诗国中的月亮对太阳的思念!

梦李白二首

死别已吞声,生别常恻恻。江南瘴疠地,逐客无消息。故人入我梦,明我长相忆。恐非平生魂,路远不可测。魂来枫林青,魂返关塞黑。君今在罗网,何以有羽翼。落月满屋梁,犹疑照颜色。水深波浪阔,无使蛟龙得。

浮云终日行,游子久不至。三夜频梦君,情亲见君意。告归常局促,苦道来不易。江湖多风波,舟楫恐失坠。出门搔白首,若负平生志。冠盖满京华,斯人独憔悴。孰云网恢恢,将老身反累。千秋万岁名,寂寞身后事。

清人方观承云:"少陵梦李白诗,童而习之矣。及自作梦友诗,始益恍然于少陵语语是梦,非忆非怀。"(方世举《兰丛诗话》引)说二诗"语语是梦",不很准确,因为第一首的前四句分明是写未梦之前,第二首的前四句也是交代梦之由来。但是说全诗主旨是梦而"非忆非怀",则一语中的。因为是写梦境,全诗就笼罩着一片迷离恍惚的雾气。试以第一首为例:"恐非平生魂,路远不可测"写梦中与李白相遇,竟怀疑来者并非生人的魂魄,言下之意故人或已化为鬼魂,因为路途遥远,存亡未卜。"魂来枫林青,魂返关塞黑"二句分写李白所在之江南与杜甫所处之秦州,两地相隔万里,景象皆惨淡阴森。清人沈德潜说这是"点缀楚辞,恍恍惚惚,使读者惘然如梦"(《唐诗别裁集》)。蒲松龄在谈神说鬼的《聊斋志异》自序中说:"知我者,其在青林黑塞间乎!"显然也是有取于这两句杜诗的阴惨气氛。及至结尾四句,清人浦起龙解曰:"梦中人杳然矣,偏说其神犹在,偏与叮咛嘱咐。"(《读杜心解》)也就是把梦境的恍惚感一直延伸到梦醒之后:残月的余晖映照在屋梁上,仿佛还照着李白的容颜,于是诗人情意殷殷地叮嘱他在归路上务必注意安全。刘辰翁说:"落月屋梁,偶然实景,不可再遇。"(《唐诗品汇》引)"落月满屋梁"确实可能为实景,但用一缕暗淡的落月之光来衬托凄迷的梦境,又是何等的生动传神!如果说第一首的着力之处是渲染梦境,那么第二首中的重点就是刻画梦中所见的李白形象。曾经是英风豪气不可一世的李白如今变成了一个憔悴老人,他匆匆告别,再三诉说远道而来的艰难:江湖上风波险恶,扁舟出没于其间,令人提心吊胆。临出门时,他举手搔搔满头白发,一副潦倒失意的模样。这就是曾被贺知章称为"谪仙人"的李白吗?这就是那位"笔落惊风雨,诗成泣鬼神"(杜甫《寄李十二白二十韵》)的李白吗?如今安史之乱初步平定,长安城里充塞着达官贵人,而李白却独自憔悴如斯!于是杜甫对命运发出了严厉的责问:谁说是"天网恢恢,疏而不漏"?李白垂垂老矣,却反而受到如此的牵累!

那么,为什么杜甫梦中所见的李白是如此落魄潦倒呢?为什么杜甫要为李白忧心忡忡且高声鸣冤呢?让我们再读写于同时同地的《天末怀李白》:

凉风起天末,君子意如何?
鸿雁几时到,江湖秋水多。

文章憎命达，魑魅喜人过。

应共冤魂语，投诗赠汨罗。

与《梦李白二首》的恍惚意境不同，此诗以非常清醒、非常冷静的语气抒写对李白的思念。秦州地处北部边陲，秋风已寒，鸿雁南飞，此时此地，杜甫分外思念远在天边的李白。后四句说到魑魅，又说到汨罗冤魂，表明此时杜甫已经得知李白获罪长流夜郎的消息。原来在去年（公元758年）二月，李白因误入永王李璘军一事被判处长流夜郎，本年夏秋之间，李白行至夔州，适遇朝廷大赦，当即乘舟东归。"朝辞白帝彩云间，千里江陵一日还"的轻快诗句就是那时写的。但是古代消息传得很慢，杜甫又僻居边陲，所以他仅知李白长流夜郎，还以为此时李白正在走向夜郎的途中。唐代的夜郎处于现在湖南西部的芷江，李白从江州出发前往夜郎的路线是溯江西上，至夔州再南下，经过地处湘西的"五溪"。十四年前李白送王昌龄贬龙标尉的诗中说"闻道龙标过五溪"，也是指的这条路线。杜甫当然不知道李白所走的实际路线，他以为李白会从洞庭湖折而向南，并经过汨罗江一带。汨罗江与"五溪"相隔不远，古人认为那里是瘴疠之地，是魑魅魍魉出没的地方。据《左传》记载，舜曾流放"四凶"："投诸四裔，以御魑魅。"因为魑魅是食人的厉鬼，喜人经过而得以食之。如今李白被远流夜郎，怎不令杜甫忧虑万分？杜甫又想到李白才高见谤，无罪受罚，当他经过汨罗江畔时，一定会像汉初的贾谊一样，投诗汨罗，与屈原的冤魂互相倾诉心事。这既是对李白的透彻理解，又是对李白的深切同情。关于"魑魅喜人过"一句，清人何焯引其师李光地之解曰:"嵇叔夜耻与魑魅争光,此句指与白争进者言之。鬼神忌才,喜伺过失。古人四声多转借用之,非'过从'之'过'也。"(《义门读书记》)这种解释也可讲通,但不如前解意味深长。正如仇兆鳌所评,此诗"说到流离生死,千里关情,真堪声泪交下,此怀人之最惨怛者"(《杜诗详注》)。

李白入永王李璘军因而获罪之事,其经过情形非常复杂,后人的议论也莫衷一是。天宝十五载(公元756年)六月马嵬坡事变发生后,玄宗继续西奔。七月,太子李亨即位于灵武,是为肃宗。玄宗在入蜀途中,没有及时得到太子登基的消息,仍以皇帝的名义颁令部署,永王李璘被任为江陵府都督及江南西道等四道节度使。李璘是李亨的幼弟,幼年丧母,曾由李亨抚养,晚上常由李亨抱着睡觉。但李璘长于深宫,不明事理,赴任江陵后见地方富庶,就滋生野心,想要向东南发展势力。肃宗闻知,令其归蜀,李璘不从,并引军沿江东下。肃宗随即部署军队予以讨伐。李璘军路经九江时,正在庐山的李白应聘入李璘军为僚佐。次年李璘军溃败,李白先是奔逃,后又自首,系于浔阳狱中。及至乾元元年,终于被判长流夜郎。李白后来自称是受到胁迫而入李璘军的:"半夜水军来,寻阳满旌旃。空名适自误,迫胁上楼船。"(《经乱离后天恩流夜郎忆旧游书怀赠江夏韦太守良宰》)但事实并非如此,李白的《永王东巡歌》十一首就是明证,像"雷鼓嘈嘈喧武昌,云旗猎猎过寻阳。秋毫不犯三吴悦,春日遥看五色光"(其三),像"二帝巡游俱未回,五陵松柏使人哀。诸侯不救河南地,更喜贤王远道来"(其五),哪里是被胁迫的口气?但要说李白是有心从逆,则未免厚诬古人。李白其人,向有报国济时的远大志向。李璘聘其入军,当然会被李白看作实现报国雄图的绝好机会,这在《永王东巡歌》之二中表露得非常清楚:"三川北虏乱如麻,四海南奔似永嘉。但用东山谢安石,为君谈笑静胡沙。"原来李白一心想着像东晋的谢安那样,在谈笑之间建立奇功,一举平定叛乱。李白是个热情洋溢的诗人,他对朝廷内部的明争暗斗不甚了然,对李璘的个人野心也毫无觉察。宋人朱熹说:"李白见永王璘反,便从臾之,文人没头脑乃尔!"(《朱子语类》)说李白"从臾"永王是毫无根据的,但说他"没头脑"倒不无道理,李白确实热情有余而冷静不足,他毕竟是个豪气干云的诗人而已,其政治见识不但不如擅长运筹帷幄的李泌,也比不上善于观察形势的杜甫。

但是,李白此举虽然不够明智,毕竟不是什么弥天大罪,又何以受到流放蛮荒的严重处罚?况且李白英才盖世,一心报国,是国家和社会的宝贵财富,怎么也该予以保护呀!也许杜甫在两年以后所写的《不见》一诗更可加深我们的理解:"不见李生久,佯狂真可哀。世人皆欲杀,吾意独怜才。"为什么李白会落到"世人皆欲杀"的地步呢?除了政治原因以外,恐怕与他的才太高、名太大不无关系。凡是才高一世者,往往会遭到庸众的妒忌。名满天下者,谤亦满天下。况且李白一向恃才傲物,蔑视权贵,朝廷中对他心怀忌恨者大有人在。在这种情形下,杜甫的这三首诗尤其值得重视。一方面,杜甫为人,特重感情,梁启超称他为"情圣",诚非虚言。一部杜诗,凡咏及友谊者,无不情文并茂。另一方面,杜甫与李白的友情又非他人所能及,正如浦起龙评杜甫所云:"公当日文章契交,太白一人而已。"(《读杜心解》)

宋人严羽说得更加真切:"少陵与太白,独厚于诸公。诗中凡言太白十四处,至谓'世人皆欲杀,吾意独怜才'……其情好可想。"(《沧浪诗话》)所以当李白蒙冤流放时,整个诗坛上只有杜甫在遥远的北陲连写三诗以抒思念之情。清人《唐宋诗醇》评《梦李白二首》曰:"沉痛之音,发于至情,情之至者文亦至。友谊如此,当与《出师》《陈情》二并读,非仅《招魂》《大招》之遗韵也。"又评《天末怀李白》云:"悲歌慷慨,一气舒卷。李杜交好,其诗特地精神。"的确,只有杜甫才能写出如此情真意切的怀李之诗,也只有李白才当得起如此惊心动魄的怀念之诗。《梦李白二首》的最后说:"千秋万岁名,寂寞身后事!"这既是杜甫为李白发出的不平之鸣,也是杜甫对自身命运的准确预言。万里青天上只有一对日月,千年诗国中也只有一对李杜,所以《梦李白二首》与《天末怀李白》是千古独绝的友谊颂歌。

本事对理解诗意的重要作用
——读王维《息夫人》札记

王维《息夫人》:"莫以今时宠,能忘旧日恩。看花满眼泪,不共楚王言。"此诗所咏之事有两个出处,一是《左传·庄公十四年》:"楚子如息,以食入享,遂灭息。以息妫归,生堵敖及成王焉。未言。楚子问之,对曰:'吾一妇人,而事二夫,纵弗能死,其又奚言?'"二是《列女传》卷四:"夫人者,息君之夫人也。楚伐息,破之,虏其君,使守门,将妻其夫人而纳之宫。楚王出游,夫人遂出见息君,谓之曰:'人生要一死而已,何至自苦,妾无须臾而忘君也,终不以身更贰醮,生离于地上,岂如死归于地下哉!'……遂自杀。息君亦自杀,同日俱死。"王维所咏者,乃据《左传》。但是《列女传》在古代亦被视作可靠的文献,故早于王维的宋之问即据之作《息夫人》云:"可怜楚破息,肠断息夫人。仍为泉下骨,不作楚王嫔。楚王宠莫盛,息君情更亲。情亲怨生别,一朝俱杀身。"显然,《左传》和《列女传》所载的息夫人都是值得同情的人物,后人因而为其立庙,称"桃花夫人庙"。但是相对而言,《列女传》所载之息夫人形象更加刚烈、坚贞,而《左传》所载者则比较软弱。如据后者作诗咏之,未免难于措辞。晚唐杜牧《题桃花夫人庙》:"细腰宫里露桃新,脉脉无言度几春。至竟息亡缘底事,可怜金谷坠楼人。"清人邓汉仪《题息夫人庙》:"楚宫慵扫黛眉新,只自无言对暮春。千古艰难惟一死,伤心岂独息夫人。"二诗对息夫人之不幸遭遇皆有同情,但对其未能以死抗争则颇有微词。清人沈德潜评杜牧诗云:"不言而生子,此何意耶?绿珠之堕楼,不可及矣。"(《唐诗别裁集》卷二十)朱庭珍评邓汉仪诗云:"微辞胜于直斥,不著议论。转深于议论也。"(《筱园诗话》卷三)他们都看出了杜、邓诗中的微词。

那么,王维《息夫人》诗的情形又如何呢?后人往往将此诗与杜牧的《题桃花夫人庙》相比,清人王士禛云,"杜牧之:'至竟息亡缘底事,可怜金谷坠楼人。'则正言以大义责之。王摩诘:'看花满眼泪,不共楚王言。'更不著判断一语,此盛唐所以为高。"(《渔洋诗话》卷下)潘德舆驳之:"王渔洋谓小杜'至竟息亡缘底事,可怜金谷坠楼人'不如摩诘'看花满眼泪,不共楚王言'不著议论之高。愚谓摩诘平日诗品,原在牧之上。然此题自以有关风教为主,杜大义责之,词色凛凛,真西山谓牧之《息妫》作,能订千古是非,信然。余尤爱其掉尾一波,生气远出,绝无酸腐态也。王虽不著议论,究无深味可耐咀含,鄙意转舍盛唐而取晚唐矣。"(《养一斋诗话》卷七)二者见仁见智,都能自圆其说。如单论王诗,其优点是措辞委婉,不著议论,意在言外,故深得论诗推崇神韵的王士禛之欣赏。但是成亦萧何败亦萧何,此诗的缺点也在于措辞过于简单,旨意稍嫌模糊。如果仅仅是一首咏史诗,则此诗未臻高境。

然而王维的《息夫人》实有本事,唐孟启《本事诗·情感》云,"宁王曼贵盛,宠妓数十人,皆绝艺上色。宅左有卖饼者妻,纤白明媚，王一见注目，厚遗其夫取之，宠惜逾等。环岁，因问之：'汝复忆饼师否？'默然不对。王召饼师使见之，其妻注视，双泪垂颊，若不胜情。时王座客十馀人，皆当时文士，无不凄异。王命赋诗，王右丞维诗先成，……座客无敢继者。王乃归饼师，以终其志。"宁王即李宪，初名成器，乃唐睿宗之嫡长子，唐玄宗李隆基之长兄。因让储位于隆基而深受后者宠信，玄宗继位后进封司空、太尉等，开元四年（公元716年）改名宪，封宁王，实封累至五千五百户，卒后谥"让皇帝"。《旧唐书》本传记载李宪事迹，有两点值得注意，一是恣意享乐："奏乐纵饮，击球斗鸡，或近郊从禽，或别墅追赏，不绝于岁月矣。"二是小心避祸："宪尤恭谨畏慎，未曾干议时政及与人结交。"这与其子汝阳王李琎的行为相似，杜甫《饮中八仙歌》云："汝阳三斗始朝天，道逢麴车口流涎，恨不移封向酒泉。"程千帆先生在《一个醒的与八个醉的》一文中论定李琎沉溺于酒乃佯狂避嫌，则李宪之广蓄内宠或许也有类似的用意。开元八年（公元720年），王维在长安就试吏部落第，暇时每从诸王游宴，在宁王之座作《息夫人》诗即在此年。"右丞"云云，当是后人追称。

如果《本事诗》所记可靠，则王维《息夫人》诗可作全新的解读。清人贺裳云："摩诘'莫以今时宠，能忘旧日恩。看花满眼泪，不共楚王言。'正以咏饼师妇佳耳。若直咏息夫人，有何意味？"（《载酒园诗话》卷一）如上所述，即使此诗是"直咏息夫人"，它也还是有一定意味的。但如是针对饼师妻之事而作，则其意味更加深长。宁王夺取饼师之妻，本是权贵欺压平民的恶行，这与后代小说戏曲中经常出现的"衙内强抢民女"并无本质的不同。由于宁王是当朝皇帝的长兄,是天下最大的"衙内",权势熏天的他夺取平民之妻,不但饼师夫妇不敢违抗,作为宁王座上客的文士们也是敢怒而不敢言。面对着"双泪垂颊"的饼师之妻,在座的文士们"无不凄异",可见他们对饼师夫妇抱有同情之心。在这样的情境中,当宁王命座客赋诗,文士们如何着笔?"座客无敢继者",既是诸客见到王维诗成后不敢与之较量,也是他们含毫踌躇难以落笔。只有年方二十的王维艺高胆大,当场交卷,用借古讽今的手法吟咏眼前实事。此诗极其简练,寥寥四句,言短意长。更巧妙的是,四句诗既切合息夫人之题,也切合眼前的饼师妻之题,互相映衬,天衣无缝。当然,相比之下,此诗更切合眼前情境。"看花满眼泪"一句,对于息夫人来说完全出于虚拟,但对眼前的饼师妻来说,则堪称写实佳句。这位民间女子虽然不敢公然对抗权贵,但她并不贪图"宠惜逾等"的富贵,宁愿回到故夫身边去做市井小民的贫贱夫妻。宁王命文士赋诗,只是要他们吟咏眼前实事,王维选取"息夫人"为诗题,真乃想落天外,却又完全切题。惟其如此,此诗才能既表露对饼师夫妇的深切同情,又对宁王进行婉讽而不至于批其逆鳞。宁王后来将此女归还饼师,一方面可能是受其行为之感动而终其志,另一方面也可能是王维此诗唤醒了他的羞恶之心。诗之感人,一至于此!

　　西方的"新批评派"认为解读文学作品不必了解其写作背景,这种观念与中国古典诗歌的实际情形并不相符,王维的《息夫人》诗就是一个典型的例证。

四首《早朝大明宫》诗的优劣

唐肃宗至德二载(公元757年)九月,唐军从安史叛军的手中收复长安。十月,唐肃宗率朝廷百官从凤翔返回长安。次年二月,改元乾元。虽然安史叛军的残余势力远未肃清,大唐帝国的元气也远未恢复,但表面上的中兴局面已经形成。就在这年的一个春日,中书舍人贾至到大明宫去上朝,看到一派升平气象,写了一首七言律诗以呈同朝僚友。王维、岑参、杜甫等人随即唱和,于是留下了四首《早朝大明宫》诗。对于这四首诗粉饰升平的颂扬主题,宋末的方回有一针见血的批评:"四人早朝之作,俱伟丽可喜。……然京师喋血之后,疮痍未复,四人虽夸美朝仪,不已泰乎!"(《瀛奎律髓》卷二)但是后人关注此组诗作,大抵仅从艺术水准着眼,并对四首诗的优劣等第议论纷纷。那么,抛开思想倾向不谈,它们的优劣究竟如何呢?

首先要说明的是,从颂扬主题的角度来看,这四首诗都是相当出色的。元人杨载说:"荣遇之诗,要富贵尊严,典雅温厚。写意要闲雅,美丽清细,如王维、贾至诸公《早朝》之作,气格雄深,句意严整,如宫商迭奏,音韵铿锵,真麟游灵沼,凤鸣朝阳也。学者熟之,可以一洗寒陋。后来诸公应诏之作,多用此体。"(《诗法家数》)的确,四首诗都写得花团锦簇、辞藻富丽、音节圆润,但又各有特色、不落窠臼,其艺术水准远超那些陈词滥调、千篇一律的宫廷颂诗。但由于王维、岑参和杜甫三人都是唐代的杰出诗人,贾至在当时也是著名的大手笔,他们同时就同样的题目写诗,正是较量诗才的绝好机会,所以后人对四首诗进行了非常仔细的比较,非要让四人争胜于毫厘之间,以一决高低。为了让读者便于对照原文,先将四首诗作引述如下:

早朝大明宫
贾　至

银烛朝天紫陌长,禁城春色晓苍苍。
千条弱柳垂青琐,百啭流莺满建章。
剑佩声随玉墀步,衣冠身染御炉香。
共沐恩波凤池里,朝朝染翰侍君王。

和贾至舍人早朝大明宫之作
王　维

绛帻鸡人报晓筹,尚衣方进翠云裘。
九天阊阖开宫殿,万国衣冠拜冕旒。
日色才临仙掌动,香烟欲傍衮龙浮。
朝罢须裁五色诏,佩声归到凤池头。

和贾至舍人早朝大明宫

杜　甫

五夜漏声催晓箭,九重春色醉仙桃。

旌旗日暖龙蛇动,宫殿风微燕雀高。

朝罢香烟携满袖,诗成珠玉在挥毫。

欲知世掌丝纶美,池上于今有凤毛。

和贾至舍人早朝大明宫之作

岑　参

鸡鸣紫陌曙光寒,莺啭皇州春色阑。

金阙晓钟开万户,玉阶仙仗拥千官。

花迎剑佩星初落,柳拂旌旗露未干。

独有凤凰池上客,阳春一曲和皆难。

　　明人谢榛曾记载他与友人讨论四首《早朝大明宫》诗高下的经过。刘成卿说:"杜其一也,王其二也,岑其三也,贾其四也。"谢榛则说:"子所论岂敢相反。颠之倒之,则伯仲叔季定矣。贾则气浑调古,岑则词丽格雄,王、杜二作,各有短长,其次第犹是一辈行。"(《四溟诗话》卷三)两人排出的名次竟然截然相反!清人毛先舒的看法近于谢榛而稍有不同:"早朝唱和,舍人作沉婉秾丽,气象冲逸,自应推首。'衣冠身'三字微拙。右丞典重可讽,而冕服为病,结又失严。嘉州句语停匀华净,而体稍轻扬,又结句承上,神脉似断。工部音节过厉,'仙桃''珠玉'近俚,结使事亦粘滞,自下驷耳。四诗互有轩轾,予必贾、王、岑、杜为次也。"

(《诗辩坻》卷三)而清人冯班又以王、杜、岑、贾为次第(见《瀛奎律髓汇评》卷二)。真是众说纷纭，莫衷一是。我觉得这四首诗确实有高下之分，但斤斤计较四首之名次则没有必要。况且贾至是原唱者，一般说来，原唱的写作比较自由，而和诗则因受到原作的束缚而难度较大。所以合理的评比应在王、岑、杜三首之间进行，贾诗则可搁置不论。

王、岑、杜三人都是唐诗大家，但是任何大诗人也不可能做到篇篇珠玑。就这组作品来说，杜诗并没有独占鳌头。清人黄生认为这首杜诗"组织之工，天衣无缝，岂诸子可望其后尘耶？"(《杜诗说》卷八)这恐怕是出于对杜甫"诗圣"地位的维护，但难以服人。好在持此种论调者并不很多，例如明人胡震亨早已毫无隐讳地指出："《早朝》四诗，名手汇此一题。觉右丞擅场，嘉州称亚，独老杜为滞钝无色。富贵题出语自关福相，于此可占诸人终身穷达，又不当以诗论者。"(《唐音癸签》卷十)说杜诗"滞钝无色"也许过于严厉，但说"富贵题出语自关福相"则很有道理。确实，杜诗虽然地负海涵，题材范围极广，但在"富贵题"的方面并不在行。当杜甫描写盛筵时，无非是说："何时诏此金钱会，暂醉佳人锦瑟傍。"(《曲江对雨》)或："酒肉如山又一时，初筵哀丝动豪竹。"(《醉为马坠诸公携酒相看》)要是让曾经讥评"老觉腰金重，慵便玉枕凉"之句"未是富贵语"的太平宰相晏殊看来，这真可谓"未是富贵语"了。原因很简单，杜甫一生穷愁潦倒，他缺乏富贵生活的实际经验。即使他偶然瞥见王公贵人豪奢生活的一角，也必然像苏轼所说："杜陵饥客眼常寒，蹇驴破帽随金鞍。隔花临水时一见，只许腰肢背后看！"(《续丽人行》)从而不可能对富贵生活有仔细真切的描写。王夫之说得好:"身之所历,目之所见,是铁门限。"(《姜斋诗话》卷下)要让杜甫把《早朝大明宫》一类的诗写成一流作品,是几乎没有可能性的。上引毛先舒批评杜诗的话也很有趣,所谓"自下驷耳",自然使人联想到孙膑为田忌赛马的故事。田忌的马本有上驷、中驷、下驷三种,孙膑在某一场比赛中故意使己方的下驷出场迎战对方的上驷,结果当然落败。杜诗在许多题材方面都堪称上驷,惟独富贵题是其下驷。他偶然以下驷出赛而失手,当然是情理中事。杜甫在许多题材上独领风骚,我们又何必要求他非要成为诗坛的"十项全能"选手呢?

排除了贾至、杜甫两人之后,剩下的便是如何评判王维、岑参的高下了。从总体来看,这两首诗可谓旗鼓相当,得失仅在毫厘之间。例如清人沈德潜总评四首诗说:"早朝倡和诗,右丞正大,嘉州明秀,有鲁、卫之目。贾作平平,杜作无朝之正位,不存可也。"(《唐诗别裁集》卷十三)孔子说:"鲁、卫之政,兄弟也。"(《论语·子路》)所谓"鲁、卫之政",即不分上下,可见沈氏对王、岑二诗并无轩轾。明人胡应麟更对岑、王二诗作了较细致的评说:"大概二诗力量相等,岑以格胜,王以调胜。岑以篇胜,王以句胜。岑极精严缜匝,王较宽裕悠扬。令上官昭容坐昆明殿,穷岁月较之,未易坠其一也。"(《诗薮》内编卷五)唐中宗曾于正月晦日幸昆明池,使群臣应制赋诗。昭容上官婉儿坐彩楼上评判众作优劣,凡不中选者即掷下之。不久纸落如飞,只剩沈佺期、宋之问两人之作未坠下。到了最后,又一纸落下,乃是沈诗,意味着宋之问荣获首选。胡氏意即岑、王二诗势均力敌,即使让上官婉儿来评判,也难定甲乙。

然而,毫厘之差也是差别,如果以锱铢必较的态度对王、岑二诗进行细入毫芒的评骘,还是能够得出更为深刻的结论。笔者认为那些认定王诗第一的观点多属泛泛之谈,而批评王诗尚有缺点从而略逊岑诗的看法则能落到实处,故下文仅及后一方面的主要意见。王维的这首诗,前人指出它有两个缺点。第一是全诗的同类意象太多,胡应麟评曰:"'绛帻''尚衣''冕旒''衮龙''佩声',五用衣服字。"又曰:"昔人谓王'服色太多',余以它句尚可,至'冕旒''龙衮'之犯,断不能为词。"(《诗薮》内编卷五)的确,在一首诗中重复运用同一类意象,尤其是同一类物象(此诗中就是"衣服"),很容易造成单调枯窘、读之生厌的缺点。古人说得好:"以水济水,谁能食之?若琴瑟之专一,谁能听之?"(《左传·昭公二十年》)在一首诗中重复运用同一类别的物象,其效果很像是"以水济水",这必然会损害全诗的艺术水准。第二,王诗的声调不够和谐,因为其三、四两联在平仄调式上"失粘"了。虽然有人为他辩护,例如清人许印芳评曰:"尾联与三联不粘,唐人七律上下联不忌失粘,后人七律声律加密,始忌之。若以后人之法绳唐人而病其失粘,则非矣。"(《瀛奎律髓汇评》卷二)其实在七律一体刚定形的盛唐之际,失粘的现象确实比较常见,但那毕竟是不合诗律的。况且四首大明宫诗是同时所作,杜、岑二诗都没有失粘的现象,而贾、王二诗皆在尾联失粘,这说明前者在艺术形式上更加精微,而后者不免有点粗疏。

那么,岑诗有没有缺点呢?当然也有,胡应麟指出:"岑之重两'春'字,及'曙光''晓钟'之再见,不无微颣①。"(《诗薮》内编卷五)近体诗一般应避免重字,岑诗中两见"春"字,故为胡氏指瑕。但是"阳春"是曲名,与"春色"尚不算犯重。至于"曙"与"晓"虽为同义字,但毕竟是不同的字。所以岑诗虽然也有缺点,但要比王诗轻微得多。

即使不从细微缺点着眼,岑诗也有胜过王诗的地方,那就是结尾。清人周容说:"唐人最重收韵,岑较王结更觉得自然满畅。"(《春酒堂诗话》)何谓"自然满畅"?周容没有细说。笔者的理解是,王诗的尾联"朝罢须裁五色诏,佩声归到凤池头",与贾至原唱的尾联"共沐恩波凤池里,朝朝染翰侍君王"的意思基本相同,也未能点明唱和之意。而岑诗的尾联"独有凤凰池上客,阳春一曲和皆难"却紧扣和诗这层意思,颂对方而谦自己,与贾诗桴鼓相应,从而胜于王诗。

综上所述,贾至、王维、岑参、杜甫的四首早朝大明宫诗都堪称佳作。但是细加分析:贾、杜二诗未免相形见绌;王维一首亦有微瑕,故位居第二;岑参的一首拔得头筹,成为四首诗中的佼佼者。现引近人刘铁冷对岑诗的一段评语以结束本文:"此诗于'早朝'二字分层次写景,收笔才拍到和诗也。第一句是写初出门,第二句是写初到城,已有早朝之景矣。第三句近殿未朝,从内闻出;第四句到殿朝时,从外见入。第五、六句写朝罢之景,因朝早而退朝亦早也。末处结到和贾至诗意,谦退不遑,自然合拍。"(《作诗百法》)。

---

① 颣(lèi):缺点,毛病。

从三首咏樱桃诗看杜甫的独特性

王维、杜甫、韩愈、张籍和韩偓五人都曾作诗咏樱桃,诗体皆为七律,主题都与朝廷赏赐樱桃有关。张籍的《朝日敕赐樱桃》和韩偓的《湖南绝少含桃偶有人以新摘者见惠感事伤怀因成四韵》稍为平庸,其余三首咏樱桃诗都曾得到后人的赞赏。把它们对读一下,能得出一些重要的结论。三诗如下:

敕赐百官樱桃

王 维

芙蓉阙下会千官,紫禁朱樱出上兰。才是寝园春荐后,非关御苑鸟衔残。归鞍竟带青丝笼,中使频倾赤玉盘。饱食不须愁内热,大官还有蔗浆寒。

野人送朱樱

杜 甫

西蜀樱桃也自红,野人相赠满筠笼。数回细写愁仍破,万颗匀圆讶许同。忆昨赐沾门下省,退朝擎出大明宫。金盘玉箸无消息,此日尝新任转蓬。

和水部张员外宣政衙赐百官樱桃诗

韩　愈

汉家旧种明光宫,炎帝还书本草经。岂似满朝承雨露,共看传赐出青冥。香随翠笼擎初到,色映银盘写未停。食罢自知无所报,空然惭汗仰皇扃。

后代论者曾对三诗进行比较评骘,比如清人沈德潜评王诗曰:"词气雍和,浅深合度,与少陵《野人送朱樱》诗均为三唐绝唱。"(《唐诗别裁》卷一三)林昌彝则云:"少陵诗妙在比兴多而赋少。管韫山谓摩诘为正雅,少陵为变雅,观二《樱桃》诗可见。不知少陵《樱桃》诗比兴体也,言外有人在;摩诘《樱桃》诗特赋体耳。"(《海天琴思录》)又如宋人胡仔评王、韩二诗曰:"二诗语意相似。摩诘诗浑成,胜退之诗。樱桃初无香,退之以香言之,亦是语病。"(《苕溪渔隐丛话》后集卷九)范温则评杜、韩二诗曰:"韩退之诗盖学老杜,然搜求事迹,排比对偶,其言出于勉强,所以相去甚远。然若非老杜在前,人亦安敢轻议。"(《潜溪诗眼》)清人程学恂则将三首进行对比,其评韩诗曰:"樱桃诗摩诘最工,亦最得体。杜次之,此又次之。"(《韩昌黎诗系年集释》卷一二)议论纷纷,究竟孰是孰非?

在古代,樱桃是一种特殊的重要果品。《礼记·月令》记载:"仲夏之月……天子乃以雏尝黍,羞以含桃,先荐寝庙。""含桃"即樱桃,既是用来祭祀先庙的时令果品,当然珍贵无比。到了汉代,樱桃遂成为皇帝对大臣的赐品,《拾遗录》云:"汉明帝于月夜宴群臣樱桃,盛以赤瑛盘。"此习至唐代犹存,李绰《岁时记》曰:"四月一日,内园进樱桃寝庙,荐讫,颁赐百官各有差。"王维等三诗所咏者,即是此事。正因三诗内容与朝廷礼仪有关,故后人首先着眼于其得体与否。程学恂说王诗"最得体",当有两重原因:一是全诗庄重典雅,符合宫廷诗的风格要求。二是次联明言赐予百官者乃"寝园春荐后"之樱桃,君君臣臣,名分俨然。当然杜、韩二诗亦相当留意于此,杜诗云"忆昨赐沾门下省,退朝擎出大明宫","沾"者,沾溉皇恩之谦词也。"擎"者,高举以示尊重之动作也。韩诗既云"承雨露",又云"食罢自知无所报,空然惭汗仰皇扆",感恩颂德,也是题中应有之义。然而王诗之颂德蕴藉不露,韩诗却稍嫌浅显。至于杜诗,因全篇另有主旨,并非纯属颂体。故从宫廷题材的角度来看,王诗就显得最为得体了。

从艺术上看,王诗也高于韩诗。除了胡仔所云"樱桃初无香,退之以香言之,亦是语病"之外,韩诗的最大缺点正如范温所云:首联引经据典,介绍樱桃其物。韩诗注者引《洛阳宫殿簿》云汉代种樱桃于宫殿之前,又引《神农本草经》云樱桃有"主调中益脾胃,令人好颜色"之效,确属"搜求事迹"。中间两联描写朝廷赏赐樱桃之情状,语意稍嫌繁冗,两联的意思只相当于王诗的颔联,文字也不如王诗之洗炼。当然,王诗也不是毫无瑕疵。王诗的尾联,清人张谦宜赞曰"用补笔跳结,意更足,法更妙,笔更圆活"(《絸斋诗谈》卷五)其实不然。樱桃性温,多食则内热,然大官自能用性寒之蔗浆以平衡之,故无须多虑。若因此而谓此联使全诗"意更足",尚称允当。至于谓其"法更妙,笔更圆活",则不然也。此联句意呆滞,况首句云"芙蓉阙下会千官",则蒙赐樱桃者人数甚众,岂能尽为"大官"?既然仅有"大官"能以蔗浆去热,则非大官者又当如何?难道让他们饱食樱桃而患上内热?这岂是朝廷赐樱之初衷?所以笔者认为此联意欲"补结",实为蛇足,是此诗的败笔。

那么,杜诗的情况又如何?与王、韩二诗不同,杜诗的主题并非承赐樱桃,诗人是因野人送樱桃而忆及当年之赐樱。从表面上看,全诗中仅有颈联正面回忆昔年承赐樱桃的情景。但细味之,则全诗多处与此有关。正如王嗣奭《杜臆》中所评:"公一见朱樱,遂想到在省中拜赐之时,故'也自红''愁仍破''讶许同',俱唤起'忆昨'二句,而归宿于'金盘玉箸无消息'。通篇血脉融为一片,公之律诗大都如此。"又如沈德潜《唐诗别裁》中所评:"'也自红''愁仍破''讶许同',俱对赐樱桃著笔。下半流走直下,格法独创。"若细论之,则杜诗的前四句完全是紧扣题面,描述野人送朱樱之事,仅用一二虚字斡旋映带,以唤起记忆中的往事。首句中的"也自红"三字,真是突兀之笔:诗人为何慨叹这些产于西蜀的樱桃"也自红"呢?这当然针对往日所见之樱桃而言。至第四句,又称眼前的朱樱"万颗匀圆讶许同",它们与何物"许同"呢?当然也是往日之樱桃。这样反复蓄势,势必会自然而然地过渡到回忆往事。于是五、六两句转为描写往昔承赐樱桃之事:肃宗乾元元年(公元758年),杜甫在长安任左拾遗,隶属门下省,因预宫中之宴而得沾樱桃之赐。门下省位于大明宫内宣政殿东,杜甫退朝时携樱桃还家,应从大明宫而出。此二句纯属写实,且仅写承赐樱桃的过程,对樱桃自身不着一字,因前四句中已细写其形状颜色,不必重复。"门下省"乃朝廷衙门,

"大明宫"乃皇城宫殿,二句不但成功地渲染了承赐樱桃的庄丽背景,而且与首联的"西蜀""野人"遥相呼应,以显示今昔盛衰之巨大落差。文章的波澜与思绪的跳荡配合得如此天衣无缝!第七句一笔兜转,表面上是慨叹昔日所见皇家之奢华场面已经销声匿迹,实则哀痛肃宗已逝,朝廷中兴无望矣。

后人对这首杜诗好评如潮,其中有两点说得最好。第一是从咏物诗的角度而言的,清人浦起龙说:"通体清空一气,刷肉存骨。"(《读杜心解》)杨伦则说:"托兴深远,格力矫健,此为咏物上乘。"(《杜诗镜铨》)的确,此诗对樱桃之形状、颜色的描写只有"红""匀圆"数字,却已生动逼真,堪称画龙点睛。相比之下,王诗、韩诗则空费笔墨于器皿等物,樱桃自身的形貌反倒不甚了然。第二即是林昌彝所云,杜诗乃比兴体,故言外有人在。樱桃,微物耳。野人送朱樱,细事耳。杜甫何以感慨深沉,诗思如潮?杜甫晚年的诗歌创作有一大特征,即回忆往事和历史的主题大量出现,体现着一种浓厚的怀旧情愫。一件书画作品,一次歌舞表演,都会成为打开他记忆闸门的钥匙。前者如几幅画鹰使他"忆昔骊山宫,冬移含元仗。天寒大羽猎,此物神俱王。"(《杨监又出画鹰十二扇》)后者如李十二娘的舞姿使他感慨"五十年间如反掌,风尘澒洞昏王室"。(《观公孙大娘弟子舞剑器行》)同样,野人赠送朱樱的小事使杜甫想起昔日朝廷赐樱之盛况,从而将国家盛衰与个人悲欢一并渗入。虽然如此,全诗又句句不离樱桃,并将满腹感慨表达得不露声色。咏物至此境界,可谓炉火纯青。这是杜甫咏物诗的最大特色。

君子之交淡如水

——读杜甫《赠卫八处士》札记

唐肃宗乾元二年(公元759年)的一个春晚,正任华州司功参军的杜甫从洛阳返回华州,途经友人卫八之家,作此诗赠之。"卫八处士"何许人也?历代杜诗注家聚讼纷纭,终无确论。既称"处士",即是布衣,史籍无载,生平遂无可考。黄鹤说是武后时代的蒲州著名隐士卫大经之族子,并无根据。师古注引伪书《唐史拾遗》指为卫宾,更为杜撰。此诗作于何地?当然是洛阳与华州之间的某地,具体地点则不可考。旧注或谓作于蒲州,那是从卫八乃卫大经族子之说推测而来,同样缺乏根据。况且杜甫从洛阳至华州,途经新安、陕州(石壕村在此州)、潼关,基本上是走的一条直线,并不经过蒲州。这一带是杜甫非常熟悉的地方,他当然知道故友家在何地,故向晚造访,投宿一夜而别。诗云:"人生不相见,动如参与商。今夕复何夕?共此灯烛光。少壮能几时,鬓发各已苍。访旧半为鬼,惊呼热中肠。焉知二十载,重上君子堂。昔别君未婚,儿女忽成行。怡然敬父执,问我来何方。问答未及已,驱儿罗酒浆。夜雨剪春韭,新炊间黄粱。主称会面难,一举累十觞。十觞亦不醉,感子故意长。明日隔山岳,世事两茫茫。"

此诗平易如话,几无歧解。只有"新炊间黄粱"一句,相传宋祁手抄杜诗作"新炊闻黄粱",何焯评曰"非常生动"(《义门读书记》),薛雪则认为:"换却……'闻'字,呆板无味,损尽精采。"(《一瓢诗话》)平心而论,若作"闻"字,这句谓诗人嗅到从厨房飘来的黄粱香味,确实相当生动,但现存各种版本的杜诗均无此异文,不得擅改。若作"间"字,则指米饭中杂以黄粱。此诗风格朴素,字句平易,故原文多半是"间",方与整篇风格相符。况且上句"夜雨剪春韭"并非说诗人跟着卫八家人一同去冒雨剪韭,而是看到端上桌面的饭菜后的追叙,"新炊间黄粱"也应如此解读。此外,诗中内容是否涉及乱离世态?黄鹤说"味诗,又非乱离后语",故系此诗于安史之乱以前。后代注家皆不从此说,因为诗中虽然并未直接写到乱离景象,但字里行间还是渗透着乱世心态。别易会难,死生相隔,人事沧桑,世事茫茫,这些情况平常年代也都存在,但乱世则会显著加剧其程度,也会明显加深人们的感受。此诗的感慨如此深沉,颠沛流离的乱世经历就是其发生背景,不过诗人并未明说而已。

《赠卫八处士》得到后人的交口称赞,宋人陈世崇说:"久别重逢,曲尽人情。想而味之,宛然在目。"(《随隐漫录》)明人钟惺说:"只叙真境,如道家常,欲歌欲哭。"(《唐诗归》)清人张上若说:"全诗无句不关人情之至,真到极处便厚。情景逼真,兼有顿挫之妙。"(《读书堂杜诗注解》)清人吴农祥说:"此人人胸臆所有,人不道耳。"(《杜诗集评》引)的确,此诗既无形容、想象,亦无奇字、警句,只是用平淡无奇的语言,叙写平凡朴实的情景,然而它感动着千载之下的读者,其奥秘全在内容,既平凡又典型,从而浓缩了人人皆有的人生经验,具体的描写则鲜活、细腻,如在目前。开篇即云"人生不相见,动如参与商",参、商二星一东一西,此起彼落,用它们来比喻相见之难,当然是极而言之。但是人海茫茫,世情变幻,一对好友一旦被抛入命运的大浪,相见的概率便如萍水相逢,此是人间常态。正因如此,接下来的两句便如神来之笔:今夜是何夜?竟然好友重逢,在烛光下相对而坐?《诗·唐风·绸缪》云:"今夕何夕,见此良人。"是夫妻相见的惊喜之词。杜诗在"今夕何夕"中添一"复"字,意谓今夕之后,何夕再得相见?意味更加深永。烛光摇曳,光线暗淡,最似梦境,杜甫两年前在《羌村三首》中说"夜阑更秉烛,相对如梦寐",便是例证。故这两句暗含似真似幻的疑惑,加深了惊喜之情的程度。坐定之后,主客互相端详,发现双方都已白发苍苍,于是叹息青春易逝。言谈中得知有些故人已入鬼录,不由得失声惊呼,五内俱热。正因世事沧桑,存亡难卜,故下文用"焉知"引起,意谓二十年间发生了多少沧桑事变,如今竟得重登故人之堂,真是喜出望外!二十年前主客二人俱未婚娶,其后便音讯杳然,如今眼前忽然冒出卫八的一群儿女,他们神情愉悦,彬彬有礼地前来拜见父亲的好友。兵荒马乱,人们居无定所,故孩子们询问客人是从何方而来。问答还未完毕,卫八急于款待来客,便催促儿女张罗酒肴。"夜雨"二句又堪称神来之笔:若在开元盛世,待客当用鸡黍,如今只用园蔬、杂粮来款待稀客,活画出艰难时世的特有情景。此外,宋人蔡梦弼云:"主人重客,故破夜雨以剪春韭,复加新炊之粱,其勤意之真可知也。"(《草堂诗笺》)清人吴冯栻则云:"客到已晚,别无可屠酤,故即用家园滋味。而黄粱别用新炊,则知晚饭已过,重新整治者也。"(《青城说杜》)分别指出杜诗描写的精确、生动,语皆中的。更重要的是,如此简单、朴素的饭菜,经杜甫一咏,不但色香俱全,而且诗意盎然,令人神往。最后写主客对酌,频频举杯,且预想别后山川阻隔、世事茫茫,语终而意不绝,读之三叹有余哀。

《庄子·山木》云:"君子之交淡若水,小人之交甘若醴。君子淡以亲,小人甘以绝。"郭象注曰:"无利故淡,道合故亲。饰利故甘,利不可常,故有时而绝也。"《赠卫八处士》所咏的友谊,便属于平淡如水的"君子之交"。首先,杜甫与卫八,年轻时一度相交,然后便是长久的分离。二十年后偶然重逢,只是匆匆一面,杯酒相欢,然后又是天各一方。这样的交情当然不是甘美如醴,而是平淡如水。然而这才是摆脱了私利和杂念的真诚友谊。杜甫曾赠诗友人说:"但使残年饱喫饭,只愿无事长相见。"(《病后过王倚饮赠歌》)居住比邻,时常相见,当然是保持友谊的有效方式,但并不是必要条件。秦观咏爱情说:"两情若是久长时,又岂在朝朝暮暮!"(《鹊桥仙》)友谊也是一样,只要彼此在心里珍藏着这份情感,哪怕相隔万水千山,哪怕终生别多会少,照样能使友谊地久天长。其次,杜甫与卫八的交情,并未经过任何磨难与考验。汉人翟公曾叹息说:"一死一生,乃知交情。一贫一富,乃知交态。一贵一贱,交情乃现。"(《史记·汲郑列传》)杜甫在李白锒铛入狱、长流夜郎之后,仍为之鸣不平说:"世人皆欲杀,吾意独怜才。"(《不见》)这样的友谊,经受了苦难的考验,堪称生死之交。但是经受考验并不是真诚友谊的必要条件,换句话说,未曾经受严峻考验的友谊也完全可能是真诚的。只要志趣相投,真诚相待,就像杜甫与卫八那样,二人的交情并未受到生死、贫富、贵贱等因素的考验,而只是体现为日常生活中的平凡行为,然而这才是具有普遍意义的真诚友谊。我相信,《赠卫八处士》所咏的友谊是我们芸芸众生最希望得到的人间真情,这是此诗受到广泛喜爱的内在原因。

关于《哀江头》的歧解

从北宋开始,诗坛上就盛行讨论杜诗的风气。叶梦得《避暑录话》记载:绍圣年间,户部尚书吴居厚"喜论杜子美诗,每对客,未尝不言"。甚至当众官员清晨待在漏院里"倚壁假寐"等候上朝时,吴居厚一来就"强与论杜诗不已,人以为苦",中书舍人叶涛只好搬了椅子躲到门外的屋檐下,大雨飘洒也不肯进屋,说是:"怕老杜诗!"到了南宋,就形成了"千家注杜"的繁盛现象。由于讨论充分,反复争议,所以几乎每一首杜诗都存在着歧解。歧解纷纭当然会增加阅读的难度,但同时也会加深我们对杜诗的理解,下面试以《哀江头》为例做一些说明。

唐肃宗至德元载(公元756年)秋,杜甫被安史叛军俘获,送至长安。由于他官职低微,所以没有受到严厉的拘管。第二年春天,杜甫来到长安城南的曲江之畔,看到昔日的繁华之地已是一片荒凉,百感交集,乃作《哀江头》:

> 少陵野老吞声哭,春日潜行曲江曲。江头宫殿锁千门,细柳新蒲为谁绿?忆昔霓旌下南苑,苑中万物生颜色。昭阳殿里第一人,同辇随君侍君侧。辇前才人带弓箭,白马嚼

啮黄金勒。翻身向天仰射云,一箭正坠双飞翼。明眸皓齿今何在?血污游魂归不得。清渭东流剑阁深,去住彼此无消息。人生有情泪沾臆,江水江花岂终极。黄昏胡骑尘满城,欲往城南望城北。

此诗字句颇有异文(上文乃据《唐诗三百首》),后人的有些歧解即与异文有关,例如"一箭正坠双飞翼",南宋郭知达注本同此,但比郭本较早的赵次公注本却作"一笑正坠双飞翼"。到了清代,钱谦益注本及《全唐诗》本同郭注本,而仇兆鳌、浦起龙、杨伦诸家注本则同赵注本。到底是"一箭",还是"一笑"?清人潘德舆云:"古人之作不可妄易一字也!如《哀江头》诗'一笑正坠双飞翼',或改作'箭'字。不知'箭'字已括入上句'仰射'二字中,此句'一笑'二字,别含情绪也。"(《养一斋诗话》)潘氏所云,只是从字句上着眼,意谓"一笑"有更丰富的含义,故胜于"一箭"。其实此处异文曾引起更严重的歧解。宋人黄庭坚在《杜诗笺》中指出:"'一箭正坠双飞翼','箭'一作'笑',盖用贾大夫射雉事。"明人杨慎在《升庵诗话》中引此,末句作"盖用贾大夫妻射雉事也"。《左传·昭公二十八年》记载:"昔贾大夫恶,娶妻而美,三年不言不笑。御以如皋,射雉获之,其妻始笑而言。"故仇注认为杜诗用这个典故,意思是"射禽供笑,宫人献媚也"。

不言自明,"才人"的举动肯定出于玄宗的意旨,其实正是玄宗想方设法以取媚杨妃。明人胡震亨则云:"《哀江头》'一箭正坠双飞翼',诸家不得其解。如黄山谷、杨用修'射雉'等说,皆可笑之极。不知'双飞翼'正指上'第一人'之'同辇者'而言,谓贵妃也。本系军士逼缢,而托之随辇才人箭射而堕,总不敢斥言其事而为之辞。诗为君父咏,应如是也。读下句'明眸皓齿今何在'云云,其义自明,何假多说乎?"(《唐音癸签》)清人何焯也认为:"仰天一箭而翼坠双飞,此指陈玄礼请杀贵妃事,其云辇前才人者,姑隐避其词。"(《义门读书记》)胡、何二人的解读可谓"深度阅读",但求之过深,难免穿凿。如依其解,则此诗从"辇前才人"开始就是写马嵬坡事变的经过,而前面数句皆是细述当年曲江宸游之繁华情形,两者之间的转折未免过于突兀。况且杜甫对马嵬坡事变一向持坚决支持的态度,半年后所作的《北征》中即歌颂事变的策划者陈玄礼说:"桓桓陈将军,仗钺奋忠烈。"即使在《哀江头》中,也明明有"血污游魂归不得"之句,可见他对杨妃被杀一事并不讳言,又有什么必要用如此隐晦的曲笔?"辇前才人'是宫中女官,难道由她来执行诛杀杨妃的重任?"翻身向天仰射云"的射姿又何以射中骑在马上的杨妃?所以笔者认为无论此句作"一笑"还是"一箭",都是描写当年玄宗带着杨妃春游曲江的盛况。

无论杜甫是否有意运用"贾大夫射雉"的典故,这些描写都带有隐隐约约的讥讽之意。正如清人黄生所云:"当时游燕之事,不可胜书,但举一事,而色荒禽荒之故,已无不尽。"(《杜诗说》)这样,全诗的转折是在"明眸皓齿今何在,血污游魂归不得"二句,前盛后衰一笔兜转,而且都是实写杨妃,意脉贯注,章法极为细密。

尾句"欲往城南望城北"也有异文,郭知达注本作"欲往城南忘城北",钱注本、杨注本及《全唐诗》本则作"欲往城南忘南北"。

宋人陆游云："老杜《哀江头》云：'黄昏胡骑尘满城，欲往城南忘城北。'言方惶惑避死之际，欲往城南，乃不能记孰为南北也。然荆公集句，两篇皆作'欲往城南望城北'。或以为舛误，或以为改定，皆非也。盖所传本偶不同，而意则一也。北人谓'向'为'望'，谓欲往城南，乃向城北，亦惶惑避死，不能记南北之意。"（《老学庵笔记》）明人胡震亨则云："曲江在都城东南。《两京新记》云，'其地最高，四望宽敞。'灵武行在，正在长安之北。公自言往城南潜行曲江者，欲望城北，冀王师之至耳。他诗'都人回面向北啼，日夜更望官军至。'即此意。若用'忘'字，第作迷所之解，有何意义？且曲江已是城南矣，欲更往城南，何之乎？"（《唐音癸签》）笔者认为此句的三个文本中当以前者为最胜，但解读则陆、胡二人之解皆可。"望"字本有"向""对"之义，《老子》"邻国相望"即取此义。由此又引申出"趋向"之义。如依陆游所解，此句意谓诗人忧惧相交，心烦意乱，加上暮色苍茫，胡骑扬尘，故不辨方向，欲往城南而反往城北矣。但是"望"的本义原是"远视"，如依胡震亨所解，此句意谓诗人一心盼望唐军反攻，故欲往城南高地以眺望北方。胡解使此诗的意蕴更为深沉，但若论句意之自然、贴切，则陆游所言更为合理。

关于"清渭东流剑阁深，去住彼此无消息"二句，也是歧解纷纭。仇注云："唐注谓托讽玄、肃二宗。朱注辟之云：肃宗由彭原至灵武，与渭水无涉。朱又云：渭水，杜公陷贼所见。剑阁，玄宗适蜀所经。去住彼此，言身在长安，不知蜀道消息也。今按：此说亦非。上文方言马嵬赐死事，不应下句突接长安。考马嵬驿在京兆府兴平县，渭水自陇西而来，经过兴平，盖杨妃藁葬渭滨，

205

上皇巡行剑阁,是去住西东,两无消息也。"可见唐汝询认为这是说此时玄、肃父子天各一方,朱鹤龄认为是说杜甫与玄宗身处两地,而仇兆鳌则认为是指玄宗与杨妃生死相隔。其实清初钱谦益早就指出:"清渭剑阁,寓意于上皇、贵妃也。玄宗之幸蜀也,出延秋门,过便桥,渡渭,自咸阳望马嵬而西,则清渭以西,剑阁以东,岂非蛾眉宛转、血污游魂之处乎?故曰'去住彼此无消息'。"(《钱注杜诗》)的确,马嵬坡在渭水以北三十余里,谓之"渭滨"自无不可。且玄宗携杨妃奔蜀,出长安后一路沿渭水西行,至马嵬驿而突遇兵变,从此天人永隔。杨妃草草葬于马嵬,玄宗则继续西奔,终经剑阁而至成都。此诗前段既全是述玄宗、杨妃春游曲江情事,又明言"血污游魂归不得",则"清渭东流剑阁深"一句当然仍是咏玄宗、杨妃二人之遭遇(清渭指杨妃所葬之地,剑阁指玄宗所经之地),而不应阑入玄、肃之父子关系或玄宗与诗人之君臣关系。所以钱谦益与仇兆鳌的意见可谓正解。

对于《哀江头》全篇的旨意,亦是众说纷纭。明末王嗣奭《杜臆》云:"公追溯乱根,自贵妃始,故此诗直述其宠幸宴游,而终之以血污游魂,深刺之以为后鉴也。"清人《唐宋诗醇》则评之云:"潜身避寇,触目伤怀,虽从乐游追叙,而俯仰悲伤,纯是忠爱之情,忧戚之志,所谓对此茫茫,百端交集,何暇计及讽刺乎?"一谓有讽刺,一谓无讽刺,针锋相对。清人黄生在《杜诗说》中则持折衷之论:"此诗半露半含,若悲若讽。天宝之乱,实杨氏为祸阶。杜公身事明皇,既不可直陈,又不敢曲讳,如此用笔,浅深极为合宜。"

笔者认为上述几种说法都有一定的道理。首先,《哀江头》

中肯定含有讥刺之意。早在四年之前,杜甫就写了《丽人行》,对杨氏姐妹春游曲江之繁华场面大力渲染,借以批判杨氏家族权势熏天的黑暗。正如浦起龙所评:"无一刺讥语,描摹处语语刺讥。无一慨叹声,点逗处声声慨叹。"(《读杜心解》)如今杜甫忧心忡忡的结局终于发生,昔日的繁华之地已变得一片荒凉,诗人对导致这场大动荡的乱阶怎会轻加宽恕?其次,《哀江头》对玄宗、杨妃的悲惨结局确实有所同情。玄宗其人,既是一手造成安史之乱的罪魁祸首,又是创造开元盛世的一代明主,所以杜甫对玄宗的感情非常复杂。况且当此国家危亡之际,包括玄宗在内的李唐皇室更是全国军民抗击叛军的力量源泉。杜甫的忠君意识非常强烈,此时他必然会思念正奔亡在外的玄宗。至于杨妃,她在马嵬坡被杀虽是咎由自取,但结局如此悲惨,杜甫对她也不无同情。玄宗、杨妃以帝后之尊,竟然落到如此下场,杜甫难免为之伤感,他们毕竟是大唐帝国的皇帝和贵妃啊!第三,笔者认为黄生所说的"若悲若讽"最为中肯。曲江本是长安的游览胜地,皇亲国戚巡游曲江的繁盛场面虽然过于奢华,但毕竟是太平盛世的一个点缀。如今曲江一片荒凉,杜甫身临此境,抚今追昔,当然会百感交集。相传周亡之后,周大夫路经昔日的宗庙,看到废墟上长满了庄稼,乃作《黍离》云:"彼黍离离,彼稷之苗。行迈靡靡,中心摇摇。知我者谓我心忧,不知我者谓我何求。悠悠苍天,此何人哉!"当杜甫来到长满细柳新蒲却寂寥无人的曲江之畔时,他心中肯定也会产生类似的伤感。这种情感非常复杂,它夹杂着哀伤、悲悯、愤怒和怨恨,这就是《哀江头》的复杂旨意。

后人对《哀江头》诗意的解读虽然歧解纷纭,但对其艺术成就则齐声赞扬。宋人苏辙评之曰:"予爱其词气如百金战马,注坡蓦涧,如履平地,得诗人之遗法。如白乐天诗词其工,然拙于纪事,寸步不遗,犹恐失之,此所以望老杜之藩垣而不及也。"(《诗病五事》)赵次公注本中转述其意曰:"苏黄门(指苏辙)尝谓其侄在庭曰:《哀江头》即《长恨歌》也。《长恨》费数百言而后成歌,杜公言太真之被宠,则'昭阳殿里第一人'足矣。……言马嵬之死,则'血污游魂归不得'足矣。"虽然有人不同意这样对比,比如清人潘耒云:"黄门此论,止言诗法繁简不同耳。但《长恨歌》本因《长恨传》而作,公安得预知其事而为之兴哀。《北征》诗'不闻夏殷衰,中自诛褒妲',公方以贵妃之死卜国家中兴,岂应于此时为天长地久之恨乎?"(《杜诗详注》引)但苏辙的这段评语被后人反复引述,几成定论。虽说我们不该像清人王士禛那样因此而贬低《长恨歌》的成就:"乱离事只叙得两句,'清渭'以下以唱叹出之,笔力高不可攀。乐天《长恨歌》便觉相去万里。"(《带经堂诗话》)但相比之下,《哀江头》以简驭繁,寓实于虚,笔力万钧,横绝千古。谨引宋人张戒的一段评语来结束本文——"《哀江头》云:'昭阳殿里第一人,同辇随君侍君侧。'不待云'娇侍夜''醉和春',而太真之专宠可知。不待云'玉容''梨花',而太真之绝色可想也。……'江水江花岂终极',不待云'比翼鸟''连理枝''此恨绵绵无绝期',而无穷之恨,《黍离》《麦秀》之悲,寄于言外。……其词婉而雅,其意微而有礼,真可谓得诗人之旨者。"(《岁寒堂诗话》)

乱离时代的特殊视角
——读杜甫《哀王孙》札记

覆巢之下,焉得完卵?在国家倾覆的时代,战乱灾祸会延及社会的各个阶层,王公贵族也难以幸免。如谓不信,请读杜甫的《哀王孙》:"长安城头头白乌,夜飞延秋门上呼。又向人家啄大屋,屋底达官走避胡。金鞭断折九马死,骨肉不待同驰驱。腰下宝玦青珊瑚,可怜王孙泣路隅。问之不肯道姓名,但道困苦乞为奴。已经百日窜荆棘,身上无有完肌肤。高帝子孙尽隆准,龙种自与常人殊。豺狼在邑龙在野,王孙善保千金躯。不敢长语临交衢,且为王孙立斯须。昨夜东风吹血腥,东来橐驼满旧都。朔方健儿好身手,昔何勇锐今何愚。窃闻天子已传位,圣德北服南单于。花门剺面请雪耻,慎勿出口他人狙。哀哉王孙慎勿疏,五陵佳气无时无。"

此诗涉及的史实如下:唐玄宗天宝十五载(公元756年,也即唐肃宗至德元载)六月九日,潼关失守。十三日凌晨,玄宗携杨贵妃及杨国忠等少数亲贵出延秋门西奔。亲王妃主王孙以下皆不及跟从,长安大乱。十七日,安禄山叛军入长安。七月十三日,太子李亨于灵武即帝位,改元至德,是为肃宗。十六日,安禄山部将孙孝哲在长安搜捕百官,屠戮宗亲,皇孙、公主、驸马以下百余人遇害。八月初,回纥、吐蕃遣使至灵武,请求和亲,并表示愿意派兵助唐平叛。杜甫本人于八月上旬被叛军俘获送至长安,并于次年四月逃归肃宗所在的凤翔。诗中有"昨夜东风吹血腥"一句,今人或谓当作于至德二载(公元 757 年)春。但也有可能如旧注所云乃作于至德元载九月或十月,其时乃小阳春,偶吹东风也有可能。

此诗被宋人郭茂倩收入《乐府诗集》的《新乐府辞》,它与《兵车行》《哀江头》等诗一样,都是杜甫即事名篇的新题乐府,是诗人关心社会、纪录时代的写实杰作。首句中的"头白乌",宋人以为"'头'字当作'颈'字,盖乌无头白者"(胡仔《苕溪渔隐丛话》前集卷十四),明人杨慎指出,"《三国典略》有'侯景篡位,令饰朱雀门,其日有白头乌万计,集于门楼。童谣曰:白头乌,拂朱雀,还与吴。'"(《升庵诗话》卷三)杨说可从。"延秋门"乃长安禁苑西门,玄宗奔蜀,就是从此门出城。首二句写妖乌飞集延秋门上乱叫,乃借用古代民谣起兴,这是乐府诗的传统写法。三、四句亦非闲笔,据《资治通鉴》(卷二一八)载,玄宗出逃后,"王公士民四出逃窜。"及至叛军进入长安,"王侯将相扈从车驾,家留长安者,诛及婴孩。"可见那些高门深宅,此时已成空屋,故有妖乌翔集屋顶也。清人何焯谓"达官"隐指玄宗:"曰'达官',不忍斥言也。"(《义门读书记》卷五一)不确。五、六句写玄宗仓皇出奔,狼狈不堪,连骨肉也弃之不顾。写到这里蓄势已足,于是推出本诗的主角王孙。眼前的王孙是一副多么可怜的模样!他衣衫褴褛,但腰间还系着珊瑚宝玦,分明是个不谙世事的落难公子。他站在路旁哭泣,有人相问也不敢自报姓名,只是自诉困苦,乞求为奴。

他已在荆棘间逃窜多月,遍体鳞伤,体无完肤。只因其相貌堂堂,不似常人,才被杜甫认出其身份,并叮嘱他善自保重。"不敢长语临交衢,且为王孙立斯须"二句,生动地写出了弥漫在长安城内的恐怖气氛。清人钱谦益云:"当时降逆之臣,必有为贼耳目,搜捕皇孙妃主以献奉者,不独如孝哲辈为贼宠任者也。"(《钱注杜诗》卷一)虽于史无征,但不失为合理的推测。像陈希烈、张垍等高官都因怨恨玄宗而主动降贼,完全可能如此行事。尽管如此,杜甫还是冒着危险对王孙谆谆嘱咐,以下的十句诗全是诗人对王孙所言者。诚如浦起龙所析:"'东风''橐驼',惕以贼形也。'健儿''何愚',追慨失守也。'窃闻'四句,寄与不久反正消息,而戒其勿泄,慰之也。'慎勿疏',申戒之。'无时无',申慰之也。丁宁恻怛,如闻其声。"(《读杜心解》卷二之一)所以要如此反复叮咛,是由于对象是一个王孙。此辈金枝玉叶,娇生惯养,平时见惯了阿谀奉迎,对宫墙外的实际社会一无所知。一旦灾难降临,自会惊惶失措,自身难保。所以诗人不但要对他进行劝慰和鼓励,还必须开导和告诫。巧妙的是,这十句诗虽是诗人对王孙的劝慰告诫之词,却都是通过叙事、描写而展开的。比如"昨夜"二句,本是诗人告诫王孙贼势正盛,须小心躲避,但将叛军在长安城内大肆杀戮、公然抢掠的情形写得生动真切。又如"花门"二句,本是诗人用援军到达、光复有望的消息来安慰王孙,但当时长安城中百姓暗中传递有关消息,以及有人借此侦伺狙击漏网的王孙或官员等情状,亦都栩栩如生。杜诗号称"诗史",岂虚言哉!

此诗在艺术上特色鲜明。清人叶燮评曰:"终篇一韵,变化波澜,层层掉换,竟似逐段换韵者。七古能事,至斯已极!"(《原诗》外篇下)叶氏的观察非常细致。在唐代,篇幅较长的七言古诗以换韵较为常见,换韵通常是平韵、仄韵交替运用。每转一韵,则第一句以入韵为常。此诗共二十六句,押韵者十七句,所押韵脚除"疏""狙"属鱼韵外,其余全属虞韵。鱼、虞二韵在古诗中通押,故此诗实为一韵到底。最值得注意的是,此诗共有四处是出句押韵,即"长安城头头白乌""腰下宝玦青珊瑚""不敢长语临交衢""哀哉王孙慎勿疏",它们都处于每一段的首句。也就是说,此诗按诗意可分四段,首段六句,交代背景;次段十句,描写王孙情状;三段十句,乃诗人叮嘱王孙之言;四段两句,总结全诗主旨。每逢转意,即安排出句押韵,与全诗转韵之七古的情况完全一致。这样,尽管全诗一韵到底,但在音节上仍产生"层层掉换"的效果,层次分明。由此可见,杜甫即使在乱离境界中作诗,仍在艺术上精益求精,叶燮之评,洵非虚言。

当代的杜诗选本大多不选此诗,或因诗中颇有歌颂帝王之语,诗人对王孙的关爱也流露出忠君思想。其实,杜甫的仁爱是一视同仁的深广博大之爱,本无须区分对象。安史乱起后诗人对无辜百姓的深切同情,以及对落难王孙的关切,都是其仁爱思想的具体体现。隐去任何一个方面,便不再是有血有肉的杜甫。更重要的是,此诗虽然只写了一位王孙的遭遇,但以小见大,真切生动地展现了长安沦陷后的恐怖气氛,这是真实的时代画卷,尽管只是这幅画卷的一角。如果说《北征》、三《吏》、三《别》等诗主要着眼于社会底层,那么《哀王孙》《哀江头》等诗则主要着眼于社会上层,合而观之,才是杜甫为那个离乱时代所描绘的整幅图卷。金圣叹评得好:"借一王孙说来,当时情事历历,岂非诗史?"(《杜诗解》卷一)至于"高帝子孙尽隆准,龙种自与常人殊",实是帝制时代通行的看法,并非杜甫所独有,杜甫不能独自祛妄。况且诗中对于玄宗仓皇奔逃,连骨肉都弃之不顾的举动颇有讥讽,何尝一味颂圣?至于末尾对于肃宗的称颂,则反映了当时天下百姓对朝廷振作、国家中兴的共同愿望。当然,那也正是杜甫本人的热切愿望。

杜诗中的"佳人"实有其人吗?

乾元二年(公元759年),杜甫在秦州作《佳人》诗:"绝代有佳人,幽居在空谷。自云良家子,零落依草木。关中昔丧乱,兄弟遭杀戮。官高何足论,不得收骨肉。世情恶衰歇,万事随转烛。夫婿轻薄儿,新人美如玉。合昏尚知时,鸳鸯不独宿。但见新人笑,那闻旧人哭。在山泉水清,出山泉水浊。侍婢卖珠回,牵萝补茅屋。摘花不插发,采柏动盈掬。天寒翠袖薄,日暮倚修竹。"此诗叙事清晰,文字亦平易,但其旨意是什么?后人歧解纷纭,主要有如下三种解读。

第一种是此诗乃杜甫自抒怀抱,南宋的杜诗注家大多持此论,例如黄鹤云:"甫自谓也。亦以伤关中乱后老臣凋零也。"(见《杜甫全集校注》卷五)清代无名氏则详解曰:"此先生自喻之诗。自古贤士之待职于朝,犹女子之待字于夫。其有遭谗间而被放者,犹之被嫉妒而被弃。……老杜自省中出为华州,明非至尊之意,则其受奸人之排挤者,已非一日。一生倾阳之意,至此无复再进之理。故于华州犹惧其难安,是以弃官而去,其于仕进之途绝矣,复何望乎!乃托绝代之佳人以为喻。"(《杜诗言志》)

第二种是认为当时实有其人,清人仇兆鳌持此论:"按天宝乱后,当是实有其人,故形容曲尽其情。"(《杜诗详注》卷七)吴瞻泰则盛赞此诗描写"佳人"形象之真切生动:"观此诗气静神闲,怨而不怒,使千载下人读之起敬起爱,何其移人情若此也!自述一段,只'新人美如玉'一句怨及夫婿。后段全以比兴错综其间,而一种贞操之性,随寓而安景象,真画出一绝代佳人,跃出纸上。一起一结,翩翩欲飞。"(《杜诗提要》卷二)

第三种乃调停上述两解,认为佳人实有其人,杜甫借写其人而自况,比如明人唐汝询曰:"此为弃妇之辞,以写逐臣况也。首四句总叙其事。而'关中'以下乃佳人自述之辞。言我兄弟亦尝为高官而俱死于贼,夫婿见我门户衰歇,遂娶新人而弃逐我。吾想合昏尚知时不失常度,鸳鸯不独处以全始终,今夫婿爱新而忘旧,是合昏、鸳鸯之不若也。此兴也。又言泉水在山则清,以比新人见宠而得意;出山而浊者,以比己见弃而失度也。于是卖珠自给,葺屋以居,妆饰无心,采柏供食,艰楚极矣。又以衣单而倚修竹,其飘零孰甚焉!此诗叙事真切,疑当时实有是人。然其自况之意,盖亦不浅。夫少陵冒险以奔行在,千里从君,可谓忠矣。然肃宗慢不加礼,一论房琯而遂废斥于华州,流离艰苦,采橡栗以食,此与'倚修竹'者何异耶?吁!读此而知唐室待臣之薄也。"(《唐诗解》卷六)此解比较平稳通达,故持此解者人数较多,如明末王嗣奭云:"大抵佳人事必有所感,而公遂借以写自己情事。"(《杜臆》卷三)清人浦起龙亦云:"此感实有之事,以写寄慨之情。"(《读杜心解》卷一)笔者也倾向于这种解析。

那么,前两种解析是否完全不可取呢?有些论者是这样认为的。比如仇兆鳌驳斥第一种解析,其理由是"旧谓托弃妇以比逐臣,伤新进猖狂、老成凋谢而作,恐悬空揣意,不能淋漓恺至如此"。其实虚构人物、情节从而寄情寓意的艺术手法,在古典文学中早已形成传统。像宋玉的《高唐赋》《神女赋》,曹植的《洛神赋》,何尝不是"悬空揣意"且"淋漓恺至",但又何尝是"实有其人"?可见仇氏的质疑是不能成立的。又如清人陈沆对第二种解析严词驳斥:"仇注、卢解皆谓此必天宝之后,实有其人其事,非寓言寄托之语。试思两京鱼烂,四海鼎沸,而空谷茅屋之下,乃容有绝代之佳人,卖珠之侍婢,曾无骨肉,独倚暮寒,此承平所难言,岂情事之所有?若谓幽绝人境,迹类仙居,则又何自通之问讯,知其门阀,诉其夫婿,详其侍婢?此真愚子说梦,难与推求者也。"(《诗比兴笺》)陈氏言之凿凿,仿佛有理有据,其实不然。安史乱起,洛阳、长安相继沦陷,士民仓惶出逃。据《资治通鉴》(卷二一八)记载,潼关失守之后、玄宗西奔之前的数日内,长安城中已经"士民惊扰,奔走不知所之,市里萧条"。及玄宗西奔之后,更是"王公士民四出,逃窜山谷"。而且当时"贼兵力所及者,南不出武关,北不过云阳,西不过武功",逃难士民或南奔至江东,或西奔至陇蜀,络绎不绝。唐玄宗统治的开元年间,天下富庶安定,杜甫在《忆昔》中回忆:"忆昔开元全盛日,小邑犹藏万家室。稻米流脂粟米白,公私仓廪俱丰实。九州道路无豺虎,远行不劳吉日出。"虽然天宝年间情况逐渐恶化,但远离京畿的边郡的社会风气不会遽然大变。秦州地方富庶,据《旧唐书·地理志》记载,天宝年间秦州人口多达十万九千,且地处丝绸之路的要道,又远离中原战火,长安士民逃难至此者不在少数。陈沆诘问:"空谷茅屋之下,乃容有绝代之佳人,……此承平所难言,岂情事之所有?"其实承平之时当然不会有"佳人"远道而来,战乱年代则是合情合理的事实。"佳人"逃至秦州后依靠变卖首饰艰难度日,又有什么不合情理?陈沆又质问佳人幽居空谷,杜甫"何自通之问讯,知其门阀"?这是"以今律古"才会产生的疑问。唐代社会风气相当开放,男女之间可以正常交往。如果杜甫在秦州的寓所与"佳人"之家相邻,完全可能前往拜访、询问,或在路上偶遇交谈。况且杜诗中所说的"空谷",并不像陈沆所谓"幽绝人境,迹类仙居"。秦州多山,人家多在山谷之间。杜甫《秦州杂诗二十首》之十三云:"传道东柯谷,深藏数十家。"其《赤谷西崦人家》则云:"鸟雀依茅茨,藩篱带松菊。"皆是明证。杜甫在秦州卜居,也曾意图结茅于山谷之间:"一昨陪锡杖,卜邻南山幽。……近闻西枝西,有谷杉漆稠。"(《寄赞上人》)由此可见,陈沆对第二种解法的质疑也是不能成立的。

既然前面两种解析都有一定的合理性,笔者为什么更倾向于采取第三种解析呢?原因如下。诗无达诂,包含着比兴手法的古典诗歌,其主旨更加难以确定。从《诗经》《楚辞》开始,对此类作品的不同阐释只有优劣、高下之分,而难以断定孰是孰非。换句话说,对此类诗歌主旨的解说,往往是既难证实,也难证伪。只要一种解说不能被证伪,它就具有一定的合理性。假如断然否定,势必流于武断。与其信其无而导致武断,宁肯信其有而使作品的意蕴更为丰富。以《佳人》为例,仇兆鳌说"当是实有其人",相当合理。但他认为"悬空揣意,不能淋漓恺至如此",就未免武断。同样,陈沆认定此诗有所寄托:"夫放臣弃妇,自古同情。守志贞居,君子所托。'兄弟'谓同朝之人,'官高'谓勋戚之属,'如玉'喻新进之猖狂,'山泉'明出处之清浊。摘花不插,膏沐谁容?竹柏天真,衡门招隐。此非寄托,未之前闻。"此解堪称深透恺切。但他断然否定实有其人,并斥持此解者为"愚子说梦",就未免大言欺人。所以笔者认同第三种解析,因为此解避免了前二种解说的武断、轻率,取长补短,合之双美。清人黄生云:"偶有此人,有此事,适切放臣之感,故作是诗。全是托事起兴,故题但云'佳人'而已。"(《杜诗说》卷一)萧涤非先生赞曰:"此解最确。因有同感,所以在这位佳人身上看到诗人自身的影子和性格。"(《杜甫诗选注》)这是最有助于读者理解此诗、欣赏此诗的解说。

剩下的一个问题是,"在山泉水清,出山泉水浊"二句,似谣似谚,言浅意深,它们在此诗中究竟指什么?后人异说纷纭,宋人赵次公云:"此佳人怨其夫之辞。……其夫之出山,随物流荡,遂为山下之浊泉矣。"(《杜诗赵次公先后解辑校》乙帙卷八)清人沈德潜云:"'在山'二句,自写贞洁也。"(《重订唐诗别裁集》卷二)朱鹤龄则云:"泉清、泉浊以比妇人居室则妍华,弃外则难堪也。"(《杜甫全集校注》卷五引)笔者最倾向第二解,因为二句下接"侍婢卖珠回,牵萝补茅屋"一节,以叙佳人幽居空谷、艰难度日之情状,以及贞操自守、孤芳自赏之心态,似乎正是对"在山泉水清"的具体描写。至于"出山泉水浊",则可理解为佳人的拒否之词,即不愿追随富贵以自污也。当然,这也正是杜甫自守清节、不愿追随权势的心声。

余音绕梁的《江南逢李龟年》

杜甫不长于绝句,后人多有此论。在明人高棅的《唐诗品汇》中,杜甫的五古、七古、五律、五排、七律诸体均被尊为"大家",但是五绝与七绝则仅入"羽翼",其地位远逊于"大家"。更有甚者,如明人胡应麟说:"子美于绝句无所解。"(《诗薮》)但事实上杜甫的绝句自有其独特的艺术成就,正如清人潘德舆所云:"杜公绝句,在盛唐中自创一格,乃由其才大力劲,不拘声律所致。而无意求工,转多古调,与太白、龙标正可各各单行。"(《养一斋李杜诗话》)其实即使是李白、王昌龄所擅长的那种以含蓄蕴藉、意在言外为特征的绝句风格,在杜甫集中也并非完全绝迹,《江南逢李龟年》便是明证。

《江南逢李龟年》在版本源流上并无可疑之处,但宋人曾对其所写内容提出质疑。胡仔云:"此诗非子美作。岐王开元十四年薨,崔涤亦卒于开元中,是时子美方十五岁。天宝后子美未尝至江南。"(《苕溪渔隐丛话》前集)黄鹤亦云:"开元十四年,公止十五岁,其时未有梨园弟子。公见李龟年,必在天宝十载后。诗云岐王,当指嗣岐王珍。据此,则所云崔九堂前者,亦当指崔氏旧堂耳。不然,岐王、崔九并卒于开元十四年,安得与龟年同游耶?"(《杜诗详注》引)其实,唐玄宗置"梨园弟子"虽在天宝年间,但梨园早在开元初年就已成立。况且正如清人浦起龙所云:"龟年等乃曲师,非弟子也。曲师之得幸,岂在既开梨园后哉?……则开元以前,李何必不在京师?"(《读杜心解》)至于说杜甫天宝后未尝至江南,则是将"江南"限定在长江下游,即杜甫青年时代曾经漫游过的"江东"。其实古人称"江南",往往是泛称长江以南,其中包括今湖南一带,从楚辞《招魂》的"魂兮归来哀江南",到《史记》中把秦军伐楚称为"王翦遂定荆江南地",都是如此。况且杜甫遇李龟年是在潭州(今湖南长沙),在唐代的行政区划中正属于"江南西道",安得云"天宝后子美未尝至江南"?杜甫在《壮游》诗中回忆自己早年的经历说:"往昔十四五,出游翰墨场。斯文崔魏徒,以我似班扬。"可见他在十余岁时出游京师,从而得以欣赏李龟年的歌唱,是毋庸置疑的。至于"岐王"究竟指岐王李范还是嗣岐王李珍,"崔九堂"究竟指秘书监崔涤之堂还是崔氏卒后留下的旧堂,既难以考定,也无关宏旨。

《江南逢李龟年》作于大历五年(公元770年),此时距离杜甫在长安初逢李龟年已近五十年,对于"人生七十古来稀"的唐人来说,如此长久的一段时间足以令人感慨万千。况且在这段时间里,国家和社会发生了天翻地覆的巨变,个人的命运也发生了惊心动魄的变化,这会给诗人带来何等深重的沧桑之感!清人黄生评曰:"此诗与《剑器行》同意。今昔盛衰之感,言外黯然欲绝。"(《杜诗说》)的确,《观公孙大娘弟子舞剑器行》作于大历二年(公元767年),上距杜甫亲睹公孙大娘舞剑器浑脱的开元三载(公元715年)五十二年。据此诗序中所云,公孙大娘是开元年间名动京师的舞蹈家,其舞艺"浏漓顿挫,独出冠时。自高头宜春、梨园二伎坊内人洎外供奉,晓是舞者,圣文神武皇帝初,公孙一人而已"。五十年后,诗人在夔州见到公孙大娘的弟子李十二娘舞剑器,虽然舞蹈艺术与其师"波澜莫二",但"亦匪盛颜"。至于公孙本人,则是"绛唇珠袖两寂寞",也即早已不在人世。个人的盛衰变化如此巨大,那么国家呢?诗中说:"五十年间似反掌,风尘澒洞昏王室。梨园子弟散如烟,女乐馀姿映寒日。金粟堆南木已拱,瞿塘石城草萧瑟。"是啊,这五十年可不是太平无事的五十年,而是包括安史之乱在内的五十年,四海翻腾,天崩地裂,其间连大唐帝国的京城长安都一陷于安史叛军,再陷于吐蕃,用杜甫的诗句来说,就是"中宵焚九庙,云汉为之红"(《往在》)!连大唐帝国的皇帝都相继出奔,玄宗奔蜀于前,代宗奔陕于后,用杜诗来说,就是"呜呼,得不哀痛尘再蒙!"(《冬狩行》)在这天翻地覆的动乱时代中,普通百姓迭遭苦难,深陷于水深火热之中。仅在安史之乱的十年间,唐帝国的总人口就从5288万下降到1690万,成千上万的百姓在战乱、灾荒中悲惨地死去,用杜诗来说,就是"丧乱死多门,呜呼泪如霰"(《白马》)!至于杜甫本人,也与他所热爱的祖国与人民一起在艰难时世中倍受煎熬:困守长安十年以至于幼子饿死,入蜀途中在雪原上挖取黄独以求充饥,成都郊外秋夜在漏雨的茅屋里盼着天明,离蜀前后寄人篱下的委屈,流落湖湘无处安身的凄惶……对杜甫来说,身世之感与家国之恨是密切相关的,甚至纠结缠绕、无法分开。人到暮年,本来喜欢怀旧,也容易伤感,更何况杜甫的怀旧情思中包含着如此复杂的内容!于是怀旧成为晚期杜诗中压倒一切的题材倾向，连一幅张旭的草书也会使他慨叹"斯人已云亡，草圣秘难得"(《殿中杨监见示张旭草书图》)，几幅画鹰竟使他"忆昔骊山宫，冬移含元仗。天寒大羽猎，此物神俱王"(《杨监又出画鹰十二扇》)，更不用说亲眼看到公孙大娘弟子的舞蹈，亲耳听到李龟年的歌曲了。公孙的潇洒舞姿，李龟年的美妙歌声，本是开元盛世的一种象征，是繁华长安的一种点缀，如今诗人竟在远离长安的夔州、潭州得以重见重闻，怎能不使他心潮澎湃！

然而，《观公孙大娘弟子舞剑器行》与《江南逢李龟年》虽然写了类似的内容，也蕴含着同样的感慨，其写法却绝不相同。前者是七古，充沛的篇幅使它挥洒如意，所以开头用八句来细写公孙的高超舞技，后面又用十句来抒发自己的内心波澜。中间一节也把与李十二娘相见、问答的经过交代得清清楚楚。正如清人所评："前如山之嶙峋，后如海之波澜，前半极其浓至，后半感慨'音响一何悲，弦急知柱促'也。"(《唐宋诗醇》)不但叙事详细，抒情也很畅尽，比如因公孙身世而思及国运之盛衰，这层思绪在诗中表达得相当清晰，先交代了公孙大娘与唐玄宗的关系："先帝侍女八千人，公孙剑器初第一。"又叙说王室倾颓、玄宗下世的结局："风尘澒洞昏王室""金粟堆南木已拱"。总之，此诗虽也运用了虚实结合的手法，比如对李十二娘的舞姿只用"妙舞此曲神扬扬"一句点到辄止，浦起龙因而称之为"虚实互用之法"(《读杜心解》)，但总的说来，全诗笔歌墨舞，淋漓尽致，诗人"感时抚事增惋伤"的情愫交代得非常清楚。

《江南逢李龟年》只有寥寥四句：

岐王宅里寻常见,崔九堂前几度闻。正是江南好风景,落花时节又逢君。

前两句回忆当初在长安城里与李龟年几度相见,后两句交代两人重逢的地点及时令,全诗到此戛然而止。李龟年何许人也?诗中一字未及。诗人与李龟年在江南重逢,心中有何感慨?诗中亦一字未及。当然,李龟年是名人,其生平事迹人所共知,《明皇杂录》卷下记载:"唐开元中,乐工李龟年、彭年、鹤年兄弟三人皆有才学盛名。彭年善舞,鹤年、龟年能歌,尤妙制《渭川》。特承顾遇,于东都大起宅第,僭侈之制,逾于公侯。……其后龟年流落江南,每遇良辰胜赏,为人歌数阕,座中闻之,莫不掩泣罢酒。"又据《云溪友议》所载,李龟年流落江潭,曾在湘中采访使筵上唱王维之诗,"歌阕,合座莫不望行幸而惨然"。二书中都提到了杜甫赠诗之事,完全可以视为杜甫此诗的写作背景,也可以帮助读者理解此诗蕴含的意义。但是就此诗的文本而言,这些内容却彻底地隐去了。那么,这样的写法效果如何呢?

"岐王宅里寻常见,崔九堂前几度闻"。从表面上看,这两句只是追忆当年在长安城里与李龟年数度相见的地点而已,其实内蕴非常丰富。岐王李范,是玄宗之弟,曾从玄宗诛杀太平公主,所以又是玄宗宠信的功臣。李范卒后,玄宗哭之恸,彻常膳至累旬。况且李范"好学,工书,爱儒士,无贵贱为尽礼。与阎朝隐、刘廷琦、张谔、郑繇等善,常饮酒赋诗相娱乐。又聚书画,皆世所珍者"(《新唐书》)。秘书监崔涤,是玄宗在藩邸时的知交,及玄宗即位,"宠昵甚……侍左右,与诸王不让席坐"(《新唐书》）。可见李范与崔涤是开元年间玄宗宠信的王公大臣，他们的府第是长安城里文艺活动的中心。李龟年是开元年间特承顾遇、名动京师的歌唱家，从而经常出入岐王、崔九的府第。不难想见，李龟年肯定会在两处府第里一展歌喉，以展示其才艺；也不难想见，当少年杜甫在两处府第中亲闻李龟年的美妙歌声时，他那敏感、多情的心灵会受到怎样的震撼。毫无疑问，开元就是杜甫心中的盛世典型。说到唐代的盛世，首推贞观与开元。但是唐太宗的贞观年代久远，杜甫未得亲历。而唐玄宗的开元却是杜甫亲身经历过的，所以晚年的杜甫经常用深情的笔触追忆开元年间的盛况："忆昔开元全盛日，小邑犹藏万家室。"（《忆昔》）当然，杜甫对开元盛世的追忆与他对自身青春年华的回顾是同步的，所谓"往昔十四五，出游翰墨场"，所谓"放荡齐赵间，裘马颇清狂"（《壮游》），正是发生在开元年间的少年经历。对开元盛世的追忆，既体现了杜甫对国家命运的深切关怀，也表达了对自身遭遇的无限感慨。所以"岐王宅里寻常见，崔九堂前几度闻"这两句诗虽是淡淡说来，但字里行间凝聚着多么丰富的情思！

上两句完全沉浸在对往事的追忆中，下两句却一笔兜转，把读者拉回到眼前的情景中来："正是江南好风景，落花时节又逢君。"江南山明水秀，本是风景名胜之地。然而江南又是远离京师的地方，对于名动京师的歌手李龟年而言，他最好的人生舞台当然是在长安。对于胸怀大志的杜甫而言，他得以实现报国宏图的人生舞台也应是长安。然而现在两人却在江南相逢了。毫无疑问，李龟年与杜甫都不是怀着愉快的心情来潭州游玩的，他们是被命运抛到这遥远的异乡来的,江南相逢肯定会使他们产生暮年流离的感受。不但如此,相逢的时节正是落花纷飞的暮春。此时此地,斯人斯景,诗人心中该有多少感慨!从晚期杜诗可以看出,此时的杜甫对远离长安、也远离故乡的江南怀有极为复杂的感情。早在夔州时,杜甫就写下了"形胜有馀风土恶"(《峡中览物》)的奇怪诗句。而在湘江之畔所写的"湖南清绝地,万古一长嗟"(《祠南夕望》)也流露出既欣赏风景又慨叹身世的复杂情愫。至于落花,则一向是触动诗人愁肠的景物。至德三载(公元758年),杜甫在长安城南的曲江边上看到落花,即不胜怅惘地吟道:"一片花飞减却春,风飘万点正愁人!"(《曲江》)更何况人到暮年、流落异乡,在落英缤纷的时节重逢故人?然而,如此丰富、如此深厚的万千情思,诗人偏偏一字不提。他只将产生这万千情思的时空背景略作交代,全诗便戛然而止。正因如此,末句的"又逢君"三字,看似平淡,实则包蕴着无限感慨。正如近人俞陛云所评:"此诗以多少盛衰之感,千万语无从说起,皆于'又逢君'三字之中,蕴无穷酸泪。"(《诗境浅说》续编)

从前两句到后两句,中间有五十年的时间间隔,况且那正是国家由盛转衰、个人由幼及老的五十年,正如《观公孙大娘弟子舞剑器行》所说的"五十年间似反掌",诗人心中有多么浓重的沧桑之感!然而此诗中只用"正是"和"又"两个虚词略作斡旋,此外竟不着一字。所以除了诗句意蕴的含蓄深沉以外,此诗在结构上也具有简练蕴藉之妙。若与《观公孙大娘弟子舞剑器行》相比,则繁简各得其妙,感慨俱能动人,但此诗更有余音袅袅、绕梁三日的韵味。后人对此诗的赞颂,大多从此着眼。《唐宋诗醇》

评曰:"言情在笔墨之外,悄然数语,可抵白氏一篇《琵琶行》矣。"沈德潜评曰:"含意未伸,有案无断。"(《唐诗别裁集》)黄生更进而申述:"见风韵于行间,寓感慨于字里,即使龙标、供奉操笔,亦无以过。乃知公于此体,非不能为正声,直不屑耳。"(《杜诗说》)说杜甫不屑写作此类与王昌龄、李白风韵相近的七绝,恐无根据。但说杜甫也能写出风调极似王、李的七绝,确非虚语。谓予不信,就请读《江南逢李龟年》!

言短意长的《听弹琴》诗

刘长卿的《听弹琴》是一首唐诗名篇:"泠泠七弦上,静听松风寒。古调虽自爱,今人多不弹。"此诗反复出现在后人编选的唐诗选本中,脍炙人口。今检储仲君先生撰《刘长卿诗编年笺注》的"编年诗"部分,有《杂咏八首上礼部李侍郎》,其一题作《幽琴》:"月色满轩白,琴声宜夜阑。飗飗青丝上,静听松风寒。古调虽自爱,今人多不弹。向君投此曲,所贵知音难。"此诗在《唐诗品汇》卷一三中题作《幽琴咏上礼部侍郎》,第三句正作"泠泠七弦上"。如依《唐诗品汇》的文本,则《幽琴》的中四句与《听弹琴》完全相同。据《刘长卿诗编年笺注》的《例言》,其校勘底本是明弘治十一年李君纪刊本《刘随州文集》,且云"底本偶有题注,今仍其旧"。此本所收的《听弹琴》题下有注云:"按此诗与《杂咏八首·幽琴》中二联略同,前诗或由此诗足成。"于是我们面临着一个问题:《幽琴》果然是由《听弹琴》一诗"足成"的吗?

从《杂咏八首上礼部李侍郎》的整体来看,这种可能性很小。此组诗共八首,分别题作《幽琴》《晚桃》《疲马》《春镜》《古剑》《旧井》《白鹭》《寒缸》,皆是咏物诗。它们的诗体则都是八句的五言短古,其手法则都是借咏物而寄寓怀才不遇、寻求知音的意旨。

例如《晚桃》:"四月深涧底,桃花方欲然。宁知地势下,遂使春风偏。此意颇堪惜,无言谁为传。过时君未赏,空媚幽林前。"以及《古剑》:"龙泉闭古匣,苔藓沦此地。何意久藏锋,翻令世人弃。铁衣今正涩,宝刀犹可试。傥遇拂拭恩,应知剚犀利。"从立意到篇章结构,如出一辙。这说明八首诗出于同样的构思,不大可能其中有一首是根据旧作改写。据储仲君的笺注,《杂咏八首上礼部李侍郎》作于至德二载(公元757年),当时刘长卿正在苏州。是时战乱未息,正常的科举无法举行,朝廷乃委派大员前往各地知举,故礼部侍郎、江东采访使李希言掌江东贡举。刘长卿乃作此组诗向李希言投卷。整组诗的主题如此整齐划一、鲜明显豁,《幽琴》只是其中的一首,不太可能是根据《听弹琴》而"足成"。

那么,《听弹琴》与《幽琴》到底是什么关系呢?会不会是前者乃从后者中抽出四句而独立成篇的呢?文学史实告诉我们,从一首较长的诗中抽出几句独立成篇是完全可能的。范例之一就是高适的《哭单父梁九少府》,原诗乃五言古诗,长达二十四句。据《集异记》卷二记载,曾有伶人在酒亭中歌唱此诗的开头四句:"开箧泪沾臆,见君前日书。夜台何寂寞,犹是子云居。"高适闻之,引手画壁曰:"一绝句。"《集异记》所载或许是小说家言,但这四句诗果真被后人视为一首独立成篇的五言绝句,而且是一首五绝名篇,比如清人王士禛的《唐贤三昧集》和沈德潜的《唐诗别裁》都把它当作五言绝句而入选。吴乔还解释说:"高适《哭单父梁九少府》诗,只取前四句,即成一绝,下文皆铺叙也。"(《围炉诗话》卷二)贺裳则对这样的删削大加赞赏:"以原诗并观,绝句果言短意长,凄凉万状。虽不载删者何人,必开元中巨匠也。"(《载酒园诗话》卷一)因文献不足,笔者只能推测《听弹琴》乃由《幽琴》删削而成,却无法得知到底是刘长卿本人还是别人进行了这项删削。但无论如何,这四句诗在《幽琴》中如同美玉藏于璞石,奇卉隐于荒园,并无出色之处。一旦将它抽出来独立成篇,则精彩顿现,光芒四射。这个奇特的现象蕴含着什么艺术规律吗?让我们将《听弹琴》与《幽琴》进行对读。

《幽琴》比《听弹琴》多出首尾四句,它们基本上属于可有可无的芜词。先看前两句:"月色满轩白,琴声宜夜阑。"首句描写弹琴的背景,字句平庸。次句说明弹琴宜在夜深人静之时,虽合情理,却是老生常谈。早在刘长卿之前,阮籍已有诗云:"夜中不能寐,起坐弹鸣琴。"(《咏怀》)王维也有诗云:"独坐幽篁里,弹琴复长啸。深林人不知,明月来相照。"(《竹里馆》)这是人所尽知的道理,不必重复,况且"琴声宜夜阑"之句又是质木无文,毫无美感。再看后两句:"向君投此曲,所贵知音难。"这层意思已在"古调虽自爱,今人多不弹"两句中包蕴无遗,虽说作为投赠之作或为题中应有之义,但就诗论诗,谓之画蛇添足也不为过。既然《幽琴》的首尾四句都是芜词累句,那么将它们删去有何不可?柳宗元的《渔翁》诗总共六句:"渔翁夜傍西岩宿,晓汲清湘燃楚竹。烟销日出不见人,欸乃一声山水绿。回看天际下中流,岩上无心云相逐。"苏轼评曰:"熟味此诗有奇趣,然其尾两句,虽不必亦可。"(《书柳子厚诗》)刘长卿的《幽琴》总共八句,却有四句属于"虽不必亦可"的芜词,当然更应该删去了。刘勰在《文心雕龙·镕裁》中说得好:"芟繁剪秽,弛于负担。"陶渊明的《饮酒》诗也说得很好:"青松在东园,众草没其姿。凝霜殄异类,卓然见高枝。"将《幽琴》的首尾四句删去,就得到了这样的神奇效果。

那么,《听弹琴》一诗又好在何处呢?前两句开门见山,描写听琴的感受。"泠泠"者,声音清越也。一般用来描写自然界的天籁之声,比如陆机《招隐诗》:"山溜何泠泠,飞泉漱鸣玉。"此处用来形容琴声,意即它清越悠扬,如同天籁。"松风"词义双关:琴曲有名《风入松》者,相传乃嵇康所作。顾名思义,它是一种清幽激越的曲调。此诗中的"松风"又指清风吹过松林发出的声响,即所谓"松声"或"松涛"。这种双关手法,在李白的《听蜀僧濬弹琴》一诗中曾有运用:"蜀僧抱绿绮,西下峨眉峰。为我一挥手,如听万壑松。"刘诗中连"如"字都不用,直接写出听琴的诸种感受,比李诗更加巧妙无痕。刘诗中的"寒"字也值得关注。"寒"本属触觉,用耳朵是听不到的。风入松林,万壑齐鸣,会给听者带来一股寒意,已属"通感"。刘诗进而说听到琴弦上弹奏出的松风也感到寒意,意旨更深一层。而且"松风寒"与上句的"泠泠"前后照应,绾合无痕。后两句则直抒听琴所生的感慨。嵇康是古人,所作之《风入松》当然是古调。嵇康其人本是不谐世俗的,《风入松》虽未像《广陵散》那样绝于人间,却也肯定曲高和寡,不受世人欣赏。果然,到了刘长卿的时代,此曲已经无人问津了。于是诗人喟然长叹:"古调虽自爱,今人多不弹!"从表面上看,这当然是由听琴所生的感慨。但在实际上,这难道不是怀才抱器却世无知音所带来的孤独寂寞?难道不是孤芳自赏心理的自我抒发?难道不是对浇薄世风的深刻批判?短短的四句诗,字句简洁平易,且句句切合听琴的主题,但言外之意却如此丰富深沉,堪称言短意长的范例。

戎昱《咏史》诗中的议论

中唐诗人戎昱的《咏史》是唐代咏史诗中的名篇,尤以议论见长,诗曰:"汉家青史上,计拙是和亲。社稷依明主,安危托妇人。岂能将玉貌,便拟静胡尘。地下千年骨,谁为辅佐臣?"据范摅《云溪友议》卷下记载,唐宪宗曾与朝臣讨论和亲之事,宪宗自称记得戎昱《咏史》一诗,并曰:"魏绛之功,何其懦也!"朝臣遂息和戎之论。魏绛是春秋时晋国国卿,力主和戎,终使戎狄亲附,晋国复霸,是古代和戎国策的首创者,故宪宗斥其"懦"。所谓"和亲",即是和戎的一种具体做法,汉朝为了笼络匈奴,屡遣公主(常以家人子冒名)或宫女远嫁匈奴单于,王昭君即是其中最著名的一人。作为外交手段的和亲当然有利有弊,但当汉朝处于弱势时,和亲总是带有屈辱的色彩,戎昱此诗就持此论。当然,戎诗实际上是借古讽今。安史之乱以后,唐朝屡行和亲之计。此时唐朝无力抗击回纥、吐蕃等外族的侵扰,和亲云云,皆是屈辱之求和也。杜甫在成都所作之《警急》诗中云:"和亲知计拙,公主漫无归。"即是有感而发。对于戎昱而言,代宗大历年间以仆固怀恩女为崇徽公主下嫁回纥,德宗时又以咸安公主下嫁回纥,皆是他曾亲闻的事例,所谓"汉家青史上,计拙是和亲"者,实即对现实政治之批判也。

那么，戎昱《咏史》诗中的议论到底如何？一般的咏史诗总要对所咏之史实作一番叙述，然后发表议论。此诗却打破常规，它全篇皆为议论，而且并不针对某个具体的历史事件或历史人物，而是从总体上对"和亲"这类历史现象进行议论。从议论自身而言，后人对此诗颇多佳评。如明人徐充曰："此诗辞严义正，虽善史断者，不能过也。首二句正本之论。三、四句婉言此事之非所宜。五、六句实言此事之不可恃。尾乃言当时立朝之臣无能救正，岂非良、平之罪乎？若为不知，而诛及死者，责之深也。"（《删补唐诗选脉笺释会通评林》）清人乔亿则曰："颔联史论，宜宪宗诵之而廷臣和戎之议息。"（《大历诗略》）若从议论的方式而言，则清人冯班曰："名篇。亦是议论耳，气味自然不同。意气激昂，不专作板论，所以为唐人。"纪昀则曰："太直太尽，殊乖一唱三叹之旨。"（《瀛奎律髓汇评》卷三十）前者似有褒意，后者则是贬评。应该说，此诗的议论确有优点，主要体现在立论严正，措辞得体。首联开门见山，用"计拙"二字将和亲一笔否定。汉代最早提议和亲的是大臣刘敬，他建议汉高祖以长公主妻匈奴单于冒顿："冒顿在，固为子婿。死，则外孙为单于。岂尝闻外孙敢与大公抗礼者哉？兵可无战以渐臣也。"（《史记·刘敬传》）可见和亲确实是汉朝用来对付匈奴的计谋，当时也曾有所成效。戎昱直斥此计为"拙"，势如棒喝。"拙"在何处呢？下文遂即展开。颔联从正面立论：国家社稷，权在君主，责在君主。即使强敌压境，也应由君主负起保家卫国的责任。妇女柔弱，况且本有男主外、女主内的社会分工，她们根本无法承担国家安危的重任。然而现在竟然将国家安危的重任寄托在无位无权的妇女身上了!如此说来,在位的君主还算是"明主"吗?此联表面上只是不露声色的客观叙述,实质讥刺入骨。颈联顺势而下,直斥和亲之举并不能消除边患。历代和亲之举,虽也有汉代王昭君与唐代文成公主那种较有成效的特例,但多数是"赔了夫人又折兵",并未达到安边弭乱的目的。原因很简单,当胡族能够威胁中原王朝时,一定是双方力量失去了平衡。胡族恃强侵扰中原,其目的至少是抢掠子女玉帛,乃至吞并土地,岂是获得一两个美女而已!此联以冷峻的语气进行反诘,义正辞严,不容置辩。正因如此,尾联对提出和亲之计的古代大臣进行追究,便显得理直气壮。徐充认为"地下千年骨"是指"良、平",即汉初的张良、陈平。今考史籍未载张良、陈平曾有和亲之计,惟汉高祖被匈奴围于平城时,曾用陈平之奇计使单于阏氏,得以解围。《史记·陈丞相世家》称"其计秘,世莫得闻",《集解》引桓谭《新论》,以为陈平之奇计乃告诉阏氏汉将献美女予单于,单于得之必会疏远阏氏云云,以挑拨阏氏而解围。即使此说属实,陈平之计也与和亲貌似实异,因其性质并非献媚而是挑拨也。所以"良、平"不过是汉初大臣之代称,实指刘敬之辈。无名氏评此联曰:"此事固为一时将相之羞,然刘敬作俑,尤当首诛。"(《瀛奎律髓汇评》)诛心之论,不为过分。

如果置于唐宋诗史的整体背景,戎昱《咏史》诗在议论上的成就又如何呢?在现存的唐宋诗文献中,像戎诗这样从总体上泛论和亲的作品似为孤例,我们只能用有具体对象的咏史诗来作比较。首先是晚唐诗人李山甫的《阴地关崇徽公主手迹》:"一拓纤痕更不收,翠微苍藓几经秋。谁陈帝子和亲策,我是男儿为国羞。寒雨洗来香已尽,淡烟笼著恨长留。可怜汾水知人意,旁与吞声未忍休。"相传崇徽公主远嫁回纥路经阴地关(今在山西灵石),曾在石壁上留下掌痕,后人刻碑纪念之。此诗是一般的咏史诗写法,即描写历史遗迹,并抒发对历史的感慨。其中惟有次联是议论,对公主和亲的国策表示不满,并表示男儿不能卫国御侮而感到羞耻。显然,虽然此诗的艺术水准并不低于戎诗,但就其议论而言,此诗不如戎昱诗之深刻透辟。由此可见,戎昱诗的议论居于唐代咏史诗之上乘。

无独有偶,宋诗中也有一首主题与李山甫诗相同的作品,就是欧阳修的《唐崇徽公主手痕》:"故乡飞鸟尚啁啾,何况悲笳出塞愁。青冢埋魂知不返,翠崖遗迹为谁留。玉颜自古为身累,肉食何人与国谋。行路至今空叹息,岩花野草自春秋。"此诗的颈联以其议论深得后人赞叹。朱熹曰:"以诗言之,是第一等好诗。以议论言之,是第一等议论。"(《朱子语类》卷一三九)清人赵翼也赞曰:"此何等议论,乃熔铸于十四字中,自然英光四射。"(《瓯北诗话》卷一一)那么,欧诗的议论究竟好在哪里呢?从议论的内容而言,欧诗并无独特之处。前句同情和亲之女子因貌惹祸,以致埋魂异国。后句谴责公卿谋国无方,但能牺牲弱女子以和戎。但是欧诗议论的艺术水准则远迈两首唐诗。试作比较:戎诗与李诗,其议论皆是直接道出,毫无馀蕴,纪昀评前者曰"太直太尽",其实后者也有同病。欧诗则皆以慨叹出之,前句对公主的不幸遭遇深表同情:其人远嫁异国,至死不返,她有什么过错而遭此厄运?莫非美貌就是命运的拖累?后句批判朝臣之祸国殊民:古语云"肉食者鄙,未能远谋",诗中所抨击的"肉食",岂止是未能远谋,而且是"何曾与国谋",意即他们身居高位仅为谋取富贵尊荣,对国家安危则漠然视之。所以欧诗的议论不仅深切痛快,而且意蕴无尽,读后发人深省。此外,欧诗对仗精工,意脉曲折,在艺术上远胜戎诗之质木浅直。当然,议论的手段本是到了宋诗才得到长足发展的,故戎诗之议论虽稍逊于欧诗,但并不影响其在唐诗中的地位。

请称崔涂为"崔孤雁"

顾名思义，咏物诗就是以某种物体为吟咏对象的诗歌。虽然晋人陆机在《文赋》中说："诗缘情而绮靡，赋体物而浏亮。"仿佛"体物"仅是赋的功能，但事实上诗与赋这两种文体在功能上早就互通有无了。在中国诗歌的两大源头中，《诗经》中有《鸱鸮》、《楚辞》中有《橘颂》，都是最早的咏物诗佳作。但是陆机的话也有一定的道理，因为古典诗歌的主要功能确是抒情而非咏物。刘勰在《文心雕龙》中专设《物色》一篇，他说："诗人感物，联类不穷。流连万象之际，沉吟视听之区。"这好像是相当重视咏物了，但实际上他强调的只是"感物"，就是见物兴感，因物生情，从而产生无穷的联想。也就是说，"物"只是诗歌的写作缘由而不是主要内容，以描写物体为主旨的诗作仍较少见。正因如此，萧统的《文选》虽然把诗歌按内容细分为二十多类，"咏物"却未能自成一类，只好归入"杂诗"。到了唐、宋时代，咏物诗得到了较大的发展，但仍然无法与言志述怀的抒情诗相比，尤其是缺乏万口传诵的名篇。宋末的方回在《瀛奎律髓》中专设"着题"一类，所谓"着题"，涵义近于"咏物"。方回曰："着题诗，即六义之所谓'赋而有比'焉，极天下之最难。石曼卿《红梅》诗有曰，'认桃无绿叶,辨杏有青枝。'不为东坡所取,故曰:'题诗必此诗,定知非诗人。'然不切题,又落汗漫。"说咏物诗"极天下之难"也许稍嫌夸张,但揆诸唐宋诗史的实际情况,可知咏物诗确实很难写得出色。《唐诗三百首》中入选的咏物诗数量很少,如果剔除韩愈的《山石》、李商隐的《锦瑟》和无名氏的《金缕衣》等有名无实的"咏物诗",大概只剩骆宾王的《在狱咏蝉》、杜甫的《古柏行》、白居易的《草》、李商隐的《蝉》《落花》等寥寥数首。在《唐诗三百首》所选的咏物诗中,崔涂的《孤雁》无疑是一首名作,值得细读。

崔涂的《孤雁》诗好在哪里呢?让我们从方回的话说起。宋初诗人石曼卿咏红梅的两句断句,虽然相当贴切地写出了红梅的外貌特征,但仅状其形貌而未传其风神,故苏轼在自作《红梅》诗中嘲讽说:"诗老不知梅格在,更看绿叶与青枝。"他还在《评诗人写物》中批评石诗说:"此至陋语,盖村学中体也。"苏轼一贯认为无论是写诗还是绘画,都应该超越形似而追求神似,他说:"论画以形似,见与儿童邻。赋诗必此诗,定知非诗人。"(《书鄢陵王主簿所画折枝》)当然,苏轼并不是反对绘画追求形似,而是反对只求形似却忽略了神似。正如南宋葛立方所说,"非谓画牛作马也,但以气韵为主尔"(《韵语阳秋》卷一四)。苏轼所说的"梅格","格"就是品格、精神、气质。石曼卿的诗句只写出了红梅的外貌特征而未及其风神,所以不是成功的咏物诗。当然,如果完全脱离了所咏之物的外貌特征,就会像方回所云"不切题,又落汗漫",即不知所咏为何物,就连是否属于咏物诗都值得怀疑了。金人王若虚曾举过一个例子,他看到别人所写的两首词意扑朔迷离的《墨梅》诗:"予尝诵之于人,而问其咏何物?莫有得其仿佛者。告以其题,犹惑也。尚不知为花,况知其为梅,又知其为画哉?"(《潊南诗话》)由此可知,咏物诗难就难在如何处理形似与神似的关系。如果顾此而失彼,那么"楚固失之,齐亦未为得也",都不能成为优秀的咏物诗。

崔涂的《孤雁》是一首五言律诗:

几行归塞尽,念尔独何之。暮雨相呼失,寒塘欲下迟。渚云低暗度,关月冷相随。未必逢矰缴,孤飞自可疑。

明人周珽评曰:"首二语已尽孤雁面目,便含怜悯深心。三四写其失群彷徨之景,五六写其孤飞索寞之态,结用宽语致相惜相悲之意,以应起联,何等委婉顿挫。"(《唐诗选脉会通评林》)这个评语说得相当中肯。大约是在春寒料峭的时节,诗人眺望长空,看到几行鸿雁纷纷北飞,逐渐消失在天边。这时突然又出现了一只孤雁,独自掠过长空。诗人不禁关切地询问孤雁:你形单影只,要飞往何处去呢?孤雁者,离群之雁也。首联从雁群写到孤雁,点明其离群独飞的背景。从第三句开始,便具体刻划此雁孤独之状态。纪昀评第三句说:"'相呼'则不孤矣,三句有病。"许印芳反驳说:"孤雁乃失偶之雁,而未尝无群,'相呼'者呼其群也。晓岚訾之,非是。"(《瀛奎律髓汇评》)我觉得两者皆非。鸿雁并非一雌一雄长相厮守如鸳鸯者,许印芳所谓"失偶之雁",失之穿凿。纪昀说"相呼则不孤矣",误将此句理解为孤雁尚在与雁群相呼,他没有注意到首句"几行归塞尽",明言群雁已经尽数飞往北塞,此时空中仅剩孤雁而已。俞陛云解此最确,他认为:

"三句言其失群之由,四句言失群仓皇之态。"(《诗境浅说》)雁群一路上都是互相呼唤着以免离散的,但在风雨交加的黄昏,天色黑暗,飞行困难,此雁终于掉队成为孤雁。孤雁惊恐万分,想要飞下寒塘休憩,却又迟疑不决。尾联与第四句互相呼应:其实孤雁在途中未必会逢到猎人的弓箭,但是它既已离群,就格外胆怯,难免心存疑惧。俞陛云说:"客子畏人,咏雁亦以自喻,此诗乃赋而兼比者也。"我们虽不必解得如此落实,但诗人对孤雁的安全如此关切,确实颇有同病相怜之意。凡流落异乡之人,每易生孤寂畏惧之心。汉代民歌有句云:"男儿在他乡,焉得不憔悴。"曹丕《杂诗》有句云:"弃置勿复陈,客子常畏人。"都是说的这种情形。崔涂乃江南人士,"穷年羁旅,壮岁上巴蜀,老大游陇山。家寄江南,每多离怨之作"(《唐才子传》)。他的另一首被选进《唐诗三百首》的名篇《除夜有怀》云:"迢递三巴路,羁危万里身。乱山残雪夜,孤烛异乡人。渐与骨肉远,转于僮仆亲。那堪正飘泊,明日岁华新。"抒写流落异乡的孤独寂寞,极其生动、贴切,以至于宋末的刘辰翁说:"平生客中除夕诵此,不复有作。"诗才卓著的刘辰翁为什么"不复有作"?就是因为崔诗已将此题此意写得淋漓尽致,后人只需阅读便会身临其境,身同此感。由此可见崔涂何其善于抒写异乡客子的心态,人们认为他笔下的孤雁实为"自喻",不无道理。

正因如此,崔涂《孤雁》诗的着力之处在于摹写雁之神态,而不在描绘其外形。全诗从夜空中那个孤独的雁影写起,然后写其一连串的动作:呼唤同伴,盘旋寒塘,穿过渚云,飞掠关月;荒芜凄凉的背景,压抑恐怖的氛围,把孤雁孤独、凄恻的心态烘托得栩栩如生。而诗人关切、怜悯的目光也始终伴随着孤雁,或飞或止,忽惊忽忧;从开头口吻亲切的深情叩问,到结尾语带安慰的代揣心事,细腻周到,无微不至。全诗在情景交融方面已达到浑然一体的程度,暮雨、寒塘、暗云、冷月,既突出了环境的艰险、凄凉,也衬托了孤雁心境的孤独、惶恐。诗人简直已化身为孤雁,并设身处地地体会孤雁的心情,要不的话怎能把咏物诗写得如此情真意切!如此咏物,可谓神似;如此咏物,可谓寄托遥深!清人孙洙将此诗作为咏物诗的代表作选入《唐诗三百首》,真是目光如炬。

然而,崔涂的《孤雁》也曾受到一些批评。美国批评家哈罗德·布鲁姆在《影响的焦虑》一书中指出,前代的伟大诗人会对后代诗人产生巨大的影响,同时会给他们带来巨大的焦虑,因为伟大诗人的成就太难超越。崔涂的不幸在于他是晚唐诗人,在他之前,杜甫早以"集大成"的姿态出现在唐代诗坛上。为什么这样说呢?原来杜甫也写过一首《孤雁》,同样是五言律诗,同样是咏物名篇!于是,当人们评价崔涂的《孤雁》时,难免会联想到杜甫的同题之作。北宋的范温说:"尝爱崔涂《孤雁》诗云'几行归塞尽,念尔独何之'八句,公又使读老杜'孤雁不饮啄'者,然后知崔涂之无奇。"(《潜溪诗眼》)按,此处的"公"指黄庭坚。方回在《瀛奎律髓》的"着题"类中同时入选了杜甫和崔涂的《孤雁》诗,并评论说:"老杜云'谁怜一片影,相失万重云。'此云'暮雨相呼失,寒塘欲下迟。'亦有味,而不及老杜之万钧力也。"范温、方回本来相当欣赏崔涂《孤雁》诗,但又认为若与杜甫的同题诗相比,崔诗便相形见绌了。为了便于读者比较,现将杜甫的《孤雁》

全引如下:"孤雁不饮啄,飞鸣声念群。谁怜一片影,相失万重云。望尽似犹见,哀多如更闻。野鸦无意绪,鸣噪自纷纷。"毋庸置疑,这首杜诗也是一首咏物佳作。方回推崇"谁怜一片影,相失万重云"一联有"万钧力",确非虚誉。以广漠而又沉重的"万重云"来衬托孤雁的"一片影",不但张力强大,而且意境空灵,全无咏物诗很难避免的"粘皮带骨"之病。而诗人对孤雁的关切之情也很好地渗透在字里行间,举重若轻,非大手笔不能。从整体上说,杜诗确实写得很好,正如李天生所评:"着意写'孤'字,直探其微,而无一笔落呆。"(《瀛奎律髓汇评》)但是它并非无懈可击,比如最后两句,虽然许印芳认为:"结句'野鸦'衬'雁','纷纷'衬'孤',题字无一落空,此法律谨严处。"(同上)但平心而论,前六句皆咏孤雁,结尾忽然阑入它物,毕竟显得突兀。而且孤雁独在长空,群鸦则飞止皆近地面,两者不在一个画面之中,不宜杂糅一处。至于王彦辅云:"公值丧乱,羁旅南土,而见于诗者,常在乡井,故托意于孤雁。章末,讥不知我而诮诮者。"(《杜诗详注》引)这也许合于杜甫之本意,但咏物诗之寄托,似不应如此显露。所以我认为,崔涂《孤雁》之艺术造诣比杜甫的同题之作有过之而无不及,堪称唐代诗坛上水平最高的咏孤雁诗。方回仅取两诗的颔联相比而说崔诗不如杜诗之笔力,尚属有理;而范温所谓"然后知崔涂之无奇",恐是出于过分崇拜杜甫的心理,难称公允。

古代诗人常有因咏某物而得号者,例如晚唐郑谷因《鹧鸪》诗而得号曰"郑鹧鸪"、北宋谢逸因《蝴蝶》诗而得号曰"谢蝴蝶"等。北宋诗人鲍当咏孤雁云:"天寒稻粱少,万里孤难进。不惜充君庖,为带边城信。"为时人激赏,得号曰"鲍孤雁"(见司马光《温公续诗话》)。其实鲍诗虽别有寄托,但远非咏物佳作,"鲍孤雁"之号名不符实。笔者仿佛记得前人已称崔涂为"崔孤雁",但多方查检,未见载于何书。如读者知其出处,恳请指教。但也有可能这是一种假性记忆,因为笔者一向认为崔涂的《孤雁》诗是古今咏孤雁诗中的绝唱,他完全有资格获得"崔孤雁"的称号。

韩愈的《山石》好在何处?

山石荦确行径微,黄昏到寺蝙蝠飞。升堂坐阶新雨足,芭蕉叶大栀子肥。僧言古壁佛画好,以火来照所见稀。铺床拂席置羹饭,疏粝亦足饱我饥。夜深静卧百虫绝,清月出岭光入扉。天明独去无道路,出入高下穷烟霏。山红涧碧纷烂漫,时见松枥皆十围。当流赤足踏涧石,水声激激风吹衣。人生如此自可乐,岂必局束为人鞿?嗟哉吾党二三子,安得至老不更归。

《山石》是韩诗的代表作,要讨论《山石》,离不开对韩诗的整体评价。韩愈的诗歌,后人或褒或贬,几如水火。据《冷斋夜话》记载,北宋时沈括、吕惠卿、王存、李常四人曾在一起讨论韩诗,沈括说:"退之诗,押韵之文耳,虽健美富赡,而终不是诗。"吕惠卿反驳说:"诗正当如是。吾谓诗人亦未有如退之者。"王存支持沈括的看法,李常则站在吕惠卿一边,四人交相诘难,久而不决。沈括与吕惠卿的看法南辕北辙,截然相反。沈括说韩诗"终不是诗",可称非常苛严的批评。到了清代,王夫之在《姜斋诗话》中进一步指出:"韩退之以险韵、奇字、古句、方言矜其饾饤之巧,巧诚巧矣,而于心情兴会一无所涉,适可为酒令而已。"那么,韩诗果真"终不是诗"吗?韩诗果真"于心情兴会一无所涉"吗?我觉得不用通读全部韩诗,只要把《山石》细读一过,便会发现沈、王二人立论之偏执、荒谬,因为这首诗淋漓尽致地抒写了诗人的"心情兴会"。

我们先从后代读者的感想谈起。《山石》作于贞元十七年(公元801年)七月,当时韩愈与友人同游洛北惠林寺。二百六十三年以后,苏轼在凤翔与二三友人同游南溪,解衣濯足,高声吟咏《山石》诗,"慨然知其所以乐而忘其在数百年之外也"。苏轼还乘兴逐句次韵《山石》,尾联说:"人生何以易此乐,天下谁肯从我归!"要是《山石》诗"于心情兴会一无所涉",它怎能使二百年后的读者"慨然知其所乐"?后来苏轼看到友人王晋卿所藏的一幅山水画,又联想到《山石》诗,并写了一首七绝:"荦确何人似退之?意行无路欲从谁?宿云解驳晨光漏,独见山红涧碧时。"正因《山石》写景叙事细致生动,抒情兴会淋漓,才会使后代读者如睹其景,如历其事,且产生亲切的共鸣。毋庸讳言,韩愈的诗歌确有"险韵、奇字、古句、方言"的成分,部分作品中这种情况还比较严重。但我们不能以偏概全、因瑕弃璧,不能因此而无视韩诗中那些叙述平生坎坷经历、抒发内心不平之鸣的好作品。一部韩诗,就是韩愈一生经历及其心路历程的形象记录。"欲为圣明除弊事,肯将衰朽惜残年。云横秦岭家何在,雪拥蓝关马不前"(《左迁至蓝关示侄孙湘》),这是一位面折廷争的直臣在贬谪途中的喟然长叹。"衔命山东抚乱师,日驰三百犹嫌迟。风霜满地无人识,何处如今更有诗?"(《镇州路上谨酬裴司空相公重见寄》)这是一位冒着生命危险奔赴叛镇的使节的慷慨心声。清人叶燮在《原诗》中说:"举韩愈之一篇一句,无处不可见其骨相棱嶒,俯视一切,进则不能容于朝,退又不肯独善于野,疾恶甚严,爱才若渴,此韩愈之面目也。"诚哉斯言!《山石》虽然只写了一次普通的游山经历,但诗中抒发的对自由生活的热爱、对仕宦生涯的厌恶,无不清晰可感,发人深省。这是这首游山诗获得千古读者普遍喜爱的重要原因。

除此之外,《山石》的优点何在?清人查晚晴评《山石》说:"写景无意不刻,无语不僻,取径无处不断,无意不转。屡经荒山古寺来,读此始愧未曾道着只字,已被东坡翁攫之而趋矣。"末句的意思大概是《山石》写景叙事的长处被苏轼捷足先登了。的确,苏轼对韩诗艺术的借鉴、学习可谓探骊得珠,后人很难企及。但我们更应注意查氏所说的"屡经荒山古寺来,读此始愧未曾道着只字"。《山石》中描写的并非名山大刹,而只是一处普普通通的荒山古寺。荒山古寺何处没有?荒山古寺何人没有游历过?但是要把它们描写得情景宛然又语新意奇,则非大手笔不能。韩愈又是怎么做到的呢?清人何焯在《义门读书记》中评《山石》说:"直书即目,无意求工,而文自至。"也就是说,韩愈的写法是直接叙写所见所历,而无意于追求工巧奇警。这其实包含两层意思,一是所见之景物无论是否美丽、是否有趣,有睹即书,未曾披沙拣金;二是叙事的脉络严格按照事实上的先后顺序,不作章法意脉的刻意安排。

先看前者。《山石》中写到的景物繁多,它们接踵而至,令人目不暇接。巨大的岩石,细小的山路,飞舞的蝙蝠,宽大的芭蕉叶,饱满的栀子花,模糊的壁画……不一而足。诗人对这些景物点出即止,并不着意描写。比如"芭蕉叶大栀子肥"一句,描写一场透雨后的寺中植物,异常生动。但"大""肥"二字,平常之至,甚至有点呆板、庸俗,别的诗人是不敢轻易使用的。可是韩诗中用此二字,顿时化臭腐为神奇,把受到雨水滋润的植物的特有状貌刻划得淋漓尽致。可见韩愈固然善用奇字,但他更大的本领却是把平常的字词运用得出神入化。至于"床""席""羹饭",简直称不上是景象,而只是日常生活中的"俗物"。但韩愈把三者并列在一句诗中,也同样意象完足,因为既描写了寺僧热情待客的细节,又凸现了古寺中生活条件的简陋。经过这样的描写,一处荒山古寺的景象栩栩如生地呈现在读者眼前,难怪查晚晴读后深感佩服。

再看后者。清人方东树评《山石》说:"从昨日追叙,夹叙夹写,情景如见,句法高古。只是一篇游记,而叙写简妙,犹是古文手笔。"这话说得非常高明。《山石》叙事的线索非常清晰,全诗从黄昏上山写起,然后写入寺升堂、欣赏壁画、用餐止饥、上床休息,最后写天明下山、途中所见及因景兴感。全诗平铺直叙,既无跳跃,也无倒叙,确实很像一篇游记题材的古文。韩愈是古文名家,作诗也长于以文为诗。以文为诗有章法、句法、字法等不同方面的表现,《山石》就是在章法上以文为诗的范例。诗歌,尤其是七言古诗,一般是以章法奇特多变为优点的。韩诗中那些风格奇险雄鸷的七古,结构也多呈奇崛之状。但是正如清人赵翼所云:"其实昌黎自有本色,仍在文从字顺中自然雄奇博大。"

(《瓯北诗话》)《山石》便是典型的文从字顺之作,最突出的表现便是叙事层次分明,章法平直简洁。全诗按着时间顺序与空间顺序依次展开,读者仿佛跟着诗人一起,由暮入夜又由夜及明,上山入寺又出寺下山。正因如此,《山石》使读者对诗人的游踪历历在目,清晰可感,从而引起强烈的共鸣。否则的话,二百多年后的苏轼何以"慨然知其所以乐而忘其在数百年之外也"?

我们说《山石》无意求工,绝不意味着它有什么"不工"。其实何义门所说的"直书即目",也是经过一番锤炼工夫的。例如次句"黄昏到寺蝙蝠飞",这当然是诗人黄昏入寺时的即目所见,但这样的句子难道真是不经锤炼便自动生成的?众所周知,暮色是非常难写的。因为写景的好句必需鲜明的物象,而暮色却使一切物体变得暗淡无光。描写对象的本质便是暗淡、模糊,诗句又何以写得鲜明动人?但韩愈毕竟是大手笔,他敏锐地抓住了在暮色中纵横飞舞的蝙蝠,便写出了咏暮色的千古名句。荒山古寺,必多蝙蝠。黄昏降临,必有成群结队的蝙蝠飞出觅食。苍茫的暮色逐渐隐没了景物,横斜穿梭的蝙蝠却造成了动态的画面感,于是暮色变成具象的、可感知的物象。从字面上看,此句仅用"到""飞"二字将黄昏、寺、蝙蝠三个名词连缀成句,简洁朴实,无以复加。但阅读之后闭目一想,即如身临其境。这样描写暮色,真如梅尧臣所说,是"状难写之景,如在目前"!谓之工绝,谁曰不然?

清人刘熙载云:"昌黎诗,往往以丑为美。"(《艺概》)此言不错,但更准确的说法应是:韩愈诗,往往化平淡为神奇。正如欧阳修所说,韩诗的特点是"资谈笑,助谐谑,叙人情,状物态,一寓于诗,而曲尽其妙"(《六一诗话》)。也就是说,韩诗中有许多作品并非写重大主题,而是将平凡、琐屑的日常生活取为诗材。这首《山石》便是典型的例子。《山石》的内容有什么重大意义吗?根本没有。《山石》所写的是激动人心的特殊经历吗?根本不是。据清人方世举考证,韩愈于贞元十七年七月二十二日应侯喜之约往温水钓鱼,至暮乃往洛北惠林寺投宿。此行产生了两首韩诗名篇:《赠侯喜》和《山石》。在《赠侯喜》中,韩愈说那次垂钓非常扫兴,坚坐半日,仅得"一寸才分鳞与鳍"的小鱼。《山石》所写的经历要比垂钓有趣得多,但也只是一次相当平常的山寺之游。然而诗人把它写得多么有声有色,兴味淋漓!诗中叙述寺僧待客的情形:"僧言古壁佛画好,以火来照所见稀。铺床拂席置羹饭,疏粝亦足饱我饥。"本来黄昏入寺,当务之急是安排食宿。但可能因来客都是文人学士(与韩愈同游的有侯喜、李景兴、尉迟汾三人),故寺僧先向客人推荐寺内引以为傲的古代壁画。及至点了火把来一照,竟然模糊暗淡,所见甚稀。这是多么扫兴!然而寺僧的颟顸朴实,寺庙的年久失修,历历如在目前。及至安排食宿,一切都非常简陋,然而寺僧的热情勤劬,寺庙生活的简朴清苦,亦写得真切生动。至于后半首所写的清晨下山的情景,亦是用平常的字句娓娓道来,但又真切鲜明,引人入胜。天色已明,但晨雾弥漫,故不见道路,诗人只好在雾霭中忽高忽低地乱走一气。及至晨曦驱散雾气,红花碧涧交相辉映,参天大树亦不时入眼。雨后的山涧,水流湍急,诗人赤着双脚踩石渡涧,顿时觉得自由自在,快乐无比。是啊,景色平常而又美丽,生活平凡而又愉快,全靠诗人的一枝生花妙笔,才把它们刻划得如此鲜活。俄国的别林斯基说得好:"谁要是为诗所激动,嫌恶生活中的散文,只有从崇高的对象才能获得灵感的话,他还算不得一个艺术家。对于真正的艺术家,哪儿有生活,哪儿就有诗。"(《普希金的作品》)韩愈就是真正的艺术家,他在平凡的生活中发现了美感和诗意,《山石》就是最好的例子。

嬉笑胜于怒骂的《华山女》

韩愈以反佛著称,因上《论佛骨表》得罪唐宪宗,遭遇了"一封朝奏九重天,夕贬潮阳路八千"(《左迁至蓝关示侄孙湘》)的悲惨命运,故以反佛斗士的形象著称于世。其实韩愈一生力主尊儒,兼斥佛、老,蔑称为"二氏"(见《重答张籍书》),且在《进学解》中以"觝排异端,攘斥佛老"自诩,《新唐书·韩愈传》亦赞曰"愈排二家",可见韩愈对佛、老二家的排斥是不分轩轾的。韩愈不但驳斥老子的思想,而且对奉老子为教主的道教也毫无恕词,他说:"今之说者,有神仙不死之道,不食粟,不依帛,薄仁义,以为不足论,是诚何道邪?"(《进士策问》)其批判矛头显然对准了被李唐王室奉为国教的道教。虽然韩愈的古文中没有像《论佛骨表》那样惊世骇俗的批判道教之力作,但其诗歌中却对道教多方讥讽,《华山女》就是一首名篇:

> 街东街西讲佛经,撞钟吹螺闹宫庭。广张罪福资诱胁,听众狎恰排浮萍。黄衣道士亦讲说,座下寥落如明星。华山女儿家奉道,欲驱异教归仙灵。洗妆拭面著冠帔,白咽红颊长眉青。遂来升座演真诀,观门不许人开扃。不知谁人

暗相报,訇然振动如雷霆。扫除众寺人迹绝,骅骝塞路连辎
軿。观中人满坐观外,后至无地无由听。抽簪脱钏解环佩,
堆金叠玉光青荧。天门贵人传诏召,六宫愿识师颜形。玉
皇颔首许归去,乘龙驾鹤去青冥。豪家少年岂知道,来绕百
匝脚不停。云窗雾阁事恍惚,重重翠幕深金屏。仙梯难攀
俗缘重,浪凭青鸟通丁宁。

此诗作于何时?方崧卿《韩集举正》系作于元和十一、二(公元816—817年)年间,钱仲联《韩昌黎诗系年集释》则云:"方说无的据。诗中所云'撞钟吹螺闹宫庭'者,正十四年正月宪宗迎佛骨时事。《谏佛骨表》云'今闻陛下令群僧迎佛骨于凤翔,御楼以观,异入大内。'《旧史》云'是年正月丁亥,上令中使押宫人持香花迎佛骨,留禁中三日。'与诗语合,兹系本年。"但是元和十四年正月庚辰朔,丁亥乃正月八日,宪宗于此日迎佛骨入京,"留禁中三日,乃历送诸寺。王公士民,瞻奉舍施,惟恐弗及,有竭产充施者,有然香臂顶供养者"(《资治通鉴》卷二四〇)。韩愈乃上表谏止,宪宗大怒,欲处极刑,经裴度、崔群及国戚诸贵等多方规劝,乃于十四日(癸巳)贬韩为潮州刺史。韩愈上表的时间,陈克明《韩愈年谱及诗文系年》推定为正月十一、二日。韩愈知迎佛骨事后随即上表,未数日即被贬,其间恐无心情又作《华山女》以讥刺道教。况且诗中所云"撞钟吹螺闹宫庭"等情状,乃当时朝野佞佛风气之常态,并非特指宪宗迎佛骨入宫而言。所以此诗作年难以确定,若据其诗笔老练且身在长安二点来推测,当作于元和六年(公元811年)韩愈入朝以后。

除了《华山女》之外，韩愈还写过其他讥讽道教之诗，例如《记梦》诗记述夜梦与"神官"相遇之事，末尾云："乃知仙人未贤圣，护短凭愚邀我敬。我能屈曲自世间，安能从汝巢神山。"又如《谢自然诗》驳斥"寒女谢自然"学道成仙的荒诞传说，还有《谁氏子》批判一心学道的"非痴非狂谁氏子"，都是直言指责，态度鲜明。只有《华山女》的写法别出心裁，宋人许顗因而将四首诗进行比较，云："退之见神仙亦不伏，云'我能屈曲自世间，安能从汝巢神山？'赋《谢自然诗》云'童骇无所识。'作《谁氏子》诗曰'不从而诛未晚耳。'惟《华山女》诗颇假借，不知何以得此？"（《彦周诗话》）所谓"假借"，义为"宽容"，《战国策·燕策三》："愿大王少假借之。"即取此义。那么，《华山女》果真是"颇假借"吗？朱熹反驳道："或怪公排斥佛老不遗馀力，而于《华山女》独假借如此。非也。此正讥其衒姿色，假仙灵以惑众。又讥时君不察，使失行妇人得入宫禁耳。观其卒章，豪家少年、云窗雾阁、翠幔金屏、青鸟丁宁等语，亵慢甚矣。岂真以神仙处之哉！"（《昌黎先生集考异》卷二）朱熹的反驳非常有力，下文略作分析。

《华山女》诗描写佛、道二教宣传教义、争夺信众的情景，开头六句写佛僧讲经，听众填溢；而道士的宣讲却听众寥寥，冷落难堪。诗人仿佛只是客观叙述，但形容佛教讲经之热闹场景是"撞钟吹螺闹宫庭"，浑如一场民间娱乐的闹剧。又指出那些俗讲僧吸引听众的宣讲手段是"广张罪福资诱胁"，可见并无精深的教义，而是用因果报应之说对善男信女进行诱骗和威胁。至于道士，则在俗讲僧的诸般手段前全无招架之力，以至于"座下寥落如明星"。这六句诗兼斥二氏，左右开弓，语气冷隽。这就为下文的讽刺主题作了很好的铺垫。

  道教在听众争夺战中不敌佛教的局面,终于引出了本诗的主人公——家奉道教的"华山女儿"。她挺身而出,要为道教挽回败局,一举击败从异域传来的佛教,让信众们重归本教。然而华山女现身讲道的准备工作既不是精研道经,也不是斋戒醮告,而是精心地梳妆打扮。她穿上女道士的道冠霞帔,用飘飘然有神仙之慨的道衣来映衬其美艳面容:雪白的颈部,红润的脸颊,以及用青黛描画的长眉。原来这副妖艳姿态便是她战胜俗讲僧的盖世法宝!唐代的女道士,多有风流放诞、搔首弄姿者,与韩愈同时代的诗人经常咏及,比如白居易的《赠韦炼师》云:"上界女仙无嗜欲,何因相顾两徘徊?共疑过去人间世,曾作谁家夫妇来!"又如刘言史的《赠成炼师》云:"等闲何处得灵方,丹脸云鬟日月长。大罗过却三千岁,更向人间魅阮郎。"故陈寅恪先生指出:"至于唐代,仙之一名,遂多用作妖艳妇人,或风流放诞之女道士之代称,亦竟有以之目娼妓者。"(《元白诗笺证稿》第四章)这位"华山女"与倚门卖笑的娼妓正是一丘之貉。

  经过精心装扮之后,华山女又使出一手绝招。她来到道观升座演讲,却又故意紧闭观门。照理说,既然要向听众宣扬教义,当然应大开观门,广事声张,华山女为何反其道而行之?原来这正是欲擒故纵的妙计:越是难以得到的东西,人们越是趋之若鹜。果然,"有一个妖艳道姑在某观内闭门讲道"的消息一下子传开了,"不知谁人暗相报,訇然振动如雷霆",轰动效应顷刻显现。接下去就是道教大获全胜的热烈场景:听众们纷纷改换门庭,诸多的佛寺顿时变得门可罗雀。道观前则车马填溢,道观内则人满为患。善男信女们受到华山女的感召,慷慨解囊,捐赠的金玉首饰堆积如山。消息终于传进皇宫,皇帝下诏,召华山女入宫。"六宫愿识师颜形"一句,妙不可言。一是宫内诸人并不渴望听到要言妙道,而是急于见识华山女的绝代美貌。二是皇帝下诏召见,却打着"六宫愿识"的旗号。其实华山女是美女而非美男,宫中后妃对她的兴趣哪里比得上皇帝本人?小巫见大巫,"撞钟吹螺闹宫庭"的俗讲僧终于被华山女彻底击败。在一场卑鄙无耻的对抗赛中,更加下流的一方终于胜出。华山女就是这场无耻对抗赛中制敌于死命的道教奇兵。

韩愈笔力雄劲,有如强弓硬弩,写到这里意犹未尽,又进而描写华山女出宫后的行迹。大概皇帝知道华山女艳名已炽,不宜久留深宫,故许其回归社会。于是华山女回到道观,她故伎重演,故意藏身于重幕深屏、云窗雾阁之间,惹得豪家少年意乱情迷,于是门前蜂狂蝶乱,把道观变成了青楼。此诗不但对佛、道二教恣意讥讽,而且对信教的群众也绝无恕词。那是一群何等愚蠢庸俗的信众!他们先是被俗讲僧"广张罪福资诱胁",又因华山女之美艳而弃佛归道,绝无丝毫肃穆庄敬的宗教情怀。"豪家少年岂知道",就是这伙信众中最为不堪的一部分。韩愈对他们冷嘲热讽,从而深刻地揭露了唐代佛、道二教繁荣昌盛的社会原因。如此愚蠢庸俗的信众,就是产生荒诞虚妄的宗教的土壤。从这点来看,《华山女》的批判力度远胜于直斥道教虚妄的《谢自然诗》《谁氏子》等同类作品,可证对于荒诞不经的现象,嬉笑怒骂的讽刺远胜于理性的批判。

如上所述,许顗认为此诗乃"假借"道教所倡的神仙之说,朱熹则看清其讥讽本质。由此产生一个问题：如果读者中许顗多而朱熹少，此诗的主旨就会受到郢书燕说的误解，那么诗人的意图岂不会受到遮蔽？换句话说，假如韩愈把讥讽之意写得更明白显敞一些，是否会取得更好的批判效果？笔者思考这个问题时，联想到现代的相声艺术。相声的本质虽是寓庄于谐，其手法却常是寓谐于庄，即故意用一本正经的严肃话语来嘲讽那些庸俗荒谬的事物。为了达到良好的演出效果，相声演员必须掌握好寓谐于庄的"度"。如果把讥讽之意隐藏得过深，某些听众就会莫名其妙。如果过浅，则另一些听众又会嫌太浅薄。假如听众的欣赏水平参差不齐、众口难调的话，则宁肯失之过深，而不可失之过浅。因为后者必然会降低作品的艺术水准。讽刺性质的诗歌也是如此。韩愈《华山女》的讥讽之意，对于许顗而言过于深藏不露。但如果为了让许顗读懂而把此诗写得明白浅显，势必改变其冷隽尖刻的风格，也势必降低其讥讽力度。我们只能希望读者中多一些朱熹而少一些许顗，而不能要求韩愈降低作品的深度来迁就许顗。

《八月十五夜赠张功曹》的奇特结构

韩愈之诗,以奇险雄鸷的风格在唐代诗坛上独树一帜。宋人张戒云:"退之诗,大抵才气有余,故能擒能纵,颠倒崛奇,无施不可。"(《岁寒堂诗话》)所谓"能擒能纵,颠倒崛奇",在章法上的表现就是结构奇特,《八月十五夜赠张功曹》堪称结构奇特的韩诗名篇:

纤云四卷天无河,清风吹空月舒波。沙平水息声影绝,一杯相属君当歌。君歌声酸辞正苦,不能听终泪如雨。洞庭连天九疑高,蛟龙出没猩鼯号。十生九死到官所,幽居默默如藏逃。下床畏蛇食畏药,海气湿蛰熏腥臊。昨者州前捶大鼓,嗣皇继圣登夔皋。赦书一日行万里,罪从大辟皆除死。迁者追回流者还,涤瑕荡垢清朝班。州家申名使家抑,坎轲只得移荆蛮。判司卑官不堪说,未免捶楚尘埃间。同时流辈多上道,天路幽险难追攀。君歌且休听我歌,我歌今与君殊科。一年明月今宵多,人生由命非由他,有酒不饮奈明何!

此诗于永贞元年(公元805年)中秋作于湖南郴州。德宗贞元十九年(公元803年),韩愈因京畿灾荒而上书,请求停征赋税,得罪朝廷,被贬为阳山(今属广东)县令。与此同时,与韩愈同任监察御史的张署则因谏宫市而被贬为临武(今属湖南)县令。阳山与临武南北接壤,两人遂结伴南迁,过洞庭,下湘水,直到临武才分手:张留于此,韩继续南行。至贞元二十一年(公元805年)正月,德宗死,顺宗即位,韩、张两人俱遇赦北归,因湖南观察使杨凭暗中作梗,两人仅得北行百余里,至郴州(今属湖南)而待命。同年八月,宪宗即位,大赦天下,韩愈量移江陵府法曹参军,张署也量移江陵府功曹参军。就在他们接到量移江陵之命而尚未离开郴州之时,中秋节到了。韩愈因作此诗以赠张署。

后代的论者也大多注意到此诗的独特结构。清人查慎行评曰:"用意在起结,中间不过述迁谪量移之苦耳。"(钱仲联《韩昌黎诗系年集释》引)细察全诗,其起四句,叙中秋夜两人对酒当歌之情景;其结五句,劝张休歌而听己歌,并表明达观之态度。这一起一结,一共才有九句。而中间的一段却多达二十句。如果真如查氏所云,全诗用意在起结,那么真可谓喧宾夺主了。况且中间一段全是写迁谪之苦,以及遇赦而受抑之牢骚的"君歌",词意酸苦,情绪低落,与末尾三句"我歌"的乐天、达观南辕北辙。当然,也可理解成是用的反衬手法,即以"君歌声酸辞正苦"来反衬苦中取乐之"我歌"。但是中间一段大笔濡染,淋漓尽致,给读者留下深刻的印象。如果仅是用来反衬结尾的达观态度,那真是劝百讽一。况且从艺术效果来看,假如我们将中间一段删去,仅保存一起一结,即保留查氏所说的"用意全在起结"者,那么,此诗还称得上是一首情文并茂的名篇吗?恐怕很难说。因为全诗的着力之处恰恰就在中间一段,所谓"精峭悲凉,源出楚骚"(清人程学恂语,见《韩昌黎诗系年集释》)的评语,即是对此而言。如仅存起结的九句,则全诗精彩顿失。难道韩愈这样的大手笔,竟会把好钢全用在刀背上,而对刀刃反而不甚措意吗?

张署其人,不以能诗闻名。虽然韩愈在祭张署文中回顾两人结伴南谪的途中曾多有唱和:"余唱君和,百篇在吟。"(《祭河南张员外文》)但留存至今的张署诗作只有一首,它作为韩愈《答张十一功曹》的附录而存于韩集。故宋人胡仔云:"《昌黎集》中,酬张十一功曹署诗颇多,而署诗绝不见。惟《韩子年谱》载其一篇。"(《苕溪渔隐丛话》后集)而且这首张诗写得比较一般,在艺术水准上与韩诗相去甚远。所以笔者怀疑《八月十五夜赠张功曹》的中间二十句,压根就不是出于张署之口的"君歌",而全是韩愈代张署而发且出于己语的代言。这样说的理由在于,这二十句诗所述的主要内容,在韩愈的其他诗作中都曾出现过。

请看下表:

《八月十五夜赠张功曹》	其他韩诗
洞庭连天九疑高。	春风洞庭浪,出没惊孤舟。(《赴江陵途中寄赠王二十补阙李十一拾遗李二十六员外翰林三学士》)
蛟龙出没猩鼯号。	阳山穷邑惟猿猴。(《刘生》) 庙开鼯鼠叫。(《郴州祈雨》)

续 表

《八月十五夜赠张功曹》	其他韩诗
十生九死到官所,幽居默默如藏逃。	追思南渡时,鱼腹甘所葬。(《岳阳楼别窦司直》)逾岭到所任,低颜奉君侯。(《赴江陵途中寄王二十补阙李十一拾遗李二十六员外翰林三学士》)
下床畏蛇食畏药。	有蛇类两首,有蛊群飞游。……猜嫌动置毒,对案辄怀愁。(《赴江陵途中寄赠王二十补阙李十一拾遗李二十六员外翰林三学士》) 南方本多毒,北客恒惧侵。(《县斋读书》)
海气湿蛰熏腥臊。	毒雾恒熏昼,炎风每烧夏。(《县斋有怀》)腥风远更飘。(《叉鱼》)
嗣皇继圣登夔皋。	嗣皇新继明,率土日流化。(《县斋有怀》)
涤瑕荡垢清朝班。	班行再肃穆,璜佩鸣琅璆。(《赴江陵途中寄赠王二十补阙李十一拾遗李二十六员外翰林三学士》)
州家申名使家抑。	前日遇恩赦,私心喜还忧。果然又羁絷,不得归锄耰。(《赴江陵途中寄赠王二十补阙李十一拾遗李二十六员外翰林三学士》)

上表中后面一栏中的韩诗,全都写于此次南谪以及遇赦北还之际,可以视作《八月十五夜赠张功曹》中间一段内容的复述。这一次贬谪生涯在韩愈心头留下的阴影是如此严重,以至于当他在北归途中偶遇南谪的刘禹锡时,竟细述南谪种种可怕情状来警戒对方:"湖波连天日相腾,蛮俗生梗瘴疠烝。江氛岭祲昏若凝,一蛇两头见未曾。怪鸟鸣唤令人憎,蛊虫群飞夜扑灯。雄

虺毒螫堕股肱,食中置药肝心崩。左右使令诈难凭,慎勿浪信常兢兢。吾尝同僚情可胜,具书目前非妄徵,嗟尔既往宜为惩。"(《永贞行》)后人对此诗的政治含义议论纷纷,我认为诗人对刘禹锡还是持同情态度的,兹不具论。与本文有关的是,诗中对南谪生涯艰辛、可怖的描写,与《八月十五夜赠张功曹》何其相似乃尔!

韩愈论诗,重视穷苦悲怨之词。就在此年韩愈到达江陵府任法曹参军之后,他向兵部侍郎李巽投赠诗文,自称:"旧文一卷,扶树教道,有所明白。南行诗一卷,舒忧娱悲,杂以瑰怪之言,时俗之好。"(《上兵部李侍郎书》)可见他认为自己此次南谪所作的诗都是"舒忧娱悲",也即抒发内心哀怨之情的。也同是在此年,韩愈又在《荆潭唱和诗序》中指出:"夫和平之音淡薄,而愁思之声要眇。欢愉之辞难工,而穷苦之言易好也。"这与他推重孟郊诗歌"其歌也有思,其哭也有怀"(《送孟东野序》)之抒情倾向可以互相印证。况且韩愈性格刚强,敢于直言,加上命途多舛,常受排挤,所以他的抒情名篇几乎全是抒写哀伤愤怨的牢骚之语,在遭受贬谪、身处逆境之时更是直抒胸臆,从无隐讳。作于《八月十五夜赠张功曹》之后不久的《赴江陵途中寄赠王二十补阙李十一拾遗李二十六员外翰林三学士》一诗,全面地回顾了自己因直言进谏而蒙冤南谪的过程,以及贬谪生涯的种种艰辛,全诗词气愤怨,毫无掩饰,像"殷汤闵禽兽,解网脱蛛蝥。雷焕掘宝剑,冤氛销斗牛"之句,高声呼冤,词气凌厉。及至元和十四年(公元819年),韩愈因上书谏迎佛骨被贬潮州,途中竟向亲戚嘱托后事:"知汝远来应有意,好收吾骨瘴江边。"(《左迁至蓝关示侄孙湘》)又借泷吏之口渲染潮州风土之可怖："恶溪瘴毒聚,雷电常汹汹。鳄鱼大于船,牙眼怖杀侬!"(《泷吏》)由此可以推知,《八月十五夜赠张功曹》这首诗的主旨不太可能是以"迁谪量移之苦"来反衬达观心态,恰恰相反,"迁谪量移之苦"才是此诗的主要题旨。

对于《八月十五夜赠张功曹》的结构特点,清人评说甚多。汪琬云:"虚者实之,实者虚之,得反客为主之法。"(《韩昌黎诗系年集释》引)方东树云:"一篇古文章法。前叙,中间以正意、苦语、重语作宾,避实法也。"(《昭昧詹言》)吴汝纶云:"写哀之词,纳入客语,运实于虚。"(《唐宋诗举要》引)诸家说法虽异,意思则同,都是指此诗结构有运虚避实的特点。所谓"避实",所谓"反客为主",所谓"运实于虚",都是指诗人故意将"实"的诗歌主旨隐藏在"虚"的一方,故意将"主"之意旨借助"宾"之语句予以宣泄。也就是说,此诗中假托"君歌"的中间一段,其实正是诗人想要抒发的内心情思。而见于"我歌"的几句,虽然故作达观之语,以抒潇洒之情,其实只是全诗主旨的反衬。方东树说得好,中间一段是"正意、苦语、重语",是全诗的重点、主干,是诗中最用力、最精彩的部分,这当然就是诗人自己的内心情思,就是韩愈本人的满腹牢骚,就是"借他人之酒杯,浇胸中之块垒"。汉人辞赋,常采用主宾对话的结构,从而以宾衬主、抑宾扬主,并在篇末点明题旨。此诗表面上也是以宾衬主,其实恰恰相反,篇末的"我歌"只是陪衬,篇中的"君歌"反而是全诗主旨。所以笔者的看法正好与查慎行相反:此诗用意全在中间"述迁谪量移之苦"的一大段精彩文字,起结不过是陪衬耳。

小吏嘴脸的传神写照

——读韩愈《泷吏》札记

唐代宗大历三年(公元768年),杜甫离开夔州顺江东下,途经公安(今湖北公安),停留数月。杜甫在公安曾得县尉颜十等人的热情接待,也曾受到其他官吏的冷遇,他在《久客》中说:"羁旅知交态,淹留见俗情。衰颜聊自哂,小吏最相轻!"末句辞气甚怨,当是气愤难平之故。然杜甫生性忠厚,且诗风简炼,故点到辄止,并未详述那位小吏的行径。转眼半个世纪,到了唐宪宗元和十四年(公元819年),韩愈因谏迎佛骨被贬潮州,途经韶州乐昌县(今广东乐昌),在昌乐泷的江头遇到一个小吏,一番问答后,乃作《泷吏》:"南行逾六旬,始下昌乐泷。险恶不可状,船石相春撞。往问泷头吏,潮州尚几里?行当何时到,土风复何似?泷吏垂手笑,官何问之愚!譬官居京邑,何由知东吴?东吴游宦乡,官知自有由。潮州底处所,有罪乃窜流。侬幸无负犯,何由到而知?官今行自到,那遽妄问为?不虞卒见困,汗出愧且骇。吏曰聊戏官,侬尝使往罢。岭南大抵同,官去道苦辽。下此三千里,有州始名潮。恶溪瘴毒聚,雷电常汹汹。鳄鱼大于船,牙眼怖杀侬。州南数十里,有海无天地。飓风有时作,掀簸真差事。圣人于天下,于物无不容。比闻此州囚,亦有生还侬。官无嫌此

262

州,固罪人所徙。官当明时来,事不待说委。官不自谨慎,宜即引分往。胡为此水边,神色久懡㦬?缸大瓶罍小,所任自有宜。官何不自量,满溢以取斯?工农虽小人,事业各有守。不知官在朝,有益国家不?得无虱其间,不武亦不文。仁义饰其躬,巧奸败群伦。叩头谢吏言,始惭今更羞。历官二十余,国恩并未酬。凡吏之所诃,嗟实颇有之。不即金木诛,敢不识恩私。潮州虽云远,虽恶不可过。于身实已多,敢不持自贺。"

此诗主题,后人颇有异解。清人朱彝尊云:"欲道贬地远恶,却设为问答,又借吴音野谚,以致其真切之意。"(《韩昌黎诗系年集释》卷一一,下同)查慎行云:"通篇以文滑稽,亦《解嘲》《宾戏》之变调耳。"沈德潜云:"借吏言以规讽,主意在此。"几种解释都能言之成理,笔者则认为诗人是借题发挥,借与泷吏的一番对答,来描述贬地远恶,同时抒写内心愤慨。试看泷吏训斥韩愈的"官不自谨慎,宜即引分往"、"官何不自量,满溢以取斯"以及"仁义饰其躬,巧奸败群伦"等语,简直就是朝廷强加在韩愈身上的罪名。再看诗人自承有罪的"凡吏之所诃,嗟实颇有之。不即金木诛,敢不识恩私"等语,又哪会是他的真心话?就在两个月以前,韩愈南谪途经秦岭时,还曾作诗述志:"欲为圣明除弊事,肯将衰朽惜残年?"(《左迁至蓝关示侄孙湘》)他几曾如此卑躬屈膝、妄自菲薄?韩愈此时虽是因罪遭贬之人,但其政治身份乃潮州刺史,仍是前往赴任的朝廷命官,一个小吏安敢对他如此放肆?况且昌乐泷属于乐昌县管辖,乐昌乃韶州的属县,当时的韶州刺史张蒙对韩愈甚为友好,对过境的韩愈寄书赠诗,其属下的底层小吏不应毫无知闻。所以韩诗中所写的泷吏,虽然不像杨

263

雄《解嘲》中的"客"、东方朔《答宾戏》中的"宾"那样纯出虚拟,但也可能含有夸张、虚构的成分。

此诗文字质朴,叙事生动,主要篇幅均为主客对话,宛如一出独幕剧。韩愈南贬,奔波六旬,方来到湍急险恶的昌乐泷。远道来客,人地两生,便向泷吏打听前方还有多远的行程,以及潮州的风土如何?行旅之人向当地人询问此类问题,乃是人之常情。身为管理渡口事务的小吏,向过客解答此类问题,是其应尽的职责。可是泷吏竟然"垂手笑",也即貌若恭敬,面露讥笑。一句"官何问之愚",无异当头棒喝。接下来便是一连串的数落和反问:潮州离此尚远,犹如长安与东吴,长官住在长安,怎会知道东吴?况且东吴乃游宦之地,长官理应知晓。潮州却是罪犯流窜之地,我幸未犯罪,何由得到,何由得知?再说长官迟早会到达潮州,哪用急着乱问?泷吏的反应完全出人意料,韩愈仓卒见困,惊愧交加,冷汗直冒。泷吏见状,遂改口说前言是戏弄长官的,其实自己曾到潮州去过。接着便对潮州之偏远荒凉、险恶可怖大肆渲染。"鳄鱼大于船,牙眼怖杀侬!"唐时"侬"字尚不能释"你",故此句中的"侬"字与前文的两处一样,都是泷吏自称。只有后文"比闻此州囚,亦有生还侬"中的"侬"字泛指一般的人。但此句的意思,仍是恐吓韩愈。然后泷吏又声色俱厉地教训韩愈:你被贬潮州,完全是咎由自取,自当引咎前往,为何在此神色慌张?况且你在朝为官,对国家有何益处?你既不能文,又不能武,假仁假义,奸滑败群,岂不像只寄生虫?韩愈听后叩头称谢,自称有罪。全诗遂终。

众所周知,韩愈其人,勇毅刚强,忠贞鲠亮。他在朝为官时面折廷争,不避君主雷霆之怒;宣抚叛镇时据理力争,不畏军阀虎狼之威。岂知在荒远之地遇到这位闒茸小吏,横遭对方冷嘲热讽,竟然无言以对,只得忍辱含垢。何以有如此大的反差?时势不同也。庄子说得好:"吞舟之鱼,砀而失水,则蚁能苦之。"(《庄子·庚桑楚》)司马迁也说得好:"猛虎在深山,百兽震恐。及在槛穽之中,摇尾而求食,积威约之渐也。"(《报任少卿书》)周勃出狱后说:"吾尝将百万军,然安知狱吏之贵乎!"(《史记》卷五七)路温舒则引俗语说:"画地为狱议不入,刻木为吏期不对。"(《汉书》卷五一)泷吏虽非狱吏,但在泷头这个偏僻险恶的弹丸之地,这个小吏完全可以作威作福,肆无忌惮,其权势、威风与狱吏无异。路经此地的韩愈受其羞辱,除了忍气吞声别无良策。

此诗成为名篇,主要原因就是绘声绘色地刻划了一个歹毒阴险的小吏,这是中国诗歌史上第一次出现此类人物形象。这位泷吏为虎作伥,落井下石,貌恭心险,笑里藏刀。他狐假虎威,欺压良善,伶牙俐齿,巧舌如簧。他随意构陷别人的罪状,却又显得义正辞严。他任意侮辱别人的人格,却又装得面带笑容。他对因忠获罪的直臣毫无敬意,反倒肆意侮弄。他对无辜遭难的迁客毫无同情,反倒幸灾乐祸。韩诗不动声色地直录其口语,用白描手法为泷吏留下一幅栩栩如生的肖像画,从而把此类人物牢牢地钉在历史的耻辱柱上,《泷吏》真是以诗为讽的一篇典范之作。

见仁见智与以己度人

读白居易《九年十一月二十一日感事而作》札记

白居易《九年十一月二十一日感事而作》:"祸福茫茫不可期,大都早退似先知。当君白首同归日,是我青山独往时。顾索素琴应不暇,忆牵黄犬定难追。麒麟作脯龙为醢,何似泥中曳尾龟?"题中的"九年"指唐文宗大和九年(公元835年),由于此日正是"甘露事变"发生的当日,后人皆认为诗人所"感"之事即甘露事变。当然此诗不可能作于事变当天,因为洛阳距离长安六百余里,不可能获知当日长安突发事变的消息。况且诗人于题下注云:"其日独游香山寺。"很像事后追记的口吻。那么此诗究竟作于何日?不妨从甘露事变的进程稍作推测:十一月二十一日,事变爆发,宰相王涯被宦官逮捕,不胜拷掠之苦,自诬谋反。二十二日,文宗在宦官的胁迫下使令狐楚草制宣告王涯反状。贾𫗦被捕。二十三日,李训于奔亡途中被捕,自请押送者斩其首。二十四日,神策军用李训的首级引领王涯、贾𫗦、舒元舆至刑场处死。白诗"当君白首同归日"一句,乃用晋人潘岳、石崇之典故。《晋书·潘岳传》载潘、石二人被孙秀诬以谋反之罪,"初被收,俱不相知。石崇已送在市,岳后至,崇谓之曰:'安仁,卿亦复尔耶!'岳曰:'可谓白首同所归。'岳《金谷诗》云:'投分寄石友,白首同所归。'乃成其谶。"白诗用此典咏王涯、贾䌤、舒元舆、李训等"甘露四相"同日遭戮之事,极为精切。这说明白诗的写作定在"甘露四相"被戮之后,题中所云"九年十一月二十一日",追记之辞也。

宦官专权是中唐政治肌体上最大的毒瘤,当时宦官们掌握着左右神策军,连皇帝自身都受制于他们,故司马光在《资治通鉴》卷二六三中评议中唐宦官之嚣张气焰:"劫胁天子如制婴儿","使天子畏之如乘虎狼而挟蛇虺"。白居易对此深恶痛绝,曾公开宣言"危言诋阉寺,直气忤钧轴"(《和梦游春诗一百韵》)。早在宪宗元和年间,时任学士和拾遗的白居易就曾奋不顾身地上书抨击宦官头子俱文珍、李辅光、吐突承璀等,甚至不惜批皇帝之逆鳞。可是当"甘露事变"发生的时候,白居易已经不是三十年前的那位无所畏惧的英年朝士了。早在元和四年(公元809年),白居易以太子宾客分司东都,便开始了他的"中隐"生涯。到了元和九年九月,朝廷任命他为同州刺史,辞疾不赴,十月改授"太子少傅分司东都",那是一个"月俸百千官二品"(《从同州使史改授太子少傅分司》)的闲职,白居易对之相当满意。当"甘露事变"的惊人消息传到洛阳时,白居易的心情十分复杂。一方面,他当然痛恨宦官的倒行逆施。另一方面,他又庆幸自己急流勇退,及时避开了朝廷里的政治风波,从而没有像朝中诸臣那样横遭杀身之祸。那么,白居易对王涯等"甘露四相"又持什么态度呢?正是在这一点上,后人见仁见智,歧见纷纭。

北宋苏轼《书乐天香山寺诗》云:"白乐天为王涯所谗,谪江州司马。甘露之祸,乐天在洛,适游香山寺,有诗云,'当君白首同归日,是我青山独往时.'不知者,以乐天为幸之。乐天岂幸人之祸者哉！盖悲之也。"(《苏轼文集》卷六七)苏轼未点明"不知者"之名,今考南宋魏庆之《诗人玉屑》卷十六《甘露诗》条云:"沈存中谓,'乐天诗不必皆好,然识趣可尚。'章子厚谓不然,乐天识趣最浅狭,谓诗中言甘露事处,几如幸灾。虽私仇可快,然朝廷当此不幸,臣子不当形之歌咏也,如'当君白首同归日,是我青山独往时'。"沈存中即沈括,章子厚即章惇,都与苏轼有所交往,苏轼所谓"不知者"或即章惇。苏、章二人乃进士同年,入仕后交往密切。章惇所言,苏轼当有所闻,但驳议时姑隐其名。章惇称白居易与王涯有"私仇",当指苏轼所云"为王涯所谗,谪江州司马"之事。元和十年(公元815年),宰相武元衡被刺。身居卑职的白居易最早上书要求捕贼雪耻,得罪了朝中权贵,被执政者奏贬江表刺史。时任中书舍人的王涯落井下石,上疏论"居易所犯状迹,不宜治郡,追诏授江州司马"(《旧唐书·白居易传》)况且王涯其人,"贪权固宠,不远邪佞",为相后因行苛政而招民怨,甘露事变中赴刑场,"百姓怨恨,诟骂之,投瓦砾以击之"(《旧唐书·王涯传》)。即使白居易对其下场有幸灾之意,亦不过分。但事实并非如此。白居易与王涯虽有前嫌,其后的关系也很疏远,但白居易从未在诗文中对王涯有过微词。王涯在甘露事变中惨遭宦官杀害,白居易更不可能在这个时刻产生幸灾之心。况且"当君白首同归日"所用之典乃潘岳、石崇同日罹难,这个典故的重点是同归于尽,不能用于单数的对象。如果此句中的"君"独指王涯,那样怎能用"同归"二字？所以"君"字应是泛指甘露事变中遇害的多位朝官,尤其是指"甘露四相"。白居易与贾餗、舒元舆一向交好,两个月前被任命为同州刺史即因舒元舆之荐。"甘露四相"同时遇害虽出偶然,但那确是朝士与宦官长期斗争的必然结果,身为朝士的白居易怎会对遇害朝士幸灾乐祸!

  苏轼与章惇对白诗有不同解读也许可归因于学养或见识有异,但与他们的人品相殊不无关系。苏轼胸襟坦率,潇洒磊落,虽在政治风波中树敌甚多,但从未因私怨而怀恨于心,即使对政敌王安石也是如此。章惇却性格褊狭,睚眦必报。宋仁宗嘉祐二年(公元1057年),章惇与苏轼同时进士及第。因是年状元乃章惇之侄儿章衡,章惇耻其名次居于章衡之下,竟于两年后重新应举高中后方肯出仕。苏、章二人入仕后一向交好,即使在苏轼遭受乌台诗案时,章惇还曾上书论救。但到了哲宗绍圣年间,新党重掌政权,章惇登上宰相宝座后,却对苏轼一贬再贬,直到"非人所居"的海南,必欲置之死地而后快。章惇对苏轼的迫害,虽有党争的因素,但也未尝没有自私自利的阴暗心理在起作用。黄庭坚说"时宰欲杀之"(《跋子瞻和陶诗》),佛印说"权臣忌子瞻为宰相尔"(见《钱氏私志》),可见章惇之用心路人皆知。相反,苏轼却以不念旧恶的胸怀对待章惇。元符三年(公元1100年)宋哲宗突然去世,朝局又变,章惇罢相,并于次年远贬雷州。遇赦北归的苏轼在途中获知此事,立即写信给章惇的外甥黄寔,说雷州并无瘴疠,让他转劝章惇之母以宽心。此后朝野相传苏轼即将还朝拜相,章惇幼子章援持书来见苏轼,为其父求情。苏轼当即亲笔给章惇回信,多方劝慰,且在书信背面亲笔抄录一道"白术方",让章惇服用以养年。南宋刘克庄评此事曰:"君子无纤毫之过,而小人忿忮,必致之死。小人负丘山之罪,而君子爱怜,犹欲其生。此君子小人之用心之所以不同欤!"(《跋章援致平与坡公书》)苏轼与章惇对白诗的不同解读,与"君子小人之用心不同"不无关系。由此可见当后人对古诗意蕴产生完全相反的评判时,见仁见智固然是可能的原因,以己度人也是不容忽视的因素。西谚云:"有一千个读者就有一千个莎士比亚。"我们也可说有一千个读者就有一千个李白、一千个杜甫和一千个白居易。

关于元稹《遣悲怀三首》的争论

元稹的《遣悲怀三首》被选入《唐诗三百首》以后,就成了广为人知的名篇。《唐诗三百首》的编选者孙洙评之曰:"古今悼亡诗充栋,终无能出此三首范围者。勿以浅近忽之。"这种看法也随着《唐诗三百首》而家喻户晓,深入人心。但事实上这组诗并未得到众口一词的高度肯定,对它的否定或批判性意见也曾产生很大的影响。

对《遣悲怀三首》的否定,主要是从作品和作者这两个角度入手的。先看前者。《唐诗三百首》成书于清乾隆二十八年(公元1763年),七十多年以后,潘德舆在其《养一斋诗话》(此书初刻于道光十六年,即1836年)卷三中就表示了与孙洙针锋相对的意见:"微之诗云'潘岳悼亡犹费词',安仁悼亡诗诚不高洁,然未至如微之之陋也。'自嫁黔娄百事乖',元九岂黔娄哉!'也曾因梦送钱财',直可配村笛山歌耳。"至于后者,则可以陈寅恪先生成书于二十世纪五十年代的《元白诗笺证稿》为代表。陈先生在此书中设专节《艳诗及悼亡诗》,从元稹的品行入手对其《遣悲怀三首》作了严词批评:"'惟将终夜常开眼,报答平生未展眉。'所谓'常开眼'者,自比鳏鱼,即自誓终鳏之义。其后娶继配裴

271

淑,已违一时情感之语,亦可不论。惟韦氏亡后不久,裴氏未娶以前,已纳妾安氏。……夫唐世士大夫之不可一日无妾媵之侍,乃关于时代之习俗,自不可以今日之标准为苛刻之评论。但微之本人与韦氏情感之关系,决不似其自言之永久笃挚,则可以推知。"在中国古代,人们对文学作品的评价一向是人文并重,所以上述两种观点也是相辅相成的。那么,我们应该如何看待这些不同意见呢?

元稹《遣悲怀三首》原文如下(诗题一作《三遣悲怀》,今从《全唐诗》与《唐诗三百首》):

谢公最小偏怜女,自嫁黔娄百事乖。
顾我无衣搜荩箧,泥他沽酒拔金钗。
野蔬充膳甘长藿,落叶添薪仰古槐。
今日俸钱过十万,与君营奠复营斋。

昔日戏言身后事,今朝都到眼前来。
衣裳已施行看尽,针线犹存未忍开。
尚想旧情怜婢仆,也曾因梦送钱财。
诚知此恨人人有,贫贱夫妻百事哀。

闲坐悲君亦自悲,百年多是几多时?
邓攸无子寻知命,潘岳悼亡犹费词。
同穴窅冥何所望,他生缘会更难期。
惟将终夜长开眼,报答平生未展眉。

第三首中提到的"潘岳悼亡",是指晋代诗人潘岳哀悼亡妻的《悼亡诗》三首,这是被萧统选进《文选》的名篇。顾名思义,"悼亡"本是哀悼亡者的意思,但从潘岳作《悼亡诗》开始,"悼亡"成了哀悼亡妻的专有名词,诗人哀悼其他人时是不用这个题目的。潘岳的三首悼亡诗都是五言诗,每首的篇幅都在二十句以上,清人陈祚明评曰:"安仁情深之子,每一涉笔,淋漓倾注,宛转侧折,旁写曲诉,刺刺不能自休。夫诗以道情,未有情深而语不佳者。所嫌笔端繁冗,不能裁节,有逊乐府古诗含蕴不尽之妙耳。"(《采菽堂古诗选》卷一一)潘德舆说"安仁悼亡诚不高洁",大概也有此意。若与元稹诗相比,潘诗显然较为典雅、深密,比如第一首中写人去室空情景的一段:"望庐思其人,入室想所历。帏屏无仿佛,翰墨有馀迹。流芳未及歇,遗挂犹在壁。怅恍如或存,回惶忡惊惕。如彼翰林鸟,双栖一朝只。如彼游川鱼,比目中路析。春风缘隙来,晨霤承檐滴。"相对而言,元诗的"针线犹存未忍开"之句就显得浅近简单。潘德舆说元诗"陋",当即指此而言。但是,人称"元才子"的元稹为何要把这三首诗写得如此明白浅显、直如口语呢?我们不妨再读几首元稹的其他悼亡诗。韦丛卒后,元稹一连写了好多首悼亡诗,在今存元氏诗集中,《夜间》一诗题下自注云:"此后并悼亡。"陈寅恪先生认为从《夜间》直到《除夜》的十四首诗(包括《遣悲怀三首》)都是悼亡诗,甚确。这些诗作的语言风格并不都像《遣悲怀》这样浅白,例如《夜间》:"感极都无梦,魂销转易惊。风帘半钩落,秋月满床明。怅望临阶坐,沉吟绕树行。孤琴在幽匣,时迸断弦声。"就相当典雅庄重。至于《空屋题》中的"月明穿暗隙,灯烬落残灰",《城外回谢

273

子蒙见喻》中的"寒烟半堂影,烬火满庭灰",都与潘诗甚为相似。可见元稹并不是不能写出像潘岳那样的悼亡诗来,《遣悲怀三首》的浅显风格是他有意为之的结果。悼亡诗本该是对着亡妻的独白,正像夫妻之间的日常对话,肯定是随口而出的平常话语,何"陋"之有?

顺便交代一下,有的学者认为《遣悲怀三首》是在韦丛逝世多年之后才写成的,陈寅恪先生曾以"今日俸钱过十万"一句为据,认为韦丛亡时元稹正在洛阳任监察御史,其月俸远不及十万之数,所以此诗作于元和十三年(公元818年)元稹权知通州州务时,距离韦丛之卒年(公元809年)已有九年之久。赵昌平先生更认为作于元稹升任同中书门下平章事时,即在长庆二年(公元822年),那就是事隔十多年后的追思之作了(见赵昌平《唐诗三百首全解》)。这种说法与事实不符。卞孝萱先生在其《元稹年谱》中以坚实的考据证实了《遣悲怀三首》是在韦丛去世的当年写成的,一则元稹以监察御史分司东台,其实际官俸可近十万之数;二则元诗写成之后,白居易随即作《答谢家最小偏怜女》等诗和之,而白诗是元和五年所作。白居易的诗集是他本人生前所编,后来保存得相当完整,其编年是相当可靠的。因此元稹的《遣悲怀》不可能是多年之后的追思之作,而是突遭丧妻之祸后直抒胸臆而成。

韦丛之父是韦夏卿,官至太子少保,元和二年卒。韦丛是韦夏卿的幼女,故元稹称她为"谢公最小偏怜女",这是活用东晋才女谢道韫得其叔父谢安赏识的典故,意谓韦丛是出自名门的大家闺秀,又得其父爱怜。韦丛于贞元十九年(公元803年)与元藕结婚,当时元稹初入仕途,任秘书省校书郎。校书郎官居九品,俸禄较薄,故元稹家境相当贫寒。而当时的韦夏卿正任太子宾客的显职,所以韦丛嫁给元稹,真可谓"下嫁"。潘德舆对"自嫁黔娄百事乖"一句大为不满,说:"元九岂黔娄哉!"这可能是因为黔娄是古代以安贫乐道著称的贫士,与元稹的身份和行为颇不相合。其实,一则元稹当时确实比较贫困,他在《祭亡妻韦氏文》中说:"逮归于我,始知贱贫。食亦不饱,衣亦不温。"即使语有夸张,当离事实不远。而且古人称道黔娄,经常涉及其妻。例如陶渊明在《五柳先生传》中说:"黔娄之妻有言,'不戚戚于贫贱,不汲汲于富贵。'极其言兹若人之俦乎!"因为据《列女传》的记载,黔娄之妻是与黔娄一同安贫乐道的伴侣。所以元稹自称黔娄,也含有表彰韦丛安贫乐道之意在内。这样的写法,无可厚非。

《遣悲怀三首》的文字非常浅显,虽然诗中也有一些典故,但一则都是熟典,二则都用浅近文字直接叙事,并不难懂。像第三首中的第三句:"邓攸无子寻知命。"邓攸字伯道,西晋人。永嘉年间中原大乱,邓攸携带一子一侄仓惶南奔,兵荒马乱中无法同时保全两个幼儿,因侄儿是亡弟的独子,为保全亡弟子嗣,便舍弃亲生儿子而独携侄儿逃到江东。没想到后来邓攸竟终生无子。时人哀之,说:"天道无知,使邓伯道无儿!"韦丛卒时年二十七岁,只留下一个年幼的女儿而没有儿子,所以此句一方面是慨叹自己无子,一方面也有惋惜像韦丛那样的善人竟无子嗣的意思在内。"知命"在这里是知道命运的意思,赵昌平先生解作"五十而知天命"之意,与诗意游离,与元稹写诗时的年龄也不合。从整体来看,《遣悲怀》的文字真像口语一般易懂,清人陈世镕评之曰:"悼亡之作,此为绝唱。元、白并称,其实元去白甚远,惟言情诸篇传诵至今,如脱于口耳。"(《求志居唐诗选》)确实,元稹诗的总体成就远不如白居易,但《遣悲怀》却是脍炙人口的名篇,其成功之处正在以浅近的语言表达深挚的情感,深衷浅貌故感人肺腑。潘德舆讥笑"也曾因梦送钱财"之句"直可配村笛山歌耳",这是士大夫自命高雅的偏见。村笛山歌,正是产生于民间的天籁之音,其价值还在典雅高华的庙堂诗乐之上。况且金圣叹说得好:"诗非异物,只是人人心头舌尖所万不获已,必欲说出之一句说话耳。"(《与家伯长文昌》)元稹丧妻之际,悲从中来,发声一恸,遂写出其"心头舌尖所万不获已必欲说出"的《遣悲怀》来。此时此际,哪能顾得上字斟句酌、布局谋篇?顺便说一下,"也曾因梦送钱财"到底指什么而言,赵昌平先生说是指"焚烧纸锭",我觉得可能是说因梦中闻韦丛之语而馈赠钱财予他人(亲友、婢仆等),这才与上句"尚想旧情怜婢仆"互相紧扣。当然这两种解法都能说通,很难确定究以何者为是。

那么,历代论者对元稹的品行不无微词,这是否会影响读者对《遣悲怀》的接受呢?首先,前人对元稹人品的批评存在着不实之词。事实上元稹只是在仕途上稍有躁进之心,不像其好友白居易那样乐天安命而已。在反对宦官专权、反对军阀割据等方面,元稹与白居易一向志同道合,互相支持,这正是他们的友谊终生不渝的根本原因。元稹对待爱情似乎不如白居易那样专一,他早年曾与一位才貌双全的女子(就是《莺莺传》中崔莺莺的原型)恋爱,后娶韦丛为妻,韦丛卒后又先后纳安仙嫔为妾、娶裴淑为妻,因此常得"薄倖"之讥。但学界对此看法不一,例如吴伟斌先生就有专文驳斥"元稹薄倖说"(详见其《元稹考论》)。我认为即使元稹在爱情上不够专一,也不影响读者对《遣悲怀》的喜爱。因为至少在写《遣悲怀》时,他的情思是绝对真挚的。此外,人们也注意到元稹在《遣悲怀》中信誓旦旦地说"惟将终夜常开眼,报答平生未展眉",但不到两年就纳妾安仙嫔,安仙嫔卒后又迎娶裴淑,似乎言而不信,陈寅恪先生就责备他"已违一时情感之语"。但平心而论,韦丛卒时元稹年方三十一岁,又没有子嗣,在当时的社会里,要让身为官员的元稹从此独身,近于苛求。况且"惟将终夜常开眼"虽是用鳏鱼之典,但是此典原有二义,《释名·释亲属》云:"无妻曰'鳏'。……愁悒不寐,目恒鳏鳏然。然其字从鱼,鱼目恒不闭者也。"陈寅恪先生说元稹"自比鳏鱼,即誓终鳏之义",诚有所据,但也不妨仅取"目恒鳏鳏然"之义,将此句解作终夜难眠之状,而不必看成是从此不娶的誓言。从元稹的诗句来看,重点也在"终夜常开眼"。至于元稹后来另行婚娶,则与写诗时的悲痛心情并不矛盾,也不应影响读者对此诗的接受。吴伟斌先生举苏轼的悼亡名作《江城子》(十年生死两茫茫)为旁证,说苏轼在王弗去世三年后另娶其堂妹王闰之为妻,写《江城子》时正与王闰之在一起生活,这并不影响他在词中追悼王弗的情感之真挚,很有说服力。

　　《遣悲怀三首》成为悼亡名作的原因何在?前人多有论说。例如清人周咏棠说:"字字真挚,声与泪俱。骑省悼亡之后,仅见此制。"(《唐贤小三昧续集》)陈寅恪先生也指出:"专就贫贱夫妻实写,而无溢美之词,所以情文并佳,遂成千古之名著。"的确,这三首诗只写了两方面的内容:一是回忆夫妻间的日常生活,二是抒写丧妻后的悲痛心情,字字真诚,绝无虚饰。由于"贫贱夫妻百事哀",所以回忆得最多的是与韦丛成婚后捉襟见肘的艰辛生活,这当然使身为丈夫的元稹感到万分愧疚。第一首的中四句絮絮叨叨地细述种种生活细节,活画出一对"贫贱夫妻"的窘迫情状。如果细读,则"野蔬充膳甘长藿,落叶添薪仰古槐"二句写韦丛勉力打理全家生计之艰难,而"顾我无衣搜荩箧,泥他沽酒拔金钗"二句则写夫妻在贫苦生活中相怜相惜,辛酸中又蕴含着几分甜蜜。正因如此,"今日俸钱过十万,与君营奠复营斋"二句表面上语气平淡,意思也有点凡庸,但字里行间蕴含着深哀巨痛,感人至深。元稹所写当然是他独特的痛切感受,但正如金圣叹所说:"作诗须说其心中之所诚然者,须说其心中之所同然者。说心中之所诚然,故能应笔滴泪。说心中之所同然,故能使读我诗者应声滴泪也。"(《答沈匡来元鼎》)元稹追怀亡妻时的巨大遗憾,典型地写出了人生的一大缺憾:当你的生活条件获得改善之后,最应该与你分享的人却已不在人世。在元稹此诗之后,我们又读到了欧阳修在《泷冈阡表》中回忆其父亲的两次慨叹:"祭而丰,不如养之薄也。""昔常不足,而今有馀,其何及也!"以及陆游在《喜雨歌》中对未及看到丰年的穷苦百姓的悲悯:"斯民醉饱定复哭,几人不见今年熟!"还有郑板桥《乳母诗》中的"平生所负恩,不独一乳母。长恨富贵迟,随令惭恧久!"尽管他们追思的对象各有不同,但作为人生缺憾的性质却是一样的。《遣悲怀三首》就是一组既说出了"其心中之所诚然者",又说出了"其心中之所同然者"的好诗,它们永远感动着千千万万的读者,这不是偶然的。

元稹的《行宫》如何以简驭繁?

元稹的《行宫》是一首五言绝句:"寥落古行宫,宫花寂寞红。白头宫女在,闲坐说玄宗。"后代的论者众口一声地称赞其以简驭繁,清人沈德潜云:"只四语,已抵一篇《长恨歌》矣。"(《重订唐诗别裁集》卷一九)清人潘德舆云:"'寥落古行宫'二十字,足赅《连昌宫词》六百余字,尤为妙境。"(《养一斋诗话》卷三)明人胡应麟则称其:"语意妙绝,合建七言《宫词》百首,不易此二十字也。"(《诗薮·内编》卷六)胡应麟认为《行宫》乃王建所作,故将其与王建的《宫词》相比。然而王建的《宫词》由一百首七言绝句组成,它们虽然都是表现宫内生活的,但每首皆写不同方面的细节,诸如皇帝早朝、宫廷戏乐、宫人寂寞、乐师辛苦等,并无统一的主题,它们与主题鲜明的《行宫》缺乏可比性。故本文只将《行宫》与《长恨歌》《连昌宫词》进行对比。白居易的《长恨歌》全诗一百二十句,八百四十字。元稹的《连昌宫词》全诗九十句,六百三十字。《长恨歌》《连昌宫词》都是流传千古的名篇,并非意芜词冗的平庸之作,为何寥寥二十字的《行宫》能与它们相提并论呢?

关键在于相同的主题。《长恨歌》描写唐玄宗与杨贵妃悲欢离合的故事,后人对其主题歧说纷纭,影响最大的一种是目睹《长恨歌》写作过程的陈鸿所言:"乐天因为《长恨歌》,意者不但感其事,亦欲惩尤物、窒乱阶,垂于将来者也。"(《长恨歌传》)意即白居易通过李、杨的爱情悲剧来揭示马嵬坡事变的前因后果,从而将女色误国、荒淫败政的惨痛教训垂诫史册。《连昌宫词》则通过一座行宫由盛转衰的变化,抒发诗人的兴亡之感,既揭露玄宗荒淫误国,亦表达对太平盛世的向往。两首诗虽然各有重点,但其主题显然有所交集、重合,那就是对唐玄宗一朝由盛转衰的过程的深沉慨叹。显然,这也正是《行宫》的主题。在一座久被废弃的古行宫里,几位白头宫女"闲坐说玄宗",她们是在说些什么呢?诗中一语未及,但读者自可合理地展开想象。宫女业已白头,让人联想到李绅、白居易和元稹的同题之作《上阳白发人》。白诗云:"上阳人,红颜暗老白发新。绿衣监使守宫门,一闭上阳多少春。玄宗末岁初选入,入时十六今六十。"白诗小序云:"天宝五载已后,杨贵妃专宠,后宫人无复进幸矣。六宫有美色者辄置别所,上阳是其一也。贞元中尚存焉。"《行宫》未曾明言所咏乃何宫,但既是行宫,当不在皇城内,即与上阳宫、连昌宫等类似。《行宫》中的白头宫女既然熟知玄宗朝的故事,当亦是玄宗末年被选入宫者。"上阳白发人"入宫后"未容君王得见面,已被杨妃遥侧目。妒令潜配上阳宫,一生遂向空房宿。"《行宫》中的白头宫女大概也有类似的悲惨命运。唯独如此,她们最关心玄宗、杨妃的一举一动。曲江春游、骊山夜宴的传闻,肯定使她们满心向往,不胜歆羡。而仓促西奔、血染马嵬的传闻,肯定使她们莫名惊诧,不胜唏嘘。本来宫女们是不敢随便议论宫中秘事的,中唐诗人朱庆余《宫词》说得好:"含情欲说宫中事,鹦鹉前头不敢言。"然而玄宗的故事已是前朝遗事,白头宫女又身处无人光临的冷宫,就不再有此顾忌。宫中的岁月既漫长又无聊,她们当然要"闲坐说玄宗"了。玄宗既是亲手开创了开元盛世的一代明君,又是亲手酿成安史之乱的一代昏君,他留下的故事格外丰富。《连昌宫词》中的"宫边老翁"曾细细诉说玄宗朝的史实:"姚崇宋璟作相公,劝谏上皇言语切。燮理阴阳禾黍丰,调和中外无兵戎。长官清平太守好,拣选皆言由至公。开元之末姚宋死,朝廷渐渐由妃子。禄山宫里养作儿,虢国门前闹如市。弄权宰相不记名,依稀记得杨与李。庙谟颠倒四海摇,五十年来作疮痏。"幽闭深宫的宫女当然不会评说前朝政治上的得失,她们关注的无非是玄宗、杨妃悲欢离合的故事,也就是白居易在《长恨歌》中工笔重彩进行铺叙的内容。对于唐人来说,唐玄宗真是一位令人爱恨交加、难有定评的人物。试看杜甫在马嵬事变发生不久所写的《哀江头》,对玄宗的态度就已如此。宋人张戒评曰:"题云《哀江头》,乃子美在贼中时,潜行曲江,睹江水江花,哀思而作。其词婉而雅,其意微而有礼,真可谓得诗人之旨者。"的确,《哀江头》中对玄宗、杨妃当年的骄奢淫逸有所讥刺,正是他们只图享乐、不恤国事导致了安史之乱。但是当年曲江游赏的盛况毕竟是盛世光景的一个点缀,而眼前的冷落凄凉则是亡国的惨象,故兴亡之感弥漫于字里行间。何况玄宗、杨妃一奔亡,一惨死,都已为自己的行为付出惨重的代价,此时杜甫对他们的感情已是怜悯多于责备。帝王与后妃毕竟是国家的象征,玄宗、杨妃的悲剧结局意味着大唐盛世的终结,诗人对此无限怅惋。白居易的《长恨歌》,元稹的《连昌宫词》,就情感倾向而言,都与《哀江头》大同小异。可以说,玄宗、杨妃悲欢离合的故事,以及唐人对玄宗、杨妃的基本态度,读者都很熟悉。所以"白头宫女在,闲坐说玄宗"二句诗,会使读者产生无比丰富的联想,进而产生无比深沉的感慨。一句话,玄宗的事迹既丰富生动又广为人知,这是《行宫》一诗能够以简驭繁的根本原因。要是宫女们所说的是"肃宗""德宗",或是并无悲欢离合的传奇经历的其他唐代帝王,多半不会产生如此神奇的效果。

《行宫》的行文极其简洁,但艺术上仍是可圈可点。首句正面描写行宫:这是一座"古行宫",它曾接待过古代的帝王,如今则已"寥落",也即车马绝迹,门庭冷落。次句让人联想起盛唐诗人王维的名篇《辛夷坞》:"木末芙蓉花,山中发红萼。涧户寂无人,纷纷开且落。"也让人联想起明代哲人王阳明的名言:"你未看此花时,此花与汝心同归于寂。你来看此花时,则此花颜色一时明白起来。"(《传习录》)大自然不会随着人事而变迁,纵然盛世已逝,行宫冷落,但春风一吹,依然花红草绿。此花虽然盛开,但是无人欣赏,只好"寂寞红"。将"寂寞"置于"红"字之前,妙不可言。假如翻译成白话,大概是"宫花寂寞地红着",这几乎就是"同归于寂"的意思。经过前二句的渲染,一个寂寥凄清的氛围已经形成。后二句便直入主题:几个满头白发的宫女,闲坐在一起谈说前朝帝王后妃的传奇故事。四句诗内竟有三个"宫"字,如果说"行宫"和"宫女"是固定搭配的词组,那么"宫花"显然不是。近体诗本来忌用相同的字眼,此诗连用三个"宫"字,却很好地强调了一个幽深的封闭环境:连春光也被深锁在宫内。诗中仅有的两个颜色字"红""白"也相映成趣,如果借用金圣叹的评点法,可说是"红是红,白是白"。花红意味着自然的终而复始,亘古如斯,头白则象征着人事的迅速变迁,一去不返。两相对照,感慨生焉。只要我们把目光从玄宗这个言说对象转移到言说主体"白头宫女"身上,《行宫》也可以与白居易的《上阳白发人》相提并论。上阳白发人如何打发长达数十年的幽闭生涯?"莺归燕去长悄然,春往秋来不记年。惟向深宫望明月,东西四五百回圆。"这是夜长不眠的情景。那么无聊的白天呢?多半就是"闲坐说玄宗"了。两者之间正可互补,可惜后代的诗论家未曾论及。尽管元稹在《上阳白发人》中说过"此辈贱嫔何足言"的混账话,但《行宫》中的白头宫女肯定会引起读者的深切同情,这是"形象大于思想"的文学原理的生动例证。

李贺诗中的铜人为何流泪？

唐宪宗元和七年（公元812年），二十三岁的李贺作《金铜仙人辞汉歌》："茂陵刘郎秋风客，夜闻马嘶晓无迹。画栏桂树悬秋香，三十六宫土花碧。魏官牵车指千里，东关酸风射眸子。空将汉月出宫门，忆君清泪如铅水。衰兰送客咸阳道，天若有情天亦老。携盘独出月荒凉，渭城已远波声小。"此诗所咏的史实非常明确，因为诗序中已交代清楚："魏明帝青龙元年（公元233年）八月，诏宫官牵车西取汉孝武捧露盘仙人，欲立置前殿。宫官既拆盘，仙人临载，乃潸然泪下。"此事史籍有载，据《三国志·魏书·明帝纪》裴松之注引《魏略》，景初元年（公元237年），"徙长安诸钟虡、骆驼、铜人承露盘，盘拆，铜人重不可致，留于霸城。"李贺序中所云，除年代不够准确外，均为史实。甚至连铜人流泪也载于史册，裴注引《汉晋春秋》："帝徙盘，盘拆，声闻数十里，金人或泣，因留于霸城。"但是李贺为何作诗追咏六百年前的故事？诗中又为何用大笔濡染铜人流泪的细节？让我们先读文本。

首句从汉武帝说起。"茂陵刘郎秋风客"，这个称号真是别出心裁。按古人的习惯，"刘郎"应是对刘姓青年男子的美称，比如《幽明录》中所载的刘晨，曾与阮肇在天台山中同遇仙女，仙女即呼其为"刘、阮二郎"。唐代诗人刘禹锡在诗中自称"刘郎",即出此典。《汉语大辞典》中"刘郎"条的第一义项是"刘姓帝王",并举《宋书·符端志》为书证:"逆旅妪曰,'刘郎在室内,可入共饮酒。'"此乃误引。《宋书》中所说的"刘郎",乃指宋武帝刘裕少时,当时他还是个以贩履为业的穷小子。等到刘裕称帝以后,谁还敢称他为"刘郎"?李诗中说"茂陵刘郎",是指汉武帝登基乃至驾崩之后。汉武帝十六岁登基,在位长达五十四年,这才是"刘姓帝王"。但是除了李贺,恐无他人敢称武帝为"刘郎"。至于"秋风客",当因武帝曾作《秋风辞》。清人王琦评曰:"然以古之帝王而渺称之曰'刘郎',又曰'秋风客',亦是长吉欠理处。"(《李长吉歌诗汇解》卷二)然而诗人之言,何必定要合"理"?还是清人黄周星说得好:"徽号甚妙,使汉武闻之,亦当哑然失笑。"(《唐诗快》卷二)因为这个称呼不但显得亲切,而且富有"文艺范"。汉武帝虽是雄才大略的帝王,但多愁善感,且喜好文艺,以"刘郎"称之,妙不可言。

汉武帝的生命力特别旺盛,不但功业彪炳,且有无数风流韵事。无怪他渴望延长生命,求仙服丹,无所不至。他听信方士之言,在建章宫中建造高达二十丈的铜人,掌托铜盘,夜承露水,和玉屑而饮之,以求延年益寿。可惜死生有命,寿夭自有定数。杜诗说得好:"人生七十古来稀。"汉武帝享年七十有一,终究难逃一死。也许他对此耿耿于怀,故死后犹不甘寂寞,据《汉武故事》记载:"甘泉宫恒自然有钟鼓声,候者时见从官卤簿等似天子仪卫。"李诗前四句,就是对这个传说的生动想象。岁月无情,朝代更迭,三百个春秋风驰电掣,转眼到了魏代。魏明帝下令将铜人移往洛阳。李贺用浓墨重彩深情描写铜人启行的过程：魏官车载铜人，向千里之外的洛阳进发。及出长安东门，秋风凄厉，如箭镞般射入眼眶，直吹得两眼发酸。铜人思念汉武帝，不由得潸然泪下。"铅水"一词，想落天外，又妙合情理。一则铜人之泪水应有金属性质，二则此泪水格外沉重。读者恐怕都未见过铅水，但读过此句后闭目一想，竟仿佛得见两行沉重的、闪耀着暗淡银光的泪水从铜人眼中缓缓流出。晋人桓温曾有名言："树犹如此，人何以堪！"我们完全可以仿照着说："铜人犹如此，人何以堪！"

铜人流泪，当然是因为思念汉武帝。"忆君清泪如铅水"句中所说的"君"，必是指汉武帝而言。但是李贺为何要对这个细节如此濡染大笔？则众说纷纭，主要有四种解法。第一种是出于黍离之悲，明代无名氏云："前四句有黍离之感，方落出铜人泪下。"又云："铜驼荆棘之情，言下显然。"（《李长吉歌诗编年笺注》引）第二种是感怀时事，今人钱仲联先生云："此诗是伤顺宗之死及王叔文诸人被贬出京之作。……借金铜仙人之离长安，指王叔文诸人被贬出京，不忍离开顺宗之情景。"（《李贺年谱会笺》）第三种亦是感怀时事，但具体指向有异，清人姚文燮云："宪宗将浚龙首池，修麟德、承晖二殿，贺盖谓创建甚难，安得保其久而不移也。孝武英雄盖世，自谓神仙可期，作仙人以承露，糜费无算。中流《秋风》之曲，可称旷代，今茂陵寂寞，徒存老桂苍苔。而魏官牵车踩跋，悲风东来，唯堪拭目。……嗟夫！以孝武之求长生且不免于死，所宝之物已迁他姓，创造之与方术，有益耶？无益耶？读此当知辨矣。"（《昌谷诗集》卷二）第四种是自抒怀抱，清人陈沆云:"自来说此诗者,不为咏古之恒词,则谓求仙之泛刺,徒使诗词嚼蜡,意兴不存。试问《魏略》谓魏明帝景初元年,徒长安诸钟虡、骆驼、铜仙承露盘,而此故谬其词曰'青龙元年',何耶?既举其事矣,而又特称曰'唐诸王孙'云云,何耶?此与《还自会稽歌》,皆不过咏古补亡之什,而杜牧之特举此二篇,以为离去畦町,又何耶?《归昌谷》诗云:'束发方读书,谋身苦不早。发轫东门外,天地皆浩浩。心曲语形影,只身焉足乐。岂能脱负担,刻鹄曾无兆。'而后知'空将汉月出宫门,忆君清泪如铅水''潸然泪下'之意,即宗臣去国之思也。'衰兰送客咸阳道',即《还自会稽歌》之'辞金鱼''梦铜辇'也。'渭城已远波声小',即王粲诗之'南登灞陵岸,回首望长安'也。长吉志在用世,又恶进不以道,故述此二篇以志其悲。特以寄托深远,遂尔解人莫索。"(《诗比兴笺》卷四)

对诗歌旨意进行阐释虽然有多种可能性,但是万变不离其宗,任何阐释必须符合文本。离文本越近,其合理性也越大。凡与文本风马牛不相及者,其合理性就不复存在。上述四种解说中,后面三种显然与文本相距较远。第二种认为李贺有感于顺宗之死及王叔文诸人被贬,可是唐顺宗其人,享年仅四十有六,登基不到一年即被迫退位,且始终缠绵病榻,他与汉武帝的差异不可以道里计。至于王叔文诸人被贬出京,又与铜人有何相似?恐怕只有流泪忆君一端。但是铜人流泪是追忆数百年前之武帝,王叔文诸人则是思念刚退位的顺宗,若李贺果真取之相比,那真是比拟不伦。即使李贺真有此意,历代去国怀君的贤臣不知有几,为何一概不取,偏偏托意于铜人?况且全诗中充溢着浓重的沧桑、黍离之悲,却不见有丝毫忠而被谤之怨。第三种的情况大同小异:唐宪宗一朝,并无大兴土木、劳民伤财之事。即使偶尔修缮宫殿,李贺意欲讥讽,则尽可借历代君主所建之著名宫殿如秦之阿房、汉之井幹为喻,何取于铜人?汉武帝铸造铜人,意在追求长生而非享受奢华。后人讥之,亦指向其迷信而非糜费。李贺为何用此来讥刺唐宪宗修缮宫殿?况且全诗中除了"三十六宫"一句稍及宫殿广大之外,根本没有写到"宫室崔巍"的情形,李贺写诗怎会如此离题万里?

第四种解说最难证伪,因为它涉及文本的意蕴与诗人的心态之关系。一般来说,这两者当然是密切相关的。李贺是否"志在用世"?当然是。李贺有没有"宗臣去国之思"?当然有。然而陈沆对此诗的解说仍不合理,因为诗人的心态不一定与其每篇作品的意蕴若合符契。陈沆的具体解析则多有穿凿附会之弊,比如他发现魏移铜人事在景初元年,遂诘问"而此故谬其词曰'青龙元年',何耶"?其实诗人作诗,对史实多凭记忆,一时误记,乃为常情。而且李贺有什么必要"故谬其词"?所咏之事如此明确,难道把年代故意写错就能表达什么深层含意?又如序中自称"唐诸王孙"云云,陈沆又诘问"何耶"?其实这是由于序文以"魏明帝青龙元年"发端,接下来的叙事皆属过去式,惟末句转到当前,若径云"李长吉",语气过于突兀,故需点明"唐"字。李贺本为宗室子弟,故自称"唐诸王孙"。这难道又有什么深层含意?至于"志在用世""宗臣去国之思",虽是李贺固有的心态,但是否寄寓在此诗中,仍需进行文本分析。先看后者。李贺于元和七年(公元812年)因病辞去奉礼郎之职,离开长安返回昌谷。作为胸怀大志的宗室子弟,此时的诗人胸怀"宗臣去国之思",是理所当然的事情。此诗以如此伤感的情调描写铜人辞汉之事,与诗人心态不无关系。但是"宗臣去国之思"只是诗人咏怀古迹的心理背景,并非诗歌的主要意蕴,因为它在文本中若隐若现,远不如沧桑黍离之感那样浓重、明晰。至于前者,则笔者对此诗几番细读,未见"用世之志"的蛛丝马迹。陈沆所云,皆用李贺的其他作品作为旁证,语多穿凿,不足为训。陈沆的解说是一种"过度阐释",既然无法落实于文本分析,则所谓"特以寄托深远,遂尔解人莫索",遁词而已。

那么,李贺诗中的铜人究竟为何流泪呢?让我们从文本分析入手。全诗十二句,着重描写了三点内容:一是汉武帝身后寂寞,二是铜人出宫时心酸流泪,三是铜人出关后天地寂寥,正是这些内容在诗人心中组成了浓重的沧桑、黍离之感。汉武帝一代雄主,功垂史册,可是在李贺眼中,他只是生前吟唱"秋风起兮白云飞,草木黄落兮雁南归。……欢乐极兮哀情多,少壮几时兮奈老何"的"秋风客",死后则是忽隐忽现的游魂。汉宫荒寂,桂冷苔碧,何等凄凉!甚至汉宫中的铜人也被新朝运走,临载之际,伤心流泪。只有天上明月亘古不变,当年曾照着铜人举盘承露,如今又照着他独出宫门。至于武帝的文治武功,汉宫的辉煌宏伟,早已灰飞烟灭,归于空无。应该说,"金铜仙人辞汉"这类题材,在任何诗人的笔下都难免沧桑、黍离之感。张说是盛唐名相,其《邺都引》云:"试上铜台歌舞处,惟有秋风愁杀人。"李白豪情满怀,其《梁园吟》云:"昔人豪贵信陵君,今人耕种信陵坟。荒城虚照碧山月,古木尽入苍梧云。"李贺生于中唐,国步维艰,当然会对沧海桑田与朝代兴替怀有更加深切的感受。如果此诗仅仅表现了沧桑、黍离之感,那它未必能在同类诗中脱颖而出。此诗的独特之处是诗人在感怀历史沧桑的同时,渗入了格外浓烈的时间迁逝、生命无常之感叹,从而将抒情主体与感怀的客体融为一体。在李贺笔下,不但铜人多情,连衰兰亦能送客,明月亦解伴人。"天若有情天亦老"一句,后人皆评为千古奇句,其奥秘就在诗人将内心愁绪投射于天地万物。李贺体弱多病,多愁善感,他仿佛预见到自己年命不永,故对生命的短促怀着深切的焦虑。诸如"我当二十不得意,一生愁谢如枯兰"(《开愁歌》)、"月寒日暖,来煎人寿"(《苦昼短》)、"王母桃花千遍红,彭祖巫咸几回死"(《浩歌》)等句,即是明证。在李贺心中,天地万物都是短暂的,都会无可奈何地走向衰老、死亡。所以铜人的泪水就是从诗人心中流出的血泪,它包含着青春不永的惆怅、生命短促的焦虑、历史沧桑的感喟、朝代更迭的悲慨……万感交集,忧来无端,所以那两行泪水格外沉重,有如铅水。所谓"寄托深远",倘在兹乎?

德不孤,必有邻
——读李商隐《哭刘蕡》札记

刘蕡是唐代政治史和科举史上的著名人物。唐文宗大和二年(公元828年),刘蕡应制举"贤良方正能直言极谏"科,在对策中痛言宦官专权之害,言辞激切,无所讳避。考策官冯宿等人见策叹服,以为晁错、董仲舒无以过之,但是慑于宦官气焰,仍然将刘黜落。即便如此,宦官头子仇士良还追究两年前刘蕡进士及第时的主考杨嗣复的责任,责备他说:"奈何以国家科第放此风汉耶?"杨嗣复恐慌之下,竟答曰:"嗣复昔与刘蕡及第时,犹未风耳!"(《玉泉子》)在宦官势力的迫害下,刘蕡终生沉沦下僚,最后郁郁以终。然而孔子有言:"德不孤,必有邻。"(《论语·里仁》)刘蕡下第,同科登第的李邰说:"刘蕡不第,我辈登科,实厚颜矣!"奋然上书请以所得官职转让刘蕡,事虽不行,时论壮之。唐宣宗大中三年(公元849年),刘蕡卒于江州,身后寂寞,在政坛与文坛上均未引起反响。只有正在长安的李商隐闻此噩耗,连作四诗哀悼刘蕡,其中的《哭刘蕡》云:"上帝深宫闭九阍,巫咸不下问衔冤。黄陵别后春涛隔,湓浦书来秋雨翻。只有安仁能作诔,何曾宋玉解招魂。平生风义兼师友,不敢同君哭寝门。"此诗是唐诗中最负盛名的悼友诗,堪称刘蕡其人在唐诗苑中树立的一道丰碑。

　　李商隐结识刘蕡,约在唐文宗开成二年(公元837年),其时李、刘同在山南西道节度使令狐楚幕中。不久令狐楚去世,李、刘萍踪宦海,天各一方。直到大中二年(公元848年)春,李商隐从江陵返回桂林,方在湘江流入洞庭湖处的黄陵偶遇刚从柳州放还的刘蕡(从刘学锴说),匆匆一面,随即分道扬镳。没想到一年半以后,就得到刘蕡去世的消息。李商隐与刘蕡的年龄大约相差十余岁,且平生离多会少,但二人志同道合,在政治上都强烈反对宦官专权。甘露事变发生后,宦官气焰空前嚣张,视天子如傀儡,视朝士如草芥,李商隐却连作《有感二首》和《重有感》,严词斥责宦官之欺君弄权、滥杀无辜,且公然希望藩镇进军长安以清君侧。这种忧国如焚、爱憎分明的政治态度,与刘蕡的对策交相辉映。正因如此,此诗开头高屋建瓴,从朝廷说起。《九辩》云:"岂不郁陶而思君兮,君之门以九重。"《离骚》云:"吾令帝阍开关兮,倚阊阖而望予。"又云:"巫咸将夕降兮,怀椒糈而要之。"《招魂》云:"帝告巫阳曰,'有人在下,我欲辅之。魂魄离散,汝筮予之。'……巫阳焉乃下招曰,'魂兮归来!'"李诗杂用楚辞中词语,构建出一个迷离阴冷的昏暗世界:上帝居处幽深,重门紧闭,下人无由得入。人间充满冤屈,也没有神巫降临察问。《楚辞》中神话境界的真实指向都是现实世界,李诗则正如胡以梅所评,"将忠良受屈,昏君无权,全部包举"(《唐诗贯珠串释》)。具体到刘蕡身上,则此联意谓刘蕡衔冤久矣,却不见朝廷为他申冤平反。此时刘蕡已死,且身后寂寥,故此联意存双关:刘蕡抱冤而死,却不见有人为他招魂!

次联堪称警句。上句写去年春天诗人与刘蕡在黄陵萍水相逢,随即各奔前程。李商隐南下桂林,刘蕡则北上澧州(刘卒前任澧州员外司户),从此相隔烟波浩渺的洞庭湖,"春涛隔"乃是实境。但是使二人别多会少的根本原因是变幻莫测的宦海风波和波谲云诡的政治局势,在李商隐看来,刘蕡的身影一直在政治波涛中出没隐现,"春涛隔"又是虚境。下句写收到从溆浦寄来的讣音时,正是阴雨连绵的深秋时节,"秋雨翻"乃是实境。秋雨会使人感到身体的寒意和心境的凄凉,李商隐的诗句"休问梁园旧宾客,茂陵秋雨病相如"(《寄令狐郎中》)、"秋霖腹疾俱难遣,万里西风夜正长"(《王十二兄与畏之员外相访见招小饮时予以悼亡日近不去因寄》)、"君问归期未有期,巴山夜雨涨秋池"(《雨夜寄北》)皆是显例。此刻诗人惊闻噩耗,哀伤愤怨,悲怆激烈,心绪如暴雨般翻滚跳荡,"秋雨翻"又是虚境。两句诗不但在字面上对仗工整,而且在意脉上互相映衬,文情并茂,感人至深。

逝者逝矣,存者又能如何?颈联坦承自己确有文才,能像潘岳那样撰写诔文,但亦仅此而已。因为死者不能复生,纵然是宋玉,也未能真为屈原招魂,何况自己?此联从自身着眼,表哭友之意,真切地抒写了一介文士无可奈何的心情。尾联归入哭友主题,表明自己与刘蕡亦师亦友的亲密关系,也表明此种关系植根于"风义"即风节道义,绝非一般的私人交谊。《礼记·檀弓》载孔子言曰:"师,吾哭诸寝。朋友,吾哭诸寝门之外。"以示尊卑有别。今刘蕡于李商隐,于交谊则朋友也,按礼制应哭于寝门之外。然于道义则师长也,故应哭于内寝,安敢视同于朋友而哭于寝门之外耶?尾联紧扣题面,且表明对亡友的无限崇敬。

此诗主旨,清人姚培谦解得最好:"举声一哭,盖直为天下恸,而非止哀我私也。"(《李义山诗集笺注》)刘蕡本为天下之士,刘蕡的生平大节,皆与天下之安危相关。诗人与刘蕡的交谊,完全建立在政治态度与道义风节的基础上。诗人对刘蕡的哀悼痛惜,也完全是从天下着眼,代公道立言。刘蕡虽然抱屈终生,赍志而殁,但历史终究还其清白,授其令名。刘蕡应举被黜的那道对策,在新、旧《唐书》中均全文登载,成为唐代科举史上惟一全文载入正史的范文。而李商隐的《哭刘蕡》,则是用诗语写成的刘蕡悼词,也因其情文并茂而永垂于文学史。这一切都充分证明了孔子的判断:"德不孤,必有邻。"

浅谈李商隐《嫦娥》诗的主题

如果根据入选篇目之数量来排名,《唐诗三百首》中最重要的诗人依次是杜甫、李白、王维和李商隐。《唐诗三百首》成书于清乾隆二十八年(公元1763年),此前十三年,题署作乾隆帝"御选"的《唐宋诗醇》已经问世,此书入选的唐代诗人仅有李白、杜甫、韩愈、白居易四人。《唐宋诗醇》的编选显然体现了封建时代的正统诗学观念,《唐诗三百首》则并不严守藩篱。《唐诗三百首》选录李商隐作品多达二十四首,其中仅《无题》诗就多达六首,不但有眼光,而且见胆识。李商隐的《无题》诗向来难得确解,但其中蕴含着爱情旨意却是人所公认的。苏雪林曾著《李义山恋爱事迹考》,自诩破解了李商隐诗中隐藏的许多爱情秘密,但此书推论过深而考据欠精,如果说李商隐与宋华阳姐妹曾有情愫还算言之有据,那么说李商隐曾与唐文宗宠爱的宫嫔飞鸾、轻凤私通款曲,就堪称荒唐之言了。苏雪林后来将此书改名为《玉溪诗谜》,当是自觉猜测的成分过多吧。与《无题》同样难解的是《锦瑟》,此诗以首句"锦瑟无端五十弦"之首二字为题,其实也是一首无题诗。清人王渔洋说:"一篇锦瑟解人难!"(《戏仿元遗山论诗绝句》)可谓慨乎言之。笔者不敢冒险解读《锦瑟》或

《无题》，本文试对明白如话的《嫦娥》的主题作些分析。

《嫦娥》仅有四句："云母屏风烛影深，长河渐落晓星沉。嫦娥应悔偷灵药，碧海青天夜夜心。"字句浅显，内容也很清楚。但是，它的主题究竟是什么？前人歧解纷纭，为免词冗，下文选择最主要的六种解说罗列如下：

宋人谢枋得云："诗意谓嫦娥有长生之福，无夫妇之乐，岂不自悔？前人未道破。"（《唐诗绝句注解》）近人俞陛云亦云："嫦娥偷药，本属寓言，更悬揣其有悔心，且万古悠悠，此心不变，更属幽玄之思，词人之戏笔耳。"（《诗境浅说续编》）

清人黄生云："义山诗中多属意妇女，……此作亦然。"（《唐诗摘钞》）屈复亦云："嫦娥指所思之人也，作真指嫦娥，痴人说梦。"（《玉溪生诗意》）

清人程梦星云："此亦刺女道士。首句言其洞房深曲之景，次句言其夜会晓离之情，下二句言其不为女冠，尽堪求偶，无端入道，何日上升也？则心如悬旌，未免悔恨于天长海阔矣。"（《李义山诗集笺注》）清人冯浩云："或为入道而不耐孤孑者致诮也。"（《玉溪生诗集笺注》）

清人何焯云："自比有才调翻致流落不偶也。"（《李义山诗集辑评》）宋顾乐亦云："借嫦娥抒孤高不遇之感，笔舌之妙，自不可及。"（《唐人万首绝句选》）

清人张采田云："义山依违党局，放利偷合，此自忏之词，作他解者非。"（《玉溪生年谱会笺》）又云："嫦娥偷药，比一婚于王氏，结怨于人，空使我一生悬望，好合无期耳，所谓'悔'也。"（《李义山诗辨正》）

清人纪昀云:"意思藏在第一句,却从嫦娥对面写来,十分蕴藉。此悼亡之诗,非咏嫦娥。"(《李义山诗集辑评》)

第一种解读意谓此诗的主题就是咏嫦娥,此外别无寄托。当然论者都注意到诗人并未严格遵照嫦娥传说的原貌,因为嫦娥的传说其实非常简单,《淮南子·览冥》载:"羿请不死之药于西王母,姮娥窃以奔月。"高诱注:"姮娥,羿妻。羿请不死之药于西王母,未及服之,姮娥盗食之,得仙,奔入月中,为月精。"如此而已。李商隐说嫦娥悔自盗药,以落得夜夜孤寂,正如俞陛云所说,是出于"悬揣"。谢枋得把嫦娥自悔的原因落实为"有长生之福,无夫妇之乐",更是根据李商隐诗意的进一步"悬揣",不过揣摩得相当合理。但是如果说李诗的主题就是如此,则正如俞陛云所说,全诗遂成"词人之戏笔",那么浸透在字里行间的款款深情又是来自何处?此解低估了此诗的意蕴,故不可取。

第二种解读意谓此诗乃自抒情愫,诗中的嫦娥就是诗人思念之人。爱情主题在李商隐诗中相当普遍,所以此解有一定的合理性。然而若与那些抒写相思之情的李商隐诗相比,此诗仍有其独特之处。比如《无题》诗中的写情名句:"身无彩凤双飞翼,心有灵犀一点通。""刘郎已恨蓬山远,更隔蓬山一万重。""春心莫共花争发,一寸相思一寸灰。""春蚕到死丝方尽,蜡炬成灰泪始干。"同样是缠绵悱恻,同样是黯然销魂,但在失望中仍然怀有一丝希望,不像《嫦娥》这般语气决绝、彻底绝望,仿佛已是生离死别。所以笔者认为此解尚属可取,但仍然不够准确。

第三种解读也可讲通。唐代的女道士多有风流放诞、不守清规者,李商隐对这种情形了如指掌,其《碧城三首》即专咏女冠恋情者,刘学锴、余恕诚先生解曰:"胡震亨、程梦星、冯浩等谓咏女冠恋情,且笺解已大致融洽,他说可勿论矣。……此三首究系自叙艳情,抑从旁观角度写女冠艳情,不易确定。细味之,似含讽意,则自叙艳情之可能性似较小。"(《李商隐诗歌集解》)从表面上看,《嫦娥》的旨意与《碧城三首》甚为相似,程梦星、冯浩等人对两者之笺解也出于同一思路。但是仔细体会,两者的语气毕竟有异。《碧城三首》虽然词多隐晦,但对男欢女爱之内容多方渲染,甚至语涉秽亵,比如"紫凤放娇衔楚佩,赤鳞狂舞拨湘弦""七夕来时先有期,洞房帘箔至今垂"等,全无方外清净之象,即使移用来描写秦楼楚馆,也无不可。刘、余二人称其"似有讽意",甚确。而《嫦娥》显然与之异趣。《嫦娥》无一字一句稍及暧昧,全诗皆置于孤独寂寞的氛围中,长河晓星与碧海青天构成广漠、清幽的意境,且渗透着诗人的深切同情。如果说此诗旨在讽刺,未免过于深曲,故此解不够确切。

第四种解读也不够确切。从根本的意义来说,所有的古典诗歌都是抒情诗,诗中都蕴含着诗人的自我,此诗又何必不然?美人香草,本是古典诗歌中相当常见的表现手法,李商隐也不例外。李商隐的某些作品,到底是刻划男女相思,还是自抒怀抱,往往在两可之间。他有诗云:"非关宋玉有微辞,却是襄王梦觉迟。一自高唐赋成后,楚天云雨尽堪疑!"(《有感》)冯浩解曰:"屡启不省,故曰'梦觉迟',犹云唤他不醒也。不得已而托为'无题',人必疑其好色,岂知皆苦衷血泪乎?"(《玉溪生诗集笺注》)纪昀则持异解:"详诗语是以文词招怨之作,故题曰'有感',乃为似有寓托而实不然者作解。"(《李义山诗集辑评》)究以何者为是,仍难断定,因为两种情况都是存在的。说《嫦娥》诗中含有美人香草的寄托,从情理上说当然难以断言其非,但是细味全诗,总觉这种解读相当勉强。嫦娥因盗食不死之药而飞入月宫,非因其才能出众而自致隆高也。如果李商隐用嫦娥的故事来"自比有才调",分明是比拟不伦,擅长用事的李商隐岂能如此笼统地用典?况且诗中的嫦娥因身处高寒之地而自伤孤寂,与"流落不偶"或"不遇之感"分属不同的心态,擅写心曲的李商隐岂能如此粗糙地抒情?所以此解虽然出于以读书精审而著称的何焯,也完全有可能是智者千虑,必有一失。

第五种解读最不可取。所谓"依违党局,放利偷合",本是强加在李商隐身上的诬陷不实之词。李商隐出身孤寒,他因才华出众而先后受到令狐楚和王茂元的赏识,令狐聘之入幕,茂元则招之为婿。由于令狐为牛党要员,而茂元却亲近李党,李商隐遂身不由己地处于两党的夹缝中,从此左右为难,受尽冷遇。对于这种遭遇,李商隐当然痛心疾首,但这并非由于本人的过失,又有什么需要"自忏"?至于说所悔者乃婚于王氏,更是谬说。李商隐与王氏夫妻恩爱,王氏去世时,李商隐年方四十,正当盛年,但他从此独身,终身未曾续娶。即使任职梓州时的顶头上司柳仲郢主动让他纳一美貌歌伎为妾,他也上启拒绝。王氏亡后李商隐写了多首悼亡诗,深切怀念亡妻,他怎会后悔"婚于王氏"?

第六种解读将此诗主题理解为悼亡,这是笔者最为认同的一种观点,下文稍作分析。纪昀的这种解读并未得到公认,比如当代的李商隐研究专家刘学锴、余恕诚两位先生即深表不然:"自伤、怀人、悼亡、咏女冠诸说中,悼亡说最不可通。盖嫦娥窃药飞升,反致孑处月宫,清冷索寞,故曰'应悔';而亡妻之弃人间,诚非所愿,若作悼亡,则'应悔'二字全无着落。"(《李商隐诗歌集解》)这种反驳相当有力,理由与上文对第四种解读的分析有相似之处。但笔者反复思考,仍觉得上述说法不无可商。如果单纯从用典精确的要求来看,"应悔"二字确实只适用于嫦娥,因为王氏并非自杀身亡者。但诗人运思,本不避曲笔,只要能表达内心衷曲,即使不当于理亦不足深病。况且人们在痛悼亲人亡故之时,往往会诘问亡者为何抛弃自己而去,这只是由深哀剧痛导致的非理性表达,并不意指亡者果真为自弃人世者。李商隐既在诗中将王氏逝世幻想成嫦娥飞升,然后揣想她在天上倍感孤寂且自悔飞升,又有何不可?即使就诗论诗,笔者觉得这里最多只能说诗人用典之精确没有达到锱铢不爽的程度,并不足以否定全诗的构思。在诗文中运用事典,精确度当然是值得追求的目标。但是一般说来,只要达到大致相似,即属可取,不一定非要绝对精确、毫发无憾。况且这是一首短诗,其主体部分仅由一个事典构成,要是所咏之事与所用之典完全一致,反而会显得意尽事中,毫无余味。相反,在基本上不违反事典原义的前提下对细节稍作变通,反能跳出原典的局限,从而包蕴更深永的意味,《嫦娥》一诗就是如此。笔者认为沈祖棻先生对此诗的解读最惬人意,谨撮要转引其言如下:"全诗的布局是由景入情,由实而虚。第二句写了长河晓星,是当夜的生活实际。而由星、河想到月,想到月里嫦娥,想到她的孤独,也极自然近情。所以便以嫦娥之奔月,比王氏之死亡。在这三、四句诗中,作者放纵了自己的想象。他想到,嫦娥到了月宫以后,……她唯一的伴侣,就是自己的影子。这是多么孤独,多么冷清。在这种环境和心情之下,她应该对于偷吃灵药,虽然变成了不死不老的仙人,却要以永恒地过着单身生活为代价这一行为,感到后悔吧。说'碧海青天',见空间之无限。说'夜夜',见时间之无穷。这种无边无际的凄凉,无穷无尽的寂寞,本是生者即自己所感,却推而及于死者,这显然是受到杜甫《月夜》的启发。诗以妻子比为月里嫦娥,以'碧海青天夜夜心'写她的环境和心情,就有人间天上,永无见期之感,更增加了死别的伤痛。"(《唐人七绝诗浅释》)

古语说"诗无达诂",像李商隐《嫦娥》此类意蕴深密的诗作,更不能有类似标准答案般的最优解读。在不违背相关史实与本文内容的基础上,读者完全可以自行选择最满意的解读方法。本文罗列前人关于《嫦娥》的六种异解并试作浅析,就是想说明这种情况。

郑谷《淮上与友人别》的尾句

郑谷《淮上与友人别》:"扬子江头杨柳春,杨花愁杀渡江人。数声风笛离亭晚,君向潇湘我向秦。"此诗是晚唐的七绝名篇,后人赞不绝口,比如清人宋宗元以为像李白诗:"笔意仿佛青莲,可谓晚唐中之空谷足音矣。"(《网师园唐诗笺》)黄叔灿则以为像王昌龄、王维诗:"不用雕镂,自然意厚,此盛唐风格也,酷似龙标、右丞笔墨。"(《唐诗笺注》)俞陛云也以为其成就可承王维:"送别诗,惟'西出阳关'久推绝唱。此诗情文并美,可称嗣响。凡长亭送客,已情所难堪,客中送客,倍觉销魂也。"(《诗境浅说续编》)李白、王维、王昌龄是盛唐最擅七言绝句的三位大家,上述评语说明郑谷此诗在后人心目中的地位之高。然而对此诗的尾句,明人谢榛深不以为然,他说:"(绝句)凡起句当如爆竹,骤响易彻。结句当如撞钟,清音有余。郑谷《淮上别友》诗'君向潇湘我向秦',此结如爆竹而无余音。予易为起句,足成一绝曰,'君向潇湘我向秦,杨花愁杀渡江人。数声长笛离亭晚,落日空江不见春。'"(《四溟诗话》卷一)谢榛论诗,好发高论,敢于议论古人得失,曾经宣称:"夫万物一我也,千古一心也,易驳而为纯,去浊而归清,使李杜诸公复起,孰以予为可教也!"《四溟诗话》中指摘唐诗之病,且代为点窜改正者,举不胜举。他还引用友人的话称道自己:"闻子能假古人之作为己稿,凡作有疵而不纯者,一经点窜则浑成。"谢榛的有些意见不无道理,比如他认为许浑的七律名作《金陵怀古》"若删其两联,则气象雄浑,不下太白绝句",尚属可取。但他对郑谷诗的改写,则引起后人讥议纷纷。明人陆次云曰:"结句最佳。后人谓宜移作首句,强作解事,可嗤,可鄙!"(《五朝诗善鸣集》)清人沈德潜亦曰:"谢茂秦尚不得其旨,而欲颠倒其文,安问悠悠流俗!"(《唐诗别裁》卷二〇)那么,谢榛对郑诗的改写可取吗?让我们先将此诗细读一过。

郑谷此诗作于唐昭宗大顺二年(公元891年)晚春,郑谷由江南返回长安,途经扬州时所作。诗题中的"淮上"泛指淮河之畔,因淮南节度使治所在扬州,故扬州亦可称淮上。"友人"不知指谁,揆诸诗意,当系从扬州南下潇湘者。首二句交代作诗之背景:暮春时节,诗人与友人在扬子江边相别。"扬子江头"指扬子津,乃运河与长江交汇处,唐时为南北交通要津。暮春时节,正是容易使人伤感的时刻。诗人与友人分手于此时此地,眼看着漫天飞舞的杨花,怎不愁杀人也!"渡江人"既指友人,因为他即将渡江南下。但也指诗人,因为他刚从润州渡江北来。从表面上看,首二句平平而起,无甚奇警,但正如清人郭兆麒所评:"首二语情景一时俱到,所谓妙于发端。'渡江人'三字已含下'君'字、'我'字在。"(《梅崖诗话》)第三句转为抒写离情。风笛者,风中之笛声也。笛声悠长,随风远扬。诗人在暮色渐浓的离亭里忽然听到数声风笛,虽未明言所闻何曲,但前二句两次提及杨柳,很可能这首笛曲就是著名的《折杨柳》。清人朱之荆曰:"'风笛'从'离亭'生出,因古人折柳赠别,而笛曲又有《折杨柳》也。"(《增订唐诗摘抄》)推测合理。《折杨柳》原是汉横吹曲名,多抒离愁别绪。盛唐诗人王之涣诗云:"羌笛何须怨杨柳,春风不度玉门关。"(《凉州词》)李白诗亦云:"此夜曲中闻折柳,何人不起故园情!"(《春夜洛城闻笛》)况且郑谷此时客中送客,心中的离愁别绪又该是何等的浓郁、沉重!蓄势至此,诗人终于郑重推出结句:"君向潇湘我向秦!"此句受到后人的激赏,明人王鏊曰:"不言怅别,而怅别之意溢于言外。"(《震泽长语》卷下)吴山民曰:"末以一句情语转上三句,便觉离思缠绵,佳!"(《删补唐诗选脉笺释会通评林》)由此可见,此诗情文并茂,意境亦完整,诚如今人刘拜山所评:"扬子江分手之地,杨柳春分手之时。杨花紧承杨柳,既点出暮春,又暗寓行人飘泊。二'杨'字、二'江'字,有如贯珠,层累而下,音响浏亮。一结直叙南北分携,便缴足'愁杀'之意,情味弥永。"(《千首唐人绝句》)

那么,如将单论尾句,谢榛的意见可取吗?谢氏不满此句,理由是"此结如爆竹而无余音"。所谓"如爆竹",大概是指奇警响亮,引人耳目。"君向潇湘我向秦"一句,构句奇特不凡,音调亦高亢浏亮,或如爆竹。但是此句的意蕴一览无余,也即"无余音"吗?否也。明人周明辅评曰:"茫茫别意,只在两'向'字中写出。"(《增定评注唐诗正声》)因为两个"向"字的方向正好是南辕北辙,简洁而巧妙地写出了客中送客、天涯分袂的特征。"潇湘"是一个特殊的地名,它会使人联想到自沉汨罗的屈原、临湘吊屈的贾谊,以及所有遭谗被贬的迁客骚人,所以杜牧诗云:"楚国大夫憔悴日,应寻此路去潇湘。"(《兰溪》)郑诗说"君向潇湘",暗含着对友人浪迹江湖的不幸命运的同情。"秦"即秦中,也即长安,是唐代的国都,是读书人实现人生理想的政治舞台。郑谷四年前已经进士及第,但适逢兵荒马乱,直到景福二年(公元893年)方释褐授官。当他写《淮上与友人别》时,尚是一介白丁,正要前往长安谋求官职。"我向秦"三字,其实浸透着诗人在仕途上辛勤奔走的无限酸辛。况且此前数年间郑谷漂泊于巴蜀荆楚等地,足迹远及潇湘,其《远游》诗足以为证:"江湖犹足事,食宿成謦喧。……乡音离楚水,庙貌入湘源。"在唐末兵连祸结的时代背景中,读书人的求仕之途充满着艰难危苦。此时的郑谷与友人像两片浮萍漂泊于江湖风波,在扬州偶然相遇,随即各奔天涯。"君向潇湘我向秦"一句,充溢着多么丰富的意蕴和情思,它能引起读者多么丰富的联想和感慨!这岂如谢榛所云"而无余音"!

谢榛将郑谷诗的尾句移作首句,并添一尾句形成一首新的七绝,对此,刘学锴先生评曰:"这样改诗,可谓点金成铁。不过谢榛也做了一件好事,用拙劣的改作进一步显示出郑谷原作的隽永情味。"(《唐诗选注评鉴》)的确如此,经过谢榛的非议及改作,郑诗尾句的妙处显得更加清楚了。清人贺贻孙说得好:"诗有极寻常语,作发句无味,倒用作结方妙者,如郑谷《淮上别友人》云……盖题中正意只'君向潇湘我向秦'七字而已,若开头便说,则浅直无味。此却倒用作结,悠然情深,令读者低回流连,觉尚有数十句在后未竟者。唐人倒句之妙,往往如此。"(《诗筏》)

韩偓《惜花》诗是唐王朝的挽歌吗

清人吴乔云:"明人以集中无体不备,汗牛充栋者为大家。愚则不然,观于其志,不惟子美为大家,韩偓《惜花》诗,即大家也。"(《围炉诗话》卷一)为何韩偓以一首《惜花》诗即能称大家?吴乔所谓"观于其志",又是指何而言?韩诗如下:"皱白离情高处切,腻红愁态静中深。眼随片片沿流去,恨满枝枝被雨淋。总得苔遮犹慰意,若教泥污更伤心。临轩一盏悲春酒,明日池塘是绿阴。"字面上句句都是惜花之意,但后人都认为别有寄托,主要有两种意见:一、自咏怀抱。如清人朱三锡云:"此篇句句是写惜花,句句是写自惜意,读之可为泪下。"(《东岩草堂评订唐诗鼓吹》)二、抒发亡国之恨。持此说者最众,比如清人吴闿生云:"此伤唐亡之旨,韩公多有此意。"(《韩翰林集》)吴汝纶则云:"亡国之恨也。"(《唐宋诗举要》引)今人刘学锴先生则认为它"称得上是一首唐王朝的挽歌"(《唐诗选注评鉴》)。这种评价符合事实吗?

韩偓是唐末大臣,唐昭宗对之极为倚重。在朱温即将篡唐的危难时刻,韩偓始终忠于朝廷,因此被贬荒远之地。唐朝既亡,韩偓义不仕梁,入闽隐居。据南宋刘克庄《跋韩致光帖》载,在朱温篡唐八年之后,韩偓仍然书唐故官而不用梁之年号,真乃唐末凤毛麟角的忠节之士。正因如此,后人解读《惜花》诗时,往往将它与唐末史实直接联系,例如吴乔云:"余读韩致尧《惜花》诗结联,知朱温将篡而作,乃以时事考之,无一不合。起语云'皱白离情高处切,腻红愁态静中深',是题面。又曰'眼随片片沿流去',言君民之东迁也。'恨满枝枝被雨淋',言诸王之见杀也。'总得苔遮犹慰意',言李克用、王师范之勤王也。'若教泥污更伤心',言韩建之为贼臣弱帝室也。'临轩一盏悲春酒,明日池塘是绿阴',意显然矣。此诗使子美见之,亦当心服。"(《围炉诗话》卷一)姚范对此评极为推重:"看唐诗当须作此想,方有入处。"(《援鹑堂笔记》卷四四)陈沆的解读也基本相同:"此伤朱温将篡唐而作。次联言君民之东迁,诸王之见害也。三联望李克用之勤王,痛韩建之逆主也。结末沉痛,意更显然。"(《诗比兴笺》卷四)今人吴在庆在《韩偓集系年校注》卷二中系此诗于后梁乾化五年(公元915年),此时韩偓身在闽地南安,上距唐亡已有八年,故吴认为:"此诗乃作于唐亡后多年,非唐将亡时诗,以唐将亡时情事比附解释诗句,恐未必符合。"可惜此诗系年并无确据,据此反驳吴乔之解读亦显无力。笔者也不认同吴乔之解读,因为如果每句皆指某项史实,那么此诗究竟作于何年?今检朱温逼迫朝廷东迁洛阳并弑昭宗,事在天祐元年(公元904年)。朱温使蒋玄晖尽杀昭宗诸子德王等九人,事在天祐二年(公元905年)。至于李克用之勤王,如指其在黄巢进犯长安时率军赴难,则事在中和二年(公元881年);如指其在昭宗遇弑后令三军缟素,临终时遗命务灭朱温,则事在天祐元年(公元904年)及五

（公元908年）。王师范之奉诏进攻朱温军，事在天复元年（公元901年）。韩建在华州行在所杀通王等诸王十一人，事在乾宁四年（公元897年）。除了李克用之勤王难以确定年代以外，其余史实皆发生在天祐二年（公元905年）以前。如韩诗全篇皆紧扣史实，则末联乃指唐室将亡而未亡，故必作于天祐五年（公元908年）朱温篡唐之前。这样，此诗必作于天祐二年至天祐五年之间，也即唐朝的末代皇帝昭宣帝时期。韩偓于此时作诗惜花，并暗讽时事，为何所及之时事忽前忽后，时序混乱？且如韩建杀诸王早于蒋玄晖杀诸王八年，为何在韩诗中的时序先后颠倒？而且同样是指诸王被杀，为何叙德王等被杀用叙述语气，而叙较早发生之通王等被杀却用假设语气？可见吴乔之解读其实是穿凿附会，故扞格难通。

且从艺术上看，吴乔之解读也绝不可取。若依此解，则韩诗除了首联以外句句皆实指某事，全篇则浑如哑谜，这是对比兴手法的极大曲解。韩偓诗风，以"词致婉丽"为最大特征，宋人陈政敏和薛季宣皆持此论（分见《遁斋闲览》与《浪语集》卷三〇《香奁集叙》）。韩偓要在咏物诗中暗寓亡国之恨，岂会如此直截浅露！

那么，韩偓《惜花》诗还能"称得上是一首唐王朝的挽歌"吗？能！我们先从咏物的角度来细读此诗。古代咏物诗的主流，是咏物中需有寄托，在对物象的描写中需有情感的投射。早在南朝，刘勰就指出："人禀七情，应物斯感。感物吟志，莫非自然。"（《文心雕龙·明诗》）又云："写物图貌，既随物以宛转。属采附声，亦与心而徘徊。"（《文心雕龙·物色》）到了唐代，杜甫的咏物诗树立了咏物寄情的典范，正如清人乔忆所言："咏物诗齐梁及初唐为一格,众唐人为一格,老杜自为一格。……当分别观之以尽其变,而奉老杜为宗。大率老杜着题诸诗并感物兴怀,即小喻大,何尝刻意肖题,却自然移他处不得。"(《剑溪说诗》)韩偓生于唐末,作诗咏物当然会继承杜甫的传统。况且韩偓的姨丈李商隐即是咏物诗大家,其咏物之作大多深情委宛,寄托遥深。韩偓年方十岁即以送别诗蒙李商隐之赏识,日后李商隐有诗追忆云:"十岁裁诗走马成,冷灰残烛动离情。桐花万里丹山路,雏凤清于老凤声。"(《韩冬郎即席为诗相送,一座尽惊。他日余方追吟"连宵侍坐徘徊久"之句,有老成之风。因成二绝寄酬,兼呈畏之员外》之一)李商隐的诗风会对韩偓产生一定影响,乃情理中事。所以韩偓的咏物诗也与李商隐诗一样具有寄托遥深的特点,这首《惜花》诗即是一例。试看李商隐《落花》:"高阁客竟去,小园花乱飞。参差连曲陌,迢递送斜晖。肠断未忍扫,眼穿仍欲稀。芳心向春尽,所得是沾衣。"诚如清人姚培谦所评:"此因落花而发身世之感也。天下无不散之客,又岂有不落之花!至客散时,乃得谛视此落花情状。三、四句,花落之在客者。五句,花落之在地者。六句,花落之犹在树者。……人生世间,心为形役,流浪生死,何以异此。只落得有情人一点眼泪耳。"(《李商隐诗歌集解》引)何焯评曰:"致光《惜花》七字意度亦出于此。"(同上)此评极具手眼。李诗虽然寄托着身世之感,但在字面上则句句皆是写落花。韩诗"意度亦出于此",当然也是别有寄托,但字面上则句句皆是写惜花。首联开门见山,叙述枝头残花之情状。"皱白"者,枯萎皱缩之白花也。"腻红"者,细腻鲜丽之红花也。白花即将脱离高枝,故离情悲切。红花暂时无恙,然亦深愁盛况难久,故沉寂无语。不同品种的花卉,开花落花有早有晚,但是花期短促则是普遍规律。所以在诗人眼中,"皴白"也好,"腻红"也好,都是转瞬即逝、值得哀悼的美好事物。此联的写法颇为新奇,诗人并未说自己如何怜惜残花,而是说将落未落的花朵在枝头自哀自怜。这样的拟人手法赋予花朵以情感、生气,堪称传神之笔。次联转从诗人的角度来观花:水流花谢,诗人的眼光随着片片落花流向远方。雨淋残花,诗人的心中愁恨堆积。颔联将情思转到飘坠地下的落花:落花随风飘荡,不由自主。如果落处有青苔遮掩,总算是个洁净的去处,诗人还能得到一丝慰藉。假如落在污泥浊水之中,诗人就更加伤痛难忍了。这两联前者实写,后者虚拟,虚实相应,很好地表现了诗人惜花、悼花的百转愁肠。末联写落花既尽,春天已逝,诗人无可奈何,只得以酒浇愁。明日重到此地,映在池塘中就只有一片绿阴了!

诗人惜花,多因花期短促象征着美好的事物容易消逝。刘禹锡诗云:"但是好花皆易落,从来尤物不长生。"(《和杨师皋给事伤小姬英英》)吴融诗云:"月不长圆花易落,一生惆怅为伊多。"(《情》)前者实为哀悼少女早逝,后者干脆以"情"为题。杜甫在乾元元年(公元758年)春季在曲江池边看到落花成阵,不由得连声惊叹:"一片花飞减却春,风飘万点正愁人!且看欲尽花经眼,莫厌伤多酒入唇。"(《曲江》)清人蒋金玉评曰:"只一落花,连写三句,极反复层折之妙。接入第四句,魂消欲绝。"(《杜诗镜铨》卷四)为何如此?因为此时大唐王朝中兴无望,诗人自己也前途渺茫,满腹愁绪,乃借落花一吐为快。如果说前人的落花诗多抒哀惋之情,那么韩偓的《惜花》诗简直是悲不自胜。如非心怀深哀巨痛,何以致此?对韩偓而言,还有什么比唐朝衰亡更加悲伤之事?所以吴汝伦一针见血地指出:"亡国之恨也!"我们不必将此诗句句落实到唐末史实,诗人的比兴手法是从整体着眼的,他对亡国之恨的抒写也是从整体落笔的。惟其如此,此诗在千古的落花诗中卓然挺出,因为它确实是情深意长的"一首唐王朝的挽歌"。

第四讲 问题探索

论唐诗意象的密度

何谓"意象"？哲学家们多半会从《周易》的卦象说起，从而使其涵义复杂而又抽象。即使把讨论严格限定在诗学的范围内，人们对"意象"的定义也是言人人殊，有些未免抽象难解或宽泛无归。比如陈植锷说："意象是以语词为载体的诗歌艺术的基本符号。"[1]虽然陈植锷是国内学界较早对诗歌意象进行深入研究的学者，但是这个定义却过于宽泛。因为依照这个定义，几乎所有诗歌语词都是意象，比如古典诗歌中频频出现的"惆怅""苍茫""荏苒""浩荡"等，它们当然也是"以语词为载体的诗歌艺术的基本符号"，所以也是"意象"。这样一来，"意象"便基本等同于诗歌中的语词，从而失去其独特意义。本文试图运用"意象"这个概念对唐诗做一些具体的分析，为免缠夹，只在诸家定义中择取最为平实的一说："意象是融入了主观情意的客观物象，或者是借助客观物象表现出来的主观情意。"[2]也就是说，本文所论述的"意象"，必须兼有客观物象与主观情意两个基本要素，缺一

---

[1] 陈植锷《诗歌意象论》，第64页，中国社会科学出版社1990年版。
[2] 袁行霈《中国古典诗歌的意象》，载《中国诗歌艺术研究》，第53页，北京大学出版社1996年版。

不可。笔者认为凡是写进诗歌的物象,即使只是日、月、风、云等无所修饰的名物或是流泪、沉思等简单动作,也已经过诗人的观照从而融入了主观情意,皆可视为"意象"。相反,如上述"惆怅"等表示情绪的动词,或如"当时""此夜"等表示时间的状语,由于全无客观物象,便不被看成"意象"。

一、诗句的意象密度

南宋人吴沆曾记载时人"张右丞"评论杜诗的一段话:"杜诗妙处,人罕能知。凡人作诗,一句只说得一件物事,多说得两件。杜诗一句,能说得三件、四件、五件物事。……且如'重露成涓滴,稀星乍有无',也是好句,然露与星只是一件事。如'孤城返照红将敛,近市浮烟翠且重',亦是好句,然有孤城,也有返照,即是两件事。又如'鼍吼风奔浪,鱼跳日映沙',有鼍也、风也、浪也,即是一句说三件事。如'绝壁过云开锦绣,疏松夹水奏笙簧',即是一句说了四件事。至如'旌旗日暖龙蛇动,宫殿风微燕雀高',即是一句说五件事。惟其实,是以健。若一字虚,即一字弱矣。"[①]对此,比吴沆年代略晚的赵与时讥讽说:"以此论诗,浅矣!杜子美之所以高于众作者,岂谓是哉?若以句中物事之多为工,则必如陈无己'桂椒楠栌枫柞樟'之句,而后可以独步。虽

---

① 吴沆《环溪诗话》,《冷斋夜话·风月堂诗话·环溪诗话》第124页,中华书局1988年版。按:吴沆自称"环溪所与人议论,只称官职,不欲指人名字"(《冷斋夜话·风月堂诗话·环溪诗话》第121页),故所谓"张右丞"究指何人,已不可考。

杜子美亦不容专美。"①的确,如果仅以"句中物事"之多少来论定诗作之工拙,不仅有失于浅,而且会失于谬。赵与时所说的"桂椒楠栌枫柞樟"一句见于陈师道的《赠二苏公》,诗既非名篇,句更非名句。任渊在《后山诗注》中指出陈师道此诗"句法则退之《陆浑山火》诗也"②,而韩诗中的"虎熊麋猪逮猴猿,水龙鼍龟鱼与鼋。鸦鸱雕鹰雉鹄鹦,烀炰煨爊孰飞奔"③也确实是陈诗句法的渊源所自。虽然这几句韩诗常被后代的诗话提及,且被视为韩诗险怪风格的标本,但毕竟不是真正的好诗,即使韩愈本人也只是偶一为之,集中并不多见。所以那位"张右丞"的说法是不足为据的。但是这种说法却引起了笔者的下述思考:如果从意象密度的角度来衡量唐诗艺术,是否会得出一些有意义的结论呢?

中国古典诗歌是极其精炼的语言艺术,言约而意丰是历代诗人共同的追求目标。因此古典诗歌中很少有泼墨如水的鸿篇巨制,相反,人们对那些一字千金的精简短章则极为推崇。正如刘勰所云:"规范本体谓之镕,剪截浮词谓之裁。裁则芜秽不生,镕则纲领照畅。……二意两出,义之骈枝也;同辞重句,文之肬

---

① 《宾退录》卷十,《宋人诗话外编》第1271页,国际文化出版公司1996年版。
② 《后山诗注补笺》卷一,第21页,中华书局1995年版。
③ 《陆浑山火一首和皇甫湜用其韵》,《韩昌黎诗系年集释》卷六,第685页,上海古籍出版社1994年版。

赘也。"又云："句有可削,足见其疏;字不得减,乃知其密。"①虽然这个原则对各种文体都适用,但显然对于篇幅有限的诗体更为重要。正因古典诗歌的篇幅相当有限,而作者又希望在有限的篇幅内承载更多的意蕴,所以不能容忍芜辞赘句的存在。从意象的角度来思考这种原则,显然会导出对于意象密度的追求。假如同样长短的诗句或诗篇中包含的意象或多或少,也就是意象的密度或密或疏,当然前者所承载的意蕴更加丰富,或者说所传达的信息量更大,从而更加言约意丰。下面看两个例子:

宋人梅尧臣云："若严维'柳塘春水漫,花坞夕阳迟',则天容时态,融和骀荡,岂不如在目前乎?又若温庭筠'鸡声茅店月,人迹板桥霜',贾岛'怪禽啼旷野,落日恐行人',则道路辛苦,羁愁旅思,岂不见于言外乎?"②梅尧臣赞扬的三联诗,意象密集是共同的特点,其中又以温诗最为特出。因为严维诗中的"漫"与"迟"自身不能构成意象,它们只能附在"春水"与"夕阳"后面组成复合意象,所以每句中各有两个意象。贾岛诗中的"啼""恐"二字亦然。只有温庭筠诗才是每句各有三个意象,这二句诗是温诗《商山早行》的颔联,向称警句,宋人陆游称之为"唐人早行

---

① 《文心雕龙·镕裁》,见范文澜《文心雕龙注》卷七,第543页,人民文学出版社1998年版。按:范文澜在此篇注中说:"裁字之义,兼增删二者言之,非专指删减也。"周振甫则认为:"不过一般说来,作品往往有繁芜的毛病,所以这篇里还是偏重于删繁去滥。"(《文心雕龙今译》,第292页,中华书局1986年版)笔者同意周氏的看法。

② 见《六一诗话》,《历代诗话》第267页,中华书局1981年版。

绝唱"①,清人沈德潜甚至认为"早行名句,尽此一联"②。但是这联诗究竟妙在何处呢？明人李东阳解得最好:"'鸡声茅店月,人迹板桥霜',人得知其能道羁旅野况于言意之表,不知二句中不用一二闲字,止提掇出紧关物色字样,而音韵铿锵,意象具足,始为难得。"③所谓"句中不用一二闲字",就是句中没有与意象无关的无用之字。所谓"意象具足",就是意象充足、完备。的确,这两句诗各用五个字营造了三个意象:鸡声、茅店、月;人迹、板桥、霜。诗人只把六个意象连缀成句,除此之外不着一字。这样的写法真是干净利索,从意象营造的角度来说,也可以说意象的密度很高。除了"鸡声"之外,五个意象都具有鲜明的画面感,可以称为视觉意象。在万籁俱寂的清晨响彻远近的"鸡声"则是动人的听觉意象。英国诗歌理论家休姆说:"两个视觉意象构成一种视觉和弦。"④其实若干个视觉意象与听觉意象或其他能带给读者鲜明印象的意象都能组合成一种和谐的诗境,这两句诗就分别由三个视觉意象或听觉意象构成,句中省去了所有的关联词,它们为读者展现了一幅极其生动、丰满的早行图景:前句写鸡鸣声声,乡村旅店的茅檐上方斜挂着一钩残月。后句说一条板桥上积着浓霜,上面印着行人的足迹。句中虽无一字直接抒情,然而早行的苦辛、心境的寂寞皆渗透在那些物象之中,读来恻然心

---

① 见《夜坐》诗自注,《剑南诗稿校注》卷三五,第2287页,上海古籍出版社1985年版。
② 见《唐诗别裁集》卷十二,第405页,上海古籍出版社1979年版。
③ 见《麓堂诗话》,《历代诗话续编》第1372页,中华书局1983年版。
④ 休姆《关于现代诗的演讲》,转引自叶维廉《庞德与潇湘八景》,第31页,台湾大学出版中心2008年版。

动。如果不是意象如此密集,恐怕难以在寥寥十个字中安置如此丰富的内涵。

明人谢榛云:"韦苏州曰,'窗里人将老,门前树已秋。'白乐天曰:'树初黄叶日,人欲白头时。'司空曙曰,'雨中黄叶树,灯下白头人。'三诗同一机杼,司空为优,善状目前之景,无限凄感,见乎言表。"①今检三人诗句都出于五律,韦应物句是其《淮上遇洛阳李主簿》的颔联,白居易句是其《途中感秋》的颔联,司空曙句则是其《喜外弟卢纶见宿》的颔联,三者意蕴相似,且主要意象都是"树"和"人",确实具有很强的可比性,谢榛以司空曙为最优的结论也相当合理。如果从意象的密度来看这三者的关系,事情就显得更加清楚。白居易诗中的"初""日""欲""时"四字都是表示时间状态的语词,是不能构成意象的闲字。所以两句白诗仅仅营构了两个意象,即"黄叶树"和"白头人"。司空曙的诗中除了"黄叶树"与"白头人"外,还增添了"雨"与"灯"两个意象,意象的密度胜于白诗,从而具有更加丰富的意蕴。那么,韦应物诗也是每句各有两个意象,即"窗""人"与"门""树",意象的密度与司空曙相仿,为何也不如后者之优呢?其原因在于意象不同,一则韦诗中的"将""已"都是闲字;二则"窗""门"这两个意象与悲秋伤老的主题关系不够紧密;三则"人老"与"树秋"都是主宾结构

---

① 《四溟诗话》卷一,《历代诗话续编》第1142页。按宋人范晞文云:"诗人发兴造语,往往不约而合。如'雨中山果落,灯下草虫鸣',王维也。'树初黄叶日,人欲白头时',乐天也。司空曙有云:'雨中黄叶树,灯下白头人。'句法王而意参白,然诗家不以为袭也。"(《对床夜语》卷四,《历代诗话续编》第433页)司空曙的生活年代较白居易为早,所谓"意参白"云云,不确。

的短语,不具有鲜明的画面感,它们作为意象当然远不如"黄叶树"与"白头人"来得生动。由此可见,在意蕴相似的不同作品中,意象密度较大者为优。在意象密度相同的不同作品中,意象自身较鲜明生动者为优。司空曙的一联诗所以胜于韦、白,原因正在于此。司空曙用短短的两句五言诗,成功地渲染了寂寥秋夜的情景:雨摧黄叶,灯映白头,而句中除了展现意象外没有任何"闲字",堪称字字珠玑的警句。

二、诗篇的意象密度

一般说来,古体诗的篇幅可随意延展,不像近体诗那样受到严格的限制。所以古体诗的章法通常要比近体诗更为疏宕,古体诗的意象密度也比较稀疏,较少出现意象密集之句,全诗的意象密度也就大受影响。为了更好地说明问题,本文主要以近体诗为对象来分析全篇的意象密度。

近体诗中篇幅最短的诗体是绝句,下面先看两组关于绝句的例子:

古歌二首之一
蒋维翰
美人怨何深,含情倚金阁。不嚬复不语,红泪双双落。

怨　情
李　白
美人卷珠帘,深坐颦蛾眉。但见泪痕湿,不知心恨谁。

两首诗的主题非常相似,诗中展现的内容也大同小异,但是艺术水准却相去甚远,原因之一就是两者的意象密度不同。蒋诗每句只有一个意象,它们分别是美人、倚阁、沉默无语、泪落。李诗第一句有两个意象:美人和珠帘;第二句也有两个意象:深坐和颦眉。第三句有一个意象:泪痕湿。第四句有一个意象:谁。第四句的意象比较抽象,其余三句的意象都十分鲜明,而且意象总数达到六个,密度胜过蒋诗。这样,李诗就比蒋诗展现了更加丰富的意蕴,从而把美人的神态形容得更加丰满、生动。

柳枝四首之三
薛 能
县依陶令想嫌迁,营畔将军即大粗。
此日与君除万恨,数篇风调更应无。

杨柳枝八首之二
白居易
陶令门前四五树,亚夫营里百千条。
何似东都正二月,黄金枝映洛阳桥。

两首诗都是咏杨柳,也都用了五柳先生陶渊明和周亚夫细柳营的典故,然而白诗风姿绰约,含情宛转,薛诗却丑陋笨拙,毫无动人之处。若从意象的角度来看,其关键在于二者的意象密度不同。即使把义蕴含混的"县"及"营畔"也算作意象,薛诗中也只有"县""陶令""营畔""将军""君"等五个意象,而白诗却有

"陶令""门前""四五树""亚夫""营里""百千条(指柳条)""东都""黄金枝""洛阳桥"九个意象。这样,白诗中的杨柳显得形象生动、意蕴丰富,而薛诗中的杨柳只是干巴巴的概念。

与绝句相比,律诗的篇幅扩大了一倍,似乎不必像绝句那样关注意象的密度。其实不然。由于律诗中对仗艺术的重要性非常突出,而对句最适宜密集意象的安排,所以唐代律诗的意象密度比绝句有过之而无不及,五言律诗尤其如此。这种情形在初唐四杰的作品中已有端倪,例如王勃的《游梵宇三觉寺》:"杏阁披青磴,雕台控紫岑。叶齐山路狭,花积野坛深。萝幌栖禅影,松门听梵音。遽忻陪妙躅,延赏涤烦襟。"宋末方回评曰:"四十字无一字不工,岂减沈佺期、宋之问哉?"[①]如果从意象的角度来看,此诗除了尾联以外,前面三联皆为意象密集的典型例子,每句诗都有两个以上的意象,这显然是与其对仗精确的程度相辅相成的。这种情形在整个唐代诗坛上都不乏其例,在晚唐尤其突出。晚唐诗坛上以严整密丽为特征的五律相当之多,那些作品的共同特征正是意象密集,例如下面两首:

怀 乡
喻 凫

秋风江上家,钓艇泊芦花。断岸绿杨荫,疏篱红槿遮。
鼍鸣积雨窟,鹤步夕阳沙。抱疾僧窗夜,归心过月斜。

[①] 见《瀛奎律髓汇评》卷四七,第1626页,上海古籍出版社2005年版。

宿宣义池亭

刘得仁

暮色绕柯亭,南山幽竹青。夜深斜舫月,风定一池星。
岛屿无人迹,菰蒲有鹤翎。此中足吟眺,何用泛沧溟。

二诗字斟句酌,结构细密,从而包蕴着较深密的意蕴,其原因正是它们的意象密度较大。

但是,是不是意象密集的诗一定是好诗呢?或者说,是不是意象密度越大的诗就越好呢?让我们仍以五律为例来做些分析。

山居秋暝

王　维

空山新雨后,天气晚来秋。明月松间照,清泉石上流。
竹喧归浣女,莲动下渔舟。随意春芳歇,王孙自可留。

这是一首千古传诵的名篇,后人的赞扬之词甚多。但是它也招致了一些贬议,清人沈德潜就说:"中二联不宜纯乎写景,如'明月松间照,清泉石上流。竹喧归浣女,莲动下渔舟',景象虽工,讵为模楷?"[①]虽然仅是针对"写景"而言,但其实正是指此诗意象过于密集。那么,为什么意象过于密集也会是一种缺点呢?简单地说,原因在于意象过密会妨碍诗歌意脉的流动,从而显得

---

① 《说诗晬语》,《清诗话》第539页,上海古籍出版社1978年版。

堆垛、板滞。王维此诗在这方面尚不严重,因为诗中多用动态意象,从而有助于意脉的流动,但是中间两联仍稍有堆垛的痕迹。

即使诗风雄放的李白也偶有此失,比如:

访戴天山道士不遇
李　白

犬吠水声中,桃花带露浓。树深时见鹿,溪午不闻钟。

野竹分青霭,飞泉挂碧峰。无人知所去,愁倚两三松。

后人称誉此诗"自然深秀,似王维集中高作"①,但也有人批评它说:"'水声''飞泉''树''松''桃''竹',语皆犯重。"②可见此诗也有意象过于密集之病。当然,这是李白的少作,他后来的作品中很少有这种情况。

如果说一首诗作中意象过密在王维、李白诗中只是白璧微瑕,那么在李商隐、李贺等人笔下就是较严重的缺点了。宋人范晞文批评李商隐说:"金玉彩绣,排比成句,乃知号'至宝丹'者,不独王禹玉。"③明人李东阳批评李贺说:"李长吉诗,字字句句欲传世。顾过于刿鉥,无天真自然之趣。通篇读之,有山节藻棁而无梁栋,知其非大道也。"④虽然措辞有些过火,亦不免以偏概

---

① 见《唐宋诗醇》卷八,《文渊阁四库全书》本。
② 唐汝询《唐诗解》卷三三,引自《李白全集校注汇释集评》卷二一,第3345页,百花文艺出版社1996年版。
③ 《对床夜语》卷五,《历代诗话续编》第442页。
④ 《麓堂诗话》,《历代诗话续编》第1381页。

全，但二李的部分作品，例如李商隐的《燕台四首》《碧城三首》，李贺的《李凭箜篌引》《天上谣》等诗，确有难逃上述讥评的缺点。笔者认为造成这种缺点的主要因素就是意象密度太大，以至于字句密丽而意脉欠畅，雕缋满眼而真趣不足。清人李因培批评初唐诗人的五言排律"意密语重，滞气亦多"[①]，若把此语移用来评论那些意象过密的其他诗体的唐诗，也是相当确切的。

三、意象密度的合理程度

从上文的论述可以得出两个貌似互相矛盾的结论：对于诗句来说，意象密集往往会产生精警的名句；对于诗篇来说，意象密集则是利弊参半的，有些作品因意象密集而见胜，有些作品却因意象过密而受损。这又是什么原因呢？

笔者认为，原因在于人们对于名句和名篇的要求有所不同。一般说来，凡是万口传诵的名句都具备某种独立的价值，也就是说，即使把名句从原诗中彻底剥离出来，它们的价值也几乎不受损伤。甚至还有这样的情形，独立状态的名句非常出色，而包含着名句的全诗却并非完璧。试看温庭筠的《商山早行》："晨起动征铎，客行悲故乡。鸡声茅店月，人迹板桥霜。槲叶落山路，枳花明驿墙。因思杜陵梦，凫雁满回塘。"人们对此诗其实是有所批评的，例如清人冒春荣说："温岐《商山早行》，于'鸡声茅店月，人迹板桥霜'下接'槲叶落山路，枳花明驿墙'，……便直塌下去，

---

① 见《唐诗观澜集》卷八，引自陈伯海《唐诗汇评》第3324页，浙江教育出版社1996年版。

少振拔之势。"①沈德潜因此而说:"中晚律诗,每于颔联振不起,往往索然兴尽。"②但是这种批评并未影响"鸡声茅店月"一联成为流传千古的名句,原因便是此联自身就神完意足,具备独立的艺术价值。本文第一节中提到的六例名句,其原诗几乎都非完璧,③可见这是相当普遍的情形。既然名句字数寥寥,即使是七言的一联诗也只有十四个字,要想在如此短小的篇幅内表达充沛的意蕴和完整的意境,意象较为密集便是一个基本条件。试看数例:

盛唐诗人刘湾的《出塞曲》中有句云:"死是征人死,功是将军功。"晚唐诗人曹松的《己亥岁二首》之一中有句云:"一将功成万骨枯。"后者成为家喻户晓的名句,前者却几乎不为人所知。其实二者的意思非常接近,不同之处仅在后者的意象密度更大,从而更加精警。

刘长卿《清明后登城眺望》有句云:"长安在何处,遥指夕阳边。"白居易《题岳阳楼》则有句云:"夕波红处近长安。"两者都写了长安与夕阳的意象,刘诗中多一个"遥指"的动作性意象,白诗中多一个夕阳映照下的"波红"物象,意象的总数相似。但是白诗只用一句七字,意象的密度就高于刘诗,从而稍胜一筹。

李白《宣州谢朓楼饯别校书叔云》中的"抽刀断水水更流,举

---

① 《茞原诗说》卷一,《清诗话续编》第1576页,上海古籍出版社1983年版。
② 见《唐诗别裁集》卷十二,第405页。
③ 按:严维句出于《酬刘员外见寄》,"柳塘春水漫"一联为其颈联。贾岛句出于《暮过山村》,"怪禽啼旷野"一联为其颔联。

杯销愁愁更愁"二句，堪称古今传诵的警句，中唐戴叔伦在《相思曲》中拟之云："将刀斫水水复连，挥刃割情情不断。"戴诗亦步亦趋，颇有效颦之嫌。即使撇开模仿前人缺乏独创性这一点不谈，戴诗中的"将刀"与"挥刃"实为同一意象，所以虽然这两句的句法与李白非常相似，其意象密度却低于李诗，从而不如李诗之意蕴丰富。

由此可见，虽然不能说所有的名句都是意象密集的，但是意象密集肯定是构成名句的重要条件。因为名句的篇幅仅有寥寥数字，如果意象的密度太低，那就包蕴不了多少意义，要想成为具有独立价值的名句也就难上加难了。

诗篇的情形与诗句大不相同。一首好诗，不但应该"状难写之景，如见目前；含不尽之意，见于言外"[①]，而且应有完整的意境和流畅的意脉。假如一首诗通篇意象密集，也许对意境并无妨碍，但对意脉肯定会造成损害，这种损害主要表现在两个方面：一是意象太密会造成诗意的芜杂和主题的破碎，正像一幅景象太密的图画容易产生构图零乱之病；二是意象太密会阻碍意脉的流动，正像一条塞满了乱石和杂草的溪流很难顺畅地流淌一样。下面各举一例：

河南府试十二月乐词·五月

李 贺

雕玉押帘额，轻縠笼虚门。

---

① 梅尧臣语，见《六一诗话》，《历代诗话》第267页。

井汲铅华水,扇织鸳鸯纹。

回雪舞凉殿,甘露洗空绿。

罗袖从徊翔,香汗沾宝粟。

对于此诗的主题,历代的注家和评论者都未有一言,可见难于措辞。原因之一正是意象过于密集,诗中展现的物象纷至沓来,使读者眼花缭乱,从而难以集中心思来理解其主旨。

燕台四首·夏

李商隐

前阁雨帘愁不卷,后堂芳树阴阴见。

石城景物类黄泉,夜半行郎空柘弹。

绫扇唤风阊阖天,轻帷翠幕波渊旋。

蜀魂寂寞有伴未,几夜瘴花开木棉。

桂宫留影光难取,嫣薰兰破轻轻语。

直教银汉堕怀中,未遣星妃镇来去。

浊水清波何异源,济河水清黄河浑。

安得薄雾起缃裙,手接云軿呼太君。

清人何焯评曰:"四首实绝奇之作,何减昌谷?唯《夏》一首,思致太幽,寻味不出。"[1]连何焯这样的说诗大家都觉得难解,可见此诗确实意旨深密,过密过繁的意象既遮蔽了旨意,也阻碍了

---

[1] 《义门读书记》卷五八,第1270页,中华书局1987年版。

读者循着章法来理解诗意的理路。

那么,对于诗篇来说,什么样的意象密度才恰到好处呢?笔者认为宋人范温的一段话颇有启迪意义,他说:"诗贵工拙相半,老杜诗凡一篇皆工拙相半,古人文章类如此。皆拙固无取,使其皆工,则峭急而无古气,如李贺之流是也。"①范温所说的"工"与"拙"指诗歌艺术的精丽与朴拙,意即一首诗既应有精丽细密的部分,也要有相对朴拙粗放的部分,才能张弛有节,并突出重点。宋人方回曾极口称赞王安石的五律《宿雨》,对全诗八句中的六句因炼字精工而予以圈点,且说:"未有名为好诗而句中无眼者,请以此观。"②对此,清人贺裳讥讽说:"余意人生好眼,只需两只。何必尽作大悲相乎?……六只眼睛,未免太多。"③这个例子可以看作对范温之论的一个旁证,"大悲"似指"千手千眼观世音菩萨",意即凡人只需双眼,不必像观世音那样浑身是眼。一首诗中的意象密度也是如此,整首诗的意象最好是"疏密相半",也即有疏有密,疏密相济,才能恰到好处。事实上唐代的优秀诗人都懂得这个道理,他们在创作实践中很好地贯彻了这种精神。试看数例:

渡荆门送别

李 白

渡远荆门外,来从楚国游。山随平野尽,江入大荒流。

---

① 《潜溪诗眼》,《宋诗话辑佚》,第322页,中华书局1980年版。
② 见《瀛奎律髓汇评》卷十,第348页,上海古籍出版社2005年版。
③ 《载酒园诗话》卷一,《清诗话续编》第257页。

月下飞天镜,云生结海楼。仍怜故乡水,万里送行舟。

李白的律诗多以清空疏宕见长,此诗中间二联算是相当细密工整了。四句诗的意象密度都不小,但是它们所展现的是一幅幅动态的画面,句中的意象都呈流动之姿,故毫无板实之弊。此外,首联与尾联的意象密度都比较小,而且全诗都是顺着时间的次序逐步推进,意脉非常流畅。

旅夜书怀
杜 甫

细草微风岸,危樯独夜舟。星垂平野阔,月涌大江流。
名岂文章著,官应老病休。飘飘何所似,天地一沙鸥。

此诗前二联都是以写景细致生动见胜的名句,它们的意象密度相当大,而且呈现了许多画面感特别鲜明的物象。如果全诗都这样写,多半会产生意象堆垛、章法板滞的缺点。可是后半首笔锋一转,颈联以全无物象的抽象词汇发议论,尾联虽然包含两个意象,但那是一只在辽阔天地里独自飘荡的沙鸥,自有一般清空之气。纵览全诗,可谓"疏密相半"的范例。

奉和圣制从蓬莱向兴庆阁道中留春雨中春望之作应制
王 维

渭水自萦秦塞曲,黄山旧绕汉宫斜。
銮舆迥出千门柳,阁道回看上苑花。

云里帝城双凤阙,雨中春树万人家。
为乘阳气行时令,不是宸游玩物华。

这是一首应制诗。一般说来,应制诗的内容往往是对皇家的华丽苑囿和奢华宴会的铺陈性描绘,从而充溢着华美密集的意象,试看贾至、王维、岑参、杜甫诸人所写的"早朝大明宫"诗,几乎无一例外。王维的这首诗却与众不同,它疏宕有致,纤秾得中,其奥秘在于意象的密度恰到好处。虽然前面三联每句都有三个意象,但是前二联都用动作性意象间隔了名词性的物象,全诗写景的视角不停地转换,色泽也较清丽,从而以流动多姿的风格在盛唐应制诗中独树一帜。

总的说来,虽然唐诗中意象格外密集或格外稀疏的佳作也不乏其例[①],但是多数好诗的意象密度被控制在比较合理的程度上。"疏密相济"是唐代诗人处理意象密度的成功经验。

[①] 杜甫的一些绝句常被后人视为全篇意象密集的好诗,例如《绝句》:"迟日江山丽,春风花草香。泥融飞燕子,沙暖睡鸳鸯。"又如《绝句》:"两个黄鹂鸣翠柳,一行白鹭上青天。窗含西岭千秋雪,门泊东吴万里船。"但这种情形在唐诗中毕竟是比较罕见的,即使杜甫也只是偶一为之,缺乏普遍意义。况且即使这两首杜诗也难免后人讥评,比如明人胡应麟就批评后者说:"本七言律壮语,而以为绝句,则断锦裂缯类也。"(《诗薮》内编卷六,第121页,上海古籍出版社1979年版)孟浩然的某些名篇意象密度特别低,例如《留别王侍御维》:"寂寂竟何待,朝朝空自归。欲寻芳草去,惜与故人违。当路谁相假,知音世所稀。只应守寂寞,还掩故园扉。"明人钟惺说它"一篇只如一句,然易于弱"(《唐诗归》卷十),可能即指其意象稀少而言。又苏轼批评孟诗"无材料"(见《后山诗话》,《历代诗话》第308页)也可能与此有关。

四、意象的类别与密度的关系

一般说来,同类的意象过于集中的现象会产生繁沓、重复的弊病,还会给读者带来类似审美疲劳的厌倦感,从而招致较多的批评。试看下面两例:

汉江临眺

王 维

楚塞三湘接,荆门九派通。江流天地外,山色有无中。
郡邑浮前浦,波澜动远空。襄阳好风日,留醉与山翁。

和贾舍人早朝大明宫之作

王 维

绛帻鸡人报晓筹,尚衣方进翠云裘。
九天阊阖开宫殿,万国衣冠拜冕旒。
日色才临仙掌动,香烟欲傍衮龙浮。
朝罢须裁五色诏,珮声归到凤池头。

清人查慎行评前者曰:"第一、第三句中两用'江'字。不但此也,'三江''九派''前浦''波澜',篇中说水处太多,终是诗病。"[①]明人胡应麟评后者曰:"'绛帻''尚衣''冕旒''衮龙''珮

---

① 见《瀛奎律髓汇评》卷一,第11页。按:此诗首句,《瀛奎律髓》作"楚塞三江接",今据《王右丞集笺注》卷八校改。

声',五用衣服字。"又曰:"昔人谓王'服色太多',余以它句尚可,至'冕旒''龙衮'之犯,断不能为词。"①的确,在一首诗中重复运用某一类意象,尤其是某一类物象,很容易造成单调枯窘、读之生厌的缺点。古人云:"以水济水,谁能食之?若琴瑟之专一,谁能听之?"②这是古人在日常生活中得出的深刻教训。刘勰云:"五色杂而成黼黻,五音比而成韶夏。"③这是文论家从历代文学创作中总结出来的成功经验。而在一首诗中重复运用同类的意象就很像是"以水济水",其单调乏味是不言而喻的。显然,如果两首诗的意象密度相同,那么较多运用同类意象的一首会给读者造成意象密度更大的假象,因为不断出现的同类意象会加强读者对其密集程度的感觉。上述两首王维诗,招致批评的不是其意象密度过大,而是其同类意象过多过密,就是明证。

当然,事在人为,高明的诗人仍然可能写出同类意象密集的好诗。例如:

峨眉山月歌

李 白

峨眉山月半轮秋,影入平羌江水流,
夜发清溪向三峡,思君不见下渝州。

---

① 《诗薮》内编卷五,第 92、94 页。
② 见《左传·昭公二十年》,《十三经注疏》第 2094 页,中华书局 1980 年版。
③ 见《文心雕龙·情采》,《文心雕龙注》卷七,第 537 页。

明人王世贞评曰："此是太白佳境,然二十八字中,有峨眉山、平羌江、清溪、三峡、渝州,使后人为之,不胜痕迹矣。益见此老炉锤之妙。"①清人赵翼则评曰："四句中用五地名,毫不见堆垛之迹,此则浩气喷薄,如神龙行空,不可捉摸,非后人所能模仿也。"②两则评语都很中肯,然而"使后人为之,不胜痕迹矣"和"非后人所能模仿也"之语,毕竟说明这只是妙手偶得,不具有普遍的意义。况且赵翼这段话的小标题正是"诗病",他列举了"张谓《别韦郎中》诗,八句中五地名;卢象《杂诗》,八句中四地名;王昌龄《送朱越》一绝,四句中四地名;孟浩然《宴荣山人池亭》律诗,七句中用八人姓名"等例子,断然下结论说:"然究是诗中之病。"③可见在一般情况下,一首诗中运用太多的同类意象是被视为严重缺点的。

还有一种类似的情况,就是一位诗人在他的不同作品里重复运用较多的同类意象,也会招致批评。《唐诗纪事》记载说:"杨盈川之为文,好以古人姓名连用,如'张平子之略谈,陆士衡之所记。潘安仁宜其陋矣,仲长统何足知之',号为'点鬼簿'。宾王文好以数对,如'秦地重关一百二,汉家离宫三十六',人号为'算博士'。"④这里所举的例子或诗或文,而且是出现在同一篇作品中,但说明人们对这种现象早就有所关注。事实上人们对某个诗人在不同作品中重复出现同类意象的现象也颇有微词,

---

① 《艺苑卮言》卷四,《历代诗话续编》第1009页。
② 《瓯北诗话》卷十二,《清诗话续编》第1346页。
③ 《瓯北诗话》卷十二,《清诗话续编》第1345—1346页。
④ 《唐诗纪事校笺》卷七,第175页,巴蜀书社1989年版。

例如宋初人士云:"许浑集中佳句甚多,然多用'水'字,故国初士人云'许浑千首湿'是也。"①据统计,在《全唐诗》所收的五百三十一首许浑诗中,"用到'水'字的有二百首,用到'雨''露'等字的有二百五十一首,两者约占百分之八十五"②。这个比例颇为惊人,"许浑千首湿"的论断真不算夸张之语。又如清人余成教云:"牧之喜用数目字……'汉宫一百四十五''南朝四百八十寺''二十四桥明月夜''故乡七十五长亭',此类不可枚举,亦诗中之算博士也。"③其实在杜牧集中,类似的诗句还有许多,例如"楚岸千万里,燕鸿三两行"(《池州春送前进士蒯希逸》),"舣船一棹百分空,十岁青春不负公"(《题禅院》),"重过江南更千里,万山深处一孤舟"(《新定途中》)等,确实不胜枚举。

那么,这种现象对诗歌艺术有何影响呢?总的说来是利弊参半,但两者相较,仍是弊大于利。从利的角度来看,这会给诗人的风格带来独特性,会使诗人以某种意象特征而引人注目,比如许浑就是如此。但是在更多的时候,这会产生题路狭窄、风格单调等缺点,原因在于诗歌的艺术生命在于创新,优秀的诗人应该在题材和风格上不断追求新变,以创造内涵丰富多彩、外表绚丽多姿的好作品。而密集地出现的同类意象所产生的效果显然

---

① 见《桐江诗话》,《宋诗话辑佚》第343页。
② 见罗时进《许浑千首湿与他的佛教思想》,载《唐宋文学论札》,第123页,陕西人民出版社1993年版。
③ 《石园诗话》卷二,引自《杜牧集系年校注》卷三,第351页,中华书局2008年版。按所引杜牧诗句分别见于《村舍燕》《江南春绝句》《寄扬州韩绰判官》《题齐安城楼》。

与此大相径庭。为免繁冗,下面仅以韦庄为例对这种情况稍作分析。

清人冯班评韦庄诗说:"韦公诗篇篇有'夕阳'。"①今对韦庄集细检一过,果然如此,例如"不堪吟罢夕阳钟"(《灞陵道中》)、"夕阳和树入帘栊"(《贵公子》)、"钓舟闲系夕阳滩"(《登汉高庙闲眺》)、"夕阳惟见水东流"(《忆昔》)、"夕阳空照汉山川"(《中渡晚眺》)、"夕阳谁共感,寒鹭立汀洲"(《过当涂县》)、"更被夕阳江岸上"(《江外思乡》)、"夕阳滩上立徘徊"(《独鹤》)、"夕阳吟断一声钟"(《春云》)、"夕阳衰草杜陵秋"(《过樊川旧居》)、"夕阳吟罢涕潸然"(《过渼陂怀旧》)、"夕阳吟杀倚楼人"(《奉和左司郎中春物暗度感而成章》)、"夕阳衰草尽荒丘"(《下邽感旧》)。此外,字面稍异的"夕阳"意象更是不胜枚举,例如"席门无计那残阳"(《题七步廊》)、"更有松轩挂夕晖"(《题袁州谢秀才所居》)、"肯恋斜阳守钓矶"(《题汧阳县马跑泉李学士别业》)、"雁带斜阳入渭城"(《汧阳间》)、"偃月营中挂夕晖"(《春日》)、"万户千门夕照边"(《洛阳吟》)、"立马平原夕照中"(《北原闲眺》)、"画角闲吹日又矄"(《赠戍兵》)、"一曲高歌夕照沉"(《河内别村业闲题》)、"洛岸秋晴夕照长"(《和集贤侯学士分司丁侍御秋日雨霁之作》)、"独倚斜晖忆仲宣"(《洛北村居》)、"遥砧送暮晖"(《纪村事》)、"落日青山吊谢公"(《上元县》)、"又解征帆落照中"(《解维》)、"斜日吊松篁"(《哭同舍崔员外》)、"病眼何堪送落晖"(《酬吴秀

---

① 见殷元勋笺注、宋邦绥补注《才调集补注》卷三,清乾隆五十八年(1793)宋思仁刻本。

才雪川相送》)、"日落空投旧店基"(《汴堤行》)、"贳酒日西衔"(《李氏小池亭十二韵》)、"他山挂夕晖"(《婺州和陆谏议将赴阙怀阳羡山居》)、"落日乱蝉萧帝寺"(《江上题所居》)、"一川桑柘好残阳"(《山墅闲题》)、"斜晖挂竹堂"(《和郑拾遗秋日感事一百韵》)、"送君江上日西斜"(《送人归上国》)、"云散天边落照和"(《云散》)、"汨罗江畔吊残晖"(《鹧鸪》)、"小舟如叶傍斜晖"(《泛鄱阳湖》)、"把酒相看日又曛"(《衢州江上别李秀才》)、"日轮西下寒光白"(《秦妇吟》)、"波分晚日见东山"(《龙潭》)、"江头沉醉泥斜晖"(《残花》)、"仙子门前白日斜"(《春陌》),等等。考虑到现存的韦庄诗作总数不过三百二十余首,冯班说他"篇篇有夕阳"仅是稍有夸张而已。

时至晚唐,曾经光辉灿烂的大唐帝国已经不可挽回地走向末路。对于大唐帝国来说,旭日东升和丽日中天的阶段都已过去,西风残照的黄昏已经来临。晚唐诗人李商隐的名句"夕阳无限好,只是近黄昏"(《乐游原》),杨万里说这是"忧唐之衰"[1],虽不必然,要亦离事实不远。韦庄比李商隐晚生二十三年,晚卒五十二年,他亲历了唐亡前后的离乱,目睹了那轮残阳冉冉下沉的全过程。夕阳意象如此频繁地出现在韦庄笔下,确是意料中事。然而对于诗歌艺术来说,"篇篇有夕阳"的写法毕竟欠妥。反复出现的夕阳不但使得气势衰颓,而且造成意象枯窘,后人批评韦庄诗"出之太易,义乏闳深"[2],与此不无关系。与之相反,那些真

---

[1] 见《诚斋诗话》,《历代诗话续编》第141页。
[2] 见胡震亨《唐音癸签》卷八,第81页,上海古籍出版社1981年版。

正的大诗人,如李白、杜甫,他们的诗歌题材海阔天空,诗歌意象则千变万化,几曾有过"千首湿"或"篇篇有夕阳"的现象?

五、简短的结论

综上所述,唐代诗人对意象的密度是相当留意的。唐诗名句的意象密度大多较高,这是唐代诗人写诗时精雕细琢的自然结果。唐诗名篇的意象则以疏密相济为普遍规律,唐代的优秀诗人有意无意地把诗歌意象的密度控制在比较合理的程度,从而写出许多疏密有致的佳作。所以意象的密度是我们分析唐诗艺术特征和评论唐代诗人艺术成就的一个有用视角,值得唐诗学界进一步予以关注。

穿透夜幕的诗思
——论杜诗中的暮夜主题

宋末方回的《瀛奎律髓》是一部按主题分门别类的律诗选本,此书的第十五类称作"暮夜类",共收唐宋两代的五言律诗五十首,其中杜甫一人独占十首;又选七言律诗十一首,其中杜诗入选三首。何谓"暮夜类"?方回在小序中说:"道途晚归,斋阁夜坐,眺暝色,数长更,诗思之幽致,尤见于斯。"[①]那么,方回所归纳的"暮夜类"诗歌的主题是否准确?杜甫"暮夜类"诗歌的创作成就又何以如此引人注目呢?

一

《瀛奎律髓》卷十五"暮夜类"选入的杜甫五言律诗是:《向夕》《日暮》《晚行口号》《客夜》《倦夜》《中夜》《村夜》《旅夜书怀》《出郭》《野望》;七言律诗则是《阁夜》《暮归》《返照》。细察这些作品,其内容确实与方回对此类诗歌的定义相当接近。再读此卷中选入的其他唐宋诗人的作品,例如陈子昂的《晚次乐乡县》、刘禹锡的《晚泊牛渚》、宋祁的《腊后晚望》、吕本中的《夜坐》等,

---

① 《瀛奎律髓汇评》卷十五,上海古籍出版社2005年版,第529页。

其内容也大同小异。然而我们不能据此便肯定方回对"暮夜类"主题的归纳是准确且周匝的,因为一来《瀛奎律髓》只选律诗而不收绝句与古诗,二来方回对诗歌风格有较强烈的偏嗜。其实,即使只以杜诗为考察对象,"暮夜类"主题的内涵也要比方回的归纳丰富得多。

杜甫的"暮夜类"诗歌作品数量甚丰,诗体上虽以律诗为最多,但也不乏古体与绝句,例如五古《大云寺赞公房四首》之三、七古《今夕行》、七绝《漫成一首》等,都堪称暮夜主题的名篇。据清代杨伦《杜诗镜铨》统计,杜诗题目中标明"夜""暮""夕""晚"之类字眼的"暮夜类"作品共有五十七首,题目中未见上述字眼但内容确实属于此类主题的作品有三十二首,至于全篇不属此类主题但篇中有部分句子涉及"暮夜"的作品则不计其数。那么,杜甫在这些"暮夜类"诗歌中究竟写了些什么内容呢？他为什么要对夜色沉沉、群动皆息的黑夜情有独钟呢？

首先,黑夜是白天的继续,人们在白天的活动往往会延伸到夜里,有些活动甚至更适宜于夜晚的发生背景。比如宴饮,便往往发生在夜间。于是我们在杜甫的早期诗中读到了《夜宴左氏庄》这样的作品:"风林纤月落,衣露净琴张。暗水流花径,春星带草堂。检书烧烛短,看剑引杯长。诗罢闻吴咏,扁舟意不忘。"清人黄生评曰:"夜景有月易佳,无月难佳。三四就无月时写景,语更精切。'暗水流花径',妙在'暗'字,乃闻其声而知之。'春星带草堂',妙在'带'字。"[①]黄生指出此诗的特点是描写了没有

---

① 黄生《杜诗说》卷四,黄山书社1994年版,第108页。

月亮的夜景,颇具眼光,但更值得注意的是,全诗成功地渲染了春夜宴会的愉快氛围,诗中虽一字未及参与此宴的人物,但在弹琴检书和看剑咏诗的细节的烘托下,贤主嘉宾的身影呼之欲出。此诗堪称杜甫暮夜诗中的一首"快诗",可惜他后来很少再有如此的好心情。作年不明的《赠卫八处士》虽然不算是严格意义上的暮夜诗,但是诗中所写的事件分明发生在夜间。诗人偶然来到多年不见的老友家里做客,主客相对之际,感慨万千,"今夕复何夕,共此灯烛光"两句,包含着多么深沉的人生感慨!乃至写到主人家匆匆准备的家常饭菜时,又出现了"夜雨剪春韭"一句,那冒着夜雨到菜圃里剪来的一刀韭菜,又蕴含着何等深厚的一番情意!春雨潇潇的夜晚本来算不上良夜,朋友家的家常便饭也称不上宴席,但经过老杜的生花妙笔,这个普普通通的春夜便定格为千古读者永存心中的温馨记忆。发生在夜间的宴饮之类的活动虽然算不上什么重大事件,但是它们往往含有浓郁的诗意,所以诗人例爱咏之,杜甫也不例外。

　　第二类经常发生在夜间的活动,便是做梦。杜甫的纪梦诗不是很多,但是《梦李白二首》却是纪梦诗中的千古名篇。此诗作于乾元二年(公元759年)的秋天,杜甫正流落在秦州。李白于上年被流放夜郎,此时已经遇赦东归,但杜甫尚不知情,所以仍在为老友的安危担忧。日有所思,夜便入梦,第一首中的"故人入我梦,明我长相忆"二句,貌似幻想,实出真情。全诗中实写夜晚这个发生背景的句子只有两句:"落月满屋梁,犹疑照颜色。"这是说梦中的李白终于依依不舍地与杜甫告别了,然而一缕月光斜照在屋梁上,仿佛还映照着李白的面容。对这两句诗,宋末的刘辰翁评曰："落月屋梁,偶然实景,不可再遇。"①清人则评为"千秋绝调"②。确实,月光斜照着屋梁的景象本是转瞬即逝的夜景,落月残光中的友人面容已去犹存,这种似真似幻的描写加强了全诗的梦幻色彩,堪称极其生动的细节铺垫。说它是千古绝调,并非过誉。

杜诗中还写到一些特殊的夜间活动,那些活动发生在安史之乱前后的独特时代背景中,从而形成了暮夜类诗歌中的特殊内容。安史乱起,杜甫身罹其祸,他携带着一家老小,先是混杂在难民群里四处逃难,后来又跋山涉水入蜀谋生。兵荒马乱,慌不择路,杜甫无法严格按照昼行夜息的规律来旅行,于是他常常在暮色苍茫乃至沉沉夜色中匆匆赶路。例如他在《彭衙行》中对至德元载(公元756年)五月携家由奉先逃往白水的经历的回忆:"忆昔避贼初,北走经险艰。夜深彭衙道,月照白水山。……痴女饥咬我,啼畏虎狼闻。怀中掩其口,反侧声愈嗔。"深夜奔窜,环境凶险,那照耀着白水山头的月光该是何等的阴冷惨淡!及至在途中偶遇故人,于是发生了一段真切感人的夜间活动:"故人有孙宰,高义薄曾云。延客已曛黑,张灯启重门。暖汤濯我足,剪纸招我魂。从此出妻孥,相视涕阑干。众雏烂熳睡,唤起沾盘飧。"在离乱背景的衬托下,故人的热情招待显得格外难能可贵,诗人心中的情感世界也格外的波澜起伏。两家妻孥偶然相逢,灯光下泪光点点,那是多么感人的场面!幼小的孩子在

---

① 见高棅《唐诗品汇》卷八,上海古籍出版社1988年版,第121页。
② 见《御选唐宋诗醇》卷十,文渊阁四库全书第1448册,第241页。

道中就已饿极了,"痴女"竟然"饥咬我","小儿"竟然"故索苦李餐"。可是他们的疲倦压倒了饥饿,一到孙家倒头便睡,以至于要父母唤醒他们起来吃饭。这又是何等真切生动的细节!千载之下,我读杜至此,还被感动得潸然泪下。

乾元二年(公元759年)十月,流落在秦州的杜甫生计无着,乃携带全家南奔,先往同谷,继往成都,在山川艰险的千里蜀道上历尽艰辛。他在《发秦州》一诗中写道:"中宵驱马去,饮马寒塘流。磊落星月高,苍茫云雾浮。大哉乾坤内,吾道长悠悠。"在《赤谷》中则写道:"山深苦多风,落日童稚饥。悄然村墟迥,烟火何由追?"在《水会渡》中则写道:"山行有常程,中夜尚未安。微月没已久,崖倾路何难!大江动我前,汹若溟渤宽。"……直到此组纪行诗的最后一首《成都府》中,诗人还慨叹说:"鸟雀夜各归,中原杳茫茫。初月出不高,众星尚争光。自古有羁旅,我何苦哀伤!"可见杜甫在入蜀途中常在茫茫夜色中赶路,因此对蜀道夜景有真切的感受。难能可贵的是,身处如此窘迫艰苦的处境,诗人仍保持着敏感的审美心态。试看他在《水会渡》中对星夜渡河的描写:"回眺积水外,始知众星干。"清人张谦宜评曰:"黑夜渡江,魂魄为水所移,心疑上下皆波澜,抵岸回望,始知星干。神理俱妙,他人那知此诀?"[1]的确,乘舟在广阔的水面上行走,水天相接,天上的繁星与水中的星影连成一片,恍惚之间,只觉得弥望皆水。及至登岸,回望水面,方悟水上为天,而众星实在天上,未

---

[1] 《絸斋诗谈》卷四,《清诗话续编》第827页,上海古籍出版社1983年版。

曾浸于水中。奇思妙想,堪称描绘夜景的绝唱。

杜甫的暮夜诗中还留下了动荡时代的特有印记。例如《石壕吏》中的官吏为了捉到壮丁,竟然像鬼魅一样乘着夜色的掩护悄然潜至:"暮投石壕村,有吏夜捉人。"而受到骚扰的百姓则在黑夜里悲痛欲绝:"夜久语声绝,如闻泣幽咽。"这两个"夜"字前后呼应,表明那场人间悲剧完全发生在沉沉夜色之中,官吏连年老的妇女都不肯放过的鬼魅伎俩,"室中更无人"的破残家庭依然难逃官府拉伕的悲惨命运,正是暗无天日的社会的典型事例。长夜难明,此诗中的两个"夜"字岂是轻易而下的!再如《往在》中对长安沦陷后安史叛军焚烧唐室宗庙的追忆:"中宵焚九庙,云汉为之红。解瓦飞十里,繐帷纷曾空。"以及《入衡州》中对臧玠作乱时焚烧潭州的描写:"烈火发中夜,高烟爇上苍。"那种惊心动魄的夜景是兵荒马乱的时代特有的现象,这是杜甫的暮夜诗独有的主题。

上述例证说明杜诗的内容真是地负海涵、巨细无遗,也说明杜诗在整体上就是真切生动的时代画卷,即使暮夜类作品也不例外。反观方回在《瀛奎律髓》中对暮夜类主题的归纳以及所选暮夜类篇目的题材走向,可见杜甫的暮夜类诗歌在内容上远比一般的情形更为丰富,杜甫的观察力是无与伦比的。

二

那么,如果剥离了题材走向的上述特殊性,杜甫的暮夜诗又有什么独到的成就呢?

缘情与体物,是诗歌的两大功能。这两个功能都得到淋漓尽致的发挥，就形成了情景交融的好诗。暮夜诗也不例外。然而暮夜诗在"体物"也就是写景方面却有着先天的不足，因为黑夜在声、色两方面都不具备白天那样的丰富性。刘勰在《文心雕龙·物色》中虽然提到了"清风与明月同夜"，但是所举出的"诗人感物"的实际例子却是："灼灼状桃花之鲜，依依尽杨柳之貌，杲杲为日出之容，瀌瀌拟雨雪之状，喈喈逐黄鸟之声，喓喓学草虫之韵。"①而钟嵘在《诗品序》中也说："若乃春风春鸟，秋月秋蝉，夏云暑雨，冬月祁寒，斯四时之感诸诗者也。"②细察他们所举示的"物"或"景"，虽然也有夜景如"月"，或可能为夜景的"雨雪"，但是大多数物象都是专属白天的。这本是物之常理，因为物象若要鲜明动人，无非凭借声、色两个因素。后者是不用说了，黑夜里一切物体都失去色彩，暗淡无光，绝对不如白天那般的光华鲜亮。前者也以白天为优，夜里万籁俱寂，虽有虫声唧唧，也只会引起人们的凄凉之感。即使偶有如王维所说的"月出惊山鸟，时鸣春涧中"③，其效果也是"便觉有一种空旷寂静景象，因鸟鸣而愈显者，流露于笔墨之外"④。所以，凡是写景诗的名篇，十有八九是作于白天的。要想咏夜景而写得鲜明真切，谈何

---

① 《文心雕龙注》卷十，人民文学出版社1958年版，第693页。
② 《诗品集注》第47页，上海古籍出版社1994年版。
③ 《鸟鸣涧》，《王右丞集笺注》卷十三，上海古籍出版社1998年版，第240页。
④ 李锳《诗法易简录》，见富寿荪选注《千首唐人绝句》，上海古籍出版社1998年版，第120页。

容易！然而杜甫写诗本有"语不惊人死不休"[①]的精神,知难而上的他在描摹夜景方面取得了惊人的成就,试看数例:

倦　夜

竹凉侵卧内,野月满庭隅。重露成涓滴,稀星乍有无。
暗飞萤自照,水宿鸟相呼。万事干戈里,空悲清夜徂。

此诗以"倦夜"为题,诗中处处闪现着一个疲倦不堪却又彻夜难眠的诗人的身影,第七句点明了家国之忧是不眠的原因,故面对如此良夜而徒生悲叹。但是正如清人李子德所云:"写夜易,写倦夜难,却俱只在景上说,不着一'倦'字字面,故浑然无迹。"[②]全诗的前六句都是对于夜景的描写,细微真切,令后人赞叹不已。关于颔联,宋人范晞文评曰:"前辈谓此联能穷物理之变,探造化之微。"[③]明人胡应麟则称为:"精深奇邃,前无古人,后无来者。"[④]关于颈联,苏轼称其"才力富健"[⑤],朱熹也说它"语只是巧"[⑥]。其实首联对夜景的描绘也极其精切:竹林里的凉气透进卧室,庭院里则洒满了月光。两句诗分别从肌肤触觉和视觉

---

① 《江上值水如海势聊短述》,《杜诗镜铨》卷八,上海古籍出版社1998年版,第345页。
② 见《杜诗镜铨》卷十,第465页。
③ 《对床夜语》卷三,《历代诗话续编》第423页,中华书局1983年版。
④ 《诗薮》内编卷四,上海古籍出版社1979年版,第73页。
⑤ 见《书司空图诗》,《苏轼文集》卷六七,中华书局1986年版,第2119页。
⑥ 见《朱子语类》卷一四〇,中华书局1994年版,第3327页。

的角度叙说了诗人对夜的感觉,并成功地渲染了一个村居秋夜的清寂氛围。颔联分承首联:卧室外就是竹林,夜深露重,传来了露珠滴落的滴答之声,这是说的听觉;素月流天,星星为月光所掩,隔窗望去,竟若隐若现,这是说的视觉。颈联则写夜更深沉,斜月西沉,庭院渐暗,只有流萤的微光点点,像是在为它们自己照路,而栖息在水边的野鸟则传来了几声鸣叫。像前面两联一样,这两句诗也是分写视觉和听觉。通过这些细致入微的描写,一个寂寥的秋夜竟变得生动可感,有声有色。难道此诗中的物色描写不是"写气图貌,既随物以宛转;属采附声,亦与心而徘徊"[①]?谁能说这首诗不是一首优秀的写景诗?

春夜喜雨

好雨知时节,当春乃发生。随风潜入夜,润物细无声。

野径云俱黑,江船火独明。晓看红湿处,花重锦官城。

如果说《倦夜》的写景因月光而生色,那么此诗写一个细雨如丝的雨夜,星月皆无,夜色如墨,连雨声都难以听到,诗人又如何描摹物色呢?后人首先注意到后四句的写景之工,清人纪昀评曰:"此是名篇,通体精妙,后半尤有神。'随风'二句虽细润,中、晚唐人刻意或及之。后四句传神之笔,则非余子所可到。"[②]清人何焯评曰:"'野径云俱黑',此句暗。'江船火独明',此句

[①] 见《文心雕龙·物色》,《文心雕龙注》卷十,第693页。
[②] 见《瀛奎律髓汇评》卷一七,第649页。

明。二句皆剔'夜'字。'晓看红湿处'二句,细、润故重而不落。"①清人张谦宜评曰:"'野径云俱黑,江船火独明',此是借火衬云。'晓看红湿处,花重锦官城',此是借花衬雨。"②的确,后四句刻画雨夜,极为传神。漆黑的夜幕遮盖了一切,诗人却别出心裁地在那无边的夜色中加入了一点渔火,在渔火之"明"的反衬下,那野径与天空的"黑"也变成了一种富有意味的色彩。尾联对晨光中鲜花带雨的描写,虽然已非夜景,但正如何焯所言,它暗示着夜雨之"细、润",也能使读者回味昨夜细雨之绵绵脉脉。至于颔联,向称刻画夜雨的名句,毋庸赘言。即使暂且搁置表达得淋漓尽致的喜雨之情(这是后人评说得最充分的),此诗对雨夜景象的描绘也是极为成功的。

杜诗在内容和艺术上都具有变化莫测的丰富性,这在杜甫的暮夜诗中也有充分的体现。试看杜甫笔下的暮夜情景,真可谓多姿多态,神采各异。同样是星月皎洁之夜,在宫殿里便是"星临万户动,月傍九霄多"③,何等的高华庄严!在江湖上便是"星垂平野阔,月涌大江流"④,何等的辽阔壮丽!同样是灯前人语,在合家团聚时便是"夜阑更秉烛,相对如梦寐"⑤,虽然喜悦、兴奋之余尚有几分恍惚不安,但整个氛围无疑是温馨可喜的;在

---

① 《义门读书记》卷五四,中华书局1987年版,第1131页。
② 《絸斋诗谈》卷四,《清诗话续编》第834页。
③ 《春宿左省》,《杜诗镜铨》卷四,第177页。
④ 《旅夜书怀》,《杜诗镜铨》卷十二,第570页。
⑤ 《羌村三首》之一,《杜诗镜铨》卷四,第158页。

流落异乡时便是"山鬼吹灯灭,厨人语夜阑"①,情景凄恻,动荡不安的处境和忧愁畏惧的心态刻画得何等生动!同样是夜幕中传来的鼓角之声,诗人在成都独宿幕府时的感觉便是"永夜角声悲自语,中天月色好谁看"②,寂寥凄清的夜景与孤独无聊、低沉压抑的心情水乳交融。及至诗人在三峡岸边独自登阁,其感觉便是"五更鼓角声悲壮,三峡星河影动摇"③,雄伟壮丽的江山使鼓角之声变得雄壮悲凉,整个氛围使人惊心动魄。由于杜甫的诗歌艺术具有精益求精、千锤百炼的特点,所以他在摹写夜景时常有出人意料的手段,例如《中宵》的颔联:"飞星过水白,落月动沙虚。"明人谭元春评此句说:"'过'字妙,'白'字更妙,每见飞星而不能咏,自此始服。"④明末王嗣奭则认为:"二字有何妙?只'水'字妙。星飞于天,而夜从阁上视,忽见白影一道从水过,转盼即失之矣。"⑤的确,正如王氏所云,这句杜诗对夜间流星在水面上留下一道转瞬即逝的白光的描写惟妙惟肖,真正达到了"状难写之景,如在目前"⑥的艺术水准。即使在似乎是随意挥洒而成的诗中也不例外,例如《夜归》:

夜半归来冲虎过,山黑家中已眠卧。

---

① 《移居公安山馆》,《杜诗镜铨》卷十九,第939页。
② 《宿府》,《杜诗镜铨》卷十一,第540页。
③ 《阁夜》,《杜诗镜铨》卷十五,第722页。
④ 见《唐诗归》卷二一,四库存目丛书第338册,第341页。
⑤ 《杜臆》卷八,上海古籍出版社1983年版,第204页。
⑥ 此宋人梅尧臣语,见欧阳修《六一诗话》,《历代诗话》第267页,中华书局1981年版。

傍见北斗向江低,仰看明星当空大。
庭前把烛嗔两炬,峡口惊猿闻一个。
白头老罢舞复歌,杖藜不睡谁能那!

王嗣奭评曰:"黑夜归山,有何奇特?而身之所经,心之所想,耳目所闻见,皆人所不屑写,而写之于诗。字字灵活,语语清亮,觉夜色凄然,夜景寂然,又是人所不能写者。"①且不说道中遇虎的奇特遭遇,也不说后四句所抒发的满纸不可人意的牢骚之意,单是颔联的夜景描写,便极具匠心:夜已过半,故北斗低斜。是夜无月,故星光灿烂。老眼昏花的诗人抬头一望,芒角模糊的明星显得格外巨大。此句中"大"字之妙,此诗描摹山间夜归的情景之逼真,非身历其境者难以体会。

三

我们再从缘情的角度来看杜甫的暮夜诗。

一部杜诗,全都是抒写其内心波澜的抒情诗,其暮夜诗也不例外。众所周知,杜甫终生流离失所,白天为衣食而奔走,夜间也难得安眠。况且他始终忧国忧民,夜间往往辗转反侧,难以入睡。《诗·邶风·柏舟》有句云:"耿耿不寐,如有隐忧。"《楚辞·哀时命》有句云:"夜炯炯不寐兮,怀隐忧而历兹。"杜甫就是这样,胸怀百忧千虑的他似乎经常彻夜不眠,他的暮夜诗就是他所经历的千百个不眠之夜的心灵记录。如果说"天寒不成寐,无梦

---

① 《杜臆》卷九,第344页。

寄归魂"①是因天气严寒而无法入眠,"江喧长少睡,楼迥独移时"是因为江声喧闹而无法入眠,"自经丧乱少睡眠,长夜沾湿何由彻"是屋漏床湿而无法入眠,"不寐防巴虎"②是因担心野兽食人而无法入眠,这些都是客观环境而造成的夜难安眠的话,那么"不寝听金钥,因风想玉珂"③是因忠于朝政的责任感而导致的不遑寝息,"不眠忧战伐,无力正乾坤"④就是因忧国忧民而造成的"耿耿不寐"。当然,多数时候杜甫心中的百忧千虑包含着复杂的内容,既有对国事民生的忧虑,也有为自身及家人处境的愁思,正是这种复杂的情愫使诗人度过了一个又一个的不眠之夜。试看数例:

客　夜

客睡何曾着,秋天不肯明。入帘残月影,高枕远江声。

计拙无衣食,途穷仗友生。老妻书数纸,应悉未归情。

此诗作于宝应元年(公元762年),其时杜甫因避徐知道之乱而流落梓州,妻儿尚在成都。秋夜漫长,何况客况萧瑟,于是长夜无眠,转而责怪天色老也不明。次联表面上是写景,然何焯评曰:"辗转不寐,遂见月残。明日求睡,又闻江声。无限曲折,

---

① 《东屯月夜》,《杜诗镜铨》卷十七,第861页。
② 《秋峡》,《杜诗镜铨》卷十七,第833页。
③ 《晚出左掖》,《杜诗镜铨》卷四,第177页。
④ 《宿江边阁》,《杜诗镜铨》卷十三,第654页。

顶得'何曾着'三字出。"①纪昀也评曰:"三四乃写不寐,非写'月影''江声'。"②的确,月影与江声本为秋夜之物象,然而残月入帘,则夜已阑,若非长睁双眼,何以得见月光入帘?同样,远处之江声,理应甚为细微,若非辗转不寐,何以在枕上得闻此声?所以月影入眼,江声入耳,其实已由写景转为抒情,可谓画中有人。当然,这个人就是忧愁填胸的诗人。后面四句以直率质朴的字句叙述自己穷途没落、妻离子散的窘境,交代自己忧愁不眠的原因,诗意遂称完备。

宿　府

清秋幕府井梧寒,独宿江城蜡炬残。
永夜角声悲自语,中天月色好谁看?
风尘荏苒音书绝,关塞萧条行路难。
已忍伶俜十年事,强移栖息一枝安。

广德二年(公元764年),杜甫自阆州返回成都,入严武幕为参谋。在一个秋夜留宿于幕府,乃作此诗。次联为咏夜名句,后人多有议论,王嗣奭主张:"'悲自语''好谁看',下三字连读。"③清人施补华则认为:"'悲'字、'好'字,作一顿挫,实七律奇调,今

---

① 《义门读书记》卷五四,第1142页。
② 《瀛奎律髓汇评》卷十五,第532页。
③ 见《杜诗详注》卷十四,中华书局1979年版,第1172页。按:此语不见于今本《杜臆》。

人读烂不觉耳。"①如以音节而论,笔者同意后说。若就句意而论,则无论"悲""好"二字是连上读还是连下读,人们都注意到它们在全句中画龙点睛的重要作用。然而角声本为无情之物,何以能"悲自语"?月色自好,又何必追问有谁观看?正如清人浦起龙所言,"'悲自语''好谁看',正即景而伤'独宿'之况也。"②也就是说,杜甫笔下的角声和月色,已投射了浓郁的感情,它们的功能貌似写景而实为抒情。情景交融,浑然一体。于是,这首暮夜诗虽然生动地刻画了江城秋夜的凄清景象,但其重点显然是抒写心中的孤独、悲怆之情。命途多舛的诗人经过长期飘零后暂时栖身幕府,恰如暂得栖息于一枝的鹪鹩。如此心态,怎能安然入睡?

阁　夜

岁暮阴阳催短景,天涯霜雪霁寒宵。
五更鼓角声悲壮,三峡星河影动摇。
野哭千家闻战伐,夷歌几处起渔樵。
卧龙跃马终黄土,人事音书漫寂寥。

大历元年(公元766年),杜甫移居夔州,暂时栖居在西阁,此诗即作于是年的一个冬夜。这是杜甫暮夜诗中的名篇,历代评家赞不绝口,其中以何焯的评析最为允当:"穷阴稍开,又见兵

---

① 《岘佣说诗》,《清诗话》第992页,上海古籍出版社1978年版。
② 《读杜心解》卷四之一,上海古籍出版社1961年版,第640页。

象。急景相催,复起恶声。此诗言孑遗有几,复闻战伐。大兵仍岁,农桑尽废,冬无储粟。仅有存者,不受征发之夷獠,以渔樵自给。世运若此,夜何时旦?然天心厌乱,则虽正顺如卧龙,雄武如跃马,亦空归黄土,但未知家国连续天命者,人事何如。徒使我凭阁注望,依依不能自已。竟寂寥无足耸人观听,犹然兵象充塞宇宙也。"①诚然,杜甫人在天涯,身逢乱世,又到了天寒岁暮、积雪飞霜的时辰,情何以堪?况且夜色凄凉,夜声凄恻,诗人不禁思潮澎湃:历史上虽曾有诸葛亮、公孙述等人物在此卧龙跃马,成就一番事业,但终究归于一抔黄土。英雄人物尚且如此,则眼前之人事、远方之音书,也就任凭其寂寥无闻了。

上面的三首诗,写景抒情各极其妙,但是它们有一个共同点,就是在对夜景的刻画中突出抒情主人公的身影。它们展现在读者面前的既是凄凄夜色,更是茫茫夜幕中那个终夕不眠的诗人。从这个角度来说,杜甫的暮夜诗也就是他为身处夜幕中的自己所绘制的自画像。一般的画像都把对象置于明亮的背景中,才能达到眉目清晰的效果。杜诗中的这种自画像把对象置于昏暗朦胧甚至漆黑一片的背景里,何以也能达到如此生动的效果呢?细察上述三首诗,可知奥秘就在于诗人所刻画的不是抒情主人公的外貌,而是其内心。换句话说,我们虽然看不清诗中杜甫愁眉苦脸的面目,却能真切地感受到他心底的起伏波澜。沉沉夜幕中的杜甫尽管只给后代读者留下一个模糊的身影,却让我们感同身受地体会到他的全部情思。对于一个忧国忧民的

---

① 《义门读书记》卷五五,第1171页。

诗人来说,这正是他留给千年青史的最真切、最感人的崇高形象。

四

有无传诵千古的名句名篇,是检验某位诗人或某类诗歌的艺术成就最重要的标准。若以这个标准来衡量,杜甫的暮夜诗堪称唐诗艺苑中的一束奇葩。

先看名句。杜甫自称"为人性僻耽佳句",①对警句的追求是贯穿其一生创作的精神。在暮夜类诗中,杜甫的这种精神有异常出色的表现:几乎与夜景有关的所有景象,杜甫都留下了脍炙人口的名句。月亮是夜间最引人的景物,杜甫的咏月佳句不计其数,如写初升之月的"船舷暝戛云际寺,水面月出蓝田关"②,写月悬中天的"中天悬明月,令严夜寂寥"③,写落月的"夜阑接软语,落月如金盆"④,写上弦月的"光细弦欲上,影斜轮未安"⑤,写下弦月的"四更山吐月,残夜水明楼"⑥,写山间明月的"鱼龙回夜水,星月动秋山"⑦,写水上月影的"更深不假烛,月朗自明船"⑧,

---

① 《江上值水如海势聊短述》,《杜诗镜铨》卷五,第345页。
② 《渼陂行》,《杜诗镜铨》卷二,第76页。
③ 《后出塞五首》之二,《杜诗镜铨》卷三,第103页。
④ 《赠蜀僧闾邱师兄》,《杜诗镜铨》卷七,第332页。
⑤ 《初月》,《杜诗镜铨》卷六,第256页。
⑥ 《月》,《杜诗镜铨》卷十七,第856页。
⑦ 《草阁》,《杜诗镜铨》卷十四,第666页。
⑧ 《舟月对驿近寺》,《杜诗镜铨》卷十九,第925页。

写思乡之夜的"露从今夜白,月是故乡明"[①],写异乡荒村的"泥留虎斗迹,月挂客愁村"[②],……真是随机应变,美不胜收。如果说明月之夜是许多诗人都喜欢而且擅长描绘的对象,那么换上雨雪霏霏的黑夜又如何呢?离开了月光、星光,诗人又如何把夜景描摹得有声有色、诗意盎然?请看杜诗中的例子:"风起春灯乱,江鸣夜雨悬"[③]写的是舟中夜雨的景象,清人蒋金式评后句曰:"江声与雨声响应,终夜不绝,故但觉其空际如悬耳,形容入神。"[④]此评甚确,但是前句对夜风中摇晃不定的船灯的描写也极其传神。更重要的是,船灯乱晃与雨声如悬生动地渲染了动荡不安的氛围,这与战乱频仍的时代、飘泊不定的身世、怵惕不安的心境非常融洽,堪称情景结合的范例。同样的例子还有"岸风翻夕浪,舟雪洒寒灯"[⑤],兹不赘论。即使是朦胧一气的沉沉暮色,在杜甫笔下也能构成写景名句,例如"暝色带远客"[⑥]"暝色无人独归客"[⑦]。

同样,有关夜间活动的名句,在杜诗中也相当常见。例如灯下夜饮,无论是独酌,还是聚饮,杜甫都曾写过意味深长的佳句。

---

① 《月夜忆舍弟》,《杜诗镜铨》卷六,第247页。
② 《东屯月夜》,《杜诗镜铨》卷十七,第861页。
③ 《船下夔州郭宿,雨湿不得上岸,别王十二判官》,《杜诗镜铨》卷十二,第591页。
④ 见《杜诗镜铨》卷十二,第591页。
⑤ 《泊岳阳城下》,《杜诗镜铨》卷十九,第951页。
⑥ 《石柜阁》,《杜诗镜铨》卷七,第306页。
⑦ 《光禄坂行》,《杜诗镜铨》卷九,第412页。

前者如"灯花何太喜,酒绿正相亲"①,写诗人在战乱年代里孤身一人以酒浇愁的情景;后者如"清夜沉沉动春酌,灯前细雨檐花落。但觉高歌有鬼神,焉知饿死填沟壑"②,写诗人与同样穷愁潦倒的友人对酒高歌以发牢骚的情景,沉郁悲凉,感人至深。再如暮夜远眺,杜甫也留下了脍炙人口的名句,例如"夔府孤城落日斜,每依北斗望京华"③,"步檐倚杖看牛斗,银汉遥应接凤城"④,前者是夜色初临时的远眺,后者是夜深人静时的仰瞻,它们都包含着对京华故国的深切依恋,在沉沉夜色的衬映下,这种情愫显得孤独、凄凉,也显得更加深沉、执着,永远感动着古今读者的心灵。

当然,杜甫暮夜诗中的名篇更加值得注意。除了上文提及的作品以外,同类题材的名篇还有《月夜》《一百五日对月》《夏夜叹》《村夜》《日暮》《夜闻觱篥》《大云寺赞公房四首》之三、《漫成一首》《月圆》《吹笛》《返照》《见萤火》等,不胜枚举。现举题材比较特殊的几首为例:

大云寺赞公房四首之三

灯影照无睡,心清闻妙香。夜深殿突兀,风动金琅珰。

天黑闭春院,地清栖暗芳。玉绳迥断绝,铁凤森翱翔。

梵放时出寺,钟残仍殿床。明朝在沃野,苦见尘沙黄。

---

① 《独酌成诗》,《杜诗镜铨》卷四,第155页。
② 《醉时歌》,《杜诗镜铨》卷二,第61页。
③ 《秋兴八首》之二,《杜诗镜铨》卷十三,第644页。
④ 《夜》,《杜诗镜铨》卷十三,第657页。

正如黄生所评:"夜景无月最难写,惟杜写无月之景,往往入妙。'夜深殿突兀',摹写逼真,亦在暗中始觉其然耳。以后句句是暗中说话。"①此诗描写寺庙夜景,清寂中带有几分阴森,绘声绘色地写出了那种独特的暮夜氛围。高大森严的佛殿耸立在黝黑的夜色中,望去觉得森然魄动。"突兀"二字双关殿之高耸与人之感觉,妙不可言。夜风中传来几声檐角的铃铎声,更增添了几分神秘的气息。诗人留宿寺中,室中虽有微灯,室外却一片漆黑,全诗的内容就是诗人对沉沉夜色的感受。浦起龙解曰:"此夜寝不寐所得。除起二结二,皆写景也。而笔意清幽,深领寂而常照,照而常寂之旨。"②对于一般的读者来说,似乎不必深究诗中究竟蕴含着何种佛家旨意,只要细心体会那种清寂的意境,便能恍若身临其境。杜甫雄强的表现能力,于此可睹一斑。

夜闻觱篥

夜闻觱篥沧江上,衰年侧耳情所向。
邻舟一听多感伤,塞曲三更欻悲壮。
积雪飞霜此夜寒,孤灯急管复风湍。
君知天地干戈满,不见江湖行路难。

仇兆鳌解此诗甚确:"夜吹觱篥,复歌塞曲,而又佐以急管,此江上哀音也。公在邻舟,乍听已足感伤,久闻尤加悲惨,况当

---

① 《杜诗说》卷十,第397页。
② 《读杜心解》卷一之一,第31页。

寒夜孤灯，霜雪零而风湍紧，兼之急管悲鸣，不胜惨绝矣。故语觱篥者曰：君为此曲，但知干戈离乱之苦，独不见舟中漂泊者，江湖行路之难乎？何为故作此声，动人愁思也！"①大历三年（公元768年）冬，杜甫自公安前往岳阳。一个霜雪之夜，诗人泊舟江岸，听到邻舟有人吹奏觱篥，感慨万分，乃作此诗。觱篥，是古代的一种管乐器，本出西域龟兹，又名笳管，其声悲壮。杜诗中的"急管"就是指觱篥而言，仇兆鳌以为觱篥之外复有急管，是为微误。觱篥原为胡地乐器，所奏乐曲往往与边塞有关，今夜竟然闻之于江南腹地，故听来觉有哀伤战乱之意。诗人作为一个年老多病的漂泊者，在一个霜雪纷纷的寒夜，驾着一叶扁舟停泊在湍急的沧江之上，穷途没落，前途茫茫，心中百感交集。此时此刻，竟然从夜幕中传来了用觱篥吹奏的边塞曲，悲怆的曲调与悲愤的心情顿时产生了强烈的共鸣。于是诗人诘问吹奏者：为何只知哀伤战乱，而不知宣泄行路艰难的悲愤？夜深人静，从远处传来的乐声分外清楚，诗人例爱咏之，如李白的《春夜洛城闻笛》、李益的《夜上受降城闻笛》，都堪称名篇。但若论情感之深挚，风格之沉郁，则首推杜甫此诗。

漫成一首

江月去人只数尺，风灯照夜欲三更。

沙头宿鹭联拳静，船尾跳鱼拨剌鸣。

---

① 《杜诗详注》卷二二，第1941页。

杜诗注家皆依黄鹤说系此诗于大历元年(公元766年),即为杜甫自云安下夔州时作,其实从诗歌自身难以得此结论,因为这只是一首普通的夜景诗,既未及诗人身世,也未及时事。从诗意来看,不像是泊舟于水势浩大且湍急的长江,倒更像是在水流平缓的浣花溪上所见的夜景。全诗四句,皆为纯粹的景句,正如浦起龙所评:"夜泊之景,画不能到。月映江而觉近,故可尺量;灯飐风而渐昏,故知更次。"[①]江水清澈,水面平静,故水中的月影仿佛近在咫尺。桅杆上挂着一盏风灯,微弱的灯光在无边的夜色中添加了一点亮色,是谓"照夜"。时近三更,万籁俱寂,沙滩上有几只白鹭卷曲着身体正在睡眠。忽然,船尾传来"拨剌"一声,那是大鱼跳出水面发出的声响。这是一个多么宁静的夜晚!诗人的心态又是何等的恬静!老杜的暮夜诗中难得有如此恬然自安的心态,所以此诗更像是诗人栖居在成都草堂时的作品。寥寥四句,堪称宁静夜景的一幅速写。然而它比绘画更加生动,因为全诗充满了活泼的生机,前三句皆写夜之静谧,末句有意用跳鱼的拨剌一声来打破宁静,有力地反衬出夜境之安静。

此外,如《月夜》《月夜忆舍弟》《春宿左省》《旅夜书怀》等诗,都是千锤百炼的暮夜类名篇,后人评说甚多,不再赘述。总之,暮夜类是杜甫诗中非常重要的一类主题,其成就之大,不亚于任何其他主题。阅读杜甫的暮夜诗,一位愁容满面的诗人在黑夜中倚栏独立的身影清晰地浮现在我们眼前。他"自经丧乱少睡

---

① 《读杜心解》卷六之下,第859页。

眠"[1],他"不眠忧战伐"[2],他"白头吟望苦低垂"[3]！杜甫的诗思穿透了那沉沉的夜幕,也穿透了千年的时空,他的暮夜诗永远光耀于千年诗史。

---

[1] 《茅屋为秋风所破歌》,《杜诗镜铨》卷八,第364页。
[2] 《宿江边阁》,《杜诗镜铨》卷十三,第654页。
[3] 《秋兴八首》之八,《杜诗镜铨》卷十三,第649页。

论后人对唐诗名篇的删改

中国古代的文学作品,无论是诗是文,都以简炼为原则,辞约意丰是作者共同的追求目标。孔子说:"辞达而已矣。"[①]陆机申述此意说:"要辞达而理举,故无取乎冗长。"[②]刘勰在其《文心雕龙》中还专设《镕裁》一篇,详论删繁就简之必要。然而主观上的追求与客观上的效果总是不可能完全相符的,战国时吕不韦使其门客著《吕氏春秋》,"布咸阳市门,悬千金其上,延诸侯游士宾客有能增损一字者予千金。"[③]那当然是权势所致,不足为凭。事实上即使是以千锤百炼著称的杜诗,也难免有少数篇章因"多累句"而受到后人讥评。[④] 那么,对于某些家弦户诵的唐诗名篇,后

---

① 《论语·卫灵公》,《论语正义》,第 1 册,第 349 页,上海书店 1986 年影印《诸子集成》。

② 《文赋集释》,第 99 页,陆机著、张少康集释,人民文学出版社 2002 年版。

③ 《史记》卷八五《吕不韦列传》,第 8 册,第 2510 页,中华书局 1982 年版。

④ 叶梦得《石林诗话》卷上:"然《八哀》八篇,本非集中高作。……如《李邕》《苏源明》诗中极多累句,余尝痛刊去,仅各取其半,方为尽善。"(《历代诗话》,第 1 册,第 411 页,中华书局 1981 年版)按:刘克庄亦同意叶氏此言,见其《诗话后集》,《后村先生大全集》卷一七六,《四部丛刊》本。

人也提出删削的意见,又是出于什么原因呢?那些意见有什么价值呢?本文对之试作初探。

一

最早对唐诗进行"断章取义"的可能是当时的乐工或歌者。《本事诗》卷二载:"天宝末,玄宗尝乘月登勤政楼。命梨园弟子歌数阕。有唱李峤诗者云,'富贵荣华能几时,山川满目泪沾衣。不见只今汾水上,惟有年年秋雁飞。'时上春秋已高,问是谁诗,或对曰'李峤'。因凄然泣下,不终曲而起,曰,'李峤真才子也。'又明年,幸蜀,登白卫岭,览眺久之,又歌是词,复言,'李峤真才子。'不胜感叹。"[1]按歌者所唱为李峤《汾阴行》一诗的末四句,惟前面二句次序被颠倒了。在最早记载此事的李德裕《次柳氏旧闻》中,这两句的次序无误。《汾阴行》原诗长达四十二句,歌者仅唱其中四句,当是为配合乐曲。无独有偶,《集异记》卷二载:"开元中,诗人王昌龄、高适、王涣之齐名。时风尘未偶,而游处略同。一日天寒微雪,三诗人共诣旗亭,贳酒小饮。忽有梨园伶官十数人,登楼会讌。……昌龄等私相约曰,'我辈各擅诗名,每不自定其甲乙。今者可以密观诸伶所讴,若诗入歌词之多者,则为优矣。'……寻又一伶讴之曰,'开箧泪沾臆,见君前日书。夜台何寂寞,犹是子云居。'适则引手画壁曰,'一绝句。'"[2]高适原诗题作《哭单父梁九少府》,共二十四句,歌者所唱为此诗的首四

---

[1] 《历代诗话续编》,第1册,第11页,中华书局1983年版。
[2] 薛用弱《集异记》卷二,第11页,中华书局1980年版。

句。《集异记》所记高适称"一绝句"之语,当为误传。歌者从李、高二人的长诗中各取四句以配乐歌唱,当然是嫌原诗篇幅太长,其起因乃在音乐,这种现象在唐代相当常见。[1] 然而他们所唱的四句恰恰是原诗中最为警策的部分,则只能归因于文学了。试看后人对前者的评说:"本意在末四句,前文乃铺叙耳。"[2]再看后人对后者的评说:"有宜于作绝句者,有宜于作律诗者。如高适《哭单父梁少府》,本系古诗长篇,《集异记》载旗亭伶官所讴,乃截首四句为短章,'开箧泪沾臆,见君前日书。夜台犹寂寞,疑是子云居。'以原诗并观,绝句果言短意长,凄凉万状。虽不载删者何人,必开元中巨匠也。"[3]可见在后代诗评家的眼中,歌者从李峤、高适诗中各取四句,是别具手眼的探骊得珠。所谓"删者何人,必开元中巨匠也"的说法虽然并无根据,但这表明了清代诗话家对唐代无名删诗人的钦佩。

  为什么一首长达二十多句乃至四十多句的古诗中可以抽取四句独立成篇,其价值却不减反增呢?我们首先会想到的原因是原作写得不够精炼,而被抽出的四句正好是此诗中最为警策的部分。这样,原作中那些比较芜杂枝蔓的句子被芟削净尽,从而精采顿现。原作好像一块未经雕琢的璞玉,一旦把石的部分

---

[1] 明人胡应麟云:"唐乐府所歌绝句,或节取古诗首尾,或截取近体半章,于本题面目全无关涉。"(《诗薮·内编》卷一,第15页,上海古籍出版社1979年版)。

[2] 清·吴乔《围炉诗话》卷二,《清诗话续编》,上册,第531页,上海古籍出版社1983年版。

[3] 清·贺裳《载酒园诗话》卷一,《清诗话续编》,上册,第230页,上海古籍出版社1983年版。

彻底凿去，原先被掩盖着的美玉突放异彩。以李峤的《汾阴行》为例，此诗前面的三十八句写了两层意思：一是用二十六句铺叙汉武帝亲祠汾阴的繁盛景象，二是用十二句描绘武帝去世后汾阴的冷落凄凉。就怀古诗的一般模式而言，诗意已经完满。但是这两段都写得不够精警，前一段铺排而缺乏神采，后一段的感慨也不够深沉。比如"豪雄意气今何在，坛场宫观尽蒿蓬。路逢故老长叹息，世事回环不可测。昔时青楼对歌舞，今日黄埃聚荆棘"几句，就是怀古诗的陈词滥调。然而此诗结尾四句却相当精采，从诗意来说，它似乎是浓缩了前面两大段的全部意思，言简意赅。而且它直接点出"山川如旧，富贵难恃"的题旨，十分显豁。而"汾水秋雁"的意象也远比"黄埃荆棘"更为新颖、动人。难怪歌者从原诗中抽出这四句单独歌唱，能使经历了世事沧桑的唐玄宗感慨万千了。再如高适的《哭单父梁九少府》，在首四句之后还有二十句，先回忆自己与逝者的交游，再叙述其身后的寂寞，最后赞颂逝者"唯有身后名，空留无远近。"意思既平常，字句也欠精警，确实远不如前四句"言短意长，凄凉万状"。正因如此，高适《哭单父梁九少府》的首四句常被后人视作绝句，清人吴乔曰："高适《哭梁九少府》诗，只取前四句，即成一绝，下文皆铺叙也。"①清人王士禛的《唐贤三昧集》和沈德潜的《唐诗别裁》都径自把这四句当作五言绝句入选，这说明删削此诗成绝句的做法已被后人广泛地接受了。

---

① 《围炉诗话》卷二，《清诗话续编》，上册，第525页。

二

如果说李峤的《汾阴行》和高适的《哭单父梁九少府》两诗都难称是最重要的唐诗名篇,所以有可能对之进行成功的删削的话,那么我们再以家弦户诵的唐诗名篇为例。

第一类情形是后人对篇幅较长的唐诗名篇删去末尾几句,但所改未必可取。韦应物的《郡斋雨中与诸文士燕集》和韩愈的《山石》都被清人选入《唐诗三百首》,可算是家喻户晓的名篇了,但是后人对它们都提出了删削的意见。

先看第一例。明人杨慎说:"诗话称韦苏州《郡斋燕集诗》首句'兵卫森画戟,燕寝凝清香。海上风雨至,逍遥池阁凉'为一代绝唱。余读其全篇,每恨其结句云:'吴中盛文史,群彦今汪洋。方知大藩地,岂曰财赋强。'乃类张打油、胡钉铰之语,虽村教督食死牛肉烧酒,亦不至是缪庚也。后见宋人《丽泽编》无后四句。又阅韦集,此诗止十六句,附顾况和篇亦止十六句,乃知后四句乃吴中浅学所增,以美其风土,而不知释迦佛脚下不可着粪也。三十年之疑,一旦释之。是日中秋,与弘山杨从龙饮,读之以为千古之一快,几欲如贯休之撞钟矣。"①日本明治嵩山堂刊本《韦苏州集》于此诗下注云:"《丽泽编》无末四句,杨升庵以为是。"②当即据杨慎所言。今按所谓的《丽泽编》当是指内容以唐诗为主的诗选《丽泽集诗》,相传乃南宋吕祖谦所编,③但此书今已不存,

---

① 《升庵诗话》卷八,《历代诗话续编》,中册,第789页。
② 孙望《韦应物诗集系年校笺》卷九,第424页,中华书局2002年版。
③ 见《铁琴铜剑楼藏书目录》卷二三,此书似已亡佚。

无法检核。杨慎在诗话中所说的某某古本,往往出于杜撰,故此处所谓"无后四句"云云,也完全有可能是杨氏自己认为此诗应该如此,故而假托古本中有所依据而已。至于说顾况的和诗只有十六句,故据此断定韦应物的原唱也应如此,理由也不充分。因为顾诗与韦诗仅是一般的唱和关系,并非逐句次韵,不一定句数完全相同。"村教督食死牛肉烧酒"一语本于苏轼评杜默诗所言"吾观杜默豪气,正是京东学究饮私酒食瘴死牛肉饱后所发者也",[1]是指粗豪怪诞不合规范的诗风。杨慎移用此语以批评韦诗末四句之浅露粗俗,认为这种诗风类似于张打油、胡钉铰诗的俚俗卑下,故与全诗风格不合,定出他人伪撰。其实韦诗的末四句浅露则有之,俚俗则未必。况且从全诗的旨意来看,末四句亦不得谓之蛇足。此诗全文如下:"兵卫森画戟,燕寝凝清香。海上风雨至,逍遥池阁凉。烦疴近消散,嘉宾复满堂。自惭居处崇,未睹斯民康。理会是非遣,性达形迹忘。鲜肥属时禁,蔬果幸见尝。俯饮一杯酒,仰聆金玉章。神欢体自轻,意欲凌风翔。吴中盛文史,群彦今汪洋。方知大藩地,岂曰财赋强。"正如清人张文荪《唐贤清雅集》中所评:"兴起大方,逐渐叙次,情词荡然,可谓雅人深致。末以文士胜于财赋,诚为深识至言,是通首归宿处。"[2]前面十六句咏良辰盛宴之欢乐,后四句则以他乡之人而任苏州郡守的主人身份对来宾予以赞颂,全诗意思方称完备。如全诗至"意欲凌风翔"即戛然而止,虽然显得更为蕴藉,但是对诗

---

[1] 《评杜默诗》,《苏轼文集》卷六八,第五册,第2131页,中华书局1986年版。

[2] 《唐诗清雅集》卷一(无页码),清乾隆三十年抄本。

题中标明的"诸文士"即第六句点到的"嘉宾"未能有所照应,于章法似有欠缺。所以杨慎对此诗末四句的删削并不完全合理。

再看第二例。《山石》原文如下:"山石荦确行径微,黄昏到寺蝙蝠飞。升堂坐阶新雨足,芭蕉叶大栀子肥。僧言古壁佛画好,以火来照所见稀。铺床拂席置羹饭,疏粝亦足饱我饥。夜深静卧百虫绝,清月出岭光入扉。天明独去无道路,出入高下穷烟霏。山红涧碧纷烂漫,时见松枥皆十围。当流赤足踏涧石,水声激激风吹衣。人生如此自可乐,岂必局束为人鞿。嗟哉吾党二三子,安得至老不更归!"此诗为韩诗名篇,历代论者赞不绝口。① 但明人冯时可却说:"其'嗟哉吾党'二句,后人添入,非公笔也。"② 冯氏没有详言为何末二句非韩愈手笔,细味其意,当是谓此诗至"人生如此自可乐,岂必局束为人鞿"二句已含有心乐此境不欲归去之意,所以末二句是为蛇足。然而此诗本以古文手法见长,其佳处正在层次分明而诗意详尽。所以"人生"二句意谓此境真乃乐土,再以"嗟哉"二句呼吁吾党之二三子留此不归,意思方称畅尽。清人方东树论七古结尾说:"凡结句都要不从人间来,乃为匪夷所思,奇险不测。他人百思所不解,我却如此结,乃为我之诗。如韩《山石》是也。不然,人人胸中所可有,手笔所可到,是为凡近。"③ 可见对此诗的结句,亦有人认为是非常成功的,绝非蛇足。相较而言,我认为方东树的意见更为可取。

---

① 详见钱仲联《韩昌黎诗系年集释》卷二,上册,第147—149页,上海古籍出版社1994年版。
② 《雨航杂录》卷上,影印文渊阁《四库全书》,第867册,第8页。
③ 《昭昧詹言》卷十一,第239页,人民文学出版社1961年版。

第二类情形是后人对篇幅较短的唐诗名篇删去末尾两句，而且所改比较成功。我们也以选入《唐诗三百首》的两首为例，即李白的《子夜吴歌》和柳宗元的《渔翁》。

李白《子夜吴歌》全文仅六句："长安一片月，万户捣衣声。秋风吹不尽，总是玉关情。何日平胡虏，良人罢远征？"明人蒋仲舒云："前四语便是最妙绝句。"①王夫之亦以为："前四句是天壤间生成好句，被太白拾得。"②蒋、王两人只是认为此诗的前四句在篇中更为精警，而清人黄白山、田同之则公然提出应把后两句删去，黄白山说："亦宜删后两句作一绝。"③田同之说："余窃谓删去末两句作绝句，更觉浑含无尽。"④虽然亦有人反对这种删削，如清人《唐宋诗醇》卷四即云："一气浑成，有删末两句作绝句者，不见此女贞心亮节，何以风世厉俗？"⑤但是这种意见纯从诗歌的教化功能着眼，在艺术上没有多大的价值，可以置而不论。我们认为，此诗中"秋风吹不尽，总是玉关情"两句实已写出思妇之所思乃正在戍守边关之良人，故而在月光下急捣寒衣以远寄玉关。所以"何日平胡虏，良人罢远征"一层意思实已蕴含在前四句中，一旦说出，倒反而显得平直浅露，不如只写四句更为含蓄深永。

柳宗元《渔翁》亦仅六句："渔翁夜傍西岩宿，晓汲清湘燃楚

---

① 见李攀龙、凌宏宪所辑《李于鳞唐诗广选》卷一，第4页，明刻朱墨套印本。
② 《唐诗评选》卷二，《船山遗书》本，第10页。
③ 见贺裳《载酒园诗话》卷一，《清诗话续编》，上册，第230页。
④ 《西圃诗说》，《清诗话续编》，上册，第760页。
⑤ 《唐宋诗醇》卷四，影印文渊阁《四库全书》，第1448册，第132页。

竹。烟销日出不见人,欸乃一声山水绿。回看天际下中流,岩上无心云相逐。"苏轼曾手书此诗,且跋曰:"诗以奇趣为宗,反常合道为趣。熟味此诗有奇趣,然其尾两句,虽不必亦可。"[1]南宋严羽对此极表赞同:"东坡删去后两句,使子厚复生,亦必心服。"[2]后代也有人对苏轼的意见不以为然,如宋末刘辰翁就说:"或谓苏评为当,非知言者。此诗气浑不类晚唐,正在后两句,非蛇安足者。"[3]明人李东阳亦持类似的看法:"坡翁欲削此二句,论诗者类不免矮人看场之病。予谓若止用前四句,则与晚唐何异?"[4]刘、李二人的观点又受到后人的驳斥,如明人胡应麟即驳刘辰翁云:"子厚'渔翁夜傍西岩宿',除去末二句自佳。刘以为不类晚唐,正赖有此。然加此二句为七言古,亦何讵胜晚唐? 故不如作绝也。"[5]清代诗论家也大多同意苏轼的意见,如王士祯云:"柳子厚'渔翁夜傍西岩宿',只以'欸乃一声山水绿'作结,当为绝唱。添二句反蛇足也。"[6]沈德潜亦云:"东坡谓删去末二语,余情不尽,信然。"[7]我们认为,刘辰翁、李东阳的意见并非全无可取之

---

[1] 《书柳子厚渔翁诗》,《苏轼佚文汇编》卷五,《苏轼文集》,第6册,第2552页。

[2] 《沧浪诗话·考证》,《历代诗话》,下册,第706页。

[3] 见明·高棅《唐诗品汇》卷三六,第372页,上海古籍出版社1988年版。

[4] 《麓堂诗话》,《历代诗话续编》,下册,第1370页。

[5] 《诗薮·内编》卷六,第121页。

[6] 《带经堂诗话》卷一,第34页,人民文学出版社1963年版。

[7] 《唐诗别裁集》卷八,第253页,上海古籍出版社1979年版。

处,正如明人孙月峰所言,此诗末二句"意竭中复出余波,含景无穷",①遂使全诗的音节意境较为舒缓浑融,从而与奇巧峭急的晚唐诗风有所区别。然而这种观点的出发点是对晚唐诗风的全盘否定,故认为一落晚唐即无可取。其实评价一首唐诗的艺术水准,何必一定要拘泥于初、盛、中、晚之分?只要我们跳出了鄙视晚唐诗风的评价模式,那么删去此诗的末二句,全诗在余音袅袅的柔橹声中戛然而止,而末二句所表达的悠然自得之意趣也已化作言外之意融入一片青绿山水之中,可谓极含蓄蕴藉之能事。苏轼说此诗"有奇趣",正是着眼于此。

把上述两类情形作一对比,得出的结果相当有趣。照常理推测,第一类是把篇幅较长的古诗删去末尾数句,所删的部分占全诗的比重很小,应该不会对原诗产生太严重的影响;而第二类是把篇幅很短的古诗(仅有六句)删去末尾两句,所删的部分占全诗篇幅的三分之一,颇有可能伤筋动骨。可是事实恰恰相反,第一类删削造成的结果并不理想,而第二类删削倒产生了很理想的艺术效果。这是出于什么原因呢?我们的理解是:虽然中国古典诗歌在总体上都崇尚精炼简约的表达方式,但对古体诗和律诗的要求还是有所区别的。简单地说,古体诗本来就没有篇幅上的限制,许多五七言古诗的名篇还以委曲周详或淋漓酣畅为优点,而言外之旨倒并不是它们的主要追求目标。从盛唐的李、杜到中唐的韩、孟、元、白,莫不如此。清人方东树论五古

---

① 《评点柳柳州集》卷四三,引自《柳宗元诗笺释》卷二,第254页,上海古籍出版社1993年版。

说:"思积而满,乃有异观,溢出为奇。若第强索为之,终不得满量。所谓满者,非意满、情满即景满。否则有得于古作家,文法变化满。以朱子《三峡桥》诗与东坡较,仅能词足尽意,终不得满,无有奇观。"①又论七言歌行说:"凡歌行,要曼,不要警。"②因此,对于长篇的五七言古诗来说,写得周详酣畅正是其体式优点的表现,如果想删去数句以求更为精简,并不容易得到太好的艺术效果。上述第一类情形的两个例子,就是如此。可是对于短篇的古诗,尤其是像上文所举的两首仅有六句的短篇古诗,情形就完全不同了。六句的诗在篇幅上已经非常接近绝句,它们在艺术上的追求也势必会向绝句的境界靠拢。上文所举的两首例诗自身就已相当精炼,当人们试图对它们做进一步的删削时,多半会以绝句的价值标准来要求之。而绝句一体的优点显然是简练含蓄、意在言外等,这些优点都必须依托于形式之精益求精,清人钱良择说:"绝句气局单促,以警拔为上。"③可谓探骊得珠之言。于是,当后人把李白的《子夜吴歌》和柳宗元的《渔翁》各删去两句,它们在体式上成为绝句,在艺术境界上也接近于绝句,即具备了含蓄蕴藉、意在言外等优点,这正符合人们对短诗尤其是对绝句的要求,无怪乎会得到较多的认同了。

三

上文所涉及的后人对唐诗进行删削的情形殊途同归地导向

---

① 《昭昧詹言》卷一《通论五古》,第1页。
② 《昭昧詹言》卷十一《总论七古》,第232页。
③ 《唐音审体》《清诗话》,下册,第784页,上海古籍出版社1978年版。

一个结论,即成功的删削结果都是形成了绝句。那么,这个结论有普遍意义吗?其原因又是什么?

让我们依然把后人的删削分成两类情形来进行分析。第一类是从长篇的古诗中抽出四句形成绝句,除了上文涉及的两例外,再补充几个例子:明人谢榛云:"李群玉《雨夜》诗,'请量东海水,看取浅深愁。'观此悲感,无发不皓。若后削冗句,浑成一绝,则不减太白矣。"[1]李群玉诗原题为《雨夜呈长官》,全文如下:"远客坐长夜,雨声孤寺秋。请量东海水,看取浅深愁。愁穷重于山,终年压人头。朱颜与芳景,暗赴东波流。鳞翼思风水,青云方阻修。孤灯冷素艳,虫响寒房幽。借问陶渊明,何物号忘忧。无因一酩酊,高枕万情休。"此诗首二句交代写作的背景:客居孤寺,秋夜听雨。三、四句抒写心中的无穷愁绪。后面的十二句细写愁绪的具体内容:青春易逝,仕途多蹇,寒夜孤灯,浇愁无由。后面的内容其实已经被浓缩在前面四句中了,再逐一细写实为重复,如"愁穷重于山,终年压人头"两句的意思其实已含于"请量东海水,看取浅深愁"之中,况且这两句的句法又是相当的稚嫩笨拙!所以如把前四句抽出成为一首绝句,确实使此诗的艺术水准提升了一个层次。其实这也不是谢榛的妙手偶得,南宋的洪迈早就指出:"予绝喜李顾诗云,'远客坐长夜,雨声孤寺秋。请量东海水,看取浅深愁。'且作客涉远,适当穷秋,暮投孤村古寺中,夜不能寐,起坐凄恻,而闻檐外雨声,其为一时襟抱,不言

---

[1] 《四溟诗话》卷三,《历代诗话续编》,下册,第1181页。

可知。而此两句十字中,尽其意态,海水喻愁,非过语也。"①除了把李群玉误作李顾以外,洪迈的一番话说得相当中肯:这四句诗确实已把秋夜孤客之愁思写得淋漓尽致了。洪迈只说到此诗的前四句,不知是有意忽略其余部分还是他只看到这四句,但他的评语似乎是把这四句当作一首完整的诗来着眼的。这也说明这四句诗确实具备了独立成篇的条件。此外,清人吴乔曰:"七绝与七古可相收放,如骆宾王《帝京篇》、李峤《汾阴行》、王泠然《河边枯柳》,本意在末四句,前文乃铺叙耳。只取末四句,便成七绝。"②李峤诗前文已论及,骆宾王《帝京篇》的末四句如下:"汲黯薪愈积,孙弘阁未开。谁惜长沙傅,独负洛阳才。"《帝京篇》虽是一首七言古诗,但其中夹杂着许多五言句子,结尾的这四句其实可以组成一首五绝,吴乔所说的"七绝"当是因全诗是七古而致误。《帝京篇》篇幅甚长,内容也相当丰富,前面的部分着力描写帝京之繁华、王公将相之骄奢淫逸,以及仕途之险恶与富贵之不可恃,末尾四句转入对自身怀才不遇的慨叹作结,至此方见主旨,而前面的大段描述都可谓之铺垫。王泠然《河边枯柳》的末四句如下:"凉风八月露为霜,日夜孤舟入帝乡。河畔时时闻木落,客中无不泪沾裳。"③其前面的十六句都是对隋堤的今昔变化的描绘,末四句由怀古转入羁旅行役之情,也不妨将前面的部分读作对后面的铺垫。所以这几个例子中所抽出的四句诗都是具

---

① 《容斋随笔》卷四,《宋人诗话外编》,国际文化出版公司1996年版,下册,第786页。
② 《围炉诗话》卷二,《清诗话续编》,上册,第531页。
③ 此诗一题《汴堤柳》,见《全唐诗》卷一一五。

有某种独立性质的,它们在艺术水准上又正好是全诗中的警策部分,所以能够删去其余部分成为绝句。

第二类是从短篇的古诗乃至从律诗中抽出四句来成为绝句,除了上文所论及的李白《子夜吴歌》和柳宗元《渔翁》两首六句古诗外,再让我们看两个把律诗删成绝句的例子。许浑《金陵怀古》:"玉树歌残王气终,景阳兵合戍楼空。松楸远近千官冢,禾黍高低六代宫。石燕拂云晴亦雨,江豚吹浪夜还风。英雄一去豪华尽,唯有青山似洛中。"谢榛曰:"许用晦《金陵怀古》,颔联简板对尔。颈联当赠远游者,似有戒惧意。若删其两联,则气像雄浑,不下太白绝句。"①此诗是许浑的名作,但正如谢氏所言,其中间两联皆有瑕疵。颔联之弊不仅在于"简板对尔",而且在于"松楸远近"一句不像是亡国之都应有之景。颈联则与此诗的怀古主题联系不紧,颇有拼凑之迹。如果把中间两联删去,确实可以成为一首气象雄浑的七绝。齐己《剑客》:"拔剑绕残樽,歌终便出门。西风满天雪,何处报人恩。勇死寻常事,轻仇不足论。翻嫌易水上,细碎动离魂。"清人黄白山云:"余尝欲删齐己《剑客》诗、赵微明《古离别》二首后四语作绝句,乃佳。《剑客》云,'拔剑绕残樽,歌终便出门。西风满天雪,何处报人恩。'《古离别》云,'为别未几日,一日如三秋。犹疑望可见,日日上高楼。'前诗写剑客行径风生,后诗写思妇痴情可掬。赘后四语,其妙顿减。"②赵微明的《古离别》是一首八句的五古,此处暂不置论。齐

---

① 《四溟诗话》卷二,《历代诗话续编》,下册,第1170页。
② 见贺裳《载酒园诗话》卷一,《清诗话续编》,上册,第230页。

己的诗确如黄白山所论,删去后四句作绝句更妙。因为颔联所写是剑客的平常情态,况且字句也甚为平庸。尾联欲发高论,却高而不切。当日燕太子等人在易水边上送别荆轲,乃惊天地、泣鬼神之壮举,岂能说是"细碎动离魂"!相反,如果此诗只有前四句,则侠士痛饮狂歌后冒着满天风雪出门报恩,这一幅生动的剪影便把其神态、心事表露无遗,哪里还用得着后四句的蛇足?明人王世贞也表示过类似的意见:"王勃:'河桥不相送,江树远含情。'杜荀鹤:'承恩不在貌,教妾若为容。'皆五言律也。然去后四句作绝乃妙。"① 王氏所说的两首诗是王勃的《送杜审言》和杜荀鹤的《春宫怨》,前者原文如下:"卧病人事绝,嗟君万里行。河桥不相送,江树远含情。别路追孙楚,维舟吊屈平。可惜龙泉剑,流落在丰城。"后面四句含意太直露,删去后方臻蕴藉之境。后者原文如下:"早被婵娟误,欲妆临镜慵。承恩不在貌,教妾若为容。风暖鸟声碎,日高花影重。年年越溪女,相忆采芙蓉。"此诗中"风暖鸟声碎"一联向称名句,故胡应麟反对将它删去:"杜荀鹤《宫怨》,佳处在'风暖''日高'一联,不可删也。"② 但是前四句若单独成篇,颇有从容不迫之致,可成一首言简意赅的绝句。当然,此诗不删后半也无害其为名篇,这是与其他例子不同的地方。

从上述两类情形的分析可以看出,对唐诗名篇的比较成功的删改都是从原诗中抽出四句形成一首绝句。但是细察其过

---

① 《艺苑卮言》卷四,《历代诗话续编》,中册,第1014页。
② 《诗薮·内编》卷六,第116页。

程,却可发现这两种删改方式所体现出来的诗学观念是同中有异的。在第一类删改中,后人实际上是把原诗中最为警策的四句诗抽出独立成篇,删改后的绝句一般不能包含原作的全部内容,但在艺术上确实比原作更为精警。也许是受到书写条件的限制,中国上古的典籍都是以寥寥短章的面目出现的。即使在篇幅稍长的作品出现以后,人们仍对其中特别精警的片断予以格外的重视。春秋诸侯的断章赋《诗》,诸子百家的简略引文,都在客观上使典籍中的某些片段以独立的形态而存在。等到文学的独立价值受到人们的充分重视以后,关于诗文作品中的"警策"的概念就应运而生了。晋人陆机在《文赋》中指出:"立片言而居要,乃一篇之警策。"今人徐复观阐释说:"此处之所谓片言,从两句全般意义看,不应仅作一般之所谓'警句'来理解……这里是就全篇来说的,其作用是给全篇以照明的功效作用。……片言的纲领,用现代的语言说,即是点出主题(Theme)。"[1]钱锺书也认为:"警句得以有句无章,而《文赋》之'警策',则章句相得始彰之'片言'耳。"[2]既然在一篇作品中可以有"片言"即寥寥数句成为全篇的"警策",而"警策"既具有点出主题的重要作用,其自身又具有"章句相得"的独立形态,那么从某篇作品中抽出这几句"警策"来就完全有可能构成一篇新的作品。显然,这种意义上的删削与所谓的"摘句"是完全不同的。后者只是从作品中

---

[1] 《陆机文赋疏释》,载《中国文学精神》,第230页,上海书店2004年版。

[2] 《管锥编》,第3册,第1198页,中华书局1986年版。

抽出一两句"警句",它们是不能独立成篇的。① 当然"警策"所包含的句子往往也是"警句",但是"警句"却不一定能构成"警策"。上文所举的从篇幅较长的古诗中抽出来的绝句几乎都可看作是原作中的"警策",它们确是形神俱备的新的作品。不言而喻的是,从长篇古诗中抽出来的"警策"必然只有寥寥几句,它们所形成的新作品的最合适的诗体就是绝句。

在第二类删改中,后人的作为在表面上看似乎也是从原作中抽出四句来,但我们宁肯把这理解成对原作的删削,因为原作自身的篇幅就不长(每首八句或六句),后人所以要把它们再删去四句或两句主要是为了使它们变得更加精炼,虽说其结果与前一类情形是殊途同归的。上文说过,中国古代的诗文都以精炼简洁为追求目标,刘勰《文心雕龙》中就单设《镕裁》一章专论删繁就简之重要性:"规范本体谓之镕,剪截浮词谓之裁。裁则芜秽不生,镕则纲领昭畅。譬绳墨之审分,斧斤之斫削矣。"又论删芟之准则:"句有可削,足见其疏;字不得减,乃知其密。精论要语,极略之体;游心窜句,极繁之体。谓繁与略,随分所好。引而申之,则两句敷为一章;约以贯之,则一章删成两句。思赡者善敷,才覈者善删。善删者字去而意留,善敷者辞殊而意显。字删而意缺,则短乏而非覈;辞敷而言重,则芜秽而非赡。"刘勰虽主张繁简应各得其宜,但此章主旨却无疑在于删削繁冗,所以章

---

① 参看张伯伟《中国古代文学批评方法研究》外篇《摘句论》,中华书局2002年版,第326—345页。

末赞曰："芟繁剪秽,弛于负担。"[①]唐代史学家刘知几也强调说:"叙事之工者,以简要为主。简之时义大矣哉!"[②]于是我们在历代的文学或史学的写作中都看到了努力追求精简的种种表现,兹不赘述。毫无疑问,古代诗歌中最短小精悍的形式就是绝句,如果人们要对某些尚不够精炼的律诗或短篇古诗进行精益求精的删改的话,其合乎逻辑的最终结果就是把它们变成绝句。

由此可见,无论是第一类还是第二类删改,它们多半会把原来是古体或律诗的原作变成绝句,根据诗学原理进行的理论抽绎会导出这个结论,在文学史上发生的一系列实例也证实了这个结论。

四

在文学史研究中方兴未艾的接受美学流派有一个引人注目的特征,就是把注意力从传统的"作者—文本"的关系转移到"文本—读者"上来。其实在中国古代的诗歌史上,"文本—读者"的关系早就受到人们的高度重视,不过古人不知道"接受美学"这个名词罢了。从接受美学的角度来看,上文所述的后人对唐诗名篇的删改堪称读者对前人诗歌文本的创造性的阅读活动,它有时甚至从原作者手中夺取了诗歌的原创权。

众所周知,唐诗是中国古典诗歌史上前所未有的一座高峰,它的巨大阴影几乎笼罩着唐以后的整个诗史进程。唐诗中的那

[①] 《文心雕龙注》卷七,第543—544页,人民文学出版社1958年版。
[②] 《史通通释》卷八,第168页,上海古籍出版社1978年版。

些名篇更是达到了家喻户晓的程度,后代的诗人和读者都把它们视为艺术规范的标本。然而后代富有独创精神的诗人和持有独立见解的诗论家是不会满足于永远对唐诗进行顶礼膜拜,更不会严守唐诗艺术规范的藩篱而不越雷池半步的。他们在努力创造有异于唐诗风范的新颖的诗歌风格的同时,也试图对唐诗进行新的解读和评价,并力图找出唐诗的不足之处来树立新的艺术规范。上文所述的对唐诗名篇的删改就是此类解读和评价的典型体现之一,它貌似随机而发,其结论也零零星星而不成系统,但其中实蕴含着深远的文学史意义。美国的哈罗德·布鲁姆认为:"诗的影响——当它涉及到两位强者诗人,两位真正的诗人时——总是以对前一位诗人的误读而进行的。这种误读是一种创造性的校正,实际上必然是一种误译。一部成果斐然的'诗的影响'的历史——亦即文艺复兴以来的西方诗歌的主要传统——乃是一部焦虑和自我拯救之漫画的历史,是歪曲和误解的历史,是反常和随心所欲的修正的历史,而没有所有这一切,现代诗歌本身是根本不可能生存的。"[①]唐代以后的历代诗人和诗论家没有这么清醒的要对前人的诗歌进行"校正"的意识,但他们在无意识中却进行着与他们的西方同行们类似的活动:以对前代伟大诗人的作品进行有意无意的"歪曲"和"修正"来抗拒其巨大影响,并为自己找到在诗歌史上的位置。本文无意探讨后代诗人在实际创作中对唐诗风范的种种"修正",但上文所论

---

① [美]哈罗德·布鲁姆(Harold Bloom)《影响的焦虑》,徐文博译,生活读书新知三联书店1989年版,第31页。

及的后人对唐诗名篇的删改活动同样清楚地体现出这种意图。为什么这样说呢?

作品总数达数万首的有唐一代之诗,当然不会是篇篇珠玑,而必然是良莠不齐,精粗杂陈的。如果后人仅仅对唐诗中不很成功的作品进行批评,那么在客观效果上不但不能降低唐诗的地位,反而会有助于确立唐诗不可动摇的典范地位,因为那些不成功的唐诗多半是偏离了唐诗的艺术规范,批评它们等于为唐诗典范提供了反证法的例证。而后人对唐诗名篇的删改就具有完全不同的意义,它们针对唐诗名篇的缺点进行批评,并以成功的删改说明唐诗的规范远非白璧无瑕,而是可以进一步完善的。这样的结果当然会打破唐诗完美无缺的神话,从而为后人在诗歌领域中进行创造性的创作和评论提供学理上的依据。成功地进行上述删改的例子虽然并不很多,但是其影响却是不可低估的。比如苏轼对柳宗元《渔翁》诗末尾二句的删除,在后代再三被人引用、复述或进一步讨论。时至今日,几乎到了只要人们讨论此诗,就无法回避苏轼的删改意见的程度。换句话说,苏轼的意见已经成功地"修正"了柳宗元的原作,一个新的诗学规范已经取代了柳宗元原作所确立的旧规范。宋人范温说:"子厚诗尤深远难识,前贤亦未推重。自老坡发明其妙,学者方渐知之。"[①]此话主要是指苏轼对柳诗意义和价值的"发明"也即深度阐释,其实苏轼除了"发明"柳诗之外还对它进行了局部的"修正",而

[①]《潜溪诗眼》,《宋诗话全编》,第 2 册,第 1253 页,江苏古籍出版社 1998 年版。

后者也许具有更重要的诗歌史意义。

综上所述,我们认为后人对唐诗名篇的删改并不是文学史上的偶然事件,它从一个侧面体现了后人对唐诗艺术规范的批评和修正,也体现了后人对新的诗歌艺术规范的追求,它应该被纳入从事诗歌史研究的当代学者的视野之内。至于后人在删改唐诗名篇时所体现出来的各个不同时代的文学观念和诗学风尚究竟有什么具体内容,因涉及面太多,我们将另外撰文予以探讨。

《唐诗三百首》中有宋诗吗？

一

我所以会写下这个显得荒唐的题目，是因为对下面这首诗产生了怀疑：

> 隐隐飞桥隔野烟，石矶西畔问渔船。桃花尽日随流水，洞在清溪何处边？

张旭的这首《桃花溪》，自从被清人孙洙选入《唐诗三百首》以来，便成为家喻户晓的名篇了。关于它的鉴赏、评论层出不穷，而且众口一词地赞美不已。孙洙其人生于康熙五十年（公元1711年），卒于乾隆四十三年（公元1778年），《唐诗三百首》则成书于乾隆二十九年（公元1764年），然而对张旭此诗的赞赏早在此前一百五十年时就已开始了。在初刻于明万历四十四年（公元1616年）的《唐诗归》卷一三中，钟惺便称誉此诗："境深，语不须深。"钟氏还因此称誉张旭其人说："张颠诗不多见，皆细润有致。乃知颠者不是粗人，粗人颠不得。"明末清初的黄生也将此诗选入其《唐诗摘抄》,并评曰:"长史不以诗名,三绝恬雅秀洁,盛唐高手无以过也。"①稍后,手眼甚高的王士禛在成书于康熙二十七年(公元1688年)的《唐贤三昧集》中选了此诗,然后又在成书于康熙四十七年(公元1708年)的《万首唐人绝句选》中选入此诗。到康熙五十二年(公元1713年),由词臣从成书不久的《全唐诗》中精选而成的《御选唐诗》也选了此诗。可见孙洙选中此诗并不一定是独具慧眼,而是因为此诗早已多次引起选家的青睐了。

然而,这首诗果真是唐人张旭的作品吗?

二

张旭其人,在当时以书法家之名震爆一世,而他的诗并不十分有名。与他同时的著名诗人多有诗作写到他,例如高适的《醉后赠张九旭》,李白的《猛虎行》,杜甫的《殿中杨监见示张旭草书图》《饮中八仙歌》《观公孙大娘弟子舞剑器行·序》,李颀的《赠张旭》等诗中都对其书艺赞叹不已,但是都没有提到他的诗歌。当然这并不是说张旭就不能诗,《新唐书·刘晏传》中说:"(包佶)父融,集贤院学士,与贺知章、张旭、张若虚有名当时,号'吴中四士'。"这四人中的其他三人都诗名颇著,张旭与他们齐名,当亦能诗。然而他在生前和身后最为人称道的,无疑是其书法造诣而不是诗歌,所以《新唐书·李白传》中记载:"文宗时,诏以白歌诗,裴旻舞剑,张旭草书为三绝。"在整个唐代和五代以及北

---

① 黄生此语乃指张旭的《桃花溪》《山中留客》和《春草》三诗而言。

宋时期的文献中，没有留下什么关于张旭诗歌的评说之语。同时，在现存的"唐人选唐诗"以及北宋人所编的《文苑英华》等总集中，也找不到张旭的诗作。当然最合理的解释是张旭本有诗作，但是早已湮灭无闻了。

首先选录张旭诗的是南宋洪迈的《万首唐人绝句》。洪迈平生著述甚富，其《万首唐人绝句》的自序中称："淳熙庚子秋，迈解建安郡印归，时年五十八矣。身入老境，眼意倦罢。不复观书，唯以时时教稚儿诵唐人绝句。则取诸家遗集，一切整汇，凡五七言五千四百篇，手书为六秩。……逾年再还朝，侍寿皇帝清燕[1]，偶及宫中书扇事。圣语云：'比使人集录唐诗，得数百首。'迈因以昔所编具奏。天旨惊其多，且令以原本进入，蒙置诸复古殿书院。又四年，来守会稽间，公事余分，又讨理向所未尽者。"可见此书原来只是一本私塾课本，所录唐诗只有五千四百首。后来偶然为宋孝宗所知，洪氏才着意搜集，内容遂增扩为万首之多。正是由于洪氏编集此书时一意求多，以凑足万首，所以颇有伪作混入。稍后的陈振孙在《直斋书录解题》卷一五中已指出："多有本朝人诗在其中，如李九龄、郭震、滕白、王岩、王初之属。其尤不深考者，梁何仲言也。"明人谢榛在《四溟诗话》卷二中也说："洪容斋所选唐人绝句，不择美恶，但备数耳。"当然，洪氏所编虽多谬误，但我们并不能据此即否定集中的张旭诗的真实性，而是仍需对之进行认真的考索。

---

[1] "寿皇帝"指宋孝宗，当时尚未退位，但洪迈此序作于绍熙元年（公元1190年），故追称如此。

在今本《万首唐人绝句》中,张旭诗共有四首,它们是:七言绝句卷七二中的三首,即《桃花矶》《山行留客》《春游值雨》,以及五言绝句卷二五中的一首,即《清溪泛舟》。其中的《桃花矶》一诗,即《唐诗三百首》所选的《桃花溪》,题目仅异一字,正文则全同。《山行留客》和《春游值雨》二首正文如下:

山光物态弄春辉,莫为轻阴便拟归。纵使晴明无雨色,入云深处亦沾衣。

欲寻轩槛列清尊,江上烟云向晚昏。须倩东风吹散雨,明朝却待入华园。

于是,我们的问题就归结为,洪氏编入《万首唐人绝句》的上述三诗,尤其是其中的《桃花矶》一诗,果真是张旭的诗吗?

《万首唐人绝句》编定于绍熙元年(公元1190年),在此前二十一年,即乾道五年(公元1169年),王十朋编定北宋蔡襄的文集《蔡端明文集》,在此集卷七中,上述张旭的三首七言绝句俱赫然在目。所异之处在于它们的标题分别为《度南涧》《入天竺山留客》和《十二日晚》,正文的相异则只有第二首的第三句,在蔡襄诗中作"纵使晴明无雨过"。还有第三首的末句,在蔡襄诗中作"明朝却待入花园"。"华"与"花"相通,故此首其实无异。那么,这三首诗究竟是唐人张旭所作,还是宋人蔡襄所作呢?

首先引起我们注意的是,王十朋编定蔡襄文集,是相当认真严肃的,故此集的可信度较高。他在《蔡端明文集序》中自称:"乾道四年冬,得郡温陵,道出莆田,望公故居,裴回顾叹而不忍去。入境访公遗迹，则首见所谓万安桥者，与大书深刻之记争雄，且深惜其有济川之才而不至于大用。登爱松堂九日山，则又见公之诗与其真迹犹在，凛然有生意，如见其正颜色坐黄堂时也。……求其遗文，则郡与学皆无之，可谓缺典矣。于是移书兴化守钟离君松、傅君自得，访于故家，而得其善本。教授蒋君雍，与公同邑，而深慕其为人，手校正之，锓板于郡庠。"可见王十朋等人编纂蔡襄文集时是据善本精校而成，与洪氏编《万首唐人绝句》的草率态度大不相同。王十朋所编蔡集今存宋本，藏于中国国家图书馆，题作《莆阳居士蔡公文集》，其中卷一至卷六、卷三五、卷三六原缺，补以清抄本，但是上述三首绝句恰好存于卷七，仍为宋刻原帙，弥足珍贵。

对于上述三诗重出于《万首唐人绝句》和蔡襄文集的情况，后人已有所注意。明天启二年龙溪颜继祖刻本《蔡忠惠诗集》和清雍正十年蔡仕舢逊敏斋刻本《宋端明殿学士蔡忠惠公文集》中，在《入天竺山留客》诗后均有校记曰："此诗误入《万首唐诗》。"在《十二日晚》诗后有校记曰："此首洪氏误收入唐诗。"[1]今人吴以宁先生点校的《蔡襄集》中保留了这两条校记，而今人陈庆元先生等校注的《蔡襄全集》在前一诗下不但保留了逊敏斋本的校记，还加按语云："此诗与唐代诗人张旭《山中留客》基本相同，疑此本有误，待考。"[2]但是他们都未指出《度南涧》一诗与《万首唐人绝句》重出的情况。如上所述，洪迈所编的《万首唐人绝

---

[1] 参见吴以宁点校《蔡襄集》，上海古籍出版社1996年版，第137页。
[2] 陈庆元等校注《蔡襄全集》，福建人民出版社1999年版，第220页。

句》远不及王十朋所编蔡襄文集可靠,如果没有其他文献根据的话,把这三首诗归属于张旭名下是根据不足的。换句话说,《唐诗三百首》中所录的张旭《桃花溪》一诗的著作权是相当可疑的。

三

在一方有比较充足的证据以证明对某物的所有权,而另外一方却证据明显不足时,该物的所有权就应归于前者,这个民法的通则也可用来判断文学作品的归属。我认为在上文所及三诗的归属问题上面,肯定张旭的著作权几乎没有什么证据(仅有一条,详见下文),而肯定蔡襄的著作权却存在着相当有力的证据,现论证如下:

宋本《莆阳居士蔡公文集》的卷一至卷八为诗集,所收诗作虽然没有全部严格地按编年为序,但卷七中与上述三诗相邻的二十多首诗却完全是按写作时间为序的。为了醒目,现将这些诗的诗题及序按原来的次序排列如下:

1.《答葛公绰》(序:丙午年正月,邀葛公绰宿杭州山堂,公绰遗诗有"为是山堂仅草堂"之句,因以答之)。2.《公绰示及生日以九龙泉为寿依韵奉答》。3.《和答孙推官久病新起见过钱塘之什二首》。4.《和夜登有美堂》。5.《和偶登安济亭》。6.《和江上观潮》。7.《和答孙推官》。8.《和古寺偃松》。9.《和新燕》。10.《开州园纵民游乐二首》。11.《遣兴》。12.《夜雨病中》。13.《寒食西湖》。14.《上巳日州园东楼》。15.《四日清明西湖》。16.《度南涧》。17.《入天竺山留客》。18.《十日西湖晚归》。19.《十二日晚》。20.《十三日吉祥寺探花》。21.《十三日出赵园看花》。22.《十五日游龙华净明两院值雨》。23.《十六日会饮骆园》。24.《十八日陪提刑郎中吉祥院看牡丹》。25.《又往郑园》。26.《十九日奉慈亲再往吉祥院看花》。27.《二十二日山堂小饮和元郎中牡丹向谢之什》。28.《寄钱塘春游诗呈南阳郭待制》。

从第一首的序中可知,此组诗作于宋英宗治平三年丙午(公元1066年)之春,时蔡襄任杭州知州,当时蔡襄虽已五十三岁,但其老母尚健在,身为孝子的蔡襄心情舒畅,常常出游,作诗亦多。正如第二十八首中所云:"一春游揽足诗歌,寄与南阳语思多。"在蔡襄的书札中也有材料可以作为旁证:治平三年四月,蔡襄作书与程师孟说:"西湖寒食清明,州人游从,众为盛集数日,为之达暮。……衰年强作少年事,亦难胜矣。"[①]是年五月,蔡襄又作书与章岷(字伯镇)说:"端午气候微热,想君执事佳安。……春三月,湖上闲游,时有篇什,今录数首。要之,虽老尚管风物耳。"[②]可见蔡襄在治平三年春不但作西湖游览诗多首,而且还曾自书其诗寄与友人。上述三诗都在这一组诗中,据其时序,可知三诗皆作于是年三月四日清明至三月十二日之间,诗中所写景物与时令相合。

而且南涧、吉祥院皆为西湖的著名景点,南涧上有桥八座,

---

① 《四致程修撰帖》,出自《蔡忠惠集外集》卷二。
② 《二致伯镇书》,出自《蔡忠惠集外集》卷二。

吉祥院则是当时的赏花胜地①,题旨与正文亦相合。这显然有助于我们承认蔡襄对这三首诗的著作权,因为如果这些诗是唐人张旭之作,那么王十朋等人如何能把它们改换题目、插入蔡集,而又做得如此天衣无缝呢?而且他们又有什么必要那样做呢?这三首诗在张、蔡集中的不同诗题也有助于我们判定其归属:第三首在张旭名下题作《春游值雨》,而在蔡襄名下则题作《十二日晚》,蔡集中紧接其后的一首是《十三日吉祥寺探花》。此诗的大意颇明确:诗人想要寻找一个地方去饮酒赏春,可惜为雨所阻。于是希望明日天气转晴,再到花园去赏花。所谓的春游之事根本尚未发生,安得题作"春游值雨"? 而题作"十二日晚",则与下一首的"十三日吉祥寺探花"一事如合符契。由此可见"春游值雨"这个标题颇有作伪的蛛丝马迹,它多半是洪迈在把此诗编入《万首唐人绝句》时所杜撰的。

　　还有两点情况也可帮助我们作出判断。一是在蔡襄诗中,颇有与《度南涧》一诗立意、字句相近之作。例如卷四的《闻福昌院春日一川花卉最盛》之二:"山前溪上最宜春,千树夭桃一雨新。争得扁舟随水去,乱花深处问秦人。"又如卷五的《建溪桃花》:"何物山桃不自羞,欲乘风力占溪流。仙源明有重来路,莫下横枝碍客舟。"都是用桃花源的传说来描写春景,《度南涧》一诗与其诗风颇为接近。二是在宋本蔡襄文集中,按写作时间为序的诗还有几组。例如卷三中的《至和杂书五首》,其副标题即为"八月一日""八月二日""八月九日""八月十二日""八月十九

---

① 参看陈庆元等的注,见《蔡襄全集》第208、209页。

日"。又如卷八中的《七月三十四日射弓》《七月二十四日食荔枝》《中秋夕独坐望月》《九日许当世以诗见率登高》,也是以时为序的。可见以日月为诗题,且连作一组诗是蔡襄的写作习惯,所以上述三首诗出现在宋本蔡集中,比较符合事实。

四

让我们换一个角度来讨论这个问题。

张旭、蔡襄都是名垂青史的书法家,张之书名上文已有所涉及,蔡襄则与苏轼、黄庭坚、米芾合称北宋四大书家。虽说两人的书法作品传世无多,但是在其吉光片羽流传的过程中,历代书法理论家对它们多有记录,所以仍有蛛丝马迹可以查考。于是我们不妨思考这样一个问题:在张、蔡两人的书法作品中有没有证据说明上述三首诗的归属呢?

张旭书法传世很少,北宋米芾一生竭力搜集历代墨宝,所撰《宝章待访录》中也仅称见过张旭六帖,即《前发帖》《汝官帖》《昨日帖》《承须帖》《清鉴等帖》和《千文帖》,这些帖中都没有自书其诗的情形。在记录北宋末年内府所藏历代法书的《宣和书谱》卷一八中,记录了张旭的草书二十四帖,它们是《奇怪帖》《醉墨帖》《孔君帖》《皇甫帖》《大弟帖》《诸舍帖》《久不得书帖》《德信帖》《定行帖》《自觉帖》《平安帖》《承告帖》《洛阳帖》《永嘉帖》《清鉴等帖》《缣素帖》《华阳帖》《大草帖》《春草帖》《秋深帖》《王粲评诗帖》《长安帖》《酒船帖》《千文帖》,其中只有《春草帖》为自书其诗一首,《缣素帖》则自书其诗四首。《春草帖》的内容是:"春草青青万里余,边城落日见离居。情知海上三年别,不寄云间一纸书。"①此诗今见《全唐诗》卷一一七。据清人卞永誉《式古堂书画汇考》卷七所引,《缣素帖》所书者为四首五言绝句,它们是《杂咏》《见远亭》《晚过水北》《三桥》,陈尚君先生即据此补入《全唐诗续拾》卷一一张旭诗。此外,在明人郁逢庆的《书画题跋记》卷三中,还录有张旭的《濯烟帖》,内容也是一诗:"濯濯烟条拂地垂,城边楼畔结春思。请君细看风流意,不是灵和殿里时。"此诗后来亦被收入《全唐诗》卷一一七。到了后代,存世的张旭真迹越来越少,南宋岳珂在其《宝真斋法书赞》卷五中,仅录有张旭的《春草》《秋深》二帖,明人张丑《清河书画舫》卷四上则录有张旭的《春草》《秋深》《苑陵》《酒德颂》四帖。除此以外,就罕有所闻了。

蔡襄的书法作品传世者远不如与之齐名的苏、黄、米三家之多,这可能是蔡对自己的书法颇为看重,不肯轻易为人落笔的缘故,正如《宣和书谱》卷六记宋仁宗语云:"古人能自重其书者,唯王献之与襄耳。"在历代书谱所记录的材料中,值得我们注意的有以下三条:明张丑《真迹日录》卷二录有"蔡忠惠公十帖",其中有《丙午三月十二日晚》与《十三日吉祥院探花》二诗。明末的郁逢庆在《续书画题跋记》卷三中也录有"蔡君谟十帖真迹",其中也有《丙午三月十二日晚》和《十三日吉祥院探花》二诗,正文全同。清卞永誉的《式古堂书画汇考》卷一〇中所录与郁书同。这两首诗与本文第二节中所述蔡襄作于治平三年丙午的那组诗中

---

① 此诗在后人的题跋中多次及之,详见下文。

的第十九、二十两首仅诗题稍异数字,内容则完全一致。更值得注意的是,蔡襄此两帖曾经过元末明初的大书家倪瓒的鉴定,在张丑、郁逢庆两书所录的蔡襄自书诗帖后,都有倪瓒的题跋:"蔡公书法真有六朝、唐人风,粹然如琢玉。……辛亥三月九日倪瓒题。"而在张丑《真迹日录》卷二所录张旭《春草帖》后,亦载有倪瓒题跋:"右张长史草书《春草帖》,锋颖纤悉,可寻其源。而府纸松煤,古意溢目,真足为唐人法书之冠。……壬子人日倪瓒题。"我们知道倪瓒既是大书法家,亦是书法评论的大家,他的这两条题跋分别写于明洪武四年辛亥(公元1371年)和洪武五年壬子(公元1372年),其时他年逾古稀,书艺和书法鉴赏水准都已臻于极高境界,经他鉴定的张、蔡二人真迹多半是可靠的,不可能产生张冠李戴的情况。于是,我们可以断定上述《丙午三月十二日晚》与《十三日吉祥院探花》两首诗确是蔡襄自书其诗的真迹。上文曾提到蔡襄在治平三年春作西湖游览诗后曾自书于帖寄与友人,也许这两首诗即在其中。既然在本文第二节中所提出讨论的三首重出于张旭集与蔡襄集的作品中有一首(即张旭集中的《春游值雨》或蔡襄的《丙午三月十二日晚》)可以肯定是出于蔡襄之手,那么其他两首诗也应属于蔡襄而不是张旭,就基本上可以作出结论了。

然而也有一条材料不利于我们的结论。明人杨慎在《升庵诗话》卷一〇中有"张旭诗"一条云:"张旭以能书名,世人罕见其诗。近日吴中人有收其《春草帖》一诗,陆子渊为余诵之,所谓'春草青青万里余,边城落日见离居。情知塞上三年别,不寄云间一纸书',可谓绝唱。余又见崔鸿胪所藏有旭书石刻三诗,其一《桃花矶》云:'隐隐飞桥隔野烟,石矶西畔问渔船。桃花尽日随流水,洞在青溪何处边?'其二《山行留客》云:'山光物态弄春晖,莫为轻阴便拟归。纵使晴明无雨色,入云深处亦沾衣。'其三《春游值雨》云:'欲寻轩槛列清樽,江上烟云向晚昏。须倩东风吹散雨,明朝却待入华园。'字画奇怪,摆云捩风,而诗亦清逸可爱,好事者模为四首悬之。《春草》一首真迹,藏江南人家。"①"崔鸿胪"当指崔铣,《明史》卷二八二有传,此人在嘉靖初年的"大礼议"政治风潮中与杨慎及其父杨廷和站在一边而受到打击,嘉靖十八年后任南京礼部右侍郎。但除了杨慎所言之外,从现存文献中找不到任何关于他曾收藏张旭真迹的记载,这所谓的"旭书石刻三诗"在明清以来的书谱中也毫无踪影。而且杨慎著书时因僻居云南缺乏书籍,故常凭记忆而多有舛误,他所说的张旭真迹居然连诗题与本文都和《万首唐人绝句》所载者毫无二致,而他又是读过《万首唐人绝句》的②,故其记载甚为可疑。然而,杨慎的说法却产生了很大的影响,明末胡震亨所撰的《唐音统签》卷八五中将上述三诗收归张旭名下,即在《桃花溪》诗题下注云:"杨升庵云崔鸿胪所藏石刻有此三绝。"③又,由吴琯编纂的刻于明万历十三年(公元 1585 年)的《唐诗纪》盛唐卷四四中也将此

---

① 此据《历代诗话续编》本。《文渊阁四库全书》本《升庵集》卷五四所载同。
② 《升庵诗话》卷七"洪容斋唐人绝句"条。
③ 见《故宫珍本丛刊》本《唐音统签》,海南出版社 2000 年版,第 384 页。

三诗收于张旭名下①,虽未明言据杨慎所言,但此时距杨慎卒年二十七年,距《升庵诗话》初刻四十一年②,也很有可能受到杨慎的影响。清初季振宜编纂《唐诗》,即据《唐诗纪》把上述三诗以及其他三首诗编入卷二七三张旭诗中,在台湾联经出版事业公司影印的《全唐诗稿本》即季振宜《唐诗》中的张旭诗部分,剪贴《唐诗纪》的痕迹清晰可睹。我们知道清康熙帝时所编的《全唐诗》是以《唐音统签》和季氏《唐诗》为主要蓝本的③,所以上述三诗之窜入《全唐诗》,很可能就是沿袭杨慎之误。

最后对蔡襄之诗何以会误归张旭名下的理由作一点猜测。蔡襄生前曾收藏张旭的墨迹,南宋末年董逌的《广川书跋》卷七所载张旭真迹后有跋语云:"莆田方宙子正得君谟所藏张长史帖,为书其后,崇宁二年十一月书。"另外在清卞永誉《式古堂书画汇考》卷七所引张旭帖后,也有跋语云:"张长史缣素四诗帖,《宣和书谱》所载,初为蔡忠惠公家藏,后入御府。"可见蔡襄收藏

---

① 见明万历十三年新安吴琯刊本《唐诗纪》,南京大学图书馆藏。
② 《升庵诗话》在杨慎生前即已付梓,现存嘉靖二十年(公元1541年)刻本,详见丰家骅《杨慎评传》附录《杨慎现存著述收藏情况》,南京大学出版社1998年版,第398页。
③ 关于《全唐诗》编纂时以《唐诗》与《唐音统签》为蓝本的情况,可参周勋初《叙〈全唐诗〉成书经过》,《周勋初文集》第三卷,江苏古籍出版社2000年版,第185页。按:《全唐诗》中初唐、盛唐部分多据《唐诗》也即据《唐诗纪》而成,但是《唐诗纪》盛唐卷四四、《唐诗》卷二七三中张旭"春草青青万里余"一首皆题作《一日书》,而此诗在《唐音统签》卷八五中却题作《春草》,题下注云:"杨升庵云吴人收得真迹有此。"而今本《全唐诗》中也题作《春草》,可见《全唐诗》编张旭诗时也参考了《唐音统签》,所以也受到了杨慎的间接影响。

的张旭真迹后来归入内府了。而南宋洪迈编集《万首唐人绝句》时,曾与孝宗谈及"宫中书扇事",孝宗且曰:"比使人集录唐诗,得数百首。"①那么,洪迈有无可能看到内府所藏的、曾经蔡襄收藏的张旭真迹,以及蔡襄本人自书其诗的真迹呢?如果可能的话,洪迈会不会因考核欠精从而将张、蔡两人的真迹张冠李戴呢?可惜文献不足,我们对此只能存而不论了。

五

自从洪迈将上述三首诗收入《万首唐人绝句》的张旭名下后,很长一段时期内没有引起人们注意。南宋后期刘克庄编选的《分门纂类唐宋时贤千家诗选》与赵章泉、韩涧泉二人编选、谢枋得注的《唐诗绝句》虽然都偏重选录语言清丽、风神高华的唐人绝句,这三首风格颇合其标准的诗却都没有被选入。南宋周弼的《三体唐诗》、旧题金代元好问的《唐诗鼓吹》和元人杨士弘的《唐音》也都没有选录它们。南宋计有功所编的卷帙浩繁的《唐诗纪事》以及元人辛文房的《唐才子传》也对张旭不着一字。明代前期高棅的《唐诗品汇》收诗达六千多首,也未及这三首张旭诗。稍后的李攀龙的《唐诗选》也没有选张旭诗。到明万历年间,所谓的这三首张旭诗才受到注意,除了《唐诗纪》之外,万历三十四年(公元1606年)由赵宧光、黄习远两人对洪迈原书进行整理、增补,编成新的《万首唐人绝句》,也因洪氏之旧而将所谓的张旭诗照原样收入。十年以后,钟惺、谭元春在《唐诗归》中选

---

① 见洪迈《万首唐人绝句·序》。

入此三诗,也许与赵、黄重编的《万首唐人绝句》或杨慎《升庵诗话》、吴琯《唐诗纪》不无关系。正如本文第一节所说,自那以后,张旭诗,尤其是所谓的《桃花溪》一诗便广为流传了。待到《唐诗三百首》选入此诗,它更成了万口传诵的名篇,于是人们再也无暇于考核其真伪,而只注意如何评说其优劣了。试看"五四"以后的两位学者对它的不同评说:

1941年闻一多先生在昆明讲唐诗,说张旭的"名作有《桃花溪》","及《山行留客》","二诗代表婉约风格,仍存齐梁格调"[1]。

1999年,吴功正先生著《唐代美学史》,对《桃花溪》和《山行留客》二诗大加赞赏,并说前者:"诗意看似收束,设问又把意趣引向诗外,象外之象,味外之旨,增添了诗的容量。其审美技法、特征完全是盛唐风味。"[2]

闻先生说《桃花溪》一诗"仍存齐梁格调",而吴先生却说它"完全是盛唐风味",持论相反,这当然很可能是对作品的理解与把握不同所致,但是否也存在下面的可能性:此诗被归于张旭名下,而张旭的生卒年虽不可考,但基本上可定为初、盛唐之间人,他上与传统上被视作初唐诗人的张若虚等合称"吴中四士",下与盛唐诗人李白等合称"饮中八仙"。闻先生视之为初唐人,故说其诗存"齐梁格调"。吴先生视之为盛唐人,故说其诗是"盛唐风味"。也就是说,他们的结论是从作者的时代推导出来的,而不是对其作品自身进行分析所得出来的呢?通过上文的论证,

---

[1] 见郑临川述《闻一多先生说唐诗》,载《社会科学辑刊》1979年第4期,第195页。

[2]《唐代美学史》,陕西师范大学出版社1999年版,第198页。

我认为那首题作《桃花溪》的诗多半并非唐人张旭所作,只因它长期以来混在《唐诗三百首》等著名的唐诗选本中,遂使人们不加分辨地把它作为唐诗来理解、评说、分析。假如我们知道了它实出于宋人蔡襄之手,大家还会对它给予这么高度的重视吗?

蔡襄不算是宋代的著名诗人,他主要是以书法家而不是以诗人的名义载入史册的。蔡襄生前,在诗歌写作上并无籍籍之名,他惟一震动诗坛的作品是其《四贤一不肖诗》,那是一组充满激情和正气的政治诗,诗中热情地歌颂了范仲淹、余靖、尹洙、欧阳修四位正直的贤臣,辛辣地抨击了明哲保身、见风使舵的高若讷。此诗一经问世,便引起了"都人争相传写,鬻书者市之得厚利,契丹使适至,买以归,张于幽州馆"的轰动效应①,然而它毕竟不是以艺术造诣而获此殊荣的。与蔡襄同时代的诗人,比他稍长的有梅尧臣、欧阳修、苏舜钦等,比他稍后的有王安石、苏轼、黄庭坚等,在前后相隔仅四十年的时期内便有如此多的杰出诗人降临诗坛②,蔡襄身列其间便不免相形见绌了。然而蔡襄的一首诗,一首在他集中并不显得十分突出的诗,竟会长期混在集唐诗之精华的《唐诗三百首》中而不被觉察,而且还得到许多的赞美之评,这说明唐、宋诗无论是在艺术水准上还是在风格走向上都不像人们想象的那样相去甚远,那些声称宋诗"味同嚼蜡"的读者是否会从这个个案中得到一些启迪呢?

我由此而想到诗歌批评史上的一个重要问题,即不同时代

---

① 详见《宋史》卷三二〇。
② 这几位诗人中年龄最长的是梅尧臣,生于咸平五年(公元1002年),年龄最幼的是黄庭坚,生于庆历五年(公元1045年),前后只差四十三年。

的诗歌作品是否能够单凭风格辨析而断定其所属时代？南宋的严羽曾自诩他能如此："仆于作诗不敢自负，至识则自谓有一日之长，于古今体制，若辨苍素，甚者望而知之。……我叔试以数十篇诗，隐其姓名，举以相试，为能别得体制否？"①严羽早已作古，我们无法起其于地下而试之，但是我对他的话向来未敢轻信。诗风之异，无甚于唐、宋，但是我们真能仅凭风格辨析而断定孰唐孰宋吗？试看明人的一次试验。杨慎说："张文潜《莲花诗》：'平池碧玉秋波莹，绿云拥扇青摇柄。水宫仙子斗红妆，轻步凌波踏明镜。'杜衍《雨中荷花》诗：'翠盖佳人临水立，檀粉不匀香汗湿。一阵风来碧浪翻，真珠零落难收拾。'此二诗绝妙。又刘美中《夜度娘歌》：'菱花炯炯垂鸾结，烂学宫妆匀腻雪。风吹凉鬓影萧萧，一抹疏云又斜月。'寇平仲《江南曲》：'烟波渺渺一千里，白蘋香散东风起。惆怅汀洲日暮时，柔情不断如春水。'亡友何仲默尝言宋人书不必收，宋人诗不必观。余一日书此四诗，讯之曰：'此何人诗？'答曰：'唐诗也。'余笑曰：'此乃吾子所不观宋人之诗也。'仲默沉吟久之，曰：'细看亦不佳。'可谓倔强矣。"②何仲默即何景明，为当时文坛领袖之一，其诗歌鉴赏水平当然是不低的。可是当他仅仅凭艺术水准或风格来判别唐宋诗时，却闹了指鹿为马的笑话，可见这绝不是容易之事。我认为不同时代的诗歌作品在总体上是有不同的风格特征的，但这绝不意味着每个时代的诗歌都如出一手，更不意味着不同时代的诗

---

① 见《答吴景仙书》，《沧浪诗话》附，《历代诗话》本。
② 《升庵诗话》卷一二"莲花诗"条。

歌之间就没有风格上的相近甚至相同之处。如果本文的结论即《唐诗三百首》中事实上混杂有宋诗的判断能够成立的话，也许可以为我们在评析唐、宋诗风之异同时提供一个有趣的例证，这是我写作本文的主要意图。